dtv

Marie-Noëlle wird als Zehnjährige jäh aus dem karibischen Paradies ihrer Kindheit herausgerissen, als ihre Mutter sie zu sich nach Frankreich holt. Sie fühlt sich eingesperrt in der Tristesse der Pariser Vorstädte, dem Grau des Himmels und des Alltags. Und ständig beschäftigt sie das Rätsel ihrer Herkunft und die Frage, warum ihre Mutter sie nicht liebt. Wer ist ihr Vater? Stimmt die Geschichte, die man sich in Guadeloupe über die Umstände ihrer Zeugung erzählt? Und wie war das wirklich mit ihrer Großmutter und dem italienischen Juwelier?

Ein poetischer und packender Roman über eine uns ebenso nahe wie verschlossene Welt: die moderne schwarze Kultur in Europa und den USA.

»Ein ungeliebtes, entwurzeltes Kind – ein Schicksal, das sich in den folgenden Generationen wiederholt. Maryse Condé behandelt dieses Thema fesselnd und mit großem Einfühlungsvermögen.« (LiteraturNachrichten)

Maryse Condé, geboren in Guadeloupe, ist neben Derek Walcott die bekannteste Stimme der Karibik und hat für ihre Romane zahlreiche Preise erhalten. Zu ihren berühmtesten Büchern gehört ›Segu‹ (1984), das in über zwanzig Sprachen übersetzt wurde. Sie unterrichtet an der Columbia University in New York.

Maryse Condé

Insel der Vergangenheit

Roman

Aus dem Französischen von
Claudia Kalscheuer

Deutscher Taschenbuch Verlag

Ungekürzte Ausgabe
Juli 2001
Deutscher Taschenbuch Verlag GmbH & Co. KG,
München
www.dtv.de
© 1997 Editions Robert Laffont S.A., Paris
Titel der französischen Originalausgabe:
›Desirada‹ (Robert Laffont, Paris)
© 1999 der deutschsprachigen Ausgabe:
Hoffmann und Campe Verlag, Hamburg
Umschlagkonzept: Balk & Brumshagen
Umschlagfoto: © Picture Press/CORBIS/Philip Gould
Satz: Utesch GmbH, Hamburg
Druck und Bindung: C. H. Beck'sche Buchdruckerei,
Nördlingen
Gedruckt auf säurefreiem, chlorfrei gebleichtem Papier
Printed in Germany · ISBN 3-423-12895-X

Für Sylvie, Aïcha, Leïla

»Was zählt, ist allein das Glück.«

Lied aus Martinique

ERSTER TEIL

Ranélise hatte ihr so oft von ihrer Geburt erzählt, daß sie glaubte, dabei eine Rolle gespielt zu haben; nicht etwa die eines völlig verschreckten und passiven Babys, das Madame Fleurette, die Hebamme, mühsam zwischen den blutigen Schenkeln ihrer Mutter herauswand, sondern die eines hellsichtigen Zeugen, einer Hauptperson, ja sogar die ihrer Mutter, der Gebärenden, Reynalda selbst, die sie sich aufrecht sitzend, mit zusammengekniffenen Lippen, gekreuzten Armen und einem Ausdruck unsagbaren Leids vorstellte. Jahre später, vor einem Gemälde von Frida Kahlo, das deren eigene Geburt darstellte, war es ihr vorgekommen, als habe diese ihr unbekannte Frau für sie gemalt.

Es war drei Uhr nachmittags. Berauschende, flirrende Luft. Mardi gras. Ein Tag allgemeinen Jubels, an dem alle Maskenzünfte durch die Straßen von La Pointe zogen. Seit Sonntag hatten sie sich in aller Heimlichkeit darauf vorbereitet, daß die Umzüge aus den Vororten gemeinsam auf der Place de la Victoire ankamen. Schon waren die Herzschläge der Gwo-ka-Trommel zu hören. Einige der Masken hatten sich in getrocknete Bananenblätter gewickelt. Andere hatten sich den Körper mit Teer bestrichen, rannten umher und knallten mit ihren Peitschen, die sich wanden wie Schlangen. Wieder andere hatten sich Büffel- oder Stierköpfe angefertigt und an ihren Kostümen Glas- oder Glimmerstückchen in allen Größen befestigt, die das Sonnenlicht einfingen und tanzen ließen. Das waren die berüchtigten *mas'a kon,* die gehörnten Masken, von denen es heißt, sie stammten noch aus La Casamance. Unterdessen standen die Bürger und ihre Kinder zwischen blühenden Bougainvilleen und Latanien in Töpfen auf den Balkons und warteten. Sie hatten sich einen Vorrat kleiner Münzen mit Loch angelegt, um sie in die Menge zu werfen. Zu ihren Füßen trat das Volk auf der Stelle und schrie sich die Seele aus dem Leib.

Der Canal Vatable war menschenleer, weil alle Welt ins Stadtzentrum gestürmt war. Ein paar *moko zombis,* die sich in die Gegend verlaufen hatten, begriffen rasch ihren Irrtum und machten sich durch die Rue Frébault davon, nicht ohne durch ein paar kräftige Stelzentritte gegen die geschlossenen Türen auf ihren Durchzug aufmerksam zu machen. In Ranélises Vierzimmerwohnung, im Schutz der Jalousien, hörte man weder die Unruhe des Gwo-ka noch den schrillen Klang der Pfeifen und das Kreischen der Ratschen, die die Masken begleiteten. Auch das Freudengeheul der Menge war nicht zu hören. Die Stille wurde nur von den erstickten Klagen Reynaldas gestört, deren zu schmales jugendliches Becken jeden Dienst verweigerte, und von den kreolischen Beschwörungen Madame Fleurettes, die sie mütterlich und zugleich ungeduldig anfeuerte: »Pressen, nun preß schon, sag ich dir, Herrgott noch mal!« und schließlich vom schwachen und ausdauernden Wimmern eines Neugeborenen.

Madame Fleurette war eine schöne Mulattin, eine weise Frau mit viel Erfahrung, aber ohne Diplome, die nur Gutes zu tun im Sinn hatte. Zur Regen- wie zur Trockenzeit fuhr sie auf ihrem *Pigeon-Volant*-Fahrrad kreuz und quer durch die Elendsviertel, um die armen Frauen zu entbinden, die das Allgemeine Krankenhaus nicht aufnehmen wollte und denen auch die Schwestern des Hospizes Saint-Jules nicht helfen konnten. Als Reynalda in die Wehen kam, hatten Ranélise, die sie einige Monate zuvor, nach ihrem fehlgeschlagenen Versuch, sich zu ertränken, bei sich aufgenommen hatte, und ihre kleine Schwester Claire-Alta das Fahrrad vor einer armseligen Hütte stehen sehen und Madame Fleurette abgefangen. Nachdem die schwierige Entbindung zu Ende war, hatten Ranélise und Claire-Alta Madame Fleurette mit vielen Dankesworten zum Brunnen im Hof geführt, als Reynalda plötzlich ein so unheilvoll klingendes Stöhnen von sich gab, daß die drei Frauen sich erschrocken umdrehten. Sie sah aus wie eine Tote. Das dünne Laken, das sie bedeckte, hatte sich mit einem Schlag rot gefärbt, und schon tropfte das Blut auf den Boden. Zum Glück war das Hospiz Saint-Jules nicht weit entfernt. Man steckte Reynalda in ein Bett, das noch vom Kindbettfieber einer Unglücklichen glühte, die soeben das Zeitliche gesegnet hatte, und die Nonnen machten sich ans Werk.

Als Ranélise gegen Mitternacht aus dem Hospiz Saint-Jules trat, blitzten bunte Feuerwerksraketen über den Himmel, die in der Nähe des Hafens La Darse gezündet worden waren und sich in Richtung Dominica verloren. Die Straßen waren voller Kinder, Frauen und brüllender Männer. Ein paar Säufer vollführten Luftsprünge. Mit Höllenlärm feierten die Masken den Höhepunkt ihres Hexensabbats.

Zu Hause fand sie das Neugeborene da, wo man es abgelegt und vergessen hatte, in tiefem Schlaf. Sein winziges Gesicht war ganz verschmiert von Kot und getrocknetem Blut. Es roch nach nicht mehr frischem Fisch. Trotzdem strömte Ranélises Herz über, und ihre Liebe durchflutete den kleinen Körper. Sie hatte sich immer ein Kind gewünscht. Statt dessen hatte der liebe Gott ihr Fehlgeburt um Fehlgeburt, Totgeburt um Totgeburt, ein notgetauftes Kind ums andere gesandt. Sie drückte das Baby an ihr Herz, überzeugt, daß der liebe Gott es endlich bereute, sie so schlecht behandelt zu haben. Sie bedeckte es mit Küssen und gab ihm einen Vornamen nach ihrem Geschmack: Marie-Noëlle, obgleich sie mitten im Karneval geboren war. Denn Marie ist der Vorname der Heiligen Jungfrau, Mutter aller Tugenden, und Noël, Weihnachten, ist die Erinnerung an die Nacht des Wunders, in der Jesus sich in ein kleines Kind verwandelt hat, um uns von unseren Sünden zu erlösen. Sie bereitete ihr ein zartduftendes Bad. In lauwarmem, mit Rosenessenz vermengtem Wasser ließ sie Blätter der Stachelannone und eine Handvoll spanischer Veilchen oder Balsamschoten ziehen. Anschließend trocknete sie sie mit einem feinen Tuch ab und legte sie auf den Bauch, um sie vor nächtlichen Ängsten, Winden und bösen Träumen zu bewahren.

Ranélise war eine hochgewachsene Negerin, Köchin im Tribord Bâbord, einem Restaurant im Viertel Bas de la Source, das zwar unscheinbar wirkte, aber eine gute Küche und einen guten Ruf hatte. Ihre Spezialität: Lambis, Riesenmeeresschnecken. Keiner verstand es so gut wie sie, sie aus ihrer Schale zu lösen, in einer selbstangesetzten Salzlake mit Pimentblättern abzuschleimen, mit einer Keule weichzuklopfen, die sie aus einem Stück Guajakholz angefertigt hatte, und sie dann zart und schmelzend wie Lammfleisch in einer schönen amarantfarbenen Sauce zu servieren. Ihre Rezepte stammten von weit her. Manchmal von Le Moule oder von La Boucan, und Gérardo Polius, der kommunistische Bürgermeister von La Pointe, aß viermal die Woche im Tribord Bâbord, umgeben vom vollständig versammelten Stadtrat. Einige Monate zuvor, als sie einmal auf dem Weg hinunter nach Le Carénage war, um sich mit ihrem Fischer zu besprechen, hatte sie auf dem Wasser ein Wäschebündel schwimmen sehen wie eine Boje. Neugierig war sie näher getreten und hatte nach und nach einen Arm, ein Bein, dann ein Stück Hintern erkannt. Ihr Geschrei hatte die Passanten herbeigelockt, und mit Hilfe eines Bootshakens hatte man die Ertrinkende, deren Herz noch zögernd schlug, herausgefischt.

Es war ein ganz junges Mädchen, fast noch ein Kind. Vierzehn Jahre alt. Höchstens fünfzehn. Kaum entwickelte Brüste, geformt wie die Knospen des Guavenbaums. Ranélise, die ein großes Herz hatte, hatte sie mit nach Hause genommen. Sie hatte sie mit Kampferöl abgerieben und ihr Eisenkrauttee mit etwas Rum zu trinken gegeben, um sie aufzuwärmen. Schließlich hatte sie sie in eines der Flanellnachthemden gesteckt, die sie in der Regenzeit trug. Am ersten Tag waren nur ein paar verstockte Sätze aus ihr herauszuholen gewesen. Ihr Name sei Reynalda Titane, sagte sie. Ihre Mutter, die Antonine heiße, aber von allen Nina genannt werde, habe sich bei der Familie von Gian Carlo Coppini verdingt. Gian Carlo Coppini war ein italienischer Juwelier in der Rue de Nozières, dessen Geschäft, Il Lago di Como, immer voller Leute war, die zum Kaufen und vor allem zum Bewundern kamen. Gian Carlo hatte Ähnlichkeit mit einem Jesus: seidiges, gelocktes Haar, ebensolcher Bart. Er herrschte über ein Volk von Frauen: zunächst seine eigene, die immer schwanger war oder im Wochenbett lag, dann seine beiden Schwestern, ewig schwarz gekleidet und den Kopf mit einer Spitzenmantille bedeckt, und schließlich seine Töchter. Ihm war es zu verdanken, daß Nina ihre Tochter auf die städtische Dubouchage-Schule hatte schicken können. Reynalda liebte die Schule. Französisch. Geschichte. Naturwissenschaften. Sie lernte gut und hatte die Grundschulabschlußprüfung bestanden.

Die Leute hatten Ranélise geraten, Reynalda dorthin zurückzubringen, wo sie hergekommen war – wer weiß, ob sie nicht eine Diebin oder eine Verbrecherin war, die von der

Polizei gesucht wurde. Aber als Ranélise ihr vorgeschlagen hatte, ins Lago di Como zurückzukehren, war Reynalda auf die Knie gefallen und hatte ihr die Füße mit Tränen benetzt wie eine Maria Magdalena. Da erst hatte sie verraten, daß sie schwanger war, weshalb sie sich auch hatte ertränken wollen. Ranélise hatte sprachlos vor ihr gestanden. Wegen eines Bauches sterben wollen? Ob sie denn nicht wisse, daß ein Kind ein Segen des lieben Gottes sei? Ein Zeichen, daß sein erquickender Tau nicht nur den Körper, sondern auch das Herz befruchtet habe? Eine Frau, die ihren Bauch anschwellen und rund werden sehe, solle mit beiden Knien auf die Erde fallen, sich gegen die Brust schlagen und rufen:

»Danke, o Herr!«

Reynalda vertraute sich niemandem an. Nur manchmal Claire-Alta, die ungefähr in ihrem Alter war. Schließlich behielt Ranélise sie bei sich und besorgte ihr im Restaurant Tribord Bâbord eine Arbeit. In der Küche, weil sich im Speisesaal die Gäste beschwerten, sie nehme ihnen jede Lust, ihren Rum zu trinken.

Marie-Noëlles zweite imaginäre Erinnerung war die an ihre Taufe. Die hatte sich mitten im Fastenmonat abgespielt, an einem Samstag, jenem Tag, der für die Bastarde reserviert war, für die Kinder, die nicht wissen, wie ihr Vater heißt. Die Kirche Saint-Jules, direkt neben dem gleichnamigen Hospiz gelegen, war ein Holzbau mit kielförmigem Mittelschiff. Sie hatte allen Feuersbrünsten und Erdbeben standgehalten, die La Pointe seit seiner Gründung heimgesucht hatten. Nun fehlten viele ihrer Jalousien; die bunten Fenster waren stellenweise kaputt, und der kleine Glockenturm saß schief wie das Kopftuch einer alten Frau, die zuviel vom Leben gesehen hat. Ranélise, ihre Patin, trug sie in den Armen wie ein heiliges Sakrament. Aufsehenerregend sah Ranélise aus an diesem Tag! Sie strahlte in ihrem getüpfelten blauen Satin-kostüm mit weißem Revers, auf dem Kopf einen traurigen Damenhut mit breiter Krempe. Einer ihrer zahllosen guten Freunde, in Krawatte und zweireihigem Anzug aus schwarzem Tuch, machte den Paten und stimmte ein in ihren Gesang.

»Wir preisen dich, Herr unser Gott, wir singen dein Lob, und dein Name ist allgegenwärtig unter uns.«

Das Taufbecken stand vor einem Kirchenfenster, einem, das noch heil war und Mariä Verkündigung darstellte. Daher beachtete Marie-Noëlle, die mit dem Daumen im Mund an Ranélises großzügigem Busen ruhte, weder die Predigt des Priesters noch die guten Vorsätze, die ihre Paten für sie faßten. Sie konnte ihren Blick nicht vom himmlischen Bild des Erzengels Gabriel wenden, in seinem blauen Umhang, die Flügel weit ausgebreitet, einen Strauß Lilien in der Hand. Die anderen Babys um sie herum plärrten oder lutschten Salzstückchen. In ihre Vision versunken, fühlte sie sich unendlich überlegen. Hatte Ranélise sie nicht zum wunderbarsten Kind auf Erden erklärt? Am Tag der Taufe wurde Musik gehört. Nicht nur das Übliche: Mazurkas, Biginen und dergleichen. Monsieur und Madame Léomidas, die »in Kooperation« im Senegal arbeiteten, hatten Schallplatten aufgelegt, und alle waren sprachlos gewesen, als sie von den afrikanischen Griot-Sängern erzählten.

An den Weggang ihrer Mutter hingegen hatte Marie-Noëlle keinerlei Erinnerung, und das, obwohl Ranélise ihr sicher genauso oft davon erzählt hatte. Sie glaubte lediglich zu wissen, daß es im September gewesen war. Einem September voll drohender Zyklone und Gewitter, als hätte der Himmel gezürnt. Ein oder zwei Wochen nach der Taufe hatte Reynalda verkündet, sie werde ins Mutterland gehen, um dort zu arbeiten. Ins Mutterland? Jawohl! Wie so vielen Landsleuten zu jener Zeit hatte ihr das BUMIDOM, das französische Büro zur Förderung der Einwanderung aus Übersee, eine Anstellung verschafft, und zwar bei Jean-René Duparc, der am Boulevard Malesherbes wohnte, im siebzehnten Arrondissement von Paris. Zur Familie dieses Jean-René gehörten drei kleine Kinder, die ein Mädchen brauchten. Gérardo Polius hatte mit seiner Meinung dazu nicht hinter dem Berg gehalten. Die Nachbarn auch nicht, während Ranélise vor Freude platzte, und um dies kundzutun, schenkte sie Reynalda drei Hundert-Franc-Scheine. Bevor sie wegfuhr, hatte Reynalda aus ihren Plänen kein Geheimnis gemacht und Claire-Alta anvertraut, daß sie nicht im Sinn hatte, als kleines Dienstmädchen zu enden.

Sie hatte vor, zu studieren und jemand zu werden.

Marie-Noëlles erste Jahre waren märchenhaft. An Ranélises Hand wandelte sie durch ein Dickicht aus Baumfarnen, schneeweißen Daturas und Helikonien mit schweren, gelbumrandeten Blütenblättern. Hier und da leuchtete purpurfarben eine Canna. Ein frischer Windhauch vermengte auf Nasenhöhe all die Düfte von Blumen, Erde, Wind und Regen, und die Kindheit war ein duftender Garten. In Wirklichkeit besaß Marie-Noëlle in den Augen mancher Leute nicht viel. Ein Armband mit ihrem Namen. Eine Kette, drei Anhänger, davon einer mit dem Jesuskind, ihrem heiligen Schutzpatron. Etwas Wäsche in einem karibischen Korb. Nie bekam sie ein Dreirad, ein Tretauto oder eine Barbiepuppe. Bloß einen klapprigen Roller, mit dem sie durch den Canal Vatable oder die Straßen des Hügels von Udol flitzen konnte. Aber das Glück eines Kindes bemißt sich weder nach Gold noch nach teurem Spielzeug. Es bemißt sich nach Herzensregungen, und das von Ranélise schlug nur für sie. Ranélise hatte eine sanfte Hand, sehr sanft, sogar wenn sie Marie-Noëlles Haarmähne entwirrte, die sehr lang und dicht wuchs. Nie eine Ohrfeige, einen Stoß in die Rippen, einen Gürtelhieb auf den Hintern. Nie mußte sie zur Strafe mit ausgebreiteten Armen unter der erbarmungslosen Sonne im Hof stehen oder knien. Nicht einmal ein lautes Wort bekam sie je zu hören. Statt dessen wurde sie überschüttet mit hübschen Kosenamen und Küssen in die Halsbeuge.

Am Ostermontag wurde ein Korb mit Reis und Lambi-Co-lombo* gefüllt, und in einem Kleinbus ging es mit ein paar Freunden zum Strand von Grande-Anse in Deshaies. Marie-Noëlle lachte und planschte in ihrem *Petit-Bateau*-Höschen, während ein paar Rastas mit langen, ausgebleichten Zöpfen am Strand Ball spielten oder den Gwo-ka schlugen.

Marie-Noëlles Anwesenheit in ihrem Haus veränderte Ranélises Leben von Grund auf. Bisher war sie eine Frau gewesen, die sich Männer nahm. Viele. Die neugierigen Nachbarn beobachteten genau, wer in der Abenddämmerung ihr Haus betrat und es erst frühmorgens, wenn die Sterne erloschen, wieder verließ. Angefangen mit Gérardo Polius, dem kommunistischen Bürgermeister, der sie seit zwanzig Jahren regelmäßig besuchte, und Alexis Alexius, seinem ersten Stellvertreter, der sich hineinschlich, sobald der Bürgermeister außer Sichtweite war. Wenn die Leute dennoch nicht allzu schlecht über sie redeten, lag es daran, daß Ranélise eine gute Frau war. Stets half sie ihrem Nächsten, steckte einem Bedürftigeren einen Geldschein zu, besorgte einem Arbeitslosen einen Job, einen Kindergartenplatz für ein kleines Kind.

---

* Dieser und andere Ausdrücke aus dem Kreolischen oder dem karibischen Französisch werden in den Anmerkungen auf Seite 317 erklärt.

Was an ihrer Lebensführung leichtfertig gewesen war, änderte sich jetzt von einem Tag auf den anderen. Mit Ausnahme von Gérardo Polius verbrachte kein Mann mehr die Nacht bei ihr.

Gewiß, sie hatte, wenn sie auch auf die Sakramente verzichtete, immer schon ein gutes Verhältnis zu den Priestern der Kirche Saint-Jules gepflegt und zu jeder Adventszeit in ihrem Hof ein Weihnachtssingen veranstaltet. Von nun an ließ sie jedoch keine Messe, keine Vesper, keinen Rosenkranz mehr aus, ohne allerdings zur Beichte und zur Kommunion zu gehen. Man sah sie bei den Prozessionen zu Ehren der Jungfrau von der Großen Wiederkehr mit gesenktem Kopf, gesammelt und sich gegen die Brust schlagend, als danke sie Gott unablässig für all das Glück, das er in ihr Leben gebracht hatte.

Sehr bald, schon in den ersten Klassen, hatte man bemerkt, daß der, der die Gaben des Geistes verteilt, Marie-Noëlle dabei nicht vergessen hatte. In allen Fächern war sie Klassenbeste. Bei den Preisverteilungen stieg sie wieder und wieder aufs Podium. Sie bekam Auszeichnung um Auszeichnung, in Leder gebundene Bücher und Bücher mit Goldschnitt, und Ranélise warf sich in die Brust, sie sah sich schon als Mutter einer Lehrerin. Oder sogar einer Hebamme. Denn sie hatte völlig vergessen, daß Marie-Noëlle nicht aus ihrem Bauch gekommen war. Man muß dazusagen, daß Reynalda keinen Finger rührte, um ihrem Kind in guter Erinnerung zu bleiben. Die Zeit verging. Monat um Monat, Jahr um Jahr verstrich, und man hörte so gut wie nichts von ihr. Eine Glückwunschkarte ohne Absender zu Neujahr. Clodomire Ludovic, ein Postbeamter im Ruhestand, der aus dem dreizehnten Arrondissement zurückkehrte, behauptete eines Tages, er sei ihr mitten auf der Place d'Italie begegnet.

Sie hatte ihm direkt ins Gesicht gesehen und so getan, als kenne sie ihn nicht. Obwohl immer mehr Zeit verging, sprachen die Leute weiterhin oft von Reynalda Titane. Man fischt ja nicht jeden Tag eine Ertrinkende aus den Wassern des Carénage. Und warum war sie überhaupt ins Wasser gegangen? Wenn alle Mädchen das täten, die einen Bauch auf Kredit vor sich herschoben, wäre die Erde bald menschenleer. Nach und nach blieb von Reynalda in den Köpfen der Leute nur noch die Erinnerung an ein exzentrisches und mürrisches Mädchen, das sich nicht mit dem allgemeinen Los hatte zufriedengeben wollen.

Jedes Mal, wenn von ihrer Mutter gesprochen wurde, hatte Marie-Noëlle ein Gefühl von Gefahr. Es war ihr, als striche ein eisiger Wind heimtückisch um ihre Schultern und als drohe ihr eine Rippenfellentzündung. Sie versuchte dann schnell das Thema zu wechseln, indem sie zum Beispiel ihren letzten Aufsatz vorzeigte, um ihn bewundern zu lassen, oder darum bat, abgefragt zu werden. Manchmal wurde sie mitten in der Nacht vom Gedanken an ihre Mutter gepackt und wachte davon auf wie von einem bösen Traum. Dann fing sie an zu weinen, untröstlich, bis das Licht des Morgens ihre Wangen trocknete.

Auf ihrem Schulweg konnte sie nicht anders, als einen Umweg über die Rue de Nozières zu machen, um das Lago di Como anzuschauen; es lag im Erdgeschoß eines zweistöckigen Holzhauses, das dringend einen Anstrich benötigte. Sie spürte, daß dieses Geschäft, das nicht viel hermachte – ein richtiger Schlauch, in dem zu jeder Tageszeit elektrisches Licht brannte –, das Geheimnis ihrer Geburt barg. Was für Ereignisse hatten sich dort ein paar Jahre zuvor abgespielt, so schrecklich, daß ihre kaum fünfzehnjährige Mutter ins Wasser gegangen und den Tod gewählt hatte?

Eines Tages, sie war wohl an die zehn Jahre alt, nahm sie ihren Mut zusammen, stieß die Tür auf und mischte sich unter die Menge jener, die die als Broschen oder als Anhänger gefaßten Kameen und all die florentinischen Ziselierarbeiten bewunderten. An der Kasse thronte die verwelkte und bleiche Gattin. Die zwei Schwestern in ihren Mantillen waren mit Kunden im Gespräch. In einer Ecke spielten drei oder vier kleine Mädchen mit Lumpenpuppen. Gian Carlo Coppini, mit seinem Bart und seinem schönen Seidenhaar, das inzwischen graumeliert war und ihm fast bis auf die Schultern reichte, untersuchte mit einer Lupe vor dem rechte Auge einen grünen Stein. Auf dem Kopf trug er ein dünnes schwarzes Käppchen, was vermuten ließ, daß er Jude war. Nach einer Weile legte er den Stein auf die Theke und warf einen Blick in die Runde. Er bemerkte Marie-Noëlle, die in einer Ecke des Ladens stand, und schenkte ihr, als wäre er Unser Herr Jesus Christus inmitten seiner Jünger, ein einschmeichelndes und großmütiges Lächeln, das jedoch ein Raubtiergebiß enthüllte. In dem Moment trat eine junge Dienerin aus dem Hinterzimmer, die ein kleines Tablett mit einem bestickten weißen Deckchen trug, darauf eine Tasse mit Goldrand, eine Kaffeekanne und eine Zuckerdose. Die Dienerin goß den Kaffee in die Tasse, gab zwei Löffel Zukker hinzu, sehr sorgfältig, wie jemand, der sich vor Vorhaltungen fürchtet, und das durchdringende Aroma erfüllte den Laden.

Gian Carlo Coppini dankte ihr mit einer Handbewegung, mit der er sie zugleich entließ. Dann senkte er den Blick, salbungsvoll wie ein Priester, der den Meßwein trinkt, gleichzeitig theatralisch wie ein Schauspieler, und hob die Kaffeetasse zu seinen rosenknospengleichen Lippen, um die sein üppiger Bart wucherte. Als Marie-Noëlle wieder im Sonnenlicht der Straße stand, lehnte sie sich gegen die Wand und sank vor Ergriffenheit fast zu Boden.

Ja, es gab keinen Zweifel, dieser Unbekannte hatte in ihrem Leben eine zentrale Rolle gespielt.

2

Am 5. Juli 1970 – Marie-Noëlle war zehn Jahre alt und bereitete sich auf ihren Eintritt in die sechste Klasse des Lycée Michelet vor – schob der Briefträger einen an Mademoiselle Ranélise Tertullien adressierten Bescheid über ein Einschreiben zwischen die Jalousien.

Das erregte Aufsehen.

Erstens, weil Ranélise nie Post bekam, abgesehen von Reynaldas Glückwunschkarte, dem *Trois-Suisses*-Katalog und den Liebesbriefchen vom Finanzamt. Dann, weil sie nicht wußte, wie sie dieses Einschreiben abholen sollte. Wo hatte sie ihren Personalausweis hingesteckt, den sie nie brauchte? In ihren Nachttisch? In ihre Kommode? In den karibischen Korb mit dem Silber? Nach stundenlangem Suchen wollte sie gerade ein Gebet an den heiligen Expeditus, Schutzpatron der verzweifelten Lagen, schicken, als sie ihn unter einem Stapel guter Laken in ihrer Kommode wiederfand. Daraufhin konnte sie sich auf den Weg zum Postamt machen, das kürzlich im Viertel Bergevin eröffnet worden war, in der Nähe des neuen Busbahnhofs.

Da sie nicht allzu gut im Lesen war, trug sie den Brief nach Hause zu Marie-Noëlle, die, noch ehe sie ihn aufgemacht und zur Kenntnis genommen hatte, wußte, daß das, was sie am meisten auf der Welt befürchtete, eingetreten war.

Der dicke Umschlag aus verstärktem Papier enthielt einen Scheck, ein Flugticket, ein paar Formulare mit dem Briefkopf der *Air France* und ein kurzes Schreiben.

Die Schrift auf dem cremefarbenen Papier war sicher, sogar elegant:

Savigny-sur-Orge, 27. Juni

Liebe Freundin Ranélise,
anders, als Du glauben magst, habe ich meine Tochter nicht vergessen. Der Moment ist gekommen, in dem ich meine Pflichten ihr gegenüber erfüllen kann, denn ich bin in der Lage, ihr ein anständiges Leben zu gewährleisten, wie es jedes Kind verdient.
Ich bitte Dich, mir postwendend ihre Schul- und Gesundheitszeugnisse zu schicken. Ich lege Dir etwas bei, damit Du Dich um ihre Kleider kümmern kannst, und ein Flugticket für Mitte Oktober. Du brauchst nur die Papiere zu unterschreiben: Sie wird als U. M. reisen.
Ich werde für Deine Herzensgüte immer dankbar sein.

Reynalda Titane

P. S.: Ich bin jetzt Sozialarbeiterin am Rathaus von Savigny-sur-Orge.

Ranélise fiel erst einmal in Ohnmacht. Die eilig herbeigelaufenen Nachbarinnen mußten ihr Stirn und Handflächen mit Kampferalkohol einreiben. Dann kam sie wieder zu sich und begann, bitterlich zu weinen und bald auch laut zu jammern und das Schicksal anzuklagen. Hatte sie denn zehn Jahre lang ein Kind erzogen, geliebt, um es wie ein Paket zu einer unverantwortlichen Verrückten zu schicken, die nichts getan hatte, als es ohne jeden Schutz auf die Erde zu setzen? Wer war die wahre Mutter des Kindes? Die, die über seine Masern, seine Pocken, seine Mittelohrentzündungen gewacht hatte, oder die, die sich in Frankreich interessant machte? Gibt es denn keine Gesetze, um die Leute zu schützen, um die Mißstände der Welt geradezubiegen? Nein! Sie würde sich niemals von Marie-Noëlle trennen. Der Chor der Nachbarinnen stimmte nickend zu. Dann stand sie auf und bewaffnete sich mit ihrem Sonnenschirm, um aus dem Haus zu gehen. Für gewöhnlich pflegte sie Gérardo Polius nicht bei seiner Arbeit zu stören, noch ihre Beziehungen zur Schau zu stellen. An diesem Tag aber spürte sie, daß sie seine erfahrenen Ratschläge brauchte. Schließlich hatte Gérardo Jura studiert. Er war Rechtsanwalt. Selbst wenn er inzwischen den Beruf nicht mehr ausübte. Als sie im Rathaus ankam, außer sich und mit verweinten Augen, hatte er sich mit zwei seiner Stadtratsmitglieder sowie dem Direktor der Stadtreinigung in seinem Büro eingeschlossen. Daher mußte sie zwei lange Stunden, in denen sie den versammelten mitleidigen Angestellten ihre Geschichte erzählte, warten, bis er wieder frei war. Nachdenklich las er den Brief, den sie bekommen hatte, geduldig hörte er ihr zu, dann sagte er traurig, denn er wußte, wie sehr sie an Marie-Noëlle hing:

»Ich hatte dir immer geraten, die Situation durch eine Adoption zu legitimieren. Wie die Dinge liegen, kannst du nichts tun. Die leibliche Mutter hat alle Rechte.«

Sie konnte ihm noch so mit den Fäusten gegen die Brust schlagen und ihn beschuldigen, ein Unmensch zu sein, er konnte ihr nichts anderes sagen. Schließlich brach sie zusammen und verfluchte den lieben Gott. Als sie sich etwas beruhigt hatte, ließ er sie in seinem Citroën DS 19 nach Hause bringen.

Im Laufe des Abends bekam Marie-Noëlle Fieber, das sehr hoch stieg. Um neun Uhr lag ihre Temperatur bei über vierzig, und ihre Augen, rot wie die Glut eines Räucherrostes, schienen ihr aus dem Kopf treten zu wollen. Gegen zehn Uhr begann sie zu jammern und zu wimmern wie ein ganz kleines

Kind und lautmalerische Töne von sich zu geben. Zeitweise schien sie wieder zu sich zu kommen und schrie mit herzzerreißender Stimme auf:

»Ich will bei meiner Mama bleiben!«

Danach wurde sie von so heftigen Krämpfen befallen, daß sie fast aus ihrem Bett gefallen wäre und man sie mit Laken an die Bettpfosten binden mußte.

Madame Fleurette, der einzige Mensch, der bereit gewesen war, mitten in der Nacht aufzustehen, diagnostizierte einen malignen Anfall und setzte sich lautstark dafür ein, daß sie auf der Notfallstation des Allgemeinen Krankenhauses aufgenommen wurde. Dort sah jedoch der junge Arzt vom Dienst in all diesen Symptomen nichts als einen gewöhnlichen Anfall von Denguefieber, den er mit Sulfonamiden behandelte. Um vier Uhr morgens entleerte sich Marie-Noëlle mit einem einzigen Schlag wie eine Typhuskranke, während sie zugleich durch den Mund einen dicken, übelriechenden Brei erbrach. Woraufhin sie, steif wie eine Tote, in einen komaartigen Zustand fiel. Die Ärzte erklärten sie für verloren, und die Leute sagten schon eine Doppelbeerdigung voraus, denn, das war allen klar, Ranélise würde sie nicht überleben. Doch Marie-Noëlle kam davon. Nach einer Woche in diesem tiefen Koma – man hatte ihr Bett mit einem Paravent abgeschirmt, um die anderen Kranken nicht zu erschrecken – schlug sie die Augen wieder auf und verlangte nach ihrer Mama. Ranélise, die keinen einzigen Augenblick von ihrem Platz am Krankenbett gewichen war, sank auf die Knie und weinte und schrie Hosianna in der Höhe. Man muß allerdings sagen, daß jene Marie-Noëlle, die an einem Julimorgen das Allgemeine Krankenhaus verließ, halb getragen von Ranélise, nicht mehr dieselbe war wie die, die einen Monat zuvor eingeliefert worden war. Das pausbäckige und verschmitzte, eigensinnige und einschmeichelnde kleine Mädchen, das Ranélises Herz verzaubert hatte, war nicht mehr. An ihre Stelle war eine lange Bohnenstange getreten, nichts als Haut und Knochen und mit erloschenen Augen, die die Leute um sie herum auf eine Art fixierte, daß ihnen unbehaglich wurde, denn sie schien durch sie hindurch eine innere Obsession zu verfolgen. Sie, die früher so erfindungsreich gewesen war, ein echtes Plappermaul, das Ranélise den Kopf mit phantastischen Märchen füllte, gab praktisch kein Wort mehr von sich. Sie saß ganze Stunden da, ohne sich zu bewegen, starrte vor sich hin, und dann lehnte sie ihre Wange an Ranélises Schulter und ließ ihre Tränen fließen.

Ranélise, die sich in ihrem ganzen Leben nie um Ferien gekümmert hatte und jeden Tag, den Gott werden ließ, wie ein Tier gearbeitet hatte, lieh sich von Gérardo Geld. So konnte sie in Port-Louis ein Haus mieten, nur ein paar Schritte vom Strand von Le Souffleur entfernt, um dem Kind zu einer Luftveränderung zu verhelfen.

Bevor es von Zyklonen und dem Niedergang des Zuckerrohrs verwüstet wurde, war Port-Louis ganz ohne Frage der hübscheste Ort von Grande-Terre gewesen. Sein knallblauer Himmel kannte keinen Regen. Ebensowenig kannte seine Luft üble Ausdünstungen. Eine Reihe hoher Holzhäuser, sehr elegant mit ihren blumengeschmückten Balkons und ihren Dachgauben mit den tiefliegenden Fenstern, säumte die Meerespromenade. Sie gehörten den Vertretern der Konzerne im Mutterland, die an die Stelle der Blanc-pays, der einheimischen Weißen, getreten waren, die einst die Herren des Zuckers gewesen waren. Sonntags erfüllten sie die Kirche mit ihrem Dünkel, ihren Parfums und ihrer gestärkten Wäsche und legten in den Korb, den man ihnen zur Kollekte hinhielt, ein Monatsgehalt ihrer Arbeiter.

Port-Louis war auch ein sehr betriebsamer Ort. Alles drehte sich um Beauport. Zur Erntezeit wurden lange Reihen von Metallanhängern von Traktoren zur Fabrik gezogen, denn die Ochsenkarren genügten den Anforderungen kaum mehr und wurden nur noch von den kleinen Pflanzern benutzt. Außerdem war sie von einem vierzig Kilometer langen Schienennetz umgeben, auf dem Tag für Tag fünf Lokomotiven und zweihundert Loren zirkulierten.

Das Haus, das Ranélise gemietet hatte, war das letzte an der Meerespromenade. Von dem Gartenstück aus, das nicht sehr gepflegt war, wo aber dennoch große Cannat-Lilien wuchsen, konnte man die Gräber auf dem Friedhof sehen, der von den roten Blumen der Flammenbäume und den gelben Blütentrauben der Alamandas aufgeheitert wurde. Ranélise hatte ihre eigene Vorstellung davon, wie man einen Kranken gesundpflegt: Sie wußte, daß die Hand des Meeres alles heilt. Jeden Morgen in der Dämmerung, wenn nur die ersten Fischerboote das Blau des Meeres befleckten, weckte sie Marie-Noëlle und führte sie zum Strand. In ihrem ausgebleichten Hauskleid ging sie selbst vorsichtig ins Wasser, schlug zwei große Kreuze, nahm drei Mundvoll Wasser in ihre hohle Hand, schluckte sie und ging sich dann in den Sand setzen. Marie-Noëlle aber, die in der Schule Schwimmunterricht gehabt hatte, schwamm in langen Zügen hinaus aufs offene Meer, als wolle sie den Horizont einholen. Wenn die Häuser des Dorfes sich klein, ganz klein um einen goldenen Bogen herum abzeichneten, hörte sie auf zu schwimmen, kam wieder zu Atem und ließ sich treiben. Die langsame Bewegung der Wellen besänftigte sie, schaukelte sie vor und zurück wie ein Baby in einer Wiege. Ihre Haare lösten sich. Sie hatte das Gefühl, sich in eine Alge zu verwandeln, von den Launen der Strömungen dahingetragen, oder in ein Wassertier, eine Meeresspinne, ein Seepferdchen. Von allen Seiten umhüllte das Wasser sie sanft wie ein Balsam, und sein würziger Geruch drang ihr in die Nase. Nach Süden hin lag das weite Meer: das unendliche Blau. Wenn sie aber nach Norden sah, zerriß der bläuliche Kamm der Berge den Himmel. Wenn sie ins Wasserinnere sah, zog der weite blaue Grund sie an, und sie verspürte die Versuchung, mit Hilfe von ein paar Fersenstößen in den ewigen Frieden hinabzusinken. Dann dachte sie an Ranélise, die auf ihre Rückkehr wartete, und kehrte zum Strand zurück.

Diese täglichen Bäder, zusammen mit einem fein abgestimmten Speiseplan und langen Spaziergängen, beschleunigten Marie-Noëlles Genesung. Manchmal wanderten sie bis nach Massioux, Gros-Cap, Pombiray. Und die Kinderscharen der Zindiens, der Inder, die während des Zweiten Kaiserreichs die den Zuckerrohrfeldern abtrünnig gewordenen Neger ersetzt hatten, kamen aus den Häusern gelaufen, um dieses ungleiche Paar in Augenschein zu nehmen: eine schöne, kräftige Negerin, die unter ihrem Sonnenschirm weder rechts noch links schaute, in ihrem Schlepptau ein spindeldürres Mädchen mit tanzenden, vom Meerwasser rötlich ausgebleichten Zöpfen, das überall herumschaute. Bis dahin war Marie-Noëlle nie aus La Pointe und dem Canal Vatable herausgekommen. Daher war sie von allem entzückt. Neugierig blieb sie unter dem schützenden Grün der Bäume vor den rot und gelb bemalten Maryamman-Tempeln stehen. Was ging hinter diesen hohen bunten Mauern vor? Was für Wege waren zwischen den Ghats am Ganges und diesen kalkigen Pfaden zurückgelegt worden? Oder sie rannte bis zur Erschöpfung die von Zwergkokos- und anderen Palmen gesäumten Alleen entlang, Überreste der Zuckermühlensiedlungen, die in früherer Zeit die gesamte Ebene überzogen hatten. Sie sog den von der Fabrik Beauport kommenden Geruch nach Zucker-rohrsaft ein und träumte davon, sich wie die unerzogenen kleinen Neger hinten an die Zuckerrohrzüge zu hängen, die dampfend durch das Buschwerk fuhren. Mit einem Wort, sie kam wieder etwas zu Kräften, fast gegen ihren Willen belebte die Glut ihres Landes sie neu.

Sie wurde nie wieder das Kind, das sie gewesen war. Diese Zeit war endgültig vorbei. Wegen ihrer Krankheit und ihrer langen Genesungszeit konnte sie erst am 31. Oktober nach Frankreich abreisen, zu spät für den Schulanfang.

Bis zum heutigen Tage sollte Marie-Noëlle irgendwo in ihrem Kopf die Gefühle und Bilder behalten, die während ihres Komas im Allgemeinen Krankenhaus darin vorbeigezogen waren.

Manchmal war es kalt, eine Kälte, die sie bis auf die Knochen durchdrang. Dann wieder hatte sie das Gefühl, sich direkt neben dem Glutherd eines Brandes zu befinden. Es war ihr, als würde ihre Haut sich rot verfärben, sich verzehren und sie nackt zurücklassen als ekelerregendes Bündel von Eingeweiden. Die ganze Zeit über war der Tag erloschen. Sie verharrte in der Finsternis. Unter ihren Lidern bewegten sich Formen, verknoteten und lösten sich, flohen, trieben dahin mit gerafften Schößen, wie traurige Schals aus Seide oder Plastik. Dann plötzlich zeichneten sich undeutliche Farbflecken ab, in Blautönen, in Violett- oder Grautönen, mit hier und da einem Aufblitzen von Rot oder Gelb, wurden größer, bis sie von ihnen geblendet war. Sie kniff die Augen zusammen, und die Flecken wurden weniger und kleiner. Klein und bösartig. Sie bildeten eine Konstellation von winzigen Punkten, glitzernd wie Autoscheinwerfer in der Ferne oder die Pupillen einer Horde Tiere, die durch den Wald streift. Dann verschwand schlagartig alles, wurde wieder von mehreren Lagen dickem Samt verdeckt, und sie blieb schweratmend und voller Entsetzen in dieser absoluten Finsternis zurück.

Bisweilen füllte sich ihr Kopf mit Geräuschen. Ihr schien, als würde er gleich platzen und das Wachs ihres Gehirns würde hinausfließen, weich, lauwarm, auf den rauhen Kopfkissenbezug mit dem großen A. K. in blauen Lettern darauf. Es war, als würde sich von der anderen Seite der Erde her ein Zyklon erheben, der vom Rauschen des Zuckerrohrs und dem Heulen der Sturmwinde begrüßt wurde. Die Brotfruchtbäume, die Mangobäume, die Kokospalmen ächzten, als wäre der Weltuntergang gekommen, und krachten übereinander. Die Türen der Hütten schlugen, rissen ab, die Türangeln verbogen sich wie einfache Schrotteile. Jalousien zersplitterten. Dächer zerschnitten mit ihren rostigen Wellblechplatten die Luft. Während die verstörte Kinderschar, die sich unter den Spültischen versteckte, ununterbrochen plärrte, hörte sie diesem Lärm zu. Bis alles verstummte und die Stille sie einhüllte. Die Stille, noch schrecklicher als der Lärm. Dann durchquerte sie endlose Räume.

An manchen Tagen ging es aber doch besser. Dann war es, als würde der Tag heller. Sie konnte das blau-weiße Viereck des Fensters erkennen, den schmalen Glockenturm der Kathedrale Saint-Pierre-et-Saint-Paul und die Uhr, die zu jeder Tages- und Jahreszeit Viertel nach eins zeigte. Sie erkannte die immer eiligen Ärzte. Sie sah die weißen Hauben der Schwestern beben, mit ihren Spritzen in Augenhöhe oder mit dem Infusionsgerät beschäftigt. Sie sah Ranélise an ihrem Bettrand sitzen, bald über sie gebeugt, bald im Zimmer auf und ab gehend und ohne Scham weinend. Es kam sogar vor, daß sie die vertraute Melodie ihrer Stimme hörte. Ranélise klagte, erinnerte an all die Opfer, zu denen sie bereit gewesen war, all die Prüfungen, die sie in diesen zehn Jahren der Mutterschaft ausgehalten hatte. Ah, nein! Der liebe Gott konnte ihr nicht ihr Kind wegnehmen! Von welchem Weggang sprach sie? Von Krankheit und Tod oder von der Zusammenführung mit Reynalda? Im einen wie im anderen Fall bedeutete es für sie Verlust und Trauer. Marie-Noëlle hätte ihr gern geantwortet. Sie hätte sie gern getröstet, ihr versichert, daß sie sie, wo auch immer sie sich befände, weiter lieben würde, wie sie niemals jemand anderen lieben würde. Aber sie schaffte es nicht. Die Worte blieben ihr quer im Halse stecken, von irgend etwas gewaltsam gebremst. Sie blieb auf ihrem Bett angenagelt, scheinbar reaktionslos, als Gefangene ihrer Einsamkeit. Dann füllten sich ihre Augen mit Tränen. Ihr Schmerz weitete sich um sie herum, und sie rollte sich unter dem zu engen, vom Chlorwasser der vielen Wäschen verschlissenen Laken zusammen.

Marie-Noëlle trug diese Bilder und Gefühle immer in sich. Ohne Vorwarnung tauchten sie dann und wann wieder auf und ergriffen Besitz von ihr. Die Zeit blieb stehen. Mitten in einem Satz oder einer Bewegung schien sie wegzutreten und erstarrte mit leeren Augen, wie betäubt.

Diese Absenzen blieben natürlich nicht unbemerkt. Zuerst redeten die Leute darüber. Dann gewöhnten sie sich schließlich daran und hielten sie für ein bißchen plemplem. Wie schon ihre Mutter. Denn die war es wirklich gewesen. Schlicht und einfach plemplem.

3

Der Tag ihrer Ankunft in Paris war Marie-Noëlle jedoch nie
von irgend jemandem beschrieben worden. Für diese Erinnerungen war sie auf ihr eigenes Gedächtnis angewiesen.

Als Ranélise den Schicksalsschlag, den sie nicht abwenden
konnte, erst einmal akzeptiert hatte, hatte sie sich so gut wie
nur möglich verhalten. Sie hatte die Tränen in ihren Augen
notdürftig getrocknet und begonnen, einen Koffer mit Woll-
sachen zu füllen. Dann hatte sie Pater Simonin gebeten, für
Marie-Noëlle vier Messen zu lesen. An vier Samstagen in
Folge hatte sie sie zur Beichte mitgenommen. An vier Sonntagen war sie, die Hände fromm unter dem Kinn zusam-
mengelegt, mit ihr zum Altar gegangen, um die Kommunion
zu empfangen. Eines Abends nach der Arbeit schließlich hatte
sie das Album aufgeschlagen, das sie in einer Schublade ihrer
Kommode verwahrte, und ihr ein Foto ihrer Mutter gezeigt,
aufgenommen am Tag, an dem im engen Kreis Gérardo
Polius' erster Einzug ins Rathaus von La Pointe gefeiert
wurde. Reynalda war schwanger, bald im neunten Monat. Ihr
dicker Bauch dehnte in wenig vorteilhafter Weise den
Karostoff ihres formlosen Kleides. Um sie herum standen
Ranélise, Claire-Alta, Gérardo Polius und Alexis Alexius, der
damals noch Ranélises Haus und Bett besuchte, und sahen
völlig beschwipst aus. Sie hoben ihre Gläser auf Objektivhöhe
und verzogen das Gesicht zu breitem Lächeln. Alle sahen beschwipst aus. Außer ihr. Ihr dreieckiges Gesicht mit den etwas
leidenden Zügen zeigte weder Kummer noch Aufbegehren,

sondern vielmehr eine äußerste Müdigkeit. Als habe sie nur einen einzigen Gedanken im Kopf: Schluß machen. Marie-Noëlle hatte sich weder durch diesen Ausdruck noch durch den Berg von Fleisch rühren lassen, hinter dem der Fötus, der sie war, sich vor der Welt versteckte. Als Ranélise sich in einem Wortschwall erging, der besagte, daß man Reynalda ihre zehn Jahre lange Vernachlässigung verzeihen müsse, so wie Jesus Petrus seine drei Verleugnungen verziehen hatte, hatte sie sie sehr entschieden unterbrochen und gefragt, wer ihr Papa sei, denn es gibt auf Erden kein Kind ohne Papa. Man braucht einen Papa, um ein Kind zu machen. Es war nicht das erste Mal, daß diese Frage mit ihrem brennenden Gewicht auf ihrer Zunge lastete. Immer war es ihr in letzter Minute gelungen, sie herunterzuschlucken. Um die Wahrheit zu sagen, sie hatte Angst vor der Antwort, die sie zu hören bekommen könnte. Ihre Farbe hob sich nämlich von dem guten schwarzen Teint aller in ihrer Umgebung ab, ebenso wie ihre strohfarbene Mähne und ihre Augen, die je nach Licht mal grün, mal gelb schimmerten. Ihr Papa war ohne jeden Zweifel ein hellhäutiger Mann. Ein Mulatte? Ein Saintois? Ein schlechter Chabin, rot wie eine Schwimmkrabbe? Vielleicht sogar ein Weißer? Blanc-pays von hier oder Blanc-métro aus dem Mutterland, Gendarm, Sicherheitspolizist? Wie sollte sie mit einer solchen Vaterschaft zurechtkommen?

Ranélise war durcheinandergeraten. Was bedeutet das schon? Zählt denn ein Papa? Zählt nicht nur eine einzige Sache: der Bauch ihrer Mama, die Festung, deren Pforte man eines Tages unter Schmerzen aufgebrochen hat? Vor langer Zeit hatten die Herren beschlossen, daß das Kind dem Bauch seiner Mutter folgt. Wenn sie eine Negerin ist, ist es ein Neger ... Schon hörte Marie-Noëlle diesem Gerede nicht mehr zu. Sie schwor sich, so viele Jahre wie nötig darauf zu verwenden, aber eines Tages das unlösbare Rätsel zu lösen. Nach den Fotos hatte sie die Vorstellung, ihre Mutter sei häßlich. Groß, während sie in Wirklichkeit ganz klein war. Füllig, während sie wohl das Gewicht eines jungen Mädchens hatte. Reifen Alters wie Ranélise oder wie die Mütter ihrer Schulkameradinnen in der Dubouchage-Schule, während sie noch in der Blüte ihrer Jugend stand. Sie hätte eine große Schwester sein können. Oder ein Tantchen wie Claire-Alta. Marie-Noëlle konnte nicht anders, als Reynalda mit den Augen zu verschlingen, und verspürte, unter der Trauer um den Verlust Ranélises, das Bedürfnis, sich an sie zu kuscheln und ihr in die Halsbeuge zu flüstern:

»Du bist der Schatz, von dem ich nicht wußte, daß ich ihn hatte.«

Reynalda wartete in der Ecke, die für die Eltern der U.M. vorgesehen war, mit dem Rücken gegen eine Säule gelehnt wie eine Pflanze an ihren Stützpfahl. Ihr Gesicht verriet nichts. Als trüge sie eine Maske, die ihre wahren Gefühle verbarg. Sie steckte in einem wenig kleidsamen Mantel, dunkelblau, militärisch geschnitten, zugeknöpft bis zum Hals. Aber eine Mütze in Gelb, Grün und Rot krönte ihren Kopf mit einer unerwarteten Helligkeit. Sie sah Marie-Noëlle verstohlen, beinahe ängstlich an, richtete ein gezwungenes halbes Lächeln an sie und wandte dann eilends den Blick ab, ohne sich nach vorn zu beugen, um sie zu umarmen. Während sie die Formulare unterschrieb, fragte sie die Stewardeß mit einer Stimme, die ganz anders klang als der schleppende, schallende Ton derer von Ranélise oder Claire-Alta:

»Ist die Reise gut verlaufen?«

Dann griff sie nach Marie-Noëlles Koffer und ging ihr voran zum Ausgang. Draußen zitterte der Himmel grau und schwer dicht über den Dächern. Es schneite.

Schneite es wirklich? In Paris fällt selten Schnee. Und nicht am 1. November. In Marie-Noëlles Erinnerung jedenfalls fielen dicke Flocken, die wie Nachtfalter um die Flamme einer Petroleumlampe tanzten. Die Häuser, das Pflaster, die Autobusse, die parkenden Autos waren mit weißem Pulver bedeckt. Hier und da reckten Bäume ihre ebenfalls weiß umhüllten Aststümpfe in die Luft. Marie-Noëlle zitterte, ohne zu wissen, warum. Sie hatte Mühe, Reynaldas Schritten zu folgen, die sehr schnell die Wege und Umwege des Flughafens entlanggin. Endlich blieb sie vor einem schwarzen Auto stehen, und Marie-Noëlle staunte. Nicht, weil sie in einem Auto fahren würde. War es nicht Gérardo Polius' DS 19 gewesen – nicht mehr der jüngste, aber gut in Schuß –, der sie zum Flughafen von Le Raizet gebracht hatte? Es war nur das erste Mal, daß sie eine Frau sich ans Steuer eines Autos setzen sah. In La Pointe waren es immer die Männer, die diesen Platz besetzten, und Joby, Gérardos Chauffeur, warf sich dabei feierlich in die Brust und schaltete, als bediene er die Instrumente eines Caravelle-Flugzeugs. Außerdem war sie aufgrund von Ranélises Aussagen davon überzeugt, daß ihre Mama arm war. Täuschte sie die Leute und war reich? Das Auto fuhr durch menschenleere Straßen, es war der Morgen eines Feiertages, so traurig im Vergleich zu denen von La Pointe, nur aufgeheitert durch die roten und grünen Ampeln, die an den Kreuzungen blinkten. Da Reynalda kein einziges Wort sprach, weder um nach Neuigkeiten von ihr, Ranélise und Claire-Alta zu fragen, noch um sich nach der Entwicklung der Dinge in La Pointe zu erkundigen, erschien die Fahrt endlos, und Marie-Noëlle erstarrte vor Verzweiflung.

In jenen Jahren war die Cité Jean-Mermoz in Savigny-sur-Orge eine Vorstadtsiedlung wie alle anderen. Nicht gerade lustig, aber ohne Ärger. Von Zeit zu Zeit loderte ein Streit zwischen Nachbarn auf. Ein Mann schlug seine Frau. Ein Tanzabend endete in einer Schlägerei. Dann rückte die Polizei an, aber es war nie etwas Ernstes. Die Cité bestand aus einem Dutzend Wohnblocks, die ein Architekt, in seinem tiefsten Inneren ein Dichter, in den Farben der Wolken hatte streichen lassen. Weiß, Blaßblau, Tiefblau, Hellgrau, Dunkelgrau. Auf dem Beton der Höfe, die im Moment mit Schnee gepolstert waren, spielten Myriaden von dunkelhäutigen Kindern. Denn die Cité wurde zu einem großen Teil von Leuten aus Afrika, Réunion und von den Antillen bewohnt. Diejenigen aus Réunion und von den Antillen verstanden sich gut. Sie redeten miteinander kreolisch. Sie zogen in den Karnevalsmonaten gemeinsam durch die Straßen. Sie feierten ihre Hochzeiten und Taufen in dem Festsaal, dessen Wände mit Fresken bemalt waren, von einem Martiniquaner, der sich als Künstler bezeichnete. Einvernehmlich verkehrten sie nicht mit Afrikanern. Mit keinem. Weder von nördlich noch südlich der Sahara. Das waren Leute anderer Rasse, die im übrigen miteinander auch nicht gut auskamen.

Da die Aufzüge nicht funktionierten, nahmen Reynalda und Marie-Noëlle, immer noch eine vor der anderen, die Treppen des Blocks A (hellgrau). Reynalda bewohnte im dritten Stock eine Wohnung, die jedem leer erscheinen mußte, der Ranélises Zweizimmerwohnung in Erinnerung hatte, vollgestellt mit Couchtisch, Nipptisch, Puff, Sofa, Kommode, Schrank, Garderobe, Bett mit und ohne Baldachin, Spiegel. Abgesehen von einer Menge Reproduktionen an den Wänden, gab es nur ein paar zusammengewürfelte Möbel, ohne Bemühen um Eleganz auf den Dielenboden gestellt, auf dem Teppichstücke verstreut waren. Es war jedoch nicht die Kälte der Einrichtung, die Marie-Noëlle überraschte. In einem

Laufstall voller Spielsachen schrie ein kleiner Junge, etwa ein Jahr alt, kräftig und fest auf seinen nackten Füßen stehend, ohne Überzeugung, aber beständig. Manchmal fuhr er sich mit den Nägeln über die von Tränen glänzenden Wangen. Beim Anblick Reynaldas hörte er auf zu weinen und fing an, auf dem Teppich des Laufstalls auf der Stelle zu treten und mit den Armen zu winken. Marie-Noëlle drehte sich zu Reynalda um, und diese deutete eine kaum wahrnehmbare Kopfbewegung an:

»Das ist dein kleiner Bruder Garvey!«

Marie-Noëlle hatte sich immer ein weiteres Kind im Haus gewünscht. Sie wußte genau, daß sie dabei nicht auf Ranélise zählen konnte, die zwei oder drei totgeborene Kinder auf dem Friedhof von Briscaille begraben hatte. Noch weniger auf Claire-Alta, die in der ständigen Furcht vor einem Bauch auf Kredit lebte. Daher tröstete sie sich mit den Kindern der anderen. Auf dem Canal Vatable war ihre Leidenschaft allgemein bekannt. Mittwochs, wenn keine Schule war, hatten die Nachbarinnen, die schnell auf den Markt laufen mußten, ohne Bedenken ihre Letztgeborenen in ihrer Obhut gelassen. Wenn Ranélise vom Tribord Bâbord nach Hause kam, fand sie sie nicht selten mit einem Schreihals auf dem Schoß, während sie lernte oder ihre Hausaufgaben fertig machte. Ein kleiner Bruder? Dieses Geschenk reichte aus, um die Trauer dieses ersten Tages aufzuhellen. Mit klopfendem Herzen beugte sie sich zu Garvey hinunter, der sich streicheln ließ. In diesem Augenblick erschien ein Mann. Er war sehr groß und ausgemergelt, und seine Haare, die vor mangelnder Pflege rötlich waren, hingen verfilzt um sein Gesicht herum. Er hielt einen Teller voll Brei und einen Becher in der Hand. Er lächelte Marie-Noëlle zu, als träfe er eine alte Bekannte wieder, und sagte freundlich:

»Da bist du ja!«

Woraufhin er sie an sich zog und sie herzlich umarmte. Das war der zweite Lichtblick des Tages.

Ludovic zögerte immer einen Augenblick, wenn man ihn fragte, woher er kam. Sein Vater hatte Haiti verlassen, um nach Ciego de Avila auf Kuba zu gehen, wo die Zuckerarbeiter viel besser bezahlt wurden. Dort hatte er einer Arbeiterin, die ebenfalls auf den Zuckerrohrfeldern schuftete, drei Jungen beschert. Er hatte einige Zeit in Santo Domingo gelebt, wo er noch mehr Kinder gemacht hatte. Dann war er nach Haiti zurückgekehrt, denn er hatte nicht aufgehört, sich nach dessen bitterem Geruch von verbrannter Erde zu sehnen. In seinem achtzehnten Lebensjahr war Ludovic in seine Fußstapfen getreten und hatte begonnen umherzuziehen. Er hatte das bodenlose Elend Haitis hinter sich gelassen und in den Vereinigten Staaten von Amerika, in Kanada, Deutschland, Afrika sein Glück versucht, bevor er in Belgien landete und die Grenze überquerte bis nach Paris. Er war Hafenarbeiter in New York gewesen, Lehrer in Koulikoro, Mali, Journalist in Maputo, Mosambik, und Musiker auf der Place de l'Horloge in Brüssel. All diese Irrungen und Wirrungen hatten auf seinem Gesicht Spuren hinterlassen, Krähenfüße um seine Augenwinkel gezeichnet, zwei Furchen um seinen Mund und Falten quer über seine Stirn gegraben. Ein melancholischer Schimmer glänzte immer auf dem Grund seiner Augen, als könne er das ganze Elend, das er gesehen hatte, nicht vergessen. Nach der Grundschule hatte er keine andere Bildung mehr erhalten als die des Lebens. Trotzdem arbeitete er, da er fünf Sprachen sprach, in einem städtischen Zentrum für straffällig gewordene Jugendliche. Seit sie ganz klein war, hörte Marie-Noëlle die Nachbarinnen an Ranélises Schulter weinen und ihr den bitteren Geschmack ihres Alltags anvertrauen: die

Beschimpfungen ihrer Männer, alle Arten von schlechter Behandlung und am Ende das Verlassenwerden. Sie selbst wuchs auf, ohne die Gegenwart und die Liebe eines Papas zu erfahren, und sie sah wohl, daß dies das Los aller war. Daher war sie zu dem Schluß gekommen, daß die Männer zu einer anderen, seltsamen und eher schädlichen Spezies gehörten, die sich um nichts als ihr Wohlbefinden kümmert.

Vom ersten Moment ihrer Ankunft in Savigny-sur-Orge an begann diese Überzeugung zu bröckeln. Ludovic war der *poto-mitan,* der tragende Mittelpfeiler des Hauses. Er war es, der die Einkäufe besorgte, der kochte und putzte – das allerdings seltener –, der im Keller die Wäsche wusch, sie zum Trocknen vor die Fenster hängte, Garvey in die Kinderkrippe brachte und wieder abholte, nachdem er ihn gebadet und angezogen hatte. In gleicher Weise kümmerte er sich voll und ganz um Reynalda. Er sprach nur Spanisch mit ihr, die Sprache seiner frühen Kindheit, als wolle er durch sie in die Zeit zurückkehren, in der er die Unwetter des Lebens noch nicht kannte. Er ertrug ihre ständige Müdigkeit, interpretierte ihr Schweigen und kam ohne Unterwürfigkeit, wie ein älterer Bruder, der alles versteht, jedem ihrer Wünsche zuvor. Eines Tages, als sie an der Tür ihres Zimmers vorbeiging, sah Marie-Noëlle ihn neben der schlafenden Reynalda sitzen, mit dem Gesichtsausdruck einer Mutter, die über den Schlaf eines kranken Säuglings wacht.

Woran litt Reynalda?

Unablässig stellte Marie-Noëlle sich die Frage, ohne zu einem Ergebnis zu kommen. Sie war eine Frau, kümmerte sich aber nicht um die Dinge, die in einem Haus der Frau obliegen. An manchen Tagen war sie fieberhaft beschäftigt, aber in egoistischer Weise. In einer Kammer, die ihr als Arbeitszimmer diente, hämmerte sie stundenlang auf eine

Schreibmaschine ein. In diesen Momenten war Ludovic froh und erklärte Garvey, daß seine Mama an ihrer Doktorarbeit schreibe und daß man ja keine Unordnung machen dürfe. An anderen Tagen zog sie, wenn sie aus dem Rathaus nach Hause kam, ihre Tür hinter sich zu wie eine Grabplatte. Wenn sie den beharrlichen Rufen Ludovics nachgab, dann nur, um sich an den Abendbrottisch zu setzen, ohne ihren Teller anzurühren, und stumm, als schmolle sie, den tausendfarbigen Bildschirm des Fernsehers anzustarren, völlig versunken in eine Obsession, die sie mit niemandem teilte. Sie beteiligte sich an keinem Gespräch. Ohne ein Wort hörte sie Ludovic zu, der Fragen stellte und die Antworten dazu lieferte. Mit einem Wort, sie schien sich für nichts zu interessieren. Weder für Kultur noch für Politik, die Hochs und Tiefs Schwarzafrikas, an denen Ludovic leidenschaftlich Anteil nahm. Manchmal hielt sie ein Buch in den Händen. Marie-Noëlle hatte jedesmal den Eindruck, daß allein ihre Augen die gedruckten Zeichen auf der Seite überflogen, während ihr Geist von Bildern gefangen blieb, die sie nicht vergessen konnte. Sogar Garvey und seine kleinen Streiche konnten ihre Aufmerksamkeit nicht fesseln. Sie nahm ihn einen Augenblick hoch, dann setzte sie ihn schnell wieder auf den Boden, überdrüssig, erneut von ihrer Gleichgültigkeit erfaßt. Marie-Noëlle hatte sofort begriffen, daß ihre Gegenwart sie mehr als alles andere verstimmte. Daher wälzte sie immer wieder die eine Frage in ihrem Kopf herum: Warum hatte sie Ranélise das Herz gebrochen und hatte sie abholen lassen aus Guadeloupe, wo es ihr so gut ging? In gewisser Weise war Reynalda keines dieser Monstren, über deren abscheuliche Verbrechen man in den Skandalblättern liest. Es war schlimmer, urteilte Marie-Noëlle. Sie war weder gewalttätig noch jähzornig, sie war nicht geizig in bezug auf das Taschengeld und sparte auch nicht bei den Kleidern und den Schulsachen. Es schien einfach, als würde ihr Herz für niemanden etwas empfinden.

Ludovic brachte im Gegensatz dazu viel Wärme in ihr Leben. Er war es, der Marie-Noëlle beibrachte, ihre Haare mit dem nassen Bürstenrücken zu glätten, ihre Jeans zu bügeln, ihre Stiefel zu säubern und zu wichsen. Er kümmerte sich darum, daß sie ihre Aufgaben machte, Englisch lernte, das einzige Fach, das sie in der Schule verabscheute. Zu ihrem ersten Weihnachtsfest in Savigny-sur-Orge schenkte er ihr ein Fahrrad, mit dem sie dann im Hof im Kreis herumfahren konnte wie die anderen Kinder der Cité. Er ließ sie die Schallplatten aussuchen, die sie dann selbst vorsichtig auf den Plattenspieler legte. Er kannte sich in der Musik nämlich aus! Wenn er da war, herrschten in der Wohnung Unordnung und Lärm.

Walzer, Rumbas, Boleros, Opern, Gospels, Requiems, Reggae, Concerti und klassische Symphonien reihten sich nahtlos aneinander. Die Langspielplatten und die Singles waren in verschiedenfarbige, etikettierte und numerierte Schachteln einsortiert. In La Pointe hatte sie nur die Biginen kennengelernt, die man bei Geburtstagen und Hochzeiten spielte, und die Rhythmen der Karnevalsumzüge, denen sie mit Claire-Alta vom Viertel L'Assainissement aus folgte. Daher erregte sie seinen Ärger, wenn sie Sarah Vaughan mit Bessie Smith, *Figaros Hochzeit* mit dem *Barbier von Sevilla* verwechselte. Zu Anfang ließ sie sich von seiner Freundlichkeit so weit täuschen, daß sie ihn für ihren verlorenen Papa hielt. Später machte sie sich klar, daß sie, selbst in seinen Augen, in dem Liebesdreieck, das er mit Reynalda und Garvey bildete, nicht wirklich einen Platz hatte. Er hatte Mitleid, das war alles. Das nahm sie ihm übel. Reynalda und Ludovic verkehrten mit niemandem. Sie gingen abends nicht aus. Ihr Auto blieb in der Garage stehen und verstaubte, während sie ihre Ferien eingeschlossen im Gefängnis der Hochhäuser verbrachten. Nie kam ein Freund, ein Arbeitskollege die Treppen bis zu ihrer Wohnung hinauf. Nie klingelte das Telefon, außer wenn Ludovics Cousins aus Belgien anriefen, und der Briefträger schob nichts als Rechnungen oder Versandkataloge unter der Tür durch. Dabei erfuhr Marie-Noëlle über den Klatsch ihrer Schulkameradinnen schon bald, daß sie alle beide in gewisser Weise sehr aktiv waren. Ludovic sei der Begründer einer politisch-religiösen Vereinigung namens »Muntu«. Die Wunder bei den straffälligen Jugendlichen, vor allem Arabern und Schwarzen, vollbrachte er dank der Vereinigung. Von deren Prinzipien geleitet, hörten die Räuber mit ihren Raubüberfällen auf, gaben die Diebe Almosen, und die Widerspenstigsten wurden lammfromm. Marie-Noëlle wollte ihren Ohren nicht trauen, als sie hörte, daß auch Reynalda dieser Vereinigung angehörte. Die Leute erklärten sich damit ihre Erfolge im Rathaus, wo sie mit einer Kollegin zusammen für die schwierigen Sozialfälle zuständig war. Ihre Spezialität war Vergewaltigung. Aber sie kümmerte sich mit beängstigender Effizienz um alle Unglücklichen, die mit der blinden Niedertracht des Lebens zu kämpfen hatten. Afrikanerinnen von nördlich oder südlich der Sahara, Antillanerinnen aus Guadeloupe wie aus Martinique, Frauen aus Réunion, verlassen von Liebhabern mit jüngerem Blut, gedemütigt, herumgestoßen, geschlagen, vergewaltigt. Sie konnte wie keine zweite die Wehrlosen dazu bringen, sich zu wehren, die Willenlosen, sich aufzulehnen, die Passiven in Furien verwandeln und sie dazu treiben, ihre Rechte und die ihrer Kinder einzufordern. Daher gab es auch mehr als einen Mann, der, durch ihre Familienuntersuchungen und ihre Zeugenaussagen vor Gericht zu Unterhaltszahlungen und ähnlichen Unannehmlichkeiten gezwungen, sich schwor, ihr eine Lektion zu erteilen, die sie nicht so bald wieder vergessen würde. Marie-Noëlle glaubte, in diesen Enthüllungen den Schlüssel zu den kleinen Rätseln zu finden, die sie so neugierig gemacht hatten. Warum alle Zimmerwände mit merkwürdigen Zeichnungen bedeckt waren. Warum sie nie Fleisch noch Schalentiere aßen. Warum Ludovic mit gesenktem Blick vor jeder Mahlzeit ein stummes Gebet sprach. Warum weder er noch Reynalda je zum Friseur gingen und ihren Haarschopf, um ihn vor Neugierigen zu verbergen, unter Mützen in den gleichen drei Farben stopften. Warum sie an den Samstagnachmittagen regelmäßig verschwanden. Sie wunderte sich nicht darüber, daß sie von Muntu ferngehalten wurde. Sie wußte genau, daß sie nicht zur Familie gehörte. Was sie jedoch erstaunte, war die Vorstellung von Reynalda als Gerechtigkeitsverfechterin, als aktives Mitglied einer Vereinigung. Sie verstand es nicht. Reynalda suchte ihre Opfer so weit entfernt und interessierte sich nicht für diejenige, die neben ihr verzweifelte. Warum fremde Wunden verbinden?

Wegen dieser Nöte war das Ende von Marie-Noëlles Kindheit schweigsam und trübselig. Die Sommerferien verbrachte sie in Ferienkolonien an traurigen Meeresstränden. Keine Freundinnen. Weder Flirts noch Liebesbriefchen in der Schule. Sie reizte niemanden, noch nicht einmal die grapschenden Opas, die sich in den Treppenhäusern herumtrieben. Einzig die endlosen Briefe von Ranélise, in denen sie ihr in allen Einzelheiten den Klatsch und Tratsch vom Canal Vatable erzählte, und ihre Päckchen voll mit eingelegtem Piment, Chadèque-Konfitüre, Pistaziennougat, rosaköpfigen Kokosplätzchen, die in den Fetzen ihres Einwickelpapiers alle Düfte der verlorenen Heimat mitbrachten, wärmten ihr das Herz. Reynalda für ihren Teil fragte nie, wie es Ranélise ging. Sie dachte nie daran, sie grüßen zu lassen, wenn Marie-Noëlle ihr schrieb. Keine Karte zu Neujahr. Keine zu Weihnachten. Auch keine zu ihrem Geburtstag, dem 24. April.

Man hätte schwören können, daß ihre einstige Wohltäterin nie existiert hatte.

4

Immerhin, sie hatte eine Freundin.

Madame Esmondas, Medium. Das stand auf ihren Visitenkarten, die beim Bäcker auslagen. Madame Esmondas wohnte in der obersten Etage von Block A (hellgrau), und da der
Aufzug nicht funktionierte, kam man ganz außer Atem vor
ihrer Wohnungstür an. Das hinderte die Leute nicht daran,
bis dort hinaufzusteigen, um ihr Herz auszuschütten. Männer. Frauen. Junge. Weniger junge. Arbeitslose, die einen Job
suchten, Ehrgeizige, die eine Beförderung anstrebten, Männer, die es nach Potenz, Ehefrauen und Geliebte, die es nach
Liebe, Kranke, die es nach guter Gesundheit verlangte. Zur
Kundschaft zählten sogar junge Leute, die kurz vor den Aus-
wahlprüfungen für das Verwaltungswesen standen und denen Madame Esmondas Tees zu trinken gab, in denen sie
ganze Seiten aus Larousse-Wörterbüchern oder dem Dalloz-
Lehrbuch hatte ziehen lassen. Madame Esmondas war eine
kleine Negerin, nicht größer als ein zehnjähriges Kind, die
man aus Respekt »Madame« nannte, ohne daß man je einen
Mann an ihrem Arm gesehen hätte. Es war allgemein bekannt, daß sie ihre große Gabe von ihrer Mutter und ihrer
Großmutter geerbt hatte, die vor ihr das Gespräch mit den
Unsichtbaren aufgenommen hatten und bei Nacht so klar
sehen konnten wie bei Tag. Aber diese beiden Frauen hatten
ihre Talente in Vieux-Habitants auf Guadeloupe ausgeübt,
wo Madame Esmondas geboren wurde. Wenn man sie fragte, warum sie Guadeloupe in den schönen Jahren des BUMI-

DOM verlassen hatte, antwortete sie mit einem kleinen Lächeln:

»Mein Blut wollte in meinem Körper nicht stillhalten!«

In Frankreich hatte sie weder Wäsche gewaschen noch fremde Böden gescheuert. Sie hatte sich in Savigny-sur-Orge niedergelassen, wo sie sich sofort einen Namen gemacht und praktiziert hatte. In einem solchen Ausmaß, daß sie ihr vollgestelltes, stickiges Wohnzimmer mit den immer zugezogenen Vorhängen zweigeteilt und in eine Art Sprechzimmer umfunktioniert hatte. Wegen des fehlenden Gefährten in ihrem Leben – ein Beweis dafür, könnte man denken, daß sie für sich selbst die Liebe nicht halten konnte – hatte Madame Esmondas kein Kind. Sie lebte allein, und das war der große Schmerz ihres Lebens. Wem sollte sie ihre Dreizimmerwohnung hinterlassen? Ihre Sträflingskette? Ihre Goldperlenkette? Die Ersparnisse, die sie auf der Bank anhäufte? Die Leute, die immer gern übertreiben, flüsterten, daß sie Millionen dort liegen hatte. Sie hatte sich mit Marie-Noëlle angefreundet, die sie mit ihrer schweren Schultasche im Treppenhaus traf und die so anders war als die anderen Kinder, immer allein, und stets höflich einen guten Tag und einen guten Abend wünschte. Um fünf Uhr lud sie sie in ihre Küche ein. Dort bot sie ihr eine Tasse Vanillekakao an, schön warm, mit trockenen, krachenden Butterkeksen dazu. Wenn sie abends entkommen konnte, weil Reynalda ganz in ihre Doktorarbeit, Ludovic ganz in seine Musik vertieft war, stieg Marie-Noëlle in den sechsten Stock hinauf. Um diese Tageszeit war Madame Esmondas wieder sie selbst geworden. Weder Turban noch weites Kleid mehr. Eine Frau mittleren Alters mit Röschen-Frisur, die gütig aussah in ihren Kleidern in verblichenen Farben. Madame Esmondas stellte ihr keinerlei Fragen, als interessiere es sie nicht, was im dritten Stock vor sich ging.

Sie verlangte nie von ihr, die schmutzigen Teller zu spülen, zu kehren, den Müll hinunterzubringen. Sie setzte sie wie eine Prinzessin in einen Sessel und erzählte ihr, ohne sich zu rühmen, die außerordentlichsten Fälle, bei denen sie ihre Kräfte bewiesen hatte. Einem Mann, der drei mal sieben Mal von seiner Gefährtin verflucht worden war und dessen Penis schlaffer als der Hals eines Truthahns zwischen seinen Schenkeln herabhing, hatte sie seine Potenz wiedergegeben. Sie hatte ein Krebsgeschwür geheilt, das einer Frau von einer Rivalin angehängt worden war und ihr beide Brüste zerfraß, unaufhaltsam bis zum Hals hinauf. Sie hatte ein Kind dem Tod entrissen, das dessen blaues Mal schon mitten auf der Stirn trug. Man darf sich nämlich nicht täuschen. Auch die Geister emigrieren. Sie folgen dem Guadeloupaner auf dem Fuß und stürzen sich auf ihn, an welchem Ort er sich auch aufhalten mag. Marie-Noëlle hörte sich diese Geschichten an, ohne allzu viel Gefallen daran zu finden. Sie hatte es lieber, wenn Madame Esmondas einfach aus ihrem Leben erzählte, von ihrer Mutter, von der Zeit, als sie klein war. Das Dorf Vieux-Habitants ging aufs offene Meer hinaus. Kein Zuckerrohr, keine Fabrik in der Gegend. Die Kirche, die Zwergschule, die Hütten standen in einer Reihe am Rand des Meeres. Daher sah man, wenn das Meer nicht gerade stürmischer Laune war, in der Ferne immerfort die blauen Berge einer ungewissen Insel den Himmel zerreißen. Madame Esmondas' Mutter, mit Vornamen Tanita, war eine »Dormeuse«. Einer jener Menschen, die bloß die Augen zu schließen brauchen, um das Leben eines anderen unter ihren Lidern vorbeiziehen zu sehen. Deshalb schlief sie nie wie die anderen Menschen, sondern verbrachte die Stunden damit, angesichts der drohenden Tragödien zu seufzen und zu klagen. Bis zu ihrem siebzehnten Lebensjahr hatte Madame Esmondas, die sich mit ihrer Mutter ein Bett teilte, auch nicht geschlafen. Sie legte sich unter Tränen und Klagen hin und wachte unter Tränen und Klagen wieder auf. Das war ein bißchen der Grund – der Schlafmangel –, warum sie sich entschloß, sich mit Gertulien Gertule zusammenzutun, einem Landarbeiter, der so gut den Lewoz tanzte. Aber, ach! Mit Gertulien Gertule schlief sie nachts auch nicht. Er nahm sie wie ein Stier, bis zu fünf oder sechs Mal jede Nacht. Das brachte ihr große Schmerzen im Bauch und drei Fehlgeburten ein. Bis sie schließlich eines Tages zu ihrer Mutter zurückkehrte. Schlaflosigkeit um Schlaflosigkeit! Es war Thérésa, eine frühere Schulfreundin, die sie auf die Idee gebracht hatte, ins Mutterland zu gehen. Sie selbst war mit ihrem Freund dorthin gezogen, der sie bald darauf wegen einer weißen Schlampe verlassen hatte. Trotzdem schrieb sie Brief um Brief, in denen sie sich glücklich pries. Sie beschrieb ihre Unterkunft. Fließendes Wasser. Toilette. Was sie dabei zu beschreiben unterließ, war, daß all diese wunderbaren Sachen sich auf dem Gang befanden und daß ihre Dachkammer nicht beheizt war. Und doch bereute Madame Esmondas es nicht, ihrem Rat gefolgt zu sein. Ohne Thérésa wäre sie noch immer auf Guadeloupe und würde die toten Kinder irgendeines Mannes austragen. Während sie hier, wo sie war, Vermögen und Respekt besaß. Natürlich war da die Einsamkeit. Im Winter noch schwerer zu ertragen! Aber letzten Endes kann man ja seine Einsamkeit mit dem lieben Gott ausfüllen. Madame Esmondas war sehr fromm und ließ keinen Gottesdienst aus. Jeden Abend, bevor sie Marie-Noëlle durch das unbeleuchtete Treppenhaus wieder hinuntergehen ließ, erklärte sie ihr, wie man sich der Männer erwehrt. Marie-Noëlle war recht erstaunt zu hören, daß eben jene Männer, die ihr nie einen Blick gewährten, in Wirklichkeit nur einen einzigen Gedanken im Kopf hatten: das Schloß ihres Körpers aufzubrechen. Aus diesem Grund hatte sie ernsthafte Zweifel an Madame Esmondas' Glaubwürdigkeit, und in ihrem tiefsten Inneren bedauerte sie diejenigen, die vor ihrer Tür Schlange standen. Trotzdem erschienen ihr die Momente, die sie mit Madame Esmondas verbrachte, als gesegnet, als alles, was entfernt dem Glück ähnlich sah.

Die Wochen in der Ferienkolonie waren immer eine Zeit der Prüfungen, denn sie haßte jeden Sport, Wandern, Klettern, Schwimmen und sah sich stets nach kurzer Zeit von den Betreuern links liegengelassen, welche die Athleten bevorzugten. In diesem Sommer schickte die Gemeinde ihre Schäflein in ein Dorf in der Dordogne, und die Zeit verging mit eiskalten Bädern in den Flüssen, mit nicht enden wollenden Wanderungen durch die Wälder, mit Expeditionen in Höhlen, in denen es nichts zu sehen gab. Kaum war sie zurück in Savigny-sur-Orge, lief sie zu Madame Esmondas, der sie auch nicht vergessen hatte, eine Postkarte zu schicken. Sie stieß auf eine geschlossene Tür. Mehrmals stieg sie die Treppen vergeblich hinauf und mußte schließlich den Tatsachen ins Auge sehen. Madame Esmondas war weg. Als sie todunglücklich die Wohnungstür aufstieß, drückte Ludovic ihr einen Korb Wäsche in die Arme. Während sie die Kopfkissenbezüge, Handtücher und Socken aufhängte, stellte sie sich unaufhörlich Fragen. Wo konnte Madame Esmondas sein? Ihre Tagesabläufe waren sorgfältig eingeteilt. Sie verließ ihre Wohnung nur Sonntagmorgens, um in die Kirche, und Mittwochnachmittags, um in den Supermarkt zu gehen. Sie traute sich nicht, Ludovic ihren Kummer anzuvertrauen, denn man hätte wetten können, daß er nicht einmal den Namen von Madame Esmondas kannte, er lebte ja wie ein Wilder an allen Leuten in der Cité vorbei. Die kleinen Freuden der vergangenen Zeit gingen ihr im Kopf herum. Madame Esmondas, so mütterlich, wie ihre Mutter es nicht war. Der Duft des heißen Kakaos stieg ihr wieder in die Nase. Der Geschmack des Butterkekses, frisch aus seiner metallischen Hülle in den Mund. Wenn ihre einzige Freundin verschwände, würde sie nichts von ihr zurückbehalten. Kein Erinnerungsstück. Kein Foto. Nichts als Bilder in ihrem Kopf, die der Zeit nicht widerstehen würden.

Nach ein paar Tagen machte schließlich eine Nachbarin, die ihren Zirkus leid war, ihre Wohnungstür einen Spalt auf und sagte ihr, daß Madame Esmondas einen Anfall erlitten habe. Einen Anfall? Was für einen Anfall? Wo war sie jetzt? Aber das war alles, was sie wußte. Marie-Noëlle nahm ein Wörterbuch zu Hilfe. Anfall: 5 – plötzliches, jähes Auftreten gewisser Krankheiten. Unmöglich! Madame Esmondas rühmte sich, nie auch nur die gewöhnlichsten Kopfschmerzen gehabt zu haben.

Die Tür der Wohnung im sechsten Stock blieb monatelang verschlossen. Zu Beginn des Frühlings öffnete sie sich wieder. Neue Bewohner richteten sich ein. Eine Familie, Papa, Mama, ein Haufen Kinder, alles Jungen. Da sie niemanden grüßten, konnte man sie nichts fragen. Man beschränkte sich auf Mutmaßungen. Wahrscheinlich waren es Verwandte von Madame Esmondas. Es wurden Familienähnlichkeiten festgestellt.

In ihrem tiefsten Inneren bewahrte Marie-Noëlle weiterhin Hoffnung. Sie war davon überzeugt, daß Madame Esmondas sie nach all der Freundschaft zwischen ihnen nicht verlassen würde. Auf eine geheime Weise, die nur für sie verständlich wäre, würde sie ihr ihren Abschiedsgruß zukommen lassen. Nachts wartete sie in ihren Träumen auf sie. Aber die Monate vergingen, und sie sah sie nie wieder.

5

Verloren in all diesem Grau eine Erinnerung. Strahlend wie das Versprechen der Sonne in der Morgendämmerung.

Keine Ferienkolonie in diesem Jahr. Der Juli brachte Rodrigue, Natasha und ihre zwölfjährige Tochter Awa nach Savigny-sur-Orge. Rodrigue, ein schwarzer, bärtiger Riese, Ebenbild Melchiors, des Weisen aus dem Morgenland. Natasha, blond und schon vor den Vierzigern verwelkt, rund um die Augen noch eine Spur ihrer Schönheit. Rodrigue und Ludovic taten, als wären sie Cousins, weil sie beide Kinder von nach Kuba emigrierten Haitianern waren und sich als kleine Jungen in denselben Zuckerrohrfeldern die Haut zerkratzt hatten. Aber seit jener Zeit hatte das Schicksal ihre Wege getrennt, denn Rodrigue war bei seiner Familie auf Kuba geblieben. Das hatte es ihm ermöglicht, an der Moskauer Universität Medizin zu studieren und ein Monsieur zu werden. In Moskau hatte er Natasha kennengelernt, und jetzt leitete er ein Mutter-und-Kind-Ambulatorium in Ober-Guinea, in einem Dorf, das mitten im Dunkelgrün des Waldes lag.

Aus Platzmangel mußten sich Awa und Marie-Noëlle zum Schlafen ein Bett teilen, und gleich am ersten Abend sprudelte aus Marie-Noëlle, die nie redete, weil niemand ihr zuhörte, ein Sturzbach von Worten heraus, um Awa zu beschreiben, welche Art von Leben sie führte, der erst am Morgen versiegte. Das war das erste einer Reihe von Gesprächen, die sich über Jahre fortsetzen und alle möglichen Mißklänge überstehen sollte. Die Freundschaft zwischen ihnen knisterte sofort und entflammte sie mit ihrem schönen, stahlblau schimmernden Feuer.

Awa und Marie-Noëlle sahen sich ähnlich. Sie waren gleich groß. Gleich schwer. Die gleiche ziemlich helle Hautfarbe. Die gleichen Augen mit wechselnder Farbe. Die gleiche rötliche Mähne, mehr gelockt als kraus, die immer wild abstand. Sie schworen sich, Schwestern zu sein, und blieben es auch lange.

Am zweiten Abend war Awa an der Reihe, sich ihr anzuvertrauen. Auch sie war nicht glücklich. Ihre Eltern liebten sich nicht mehr. Ihr Vater sorgte sich um nichts als um sein Ambulatorium, um seine Kranken, um deren Durchfälle, entzündete Wunden, Malaria, Guineawürmer, Koch-Bazillen. Ihre Mutter Natasha war sehr allein. Wegen Rodrigue hatte sie ihr Land, ihre Eltern, alle, die ihre Sprache sprachen, verlassen und ihre Jugend in einem Unglücksland begraben. Deswegen lag sie ihm ununterbrochen mit Vorwürfen, Beschuldigungen und Klagen in den Ohren. Sie wußte auch, daß er in einer Hütte des Dorfes eine afrikanische Frau und Kinder, so schwarz wie der Teufel, hatte. Sie hatte alles versucht, um ihr Leben mit Sinn zu erfüllen. Russisch-Unterricht anbieten? Wem denn? Kein Mensch konnte lesen. Ein Fernstudium an der Universität von Dakar im Senegal aufnehmen? Die Post war so unzuverlässig. Noch ein Kind machen? Sie hatte diese Idee in die Tat umgesetzt und einen Sohn bekommen. Aber, ach! Das Klima war ihm nicht bekommen, und er war gestorben, nur ein paar Wochen alt. Und nun verließ sie K* nicht mehr, um in der Nähe des kleinen Grabes im Humus unter den Bäumen des Waldes zu bleiben. Ihr graute vor allem. Vor den Afrikanern und ihren Lendenschurzen, die so schmutzig waren wie ihre Haut, vor den wenigen Weißen, Händler oder Lehrer, die hager und abgezehrt aussahen wie Gespenster ihres einstigen Lebens, vor dem ewig tiefhängenden und bleiernen Himmel über ihrem Kopf und vor allem vor dem Wald, diesem Wald, der ringsherum sein Maul aufriß wie ein gefräßiges Tier. Natasha verbrachte ganze Tage auf ihrem Bett liegend, weinte, rief nach ihrer Mutter, die im Jahr zuvor gestorben war, ließ wieder und wieder die Pracht von Nijworod vor ihren Augen vorbeiziehen, dem Vorort von Moskau, wo sie aufgewachsen war und die erste Zeit ihrer Liebe mit Rodrigue erlebt hatte.

Mit zwölf Jahren legte Awa bereits ein Interesse für Jungen an den Tag, das sich mit den Jahren weiter verstärken sollte. Es heißt, daß manche Mischblute, schwerer und heißer als andere, solche sexuellen Anziehungen kennen. Marie-Noëlle ihrerseits war auch nicht völlig unschuldig. In La Pointe hatte sie, wenn sie unversehens aufwachte, seltsame Duette zwischen Ranélise und Gérardo Polius gehört und begriffen, daß das, was nachts zwischen einem Mann und einer Frau passiert, das Licht des hellen Tages nicht braucht. Ihre Neugier kreiste jetzt um die körperlichen Beziehungen zwischen Reynalda und Ludovic. Reynalda betrug sich nämlich Ludovic gegenüber so merkwürdig. Nie eine kleine Geste, ein Lächeln im Mundwinkel, ein Blick, der Nähe bedeutet hätte. Wenn er sich dazu hinreißen ließ, sie zu küssen, schien sie Qualen zu leiden. Zusammengekauert wie eine *mamzel-mari* in ihrem Feld. Dabei hatte sie doch Garvey auch nicht vom Heiligen Geist empfangen! Warum zierte sie sich so?

Awa lenkte Marie-Noëlle von diesen müßigen Betrachtungen ab. Den ganzen Sommer lang war der Hof der Cité Jean-Mermoz voll mit Jungs der verschiedensten dunklen Hautfarben, die sich langweilten, prügelten oder hinter einem Fußball herliefen. Er stellte also ein unerschöpfliches Experimentierfeld dar.

Starr vor Neid, sah Marie-Noëlle, wie Awa sich aufmachte, diese müßiggehenden jungen Kerle zu erobern, wie sie mit ihnen ins Gespräch kam, wie sie mit den Augen abschätzte, was sie auf Geschlechtshöhe zwischen Jeans und Haut trugen. Sie ließ sich küssen und abknutschen, in Treppen- oder Parkhäusern, vor den Waschmaschinen im Keller. Dann brachte sie ihre Kleider wieder in Ordnung, bevor sie heraufkam und beim Abendessen ihr Engelsgesicht zur Schau trug. Dort oben schenkte man den Kindern wenig Beachtung, denn die Stimmung war zumeist schneidend wie eine Rasierklinge. Rodrigue und Ludovic, die sich seit ewigen Zeiten nicht mehr gesehen hatten, fanden wieder zueinander wie Brüder und träumten davon, erneut ein gemeinsames Leben zu führen. Sie befragten sich gegenseitig. Gab es schon Straftäter in Ober-Guinea? Wurden in Savigny-sur-Orge Ärzte, die im Osten ausgebildet waren, eingestellt? Die Frauen hingegen hatten schon am Flughafen von Orly, als sie von ihren Gefährten zu einer herzlichen Umarmung genötigt worden waren, gegenseitiges Mißtrauen an den Tag gelegt. Seither war die Mißstimmung zum offenen Streit geworden. Während Reynalda sich darauf beschränkte, den Kontakt zu meiden, indem sie sich unter dem Vorwand, an ihrer Doktorarbeit zu schreiben, in ihr Arbeitszimmer einschloß, gab Natasha hemmungslos die beleidigendsten Bemerkungen von sich. Über die Art, wie Reynalda sich anzog. Wie sie ihren Haushalt nicht führte. Sich nicht um ihre Gäste kümmerte. Ihre Familie behandelte. Es mochte noch angehen, wie sie sich Ludovic gegenüber betrug. Schon seit dem Alten Testament werden die Perlen vor die Säue geworfen. Es mochte auch noch angehen, daß sie so wenig mütterlich zu dem allerliebsten Garvey war. Er war ein kleiner Mann, und die bekommen die nötige Kraft und Mut in die Wiege gelegt. Aber nichts in der

Welt konnte die Art entschuldigen, wie sie Marie-Noëlle behandelte! So hübsch, so sanft, so intelligent! Marie-Noëlle hätte ihr Augapfel sein sollen, das Goldkettchen an ihrem Handgelenk! Manchmal scheint Gott zu handeln wie der letzte der Unwissenden und Leuten Gaben zuteil werden zu lassen, die sie nicht verdienen. In Wirklichkeit stellt er ihnen eine Falle. Wenn er sie vor sein Gericht beruft, dann helfe der Himmel, daß sie ihre Verteidigung parat haben.

Natasha unternahm es also, wiedergutzumachen, was wiedergutgemacht werden konnte. Sie ließ Rodrigue und Ludovic ihrer kubanischen Kindheit gedenken und dabei ein Bier nach dem anderen trinken oder schweißtriefend hinter einem Fußball herlaufen wie kleine Jungen und zog sich ihre Kleider über, die aus afrikanischen Wickeltüchern geschneidert waren, steckte ihre blonden Haare hoch und nahm die beiden kleinen Mädchen an die Hand. Karussells, Jahrmärkte, Buchausstellungen, Theater für Jugendliche, Zeichentrickfilme, Musikkomödien, Rock-Konzerte, alles war ihr recht. Und so weinten sie beim Gesang von Joan Baez auf dem Vorplatz von Notre-Dame in Paris und tanzten im Parc des Princes wie wild auf die Musik von Ike und Tina Turner, die gerade aus Ghana zurückgekommen waren.

In diesem Sommer entdeckte Marie-Noëlle die Süße der Liebkosungen wieder, aber auch die der Zurechtweisungen und der Strafen. Natasha geizte mit nichts. Daher war es unklug, sich in zu großer Nähe zu ihr aufzuhalten, denn man wußte nie, was man abkriegen würde, einen Kuß oder einen Klaps. Marie-Noëlle genoß den Geschmack von Schokoladen-Eclairs und warmem Apfelkuchen in den Teesalons der Rue de Rivoli und das *Gervais*-Eis am Stiel in den Kinopausen. Sie wärmte sich an der Wärme der Kosenamen. Ihr träges

Herz begann wieder zu schlagen, wenn Natasha sie »mein Herzchen«, »mein Häschen«, »mein Täubchen« nannte, und sie wachte voller Angst nachts auf und fragte sich, ob der liebe Gott, der sie so lange grausam behandelt hatte, sie nicht zum besten hielt.

Plötzlich so viel Zärtlichkeit.

Kurz vor ihrer Rückkehr nach K* – Awa jammerte in einem fort beim Gedanken an die unmittelbar bevorstehende Trennung – richteten Rodrigue und Natasha eine Bitte an Reynalda. Natasha hatte eine kleine Rede vorbereitet, in der sie, auf Rodrigues und Ludovics Rat, auf jegliches Wort verzichtete, das scharf oder beleidigend klingen konnte. Awa und Marie-Noëlle liebten sich heiß und innig, das sei offensichtlich. Wie Zwillinge aus ein und demselben Bauch. Marie-Noëlle verstehe sich mit ihr wie mit einer echten Mutter. Und mit Rodrigue wie mit einem echten Vater. Alle beide hätten sie sie herzlich lieb. In K* sei die Schule nicht allzu schlecht. Sie würde die Kinder zum Lernen anhalten, und um mögliche Krankheiten würde Rodrigue sich kümmern. Warum sollte sie ihnen also nicht Marie-Noëlle anvertrauen?

Reynalda hörte sich den Vorschlag an. Sie hatte einen ihrer seltenen guten Abende. Am frühen Abend hatte sie mit dem Geklapper ihrer Schreibmaschine aufgehört und sich im Wohnzimmer zu den anderen gesellt. Sie hatte die Gespräche ertragen, die sich von Tag zu Tag nicht sehr unterschieden. Erinnerungen an Kinderstreiche von Ludovic und Rodrigue. Medizineranekdoten aus der Zeit, als Rodrigue in einem Moskauer Krankenhaus Assistenzarzt war. Erzählungen, die die Not der Afrikaner anschaulich machten. Schmähreden gegen den Neokolonialismus, der den Kolonialismus ablöste, und zu guter Letzt leidenschaftliche Diskussionen. Über die kubanische Revolution. War Fidel Castro wirklich der Máximo Líder, den manche verehrten? Über den Marxismus, dessen Grenzen Ludovic voraussah. Über Muntu, dessen Prinzipien Rodrigue zum Lachen brachten. Das war eine von den Amerikanern übernommene Idee, nicht wahr? Reynalda hörte zu, in seltener Ungezwungenheit gegen Ludovics Schulter gelehnt, mit offenem, aber paradoxerweise undurchschaubarem Gesicht. Als Natasha fertig war, drehte sie sich zu Marie-Noëlle um, die Hand in Hand mit Awa vor Hoffnung zitterte, und sah sie an. Es war vielleicht das erste Mal, daß sie sie auf diese Art ansah. Ohne auszuweichen. Gerade heraus. Voll in die Augen. Und Marie-Noëlle begriff, was dieser Blick bedeutete. Er bedeutete Besitz. Sie begriff, daß Reynalda, die sie ausgestoßen und zehn Jahre lang verlassen hatte, aus geheimen Gründen, die nur sie selbst kannte und die nur wenig mit Liebe gemein hatten, nicht mehr die Absicht hatte, sich von ihr zu trennen. Sie selbst würde nie von ihr freikommen, was sie auch tun mochte, was auch andere tun mochten. Sie würde ihr Leben damit zubringen, sich die unvorstellbare Süße der vergangenen Zeit vorzustellen, in der sie in ein und demselben Fleisch vereinigt waren, sich nach ihr zu sehnen, zu versuchen, sie wiederzufinden. Aber es wäre vergebliche Mühe. Es würde ihr nicht gelingen, und sie würde auf immer allein durch ihre Wüste irren. Vor Verzweiflung begann sie zu weinen, und Reynalda, ohne ein Wort noch eine Geste in ihre Richtung, ohne jemandem gute Nacht zu wünschen, stand auf und ging in ihr Zimmer.

Die beiden Mädchen verbrachten die letzten Nächte einander in den Armen liegend und bitterlich weinend, während Ludovic, Rodrigue und Natasha sich stritten, wobei Natasha den Männern ihren mangelnden Mut vorwarf.

Von der Abreise nach K* wurde nicht mehr gesprochen.

Im folgenden Jahr gesellte sich Marie-Noëlle, die ihren

Platz immer im Spitzenfeld der Klasse gehabt hatte, zu denjenigen, denen von Klasse zu Klasse, von Lehrer zu Lehrer immer eine lichtlose Zukunft vorausgesagt wird. Nichts mehr interessierte sie. Das Leben war zu einer langen Reihe von Bewegungen ohne jeden Reim noch Sinn geworden. Sich beim Aufstehen mit einer Zahnpasta, die nach Minze schmeckte, die Zähne putzen, sich an den Wänden der Duschkabine stoßen, Getreideflocken essen, die Schultasche mit zu schweren Büchern vollpacken, Racines Tragödien studieren, Wordsworths Gedichte übersetzen, die Geschlechtsorgane von Mäusen oder Ratten sezieren. Warum nicht gleich die Reise zu jenen Ufern antreten, die die alten Ägypter beschrieben, an denen Lotus, Kornblume und Riesenpapyrus wachsen? Beim Klang der Sistren ihre beiden Seelen empfangen und auf den Augenblick der Wiedergeburt warten und in der Zwischenzeit beten, daß das Leben sie diesmal weniger stiefmütterlich behandeln möge?

In der Welt der schlechten Schüler, in die sie nun eintrat, eine Welt ohne Erfolgsstreben und also ohne Wettbewerbsgeist, entdeckte Marie-Noëlle jedoch die Freundschaft wieder, diese Blume der Einsamkeit. Im Pausenhof wollte niemand sich dieser kleinen kohlefarbenen Schwarzen nähern, mit ihren zu Rosetten geflochtenen Haaren und den so schlechten Kleidern. Weder die Afrikaner von nördlich noch südlich der Sahara noch die Antillaner, die in der Schule die Mehrheit bildeten. Saran kam wie Awa aus Guinea (nicht aus K★, sondern aus der Hauptstadt), deren Flüchtlingskohorten begannen, die Straßen der Welt zu füllen. Mandekuman, ihr Vater, war ein hoher Kader des Regimes gewesen, mit zwei Mercedes Benz, und sie war hinter einer Bougainvilleenhecke aufgewachsen, mit einem Mossi als Wache vor ihrer Tür. Dann hatte der Diktator seine Clique ausgewechselt. Als der

Augenblick der Flucht über das felsige Malinke-Land kam, hatte Mandekuman für das Exil Aminata gewählt, seine dritte Frau, diejenige, die lesen, schreiben, etwas Französisch sprechen konnte, und Sarans Mutter hatte er zurückgelassen. Von einem Tag auf den anderen hatte sich das Leben des kleinen Mädchens völlig verändert. In der Wohnung ohne Heizung schliefen die Kinder, die mit Ölsardinen und Reis ernährt wurden, in ihren Mänteln, um sich warm zu halten. Saran war immer die letzte, die am Schultor ankam, weil sie einen kleinen Bruder zu wickeln, Wäsche zu waschen oder zu bügeln hatte oder für die Sardinen und den Reis zum Mittagessen beim Araber um Kredit bitten mußte. Ihre Stiefel waren undicht. Ihre Finger waren voller aufgeplatzter Frostbeulen. Trotzdem, Marie-Noëlle erklärte ihr, daß ihr Unglück ihrem eigenen nicht gleichkam. Wenigstens war Aminata, ihre Stiefmutter, ein lebendiger Mensch. Ein Mensch, der in seinem Unglück lachte. Ein Mensch, dem es nicht an lebhaften Worten fehlte, um die Feste in den blühenden Gärten des Präsidentenpalastes zu beschreiben, die duftigen Bubus und den Schmuck der Frauen, den Duft der dutzendweise am Spieß gebratenen Hammel und der durchdringenden Stimmen der Griot-Sängerinnen vom nationalen Ensemble, die die Größe der Revolution besangen. Saran glaubte kein Wort davon und hob zum Gegenbeweis ihre Bluse hoch, um die blauen Flekken an ihrem Körper zu zeigen.

Anders als Awa fand Saran keinen Geschmack an Jungen. Sie hatte nur ihre Mama im Kopf, die zu den Ihren zurückgekehrt war, an die sie Brief um Brief schrieb und von der sie keinerlei Nachricht hatte. Aber irgendwie muß man sich ja Schulsachen besorgen und in den Pausen den Geschmack von Chips, Mars und Smarties kennenlernen. Also ließ sie sich von den größten Draufgängern der Schule flachlegen, den

Sitzenbleibern, die mindestens siebzehn Jahre alt waren. Die Rendezvous fanden in einem stillgelegten Physik- und Chemieraum statt. Marie-Noëlle hatte die Aufgabe, im Hof Wache zu schieben und den Hausmeister im Auge zu behalten. Aber sie drückte lieber die Nase an die Scheibe. Was im Inneren des Schulzimmers vor sich ging, erschreckte sie, erregte aber auch ein verwirrendes Gefühl in ihr und beschleunigte den Fluß ihres Blutes. Wie zu Awas Zeiten hätte sie alles gegeben, um an der Stelle ihrer Freundin zu sein, preisgegeben, zerrissen, aber dennoch allmächtig, einer Göttin gleich, die einer Reihe von Bittstellern Lust spendet. Sie selbst wurde von niemandem begehrt. Die Jungen von der Schule oder aus der Cité gingen an ihr vorbei und sahen sie noch nicht einmal an. Saran versetzte sie eines Tages in Erstaunen, als sie ihr verriet, daß sie nichts dabei empfand und etwas vorspielte. Das wurde mit einem Schlag zur fixen Idee. Spielte Reynalda etwas vor? Das würde ihr Verhalten Ludovic gegenüber erklären. Saran zeigte ihr auch Kondome, die sie, sehr professionell, ihren Partnern überstreifte. Benutzten Reynalda und Ludovic welche, da sie keine Kinder mehr machten?

Zu dieser Zeit begann Marie-Noëlle, den Körper Ludovics bewußt wahrzunehmen, wie er in der Wohnung hin und her ging, seine Hautfarbe und die Waffe, die er in Ruhestellung an seinem Oberschenkel trug. Auch den Körper ihrer Mutter nahm sie bewußt wahr: wenig entwickelt, trotz ihrer Schwangerschaften noch jugendlich. Mindestens zwei Männer hatten sie auf den Rücken gelegt. Wie hatten sie es gemacht? Hatte der erste sie aufgelesen wie eine Hure? Sie vergewaltigt? Das würde erklären, daß sie sich umbringen wollte. Marie-Noëlle wachte nachts auf, lauschte in die Stille, hörte jedoch nichts als den Atem Garveys im Bett über ihrem. Vor lauter Hin- und Herwälzen dieser so wenig gesunden Gedanken in ihrem

Kopf nahm sie ab, ihre Kleider hingen an ihr herab, und zum Ende des Herbstes bekam sie ihre erste Regel.

Gegen Februar eröffnete Saran ihr einen Plan. Sie würde den Schmuck entwenden, den Aminata unter ihrer Matratze aufbewahrte, ohne daß irgend jemand es wußte, nicht einmal ihr Mann: Ketten, so breit wie Pektorale, Anhänger, schwer wie Orangen, Broschen in Blumen- oder Tierformen, Armreife und Fußketten, alles aus Platin, Gold, Silber, von den besten Goldschmieden Guineas ziseliert oder mit Edelsteinen besetzt, die aus den Minen von Zaire oder Südafrika stammten. Das war, zusammen mit den Erinnerungen, alles, was ihr aus der Zeit ihres Glanzes blieb. Manchmal schloß sie sich in ihr Zimmer ein, schmückte sich und weinte sich dabei die Augen aus. Saran würde den Haufen an einen Hehler verkaufen – daran dürfte es in Savigny-sur-Orge nicht fehlen – und zwei Flugtickets bezahlen. Und so würden sie in die Vereinigten Staaten von Amerika fliehen. Dorthin würde sie ihre Mama nachkommen lassen. Vielleicht wollte Marie-Noëlle Ranélise nachkommen lassen? Und Claire-Alta?

Marie-Noëlle hätte alles darum gegeben, Savigny-sur-Orge weit, weit hinter sich zu lassen. Nichts hielt sie zurück. Außer Garvey, den sie innig liebte. Er war gerade drei Jahre alt geworden, und als verstünde er ihre Traurigkeit, bedachte er sie mit allen möglichen Zärtlichkeiten. Ludovic würde sie nicht vermissen. Nein! Ihn nicht. Je älter sie wurde, desto klarer wurde ihr, daß seine Freundlichkeit nichts anderes als Mitleid verbarg. Und wer flößt schon gern Mitleid ein? Trotz alledem konnte Sarans Plan sie nicht überzeugen. Er erschien ihr kindisch, kaum durchführbar, mit einem Wort, verrückt. Um sie nicht zu verletzen, brachte sie nur einen einzigen Einwand vor. Warum sollten sie in die Vereinigten Staaten von Amerika gehen? Warum nicht einfach nach Guinea zurückkehren? Saran hatte lange über die Frage nachgedacht und hatte Argumente:

»Dort werden uns die Polizisten umbringen wie Hunde, Amerika dagegen ist das Land der Freiheit.«

Schließlich beschlossen sie, Anfang Juli wegzugehen, wenn das Schuljahr zu Ende war. Saran behauptete, sie hätte einen Hehler ausfindig gemacht, einen Harki aus Tlemcen, der Tahar hieß. Sie behauptete auch, sie würde in einem Reisebüro alles regeln. Aber am Tag, an dem sie sich den Schmuck holen sollte, fand sie an der gewohnten Stelle nichts. Wahrscheinlich hatte Aminata ihr Versteck gewechselt.

Marie-Noëlle war nie mehr davon abzubringen, daß Saran in Wirklichkeit nie vorgehabt hatte wegzugehen. Daß alles leere Worte gewesen waren. Daß sie geträumt hatte. Nur geträumt.

6

Wie viele Tage waren es, die sich aneinander reihten, daß ganze Wochen daraus wurden? Wie viele Monate, daß es Jahre wurden? Wie viele Jahre vergingen?

Marie-Noëlles Gedächtnis hat aufgehört zu zählen. Sie hat nur die Erinnerung an jenes Gespräch mit Reynalda behalten, das einzige ihres ganzen Zusammenlebens. Marie-Noëlle muß um die fünfzehn, sechzehn Jahre alt gewesen sein. Man drohte sie von der Schule zu werfen. Saran war schon hinausgeworfen worden. Es war Frühling oder Sommer, denn die Fenster waren weit offen, und aus dem Hof drang Kindergebrüll herauf. Reynalda zeigte ihre Schultern, die heller waren als ihr Gesicht, und den Ansatz ihrer Brüste, in derselben Farbe, weit auseinanderstehend, leicht hängend. Ihre stellenweise rötlichen Haarsträhnen standen in alle Richtungen ab wie bei einem Gorgonenhaupt, ohne daß sie deshalb furchterregend ausgesehen hätte. Sie richtete den Blick in Höhe von Marie-Noëlles Gesicht, einen Blick, der, wie immer, durch sie hindurchging, um auf einem unbestimmten Ort zu ruhen, irgendwo rechts oder links hinter ihr, etwas höher, vielleicht auf einer seltsamen Reproduktion, die Ludovic an die Wand gehängt hatte. Sie redete, als betreffe das, was sie sagte, Marie-Noëlle nicht wirklich, als richte sie ihre Worte nicht an sie, sondern konzentriere sich auf ihre privaten Abschweifungen.

»Die Arbeit ist es, die mich dahin gebracht hat, wo ich jetzt bin. In einem Büro im ersten Stock des Rathauses, mit einer

Sekretärin zu meiner Verfügung. Die Arbeit ist es und nichts sonst. Heute kenne ich weder Herr noch Herrin. Ich mache, was ich will, wie ich es will, wann ich will. Jahrelang haben mich die Leute behandelt wie einen Hund. Sie warfen mir ihre Worte hin wie Knochen zum Abnagen und kommandierten mich herum: ›Reynalda, mach dies, Reynalda, mach das.‹ Das ist endgültig vorbei. Man muß wissen, was man will. Man muß selbst entscheiden, weil niemand dein Leben für dich lebt. Man kann seine Zeit nicht damit verschwenden, herumzujammern und darüber zu brüten, was passiert ist. Das habe ich schließlich begriffen. Ich habe in meinem Leben mehr als irgend jemand gelitten. Ich habe mir ich-weiß-nicht-wie-oft gewünscht zu sterben. Ich kann tatsächlich sagen, daß ich nicht weiß, wie es kommt, daß ich auf Erden noch am Leben bin. Das ist bestimmt Ludovic zu verdanken. Aber manchmal frage ich mich, ob es wirklich die Mühe wert ist.

Ich bin auf La Désirade geboren. Die Leute aus Guadeloupe haben ein schlechtes Bild von La Désirade, wegen der Schurken und der Leprakranken, die man früher dorthin schickte, und auch, weil da nichts wächst. Nichts. Weder Zuckerrohr. Noch Kaffee. Noch Baumwolle. Noch Jamswurzel. Noch Süßkartoffeln. Aber für mich als kleines Mädchen war es wirklich ›Desirada‹, die ersehnte Insel, die vor den Augen von Christoph Kolumbus' Seeleuten aus dem Meer auftauchte, nach Tagen und Tagen. Ich kannte jeden Winkel. Ich atmete ihren Geruch, wenn die Sonne, die sie den ganzen Tag gewärmt hatte, ihr Haupt endlich in der Tiefe des Wassers zur Ruhe legte. Ich konnte einen Felsen anheben und mit Sicherheit das darunter versteckte Insekt benennen. Ich kannte ihr Buschwerk. Ich wohnte mit meiner Mama auf dem ›Berg‹. Ohne Geschwister. Nur wir beide in einer wackeligen Hütte auf einem Stück schlechter Erde, steinig, mit einer Krotonhecke gesäumt, ein paar Schritte von einem grauen Mapou-Baum. Morgens fütterte ich die Vögel, die ich mit Leimruten gefangen hatte und in einem selbstgeflochtenen Bambuskäfig hielt, mit Reisbruch. Wir hatten weder Strom noch fließendes Wasser. Jeden Morgen ging ich zum Cybèle-Bach hinunter, mit einem Wassereimer im Gleichgewicht auf dem Kopf. Nachts zündeten wir Kerzen an, die die Finsternis nicht erhellten. Wie die meisten anderen Kinder hatte ich keinen Papa. Das störte mich nicht. Aber trotzdem, oft fragte ich mich, wer er war. Wenn ich sie ausfragte, gab meine Mama mir unterschiedliche Antworten. Manchmal sagte sie mir, es war ein Fischer, der mit seinem Schleppnetz in Richtung Petite-Terre hinausgefahren war, um Thunfisch zu fangen, und nie zurückkam. An anderen Tagen behauptete sie, daß er in Baie-Mahault Kampfhähne züchtete. An wieder anderen erzählte sie, daß er ein Messerschleifer aus Saint-François auf der großen Insel war. In Wirklichkeit, glaube ich, wußte sie nicht genau, wer ihr einen Bauch gemacht hatte, weil viele Männer über sie gestiegen waren, um sich ihre Lust zu nehmen. Es war vielleicht nicht aus Liederlichkeit. Sie war einfach eine arme Frau, und die armen Frauen gehören allen. Man nimmt sie sich, läßt sie fallen, nimmt sie wieder, nach Lust und Laune. Meine Mama mochte mich nicht. Das habe ich gleich gespürt. Ich kann nicht sagen, daß sie zu dieser Zeit angefangen hätte, mich zu mißhandeln. Aber sie hatte nie ein gutes Wort für mich. Sie sagte immer wieder, daß ich zu schwarz, zu klein wäre, daß ich schlechte Haare hätte, nicht wie ihre, die lang und dicht waren und die sie zu ›Vanilleschoten‹ frisierte, um zur Messe zu gehen. Sie hörte nicht auf zu meckern, ich würde nie einen Mann finden, der sich um mich kümmert. Letzten Endes hat sie sich auf der ganzen Linie getäuscht.

Bei uns kam nicht oft Fleisch auf den Tisch. Es war schon ein Glück, wenn meine Mutter, die im Pfarrhaus von Baie-Mahault die Holzfußböden schrubbte, ein Bündel Fische bezahlen konnte, die sie dann in Schweineschmalz briet. Die meiste Zeit tunkte ich meine Brotfruchtscheibe oder meine grünen Bananen in Öl. All das erfüllte meinen Kopf jedoch nie mit Trauer. Wenn mir der Magen allzusehr knurrte, schlug ich eine Mango vom Baum herunter. Ich zerkratzte mir die Hände, wenn ich im Kampesche-Unterholz Ikakopflaumen pflückte. Das größte Glück bei alledem war: So arm ich auch sein mochte, ohne Schuhe oder gute Kleider, neue Bücher oder Hefte mit Hüllen, in der Schule war ich die Beste. Den Lehrerinnen mißfiel das. Sie fanden es irgendwie deplaziert. Sie hätten ihre rosafarbenen Zeugnisse lieber ihren hellhäutigen Lieblingen gegeben. Nichts zu machen. Ich, Reynalda Titane, sackte sie alle ein. Man hätte meinen können, ich sammle sie. Ich räumte sie alle in eine Butterkeksdose. Ich numerierte sie.

Außerdem konnte ich gut singen.

Die Katechismus-Damen konnten mich noch so weit hinter die gut gekleideten, ordentlich gekämmten Kinder in die letzte Reihe stellen, damit man mich bei den Gottesdiensten in der Kirche nicht sah, man hörte nur meine Stimme. Sie tönte im Kirchenschiff, sie schwebte bis unter die kielförmige Decke empor. Sie stieg sogar noch höher: in den Himmel.

Und daher ist – merkwürdigerweise – mein Unglück gekommen. An einem 15. August stieg der Bischof von Guadeloupe zu einer Wallfahrt auf La Désirade vom Schiff. Zu jener Zeit war Guadeloupe ein fernes, fremdes Land. Wie die meisten Leute kannte ich es nicht. Ich war nie auf ein Schiff gestiegen, gereist. Noch nicht mal bis nach Saint-François, das man hinter den Korallenriffen und dem offenen Meer sehen konnte, ebenso wie die Pointe des Châteaux. An jenem Tag waren alle Leute schon morgens zur Anlegestelle gelaufen. Manche einfach, um das Schnellboot zu bewundern, mit seinen Fahnen und den Bildern der Jungfrau Maria, die im Wind flatterten. Andere, weil man ihnen erzählt hatte, der Bischof würde Krankheiten heilen. In Capesterre sollte er angeblich zwei Frauen und einen kleinen Jungen geheilt haben. Der Bischof ging an Land, gestützt von zwei Priestern, einer zu seiner Rechten, einer zu seiner Linken. Er trug ein violettes Gewand, in der gleichen Farbe wie sein Gesicht. Auf dem Kopf hatte er eine goldene Mitra, und er machte große Segenszeichen. Ein Chorknabe schwang ein Weihrauchgefäß. Alle Leute knieten nieder. Danach ging man als Prozession zur Kirche hinauf, zum Hochamt. Der Chor der Katechismus-Kinder war an seinem üblichen Platz, am Fuß des Hauptaltars. Ich stand hinten. Wie immer hat man nur mich gehört. Es heißt, der Bischof habe geweint. Danach hat er mich sehen wollen, und den Katechismus-Damen blieb nichts anderes übrig, als mich zu ihm zu führen. Der Bischof saß im großen Salon des Pfarrhauses, umringt von allen Priestern, dem Bürgermeister und den wichtigen Persönlichkeiten von Baie-Mahault. Er war ziemlich dick, schweißgebadet, und er sah eigentlich ganz nett aus. Er hat mich seinen Ring küssen lassen. Er hat mich nach meinem Namen gefragt. Er wollte wissen, wer mein Papa, wer meine Mama war, ob ich gern in die Schule ging und ob ich gut lernte. Alle sahen uns an, aber ich hatte keine Angst. Ich habe auf seine Fragen geantwortet, und dann bin ich zurück in die Küche gegangen, wo meine Mutter den Dienerinnen des Priesters zur Hand ging. Ich weiß noch, daß wir eine Menge Sachen gegessen haben, die ich mir noch nicht einmal hatte vorstellen können. Gänseleber. Blätterteigpasteten. Entenpastete. Ich habe sogar süßen Weißwein probiert.

Ein paar Wochen später kommt eines Abends Pater Rousseau, der Gemeindepfarrer, ganz außer Atem bei meiner Mama angelaufen. Er hatte einen Brief erhalten. Einen Brief vom Bischof, den ich tatsächlich schon wieder vergessen hatte. Der Bischof war der Meinung, daß ich nicht auf La Désirade bleiben sollte, um am Hungertuch zu nagen, sondern nach La Pointe kommen, wo es für intelligente Neger so viele Aufstiegsmöglichkeiten gäbe. Wenn man studierte, konnte man sogar Lehrer oder Schuldirektor werden. Er hatte für meine Mama eine Stellung bei einem italienischen Juwelier in der Rue de Nozières gefunden, ein sehr rechtschaffener und gütiger Mann, auch wenn er Jude war, dessen Frau immer krank im Bett lag und der folglich jemanden brauchte, dem er die Führung seines Haushalts anvertrauen konnte. Dieser Mann hieß Gian Carlo Coppini. Er bot Kost und Logis. Wichtiger noch, er verpflichtete sich, mich bis zu meinem sechzehnten Lebensjahr in die Schule zu schicken.

Ich glaubte, daß meine Mama ablehnen würde. Warum sollte sie einem Weißen, obendrein Italiener, als Dienstmädchen dienen? Warum La Désirade verlassen, wo wir das Meer hatten, so weit das Auge reichte, die Sonne über unseren Köpfen und die Grünkehlkolibris, die in den Wipfeln der Akazien zwitscherten? Zu meinem höchsten Erstaunen hat sie sich auf den Vorschlag gestürzt wie eine Kranke auf Hühnerbrühe. Der Pfarrer hat ihr ein paar Hundert-Franc-Scheine als Vorschuß auf ihren ersten Monatslohn gegeben, und sie fing dann an, von Hütte zu Hütte zu laufen und anzugeben:

›He, Soundso, ich habe Arbeit in La Pointe gefunden, jawohl!‹

›He, Soundso ...‹

Die Leute wunderten sich über ihr Glück und redeten hinter ihrem Rücken schlecht. Sicher waren es Männer, die sie dort suchen ging, weil die aus der Gegend nichts mehr von ihr wollten. Sie hat unsere Habseligkeiten in einen karibischen Korb gestapelt. Sie hat die Tür abgeschlossen, und weg waren wir. Ich war sterbensunglücklich. Am Vorabend unserer Abreise hatte ich den Käfig aufgemacht und all meine Vögel freigelassen. Ich hatte alle Plätze aufgesucht, die ich liebte, um ihnen Lebewohl zu sagen: der Kühle am Cybèle-Bach, dem unter seiner Decke aus Wasserlinsen singenden Wasserlauf, den Bäumen, Mapou, dem weißen Birnbaum, gelben Balsambaum, dem Meer, vor allem dem Meer, in das ich nicht mehr mit den Füßen voran hineinspringen würde.

Arcania, die wir Kinder des Hauses Mama nannten, weil wir sie anbeteten, so schön wie die Heilige Jungfrau Maria und immer im Bett liegend, hat mir das alles erzählt. Sie haßte ihn ebensosehr wie ich. Aber was hätte sie tun können? Sie hatte mit ihm den Ozean überquert. Damals dachten die Frauen nicht einmal an Scheidung, auch wenn sie betrogen und mißhandelt wurden.

Gian Carlo Coppini war der einzige Sohn einer Familie aus der Gegend von Como, in der die Männer von Generation zu Generation Juweliere waren. Ursprünglich waren sie aus Polen stammende Juden. Aber sie hatten ihren Namen kurz nach ihrer Ankunft italienisiert und kümmerten sich nicht mehr um den Sabbat und dergleichen. Obwohl sie konvertiert waren, kümmerten sie sich auch nicht um den lieben Gott, und alle Welt hielt sie für Ungläubige. Mit zweiundzwanzig Jahren hatte Gian Carlo sich etwas zuschulden kommen lassen – was, wußte Arcania nicht –, das so schwer wog, daß sein Vater und seine Mutter ihn verflucht hatten, obwohl er ihr einziger Sohn war. Nachdem er durch ganz Norditalien geirrt war, wo er als guter Handwerker, geschickt in Filigranarbeit und im Fassen von Kameen, keine Mühe hatte, Arbeit zu finden, schien er sich in Mailand niederlassen zu wollen, bei dem berühmten Goldschmied Paolo Renucci. Der tiefere Grund der Sache war, daß Paolo eine Tochter hatte, eine einzige, die engelsgleiche Arcania. Paolo Renucci schlief mit einem geladenen Gewehr unter dem Kopfkissen und schwor, daß der Mann, der auf Arcania steigen würde, noch nicht geboren war. Böse Zungen flüsterten deshalb, daß es ganz klar sei: Er wollte sie für sich selbst. Als Gian Carlo Arcania einen Bauch gemacht hatte, gab es nur eine einzige Lösung: so weit wie möglich aus Mailand und vor Paolo fliehen. Natürlich gab es die Vereinigten Staaten von Amerika. In jenen Jahren waren die Schiffe voll von Italienern, die sich dorthin aufmachten. Aber Gian Carlo und Arcania zauderten. Freunde von Gian Carlo, die in New York waren, schrieben trostlose Briefe, in denen sie den Winter als tollwütiges Tier beschrieben, das durch die Straßen tobte.

Eines Tages stießen sie beim Durchblättern von *La Stampa* auf eine Anzeige:

›Die Sonne lädt zum Rendezvous in ihre Lieblingsländer: Guadeloupe, Martinique. Regelmäßige Überfahrten auf Luxusdampfern, komfortable Hotels, malerischste Reiserouten. Allgemeine Transatlantische Gesellschaft.‹

Das überzeugte sie.

Gian Carlo und Arcania, die mit Ira schwanger war, ihrer ersten Tochter, die mit sechs Monaten sterben sollte, kamen an Bord des Dampfers *Allier* gegen Ende des Zweiten Weltkrieges auf Guadeloupe an, im selben Jahr, in dem ich von unbekanntem Vater auf La Désirade geboren wurde. Das Land hatte sehr unter der Blockade der Alliierten gelitten.

Eine Menge Mütter waren in tiefer Trauer um ihre Jungen, die losgezogen waren, um sich dem Widerstand unter General de Gaulle anzuschließen, und die tot oder vermißt gemeldet waren. Gian Carlo, der sich aufs Handeln verstand, kaufte für einen Spottpreis das Haus eines verarmten Blanc-pays. Es war in ziemlich schlechtem Zustand, aber gut gelegen, Rue de Nozières. Zwei Stockwerke und ein Dachgeschoß aus Holz, die auf ein steinernes Erdgeschoß gesetzt waren, worin er sein Juweliergeschäft eröffnete, das er Il Lago di Como taufte. Sehr schnell liefen seine Geschäfte viel besser, als er es sich vorgestellt hatte. Die Leute aus Guadeloupe hatten noch nie solchen Schmuck gesehen, wie er ihn anfertigte. Natürlich kannten sie bereits die Kamee. Gian Carlo machte sie mit der Gemme bekannt, die etwas anderes ist: Sie trägt ein graviertes Bild. Von Basse-Terre, Saint-Claude oder Matouba kamen die gutbürgerlichen Frauen herbei, um ihre Bestellungen aufzugeben. Gian Carlo kam nicht mehr nach und sah sich genötigt, zweien seiner Schwestern die Überfahrt zu bezahlen – dritter Klasse. Sie liefen langsam Gefahr, alte Jungfern zu werden. Daher erzählte er ihnen, daß sie mit ihrer milchfarbenen Haut und ihren blonden Locken keine Schwierigkeiten haben würden, unter den Blanc-pays Ehemänner zu finden. In Wirklichkeit begann er sie in dem Moment, da sie vom Dampfer an Land kamen, zu tyrannisieren. Er ließ sie arbeiten, ohne ihnen auch nur einen Sou Lohn zu zahlen. Er teilte ihnen ihren Reis mit Stockfisch zu. Die armen Frauen schämten sich ihrer Kleider, die sie ständig flickten, und ihrer Schuhe, die kaum mehr neu zu besohlen waren, so sehr, daß sie nie einen Fuß vor die Tür setzten. Außer, um zur Beichte und zur Acht-Uhr-Messe zu gehen, und manchmal, um sich mit über den Kopf gezogener Mantille auf die Place de la Victoire zu setzen, in die Allée des Veuves. Wir hatten Mitleid mit ihnen, Tante Lia und Tante Zita. Aber all ihre Mißgeschicke haben die Güte ihres Herzens nie verdorben. Zwei Heilige waren sie, die das Paradies verdient haben.

In dieses Haus bin ich gekommen, als ich zehn Jahre alt war, am 10. September 1955.

Mama Arcania, wie alle sie nannten, sogar ihr Mann, sogar ihre Schwägerinnen, war weiß wie Schweineschmalz. In zehn Jahren hatte sie zehn Kinder bekommen. Von den zehn hatte sie fünf begraben. Zum Glück konnte sie keine weiteren mehr bekommen, seit eine innere Blutung sie an die Schwelle des Todes gebracht hatte. Infolgedessen machte Gian Carlo ihr das Leben zur Hölle, weil er seinen Jungen nicht bekommen hatte. Sie verbrachte den größten Teil des Tages damit, auf ihrem Bett liegend Romane zu lesen, Schallplatten zu hören, vor sich hin zu träumen, zu weinen. Manchmal ließ sie sich nach Sonnenuntergang in einem Liegestuhl auf dem Balkon im ersten Stock nieder, um etwas frische Luft zu schnappen. An manchen Sonntagen reichten ihre Kräfte aus, um an Gian Carlos Arm bis zur Kathedrale Saint-Pierre-et-Saint-Paul zu gehen, und die Leute sahen sie dann verstohlen an wie eine Attraktion, statt zu beten und in ihrem Meßbuch zu lesen. An manchen Tagen – aber das war sehr selten – kam sie in den Laden herunter, setzte sich eine Weile an die Kasse und ging dann wieder hinauf, erschöpft. Ihre Stimme war so sanft wie eine Kirchenmusik, so daß man sie kaum hörte und ganz nah zu ihr treten mußte, um zu erraten, was sie wollte. Ihre Wäsche duftete nach Arnika, Benzoe-Tinktur und dem Parfum Soir de Paris, und das alles überdeckte einen anderen, strengeren Geruch, dem nach dem Blut, das sie ununterbrochen verlor.

Gleich als sie ihren Dienst antrat, fing meine Mama an, sich um sie zu kümmern, wie sie sich noch nie um irgend jemanden gekümmert hatte. Jedenfalls nicht um mich, das ist sicher. Sie sparte sich von dem armseligen Lohn, den Gian Carlo ihr wöchentlich zahlte, noch etwas ab und kaufte ihr Eier, Milch, Brioches, Früchte. Mittags briet sie ihr Ochsenblut, bereitete ihr Hühnerbrüste, Fischfilets, Kartoffelpüree, Salatherzen zu; abends machte sie ihr passierten Kürbis. Sie wusch sie, zog sie an, parfümierte sie, rieb ihr Roja-Brillantine in die Haare und legte sie zum Ausruhen auf ihr Bett, in ihrem Zimmer mit den herabgelassenen Jalousien, das sie mit Callas und Tuberosen schmückte. Sie ließ nicht zu, daß ihre Kinder an die Tür klopften, sich neben sie setzten, sie küßten und liebkosten oder ihr die kleinen Geschichten ihres Schultages erzählten. Auch wenn sie keine Unordnung machten, jagte sie sie fort:

›Geht weg! Ihr werdet sie überanstrengen!‹

Man hätte meinen können, daß sie eifersüchtig war. Daß sie sie wie ihr Vater, Paolo Renucci, ganz allein für sich selbst behalten wollte.

Aber das verhinderte nichts. Meine Mama und ich, wir schliefen im Dachgeschoß in zwei Verschlägen, getrennt durch eine Wand, die so dünn wie ein Blättchen Zigarettenpapier war.

Abend für Abend hörte ich Gian Carlo, der in ihr Bett kam und die Sprungfedern der Matratze strapazierte. Ich hörte ihn auf dem Höhepunkt der Lust grunzen wie das Schwein, das er war, sich laut räuspern, furzen, in den Nachttopf pissen. Meine Mutter hörte ich nie, und das war noch ekelhafter. Wenn sie geschrien, protestiert, gekämpft hätte, dann hätte ich Mitleid mit ihr gehabt wie mit einem Opfer. Wenn sie Lust empfunden hätte, hätte ich sie als brünstiges Tier angesehen. Aber dieses Schweigen machte aus ihr ein passives Ding, ein Mädchen für alles. Ich glaube, meine Mutter war noch keine Woche dort, als sie mit der Sache angefangen haben. Ich weiß nicht, wie es angefangen hat, ich kann es mir nur vorstellen. Ich stelle mir vor, daß meine Mutter die Fußböden schrubbte, wie sie es so gut konnte. Sie lag auf beiden Knien im schmutzigen Wasser neben dem Eimer, mit ihrer Wurzelbürste in der Hand und hochgeschürztem Kleid. Er hat den Raum betreten. Er hat ihre dargebotenen Schenkel gesehen und, ohne sich auch nur die Mühe zu machen, ein Wort zu ihr zu sagen, seinen Pfahl in sie hineingerammt. Am Abend ist er wieder zu ihr gekommen. Ich haßte ihn. Ich haßte meine Mama. Ich wußte nicht, wen von beiden ich mehr haßte. Ich träumte davon, sie umzubringen. Auf die entsetzlichste und blutigste Weise. Ich malte mir tausend Arten aus, sie zu foltern. Sie sollten leiden, diese Monstren.«

In diesem Moment schien Reynalda, die aussah, als wäre sie weggetreten, wieder zu sich zu kommen. Sie brach unvermittelt ab. Sie blickte um sich, zum Fenster, hinter dem es dunkel geworden war. Mit erstauntem Blick sah sie Marie-Noëlle an, die voller Entsetzen an ihren Lippen hing, und stand auf. Sie machte eine seltsame Bewegung mit dem ganzen Körper, wie ein Tier, das sich schüttelt, und ging dann in ihr Arbeitszimmer zurück.

Ein paar Wochen oder Monate später wurde bei einer ärztlichen Routine-Untersuchung in der Schule festgestellt, daß Marie-Noëlle im rechten Lungenflügel eine tuberkulöse Kaverne hatte.

7

Inmitten seines hundert Hektar großen, mit Damwild und seltenen Pflanzenarten bevölkerten Parks bildete das Sanatorium von Vence eine abgeschlossene Welt, eine Welt für sich. Es hatte seine eigenen Gesetze, sein Denksystem, seine Architektur. Jeder Wochentag war bestimmt durch den Rhythmus der zu schluckenden Tabletten, der Temperaturkurven, der Infusionen, der Injektionen, der Mittagsruhen auf den Terrassen oder auf den Zimmern, je nach Sonnenstand, den Röntgenaufnahmen und Tomographien. Die Zeit wurde an der mehr oder weniger strengen Bettruhe der Kranken gemessen, insgesamt um die hundert Studentinnen und Schülerinnen. Nach drei Monaten durften sie, wenn ihre Koch-Bazillen nicht zu hartnäckig waren, ihr Zimmer für ein paar Stunden verlassen, die die Krankenschwestern mit der Stoppuhr streng überwachten, und im Speisesaal im Erdgeschoß zu Abend essen. Nach sechs Monaten konnten sie anfangen, sich auf ihre Prüfungen vorzubereiten, betreut von Lehrern, die selbst ehemalige Tuberkulosekranke waren und aus den Schulen der Umgebung kamen: aus Nizza, Grasse oder von der ebenfalls nahegelegenen Universität in Aix-en-Provence. Nach einem Jahr bekamen sie die Erlaubnis, einen Nachmittag in der Woche zu verbringen, wo sie wollten, wobei selbstredend Verrücktheiten wie zum Beispiel Alkoholmißbrauch, Drogenkonsum, Glücksspiele in den Kasinos und vor allem sexuelle Kontakte zu unterlassen waren. Im besten Fall durften sie sich nach drei Jahren aus der Institution verabschieden und, wenn sie vorsichtig waren, auf ein weiteres Leben ohne Rückfall hoffen. Das Sanatorium war, wie die Gefängnisse, ein Ort der heftigen Leidenschaften. Alle Kranken waren in die Ärzte und Assistenzärzte verliebt, die sie behandelten. Sie haßten die Krankenschwestern und erfanden tausend böse Streiche, um ihnen das Leben schwer zu machen. Zimmergenossinnen liebten sich heiß und innig, oder sie verabscheuten einander von einem Tag auf den anderen und konnten sich nicht mehr ertragen. Marie-Noëlle verbrachte zwei Jahre und neun Monate in Vence, und im Laufe der Zeit, in der die Erinnerung das Ihre tat, erstrahlte diese Zeit ihres Lebens in den Farben eines goldenen Zeitalters. Dort fand sie den Geschmack am Lernen wieder und bereitete sich auf das Abitur vor. Abgesehen von den treuen Briefen von Ranélise und Awa, bekam sie weder Päckchen noch Besuche. Jeden Monat eine Postanweisung, immer mit denselben Worten: »Liebe Grüße von deiner Mama.« Alle vierzehn Tage ein Anruf von Ludovic, der ihr von zu Hause berichtete. Ihm zufolge hörte Garvey nicht auf, nach ihr zu verlangen. Ihre Mama habe endlich die Disputation ihrer Doktorarbeit in sozialer Psychiatrie hinter sich, und die Kommission habe ihr einstimmig dazu gratuliert. Die Sonn- und Feiertage, wenn das Sanatorium vom Lärm besorgter Verwandtschaft erfüllt war, verbrachte sie allein in ihrem Zimmer, wogegen sie nichts hatte. Auf diese Weise konnte sie sich vorstellen, daß die Jahre in Savigny-sur-Orge keinen Platz in der Wirklichkeit hatten. Reynalda hatte sie nicht zu sich kommen lassen, um sie so zu behandeln, wie sie sie behandelt hatte. Sie hatten dieses Gespräch, das glücklicherweise abgebrochen war, nie geführt, denn sie befürchtete wer-weiß-was für entsetzliche Geständnisse. Marie-Noëlle war direkt von La Pointe hier gelandet. Sie hatte Ranélise schluchzend an Claire-Altas Schulter am Flughafen von Le Raizet zurückgelassen.

Aber bei dieser guten Pflege würde sie bald wieder gesund sein. Sie würde zu ihr, nach Guadeloupe, zurückkehren können. Ihr Leben auf dem Canal Vatable wieder aufnehmen, wo sie es unterbrochen hatte.

Noch aus einem zweiten Grund war Marie-Noëlle in Vence glücklich. Sie hatte zwei Freundinnen gefunden: Leïla, eine siebzehnjährige Tunesierin, die nach drei Rückfällen und zwei Operationen nur noch mit einem Lungenflügel atmete. Araxie, eine Armenierin im gleichen Alter, die kaum kräftiger war und bereits die Runde durch die Sanatorien des Landes gemacht hatte. Die Leute verstanden nicht, daß Marie-Noëlle wunschlos glücklich war und nichts brauchte. Wenn sie sie so sahen, ohne jemanden um sich herum, versteiften sie sich darauf, sie zu bedauern, und überschütteten sie mit wohlmeinenden, aber unnötigen Nettigkeiten. Die Ärzte und Assistenzärzte überboten einander mit beruhigenden Vorhersagen über den Verlauf ihrer Krankheit. Die Krankenschwestern stopften die Schubladen ihrer Kommode mit Geleefrüchten und Mandelkonfekt aus Aix voll. Die Lehrer bestanden darauf, ihr in allen Fächern Einzelstunden zu geben.

Marie-Noëlle wurde nie müde, Leïla und Araxie von ihrem Familienleben erzählen zu hören, von den großen Tischgesellschaften zu Geburtstagen, Hochzeiten, Taufen. Sie stellte sich das Gelächter vor, die Streitereien, den Geschmack der Schlagsahne, den Geruch des Glühweins, die klebrige Wärme der Zuneigung. Sie verstand nicht, warum sie schimpften und worüber sie sich beschwerten. Ihr Papa war zu streng, ihre Brüder zu beschützend, ihre Mama zu besitzergreifend. Was hätte sie darum gegeben, solche Tyranneien der Liebe zu erfahren!

Einmal in der Woche fuhren sie zu dritt nach Nizza. Leïla und Araxie weigerten sich, den sanatoriumseigenen, mit allem Komfort ausgestatteten Kleinbus zu benutzen, mit der Begründung, man müsse der Welt der Krankheit entfliehen. Kaum hatten sie sich in die letzte Sitzbank des Autobusses fallen lassen, der kilometerlang die Serpentinenstraße entlangschaukelte, fingen sie mit allem möglichen Unsinn an. Sangen schlüpfrige Lieder, machten derbe Witze, warfen den Männern herausfordernde Blicke zu, machten beleidigende Bemerkungen über die Frauen und stießen in jeder Kurve spitze Schreie aus. Sie waren wie besessen. Die Leute ertrugen ihr störendes Verhalten mit einem Lächeln. Sie wußten wahrscheinlich, woher sie kamen, und hatten im Grunde ihres Herzens Mitleid mit ihrer Jugend. Wenn sie aus dem Autobus stiegen, trafen sie sich mit einer ganzen Clique junger Arbeitsloser, Araber, Antillaner, Türken, jedenfalls Kanaken wie sie selbst, ohne feste Familie, die reichlich indischen Hanf rauchten und Alkohol tranken. Gemeinsam malträtierten sie die Spielautomaten in den Bars der Altstadt von Nizza, tranken ein Bier nach dem anderen und verbrachten dann, halb betrunken, den Rest des Nachmittages damit, sich im Les Nuits de Tlemcen, einem schäbigen Hotel-Restaurant, das von Laakdar, einem Harki, geführt wurde, zu lieben. Marie-Noëlle verschwand regelmäßig, wenn der Moment kam, auf die Zimmer zu gehen. Es war leicht, da die Jungen sie nicht wirklich aufforderten mitzukommen. Wenn sie dabeigewesen wäre, hätten sie es sich nicht entgehen lassen, auf sie zu steigen, einzeln oder zu mehreren. Aber sie bemerkten ihre Abwesenheit kaum. Während Leïla und Araxie ihren Spaß hatten, trödelte sie auf dem Blumenmarkt herum, landete am Strand und streckte die Füße in dieses Mittelmeer, das so kalt und farblos war, wenn man es mit der Karibik ihrer Kindheit verglich. Manchmal setzte sie sich in menschenleere Kirchen oder in irgendwelche Kinos, ohne recht darauf zu achten, was auf der Leinwand vorüberzog. Dann kehrte sie zu ihren erschöpften, zerzausten Freundinnen zurück, die sich plötzlich um ihre Gesundheit sorgten.

Im Juni 1978 bestand Marie-Noëlle das Abitur, wie auch die anderen zehn Kandidatinnen, die das Sanatorium hatte antreten lassen. Es war eine große Ehre für die Institution. Es war ein Grund zu feiern. Also wurde gefeiert. Der Chefarzt hielt eine Ansprache, in der er sowohl die Kranken als auch ihre hingebungsvollen Lehrer beglückwünschte. Dann reichten die Krankenschwestern Kuchen und Weißwein herum. Die Gesündesten tanzten im Speisesaal, und bis Mitternacht dröhnte Disco-Musik durch die Flure. Anders, als man denken könnte, war es Marie-Noëlle an diesem Abend nicht nach Feiern zumute. Allein in ihrem Zimmer, weinte sie in einem fort. Ihre letzten Tomographien waren ausgezeichnet gewesen. Also hatten die Ärzte sie für geheilt erklärt, und sie würde Vence zum Ende des Sommers verlassen können. Was würde aus ihr werden? Würde sie sich an der Universität einschreiben? Ein Studium aufnehmen? Sie konnte sich nicht mehr vorstellen, von Reynalda abhängig zu sein. Auch nicht, zurückzugehen, um bei ihr zu leben. Täte sie dann nicht besser daran, sich Arbeit zu suchen und sich irgendwo weit weg, so weit wie möglich von Savigny-sur-Orge niederzulassen? Arbeit? Wer würde ihr Arbeit geben? Sie wußte mit ihren Händen nichts anzufangen, und das jämmerliche Diplom, das sie gerade erhalten hatte, bewies gewiß nicht das Gegenteil. Jetzt war es an Leïla und Araxie, sie nicht zu verstehen. Ihre Tränen empörten sie. Was hätten sie nicht darum gegeben, ihre Gesundheit wiederzuerlangen und ins Leben zurückzukehren, das Leben ohne Tabletten, ohne Mittagsruhe, ohne Gewichtsverlust und regelmäßiges Wiegen!

Eines Tages, als sie nach Nizza gefahren waren, war ein

Neuer dazugekommen. Die Jungen sprachen in ungewöhnlich respektvollem Ton mit ihm, weil er als einziger der Clique
Arbeit hatte und in der Lage war, die Miete für ein möbliertes
Zimmer zu bezahlen. Sie hatten ihm wegen seiner Rastalokken den Spitznamen Bob Marley gegeben. In Wirklichkeit
hieß er Stanley. Seine Eltern kamen aus Trinidad, aber er war
in London geboren. Er war sehr schwarz, breit gebaut, gedrungen und strahlte Kraft aus. Er war wortgewandt und
redete wie ein Wasserfall. Den ganzen Nachmittag hörte er
nicht auf, zu rauchen und zu trinken. Ebensowenig damit,
Geschichten über sich selbst zu erzählen. Früher war er ein
kleines Wunderkind gewesen, das an den Geburtstagen seiner
Brüder Klavier spielte, mit einem Scheitel, der mit dem Ra-
siermesser in seinen Haarschopf gezogen war, und einem
Samtanzug. Später hatte er seiner Familie Lebewohl gesagt
und hatte ohne Lehrer gelernt, Saxophon, Querflöte, Block-
flöte, akustische Gitarre, E-Gitarre und Banjo zu spielen. Und
jetzt leitete er eine Gruppe von fünf Musikern, einem Piani-
sten, einem Bassisten, einem Schlagzeuger, einem Posaunisten
und ihm selbst am Saxophon, die im Ramada auftraten, einem
Jazzclub an der Côte. Aber er hatte nicht die geringste Absicht, seine Zeit in diesem Schuppen zu vergeuden. In späte-
stens einem Jahr wäre er in den Vereinigten Staaten von Amerika. Wäre er erst einmal dort, würde man schon von ihm
reden hören. Marie-Noëlle hörte ihm voller Staunen und mit
etwas Neid zu. So viel Entschlossenheit bei diesem Jungen,
der kaum älter war als sie selbst. Während ihr Leben ohne
Wegweiser oder Orientierungspunkte wie ein Stück Ödland
vor ihr lag, wußte er, was er wollte. Gleichzeitig erinnerten
diese Träume sie an die von Saran, kindisch, undurchführbar,
verrückt. Sie erlaubte sich auch dieses Mal nur einen einzigen
Einwand. Immer noch den gleichen. Warum die Vereinigten

Staaten von Amerika? Wie Saran hatte Stanley seine Antwort parat:

»Es ist das einzige Land, in dem ein Neger es zu etwas bringen kann!«

In der Mitte des Nachmittags wollte Marie-Noëlle wie gewohnt verschwinden, als der Moment kam, hinaufzugehen. Aber er hielt sie mit fester Hand zurück.

Seltsam, seltsam, daß Marie-Noëlles Gedächtnis keinerlei Erinnerung an diesen Nachmittag bewahrt! Es passierte eben nichts Denkwürdiges. Keine Griot-Sängerin, die an der Tür lauerte, um das frische Blut laut zu besingen. Keine großartige Lust. Ebensowenig Schmerz. Sie bewegten sich tastend durch eine feuchte Landschaft und schliefen dann aneinandergeschmiegt ein. Am nächsten Tag forderte Stanley Marie-Noëlle jedoch auf, sich mit ihm zusammenzutun.

Ludovic griff darauf erregt zur Feder und schrieb Marie-Noëlle einen ausführlichen Brief. Er sagte, daß er ihr als ein Mann schreibe, dem kein einziger der bösen Streiche fremd sei, die das Leben den Menschen gern spiele. Er halte ihr keine Moralpredigt, aber wo komme dieser Stanley eigentlich her, der sie in Nizza zurückhalte? Er sei ein Musiker, sage sie. Vorsicht, die Musik ernähre ihren Mann selten. Davon könne er ein Lied singen, er, der in Brüssel jahrelang auf der Gitarre herumgeklimpert habe. Es in den Vereinigten Staaten zu etwas bringen? Er habe in New York geschuftet, im Hafen Schiffe entladen, eine Untergrundbahn der Linie 9 gefahren, und er könne versichern, daß der amerikanische Traum seit langem tot sei. Vielmehr habe ihn kein Mensch je lebendig gesehen. Heute steige einem nur noch der Gestank seiner Leiche in die Nase. Er forderte sie auf, darüber nachzudenken, was sie tue. Wenn sie versuche, ihrer Mutter zu entfliehen, die sie nie zu verstehen versucht habe, laufe sie Gefahr, sich eine Zukunft voller Leid und Enttäuschungen zu bereiten.

Von dem ganzen Brief blieben bei Marie-Noëlle nur die Vorwürfe des letzten Satzes hängen. Ludovic dachte, sie hätte nie versucht, Reynalda zu verstehen. Aber wie soll man denn jemanden verstehen, der sich entzieht? Sicherlich wollte sie ihr entfliehen. Trotzdem, war denn Stanley nichts anderes als die Möglichkeit eines Lebens ohne sie, eines Lebens fern von ihr? Marie-Noëlle war nicht in der Lage, in sich selbst klar zu lesen. Nach so vielen Jahren, in denen sie für ihre Freundinnen Wache geschoben hatte, Awa, Saran, Leïla, Araxie, zeigte sich nun ein Mann interessiert an ihrem Körper. Maß dem einen Wert bei, was alle anderen geringgeschätzt hatten. Es war so, daß Stanley sie tagsüber nicht beachtete. Morgens, sobald er es schaffte aufzustehen, schloß er sein kostbares Saxophon fest in die Arme und ging zu endlosen Proben aus dem Haus. Er tauchte am frühen Abend wieder auf und verschwand erneut, um sich ins Ramada zu begeben, wo er jeden Abend spielte. Zu Anfang hatte sie es für ihre Pflicht gehalten, ihn dorthin zu begleiten und ihm bis in die frühen Morgenstunden zuzuhören. Mit jedem Mal hatte sie sich unwohler gefühlt in diesem Tempel, in dem nur eine einzige Leidenschaft geduldet wurde: die Musik. Im Dunst des Rauches und der hochprozentigen Getränke saßen die Getreuen da, wiegten den Kopf hin und her, klatschten zum Takt, um dann plötzlich, wie besessen, schrille Schreie auszustoßen und fieberhaft zu applaudieren. Stanley schien ihre Anwesenheit nicht zu bemerken. Er war weit weg, blind, gleichgültig gegenüber allem außer den Tönen seines Instruments. Wenn er spielte, sah er aus, als litte er wie ein Märtyrer. In den Pausen trank er ununterbrochen, drückte seinen Bewunderern die

Hand und grinste sie gezwungen an. Sie kam zu dem Schluß, daß sie lieber in ihrem möblierten Zimmer in der Rue des Fleurs auf ihn wartete, auf seinen Schritt im Treppenhaus lauerte und die Vorfreude auf die Lust genoß, die er ihr schenken würde. Um die Wahrheit zu sagen, er war ein launenhafter und wenig beständiger Liebhaber. In manchen Nächten stürzte er sich auf sie, bedeckte sie mit Küssen und besaß sie wie ein unersättliches Raubtier. In anderen Nächten schien er überhaupt keine Lust zu verspüren und redete die ganze Zeit, auf dem Bett, getrennt von ihr durch den gesamten Raum seiner Träume. Im Dunkeln beschrieb er ihr in allen Einzelheiten ihre glänzende Zukunft in Amerika. Seit einigen Monaten unterhalte er Kontakte zu einem Jazzclub in Boston, The Full Moon. Es sei ein außergewöhnlicher Ort, ein Ort der Avantgarde. Dort sei zum ersten Mal in den Vereinigten Staaten kubanische Musik zu hören gewesen, lange bevor Dizzy Gillespie in Harlem Chano Pozo unter Vertrag nahm. Dort seien auch, mit Ausnahme von Bob Marley, die größten Reggaemen aufgetreten, als man sie noch nirgends gekannt habe, außer im fernen Winkel ihrer Heimatländer. Er könne nämlich seine Musik nicht überall zum besten geben. Sie sei mit keiner anderen vergleichbar. Sie sei von solcher Beschaffenheit, daß sie Ohren, die zu naiv seien, ihre Subtilität zu erfassen, verletze. Diese Gespräche dauerten meist bis zum Morgen, und Marie-Noëlle wurde von dem unerschöpflichen Redefluß in den Schlaf gewiegt. In wieder anderen Nächten drehte Stanley ihr im Bett einfach den Rücken zu und schlief ein wie ein Stein, sobald sein Kopf das Kissen berührte, ohne sie zu beachten. Dennoch, hätte man Marie-Noëlle befragt, sie hätte erklärt, daß sie glücklich war. Das einzige Problem war das Geld.

Stanley schien nicht zu begreifen, daß Geld zu etwas anderem dient, als Zeug zum Rauchen zu kaufen oder zum Sich-betrinken zusammen mit den anderen Musikern der Gruppe. Er kümmerte sich um keines der Dinge, die das Leben zum Leben machen: dreimal täglich essen, Kleider tragen, die nicht in Fetzen sind, Bus fahren ... Er begriff nicht, daß er für Marie-Noëlle verantwortlich war und daß sie über keinerlei Mittel verfügte, um für ihre Bedürfnisse aufzukommen, abge-sehen von den gelegentlichen Postanweisungen von Reynalda. Ohne Sinn und Verstand kaufte er ihr übermäßig teure Ge-schenke: Parfums, Seidentücher, Handtaschen. Sie benutzte weder die Parfums, die sie zu schwer und betäubend fand, noch die Tücher und die Handtaschen, die ihr zu luxuriös waren. Andererseits sah er nicht, daß sie einen Mantel brauch-te und im Mistral vor Kälte zitterte.

Marie-Noëlle hatte nie Entbehrungen gekannt. Ranélise, so arm sie gewesen sein mochte, hatte sie als ihre kleine Prin-zessin großgezogen. Sonntags trug sie Organza-Kleider und Lackschuhe. Zu Weihnachten bekam sie kostspielige Ge-schenke. Reynalda ihrerseits hatte nur mit ihrer Zuneigung gegeizt, und Marie-Noëlle hatte oft die schönste Schultasche des Pausenhofs getragen. Da sie Stanley um nichts zu bitten wagte, ging sie an seine Taschen. Aber sie fand nichts als Marihuana-Krümel, billigen Tabak und Zettel, die mit Noten vollgekritzelt waren. Nachdem ihr mehrmals vor Schwäche schwindelig geworden war und sie schon aussah wie eine Hungerleiderin, hatte sie keine andere Wahl, als Arbeit zu suchen.

Zu ihrer großen Überraschung fand sie eine.

Das Internat von der Unbefleckten Empfängnis hatte Ähn-lichkeit mit dem Sanatorium von Vence. Es war ebenfalls von einem mehrere Hektar großen Park voller Damwild und sel-tenen Pflanzenarten umgeben. Sein Besucherzimmer roch ge-

nauso nach Wachs, Desinfektionsmittel und diesem unnach-
ahmlichen Duft der auf sich selbst zurückgezogenen Gemeinschaften. Die Nonnen, die es leiteten, stießen sich nicht an
den Jahren, die Marie-Noëlle im Sanatorium verbracht hatte.
Sie nahmen diesen Sachverhalt lediglich zum Vorwand, ihren
Lohn zu halbieren. Marie-Noëlle wurde beauftragt, eine sechste Klasse in Französisch zu unterrichten. Ihre Schülerinnen,
knapp dreißig etwa zehnjährige Mädchen, kamen oft aus den
wohlhabendsten Familien der Umgebung. Die Nonnen waren stolz darauf, in der zehnten Klasse die Tochter eines reichen Parfumfabrikanten aus Grasse zu haben und in der achten die eines Gastronomen, der im Gault-Millau aufgeführt
war. Marie-Noëlle bemerkte jedoch sehr schnell, daß die In-
ternatszöglinge trotz ihrer Schottenröcke samt dazu passenden Pullovern alle an dem gleichen Leiden krankten, das auch
sie erfahren hatte, ein Leiden, das auf Erden weiter verbreitet
ist als die Tuberkulose: Mangel an Liebe. Diese armen Kinder
waren ins Internat abgeschoben worden, um der Laune eines
Stiefvaters, einer Stiefmutter, die sie nicht ertrugen, zu ent-
sprechen, um die Brüder oder Schwestern aus zweitem oder
drittem Bett nicht in den Schatten zu stellen, um im Leben
der Eltern nicht im Weg zu stehen, die damit beschäftigt waren, immer mehr Geld zu verdienen oder es sich in fernen
Ländern gutgehen zu lassen. Daher interessierten sie sich weder für La Fontaine noch für Molière oder den richtigen Ge-
brauch des Partizip Perfekts. Sie hatten nur ein einziges Bedürfnis, das nach liebevoller Zuwendung, wofür die Disziplin
an der Unbefleckten Empfängnis kaum Platz ließ. Marie-Noëlle gab ihnen, wonach sie sich sehnten. Statt ihnen *Die Eiche
und das Schilfrohr* oder die Tirade des Monsieur Jourdain bei-
zubringen, las sie ihnen Geschichten vor, die sie selbst im
gleichen Alter zu Tränen gerührt hatten, oder erzählte ihnen

kreolische Märchen, die gleichen, mit denen Ranélise und Claire-Alta sie verzaubert hatten. Sie verteilte aus kleinstem Anlaß Bildchen, gab ihnen Kokoskekse zu kosten, die sie nach einem Rezept von Ludovic gebacken hatte. Sie organisierte Wettbewerbe, um den weniger Begabten Gelegenheit zu geben, zu glänzen: Gesang, Schauspiel, sogar Tanz. Es war keine Überraschung, als die Mutter Oberin sie zum Ende des Trimesters andächtig verabschiedete. Man habe Mitleid gehabt, aber sie sei für die Arbeit ungeeignet. Der Klassendurchschnitt war gesunken. Als ihre letzte Unterrichtsstunde kam, weinten die Kinder sehr. Von ihrem Taschengeld kauften sie ihr ein Hermès-Tuch, das sie zu denen legte, die Stanley ihr geschenkt hatte.

Als nächstes wurde Marie-Noëlle in der Praxis einer Ärztegemeinschaft eingestellt. Sie blieb nicht lange, weil sie am Telefon zu langsam war. Dann fand sie eine Stelle in einem Interflora-Laden, der auf tropische Pflanzen und Blumen spezialisiert war. Man fand es originell, daß eine junge Guadeloupanerin Anthurien mit Paradiesvogelblumen oder Gerberas vermählte. Leider konnte man sie auch dort nicht behalten. Sie hatte überhaupt keinen Sinn für die Harmonie der Farben. Außerdem war sie so mürrisch. Nie lächelte sie.

Dabei war sie so hübsch, wenn sie lächelte!

8

Manchmal, wenn sie nachts auf Stanley wartete, träumte Marie-Noëlle von ihrer Mutter. Sie träumte mit Zärtlichkeit und Mitleid von ihr. Sie vergaß, wo sie sich befand, die Zeit, den Augenblick. In Nizza. In einer möblierten Wohnung ohne Komfort, verloren in einem Bett mit gräulichen Laken. Ihre Phantasie entführte sie. Ihr war, als ließe sie ihren Körper hinter sich wie die Haut eines *jangagé* und lebte in einem unbekannten Guadeloupe an die zwanzig Jahre früher.

Reynalda war mit zehn Jahren nach La Pointe gekommen, ein spindeldürres kleines Mädchen, das niemand schön fand, und sofort hatte sie La Pointe und das Leben, das sie dort führte, gehaßt. Keine Bäume, kein grünes Laub. Überall eng aneinandergebaute Häuser. Ein Wirrwarr von Straßen. Der erstickende Staubgeruch.

Das Haus in der Rue de Nozières war zwar groß und gut gelegen, stammte jedoch vom Anfang des Jahrhunderts. Folglich hatte es nichts von dem Komfort der heutigen Zeit. Erst Gian Carlo Coppini hatte, zu den geringstmöglichen Unkosten, Strom und fließendes Wasser installieren lassen. Um sich zu waschen, drängte sich die Familie in ein enges Badezimmer, das mit einer Zinkbadewanne, Waschschüsseln und Krügen notdürftig ausgestattet und zwischen zwei Schlafzimmern im ersten Stock eingezwängt war. Nina und Reynalda ihrerseits wuschen sich unten, in einer Wellblechbude, die die Wasserhütte genannt wurde, die mit Eimern, Besen und Bürsten vollgestellt war und wo über einem Becken ein Wasserhahn tropfte. Jeden Morgen ließ Reynalda das Stück Kernseife schäumen und schrubbte sich lange, endlos lange den ganzen Körper ab, in der Hoffnung, sich von der Nacht zu reinigen. Dann ging sie hinauf, um sich anzuziehen, und da Nina schon geschäftig herumlief, ihrer Herrin Arcania voll und ganz zu Diensten, trug sie ihren Kopf zu Tante Lia, deren Auftrag es war, alle Kinder der Familie zu kämmen. Tante Lia und Tante Zita bewohnten dasselbe Zimmer und schliefen in Einzelbetten, wie zwei junge Mädchen. Während Tante Zita mit dem Kopf auf dem Kissen die Augen geschlossen hielt, setzte sich Tante Lia in ihrem baumwollenen, um den Hals mit einer Reihe Spitzen verzierten Nachthemd in einen Lehnstuhl und beugte sich über die nacheinander zwischen ihren Beinen sitzenden kleinen Mädchen. Mit gleicher Sanftheit frisierte sie die schweren, samtigen Haare ihrer Nichten und das Kraushaar Reynaldas. Sie beendete jede Operation mit dem gleichen Kuß auf die Stirn, leicht wie die Liebkosung eines Vogelflügels. Von dieser Wegzehrung gestärkt, lief Reynalda wieder in die Küche hinunter, trank schnell ihre Tasse hellen Kakaos und machte sich auf den Weg, das Haus hinter sich zurücklassend. Um diese Zeit hatte Nina bereits die Gehwege geschrubbt, die nun glänzten wie neu. José, der unterbezahlte Ladengehilfe in seinen fleckigen khakifarbenen Shorts, schob das Gitter des Lago di Como hoch. Die Sieben-Uhr-Messe hatte ihren Strom von Frömmlerinnen entlassen, die nach Hause gingen mit herzförmigen Mündern, noch ganz verzückt von der Hostie, die sie geschluckt hatten.

In ihrer Phantasie folgte Marie-Noëlle der schlechtgekleideten kleinen Gestalt bis zur Dubouchage-Schule, durch die noch ruhigen, fast menschenleeren Straßen. Bald würden sie sich mit der lärmenden Menge der Schulkinder füllen, die mit ihren Schulranzen aussahen, als wären sie bucklig. Sie würden von all den Geräuschen widerhallen, die ihr angst machten: den Schrillen der Fahrradklingeln, dem Knattern der Automotoren, den Rufen der Straßenhändlerinnen, die ihre grünen Kokosnüsse anpriesen. Statt die Place de la Victoire zu überqueren, wo oft Herumtreiber hinter den Sandbüchsenbäumen auf der Lauer lagen, machte Reynalda einen Umweg über den Hafen La Darse, um den Geruch des Meeres einzuatmen. Der Wald der Segelmasten versperrte die Aussicht, aber die freie Brise, die vom offenen Meer her wehte, trug Salz auf ihre Lippen. Sie blieb stehen, tanzte von einem Fuß auf den anderen und beschleunigte ihre Schritte dann wieder, um zur Schule zu kommen. Manche Schüler klebten schon die Stirn an das Torgitter. Es war wie ein Ritual. Punkt halb acht kam der alte Wächter herbei, der einen Bruch vor sich her trug, und klimperte mit seinem Schlüsselbund, so riesig wie der des heiligen Petrus. Er brüllte:

»*Ban mwen lé souplé!* – Platz da, bitte!«

Die Schüler traten beiseite, und er öffnete das zweiflügelige Tor. Dann stürmten die Kinder hinein, wobei sie alle möglichen Tierschreie ausstießen. Für eine Weile wirkten die Jungen wie toll, rannten herum, spielten wie wild »Blindekuh« oder »Bockspringen«, während die ruhigeren Mädchen einander Geheimnisse ins Ohr flüsterten. Dann läutete die Glokke, Ruhe kehrte ein, man stellte sich in Zweierreihen auf und ging in die Klassenzimmer.

Reynalda wurde links liegengelassen, so wie die Leprakranken, die man früher nach La Désirade abschob. Sie hätte einer der vielen Sündenböcke der Dubouchage-Schule werden können, wenn sie sich nicht in der Klasse von Madame Lépervier auf ihren Grundschulabschluß vorbereitet hätte. Trotz ihres furchteinflößenden Raubvogelnamens war Madame Lépervier die Güte in Person. Ihre Mutter hatte bis zu ihrem vorzeitigen Tod auf dem Markt von Saint-Antoine Fisch verkauft. Da sie das älteste der acht Kinder war, hatte sie sie alle großgezogen. Sie hatte also in ihrer Kindheit wahrlich das tiefste Elend erfahren. Daher hatte sie im Erwachsenenalter beschlossen, denen zu helfen, die in Not waren. Ihr Mann war ebenfalls Lehrer, ebenso großzügig wie sie und sehr engagiert in der Kommunistischen Partei. Am Tag, an dem das Schuljahr begann, war Reynalda Madame Lépervier bei einem raschen Blick über die Klasse aufgefallen. Sie hatte sofort begriffen, was dieses schmächtige Mädchen mit dem traurigen Blick erwartete, und hatte sie unter ihren Schutz genommen. Man muß dazusagen, daß Reynalda sie an eine kleine Schwester erinnerte, die seit ihrem vierzehnten Lebensjahr auf dem Friedhof lag. Dreimal in der Woche nahm Madame Lépervier sie nach der Schule mit zu sich nach Hause. Sie zwang sie, von dem ihren eigenen Kindern zugedachten Joghurt und Frischkäse zu essen, beaufsichtigte ihre Hausaufgaben, erklärte ihr die Rechenaufgaben und staunte innerlich über ihre Intelligenz. Aber etwas ließ ihr keine Ruhe: Trotz ihrer Fragen sprach Reynalda nie über sich selbst noch darüber, was im Haus von Gian Carlo Coppini vor sich ging. Nie eine dieser herzzerreißenden Geschichten, die unterprivilegierten Kindern so leicht entschlüpfen, wenn sie einmal Vertrauen gefaßt haben. Sie selbst hatte die übelsten Gerüchte über Gian Carlo Coppini gehört. Wenn auch alle Welt die Emailarbeiten und Kameen bewunderte, die aus seinen Händen hervorgingen, war es mit ihm als Person eine ganz andere Sache. Es hieß, er sei von seltener Knauserigkeit. Und dazu noch jähzornig und verdorben! Sein Fuß landete schnell im Hintern anderer Leute und seine Hand an dem seiner Dienerinnen. Eine

Zeitlang, bis die Polizei sich dafür interessierte, hatte er eine Negerin auf dem Morne à Cayes ausgehalten. Na ja, ausgehalten ist ein großes Wort dafür. Das einzige, womit er die arme Unglückliche großzügig bedachte, waren Schläge. Jedesmal, wenn sie versuchte, dieses Thema anzusprechen: »Wirst du zu Hause gut behandelt? Wie sind denn diese Weißen zu dir? Vor allem er, von dem es heißt, er sei der Satan persönlich?« verschloß Reynalda sich. Ihre Augen flehten, man möge sie in Ruhe lassen. Ihre Lippen zitterten. Dann sammelte sie ihre Sachen ein und ging mit ein paar gemurmelten Entschuldigungen zur Tür. Was wollte sie verbergen? Schlug der Geizhals sie, so wie er den Gerüchten nach seine Frau, seine Schwestern und seine Töchter schlug?

Wenn Reynalda von Madame Lépervier, die im Faubourg Alexandre-Isaac wohnte, nach Hause ging, begann La Pointe wie eine Dirne, sich für die Nacht vorzubereiten. Öllampen brannten rötlich auf den Gehwegen, und es duftete nach fritierten Stockfischbällchen. Die Place de la Victoire, die nun von den Kinderfrauen und den ihnen Anvertrauten verlassen war, rauschte vom Gesäusel der verliebten Oberschüler. Erste Schwüre. Erste Küsse. Erste Liebkosungen. Erste Streitereien auch, hinter den Stämmen der Sandbüchsenbäume, die schon andere Kriege gesehen hatten. Um diese Szenen nicht sehen zu müssen, begann Reynalda zu laufen; immerhin bekreuzigte sie sich noch, wenn sie vor der Kathedrale Saint-Pierre-et-Saint-Paul vorbeikam. Fledermäuse nisteten in den Bäumen und in den Löchern des Gemäuers. Auf dem Balkon des Pfarrhauses gingen die Priester im Kreis herum und lasen ihr Brevier. Sie warf ihnen haßerfüllte Blicke zu. Waren sie nicht der Grund dafür, daß sie war, wo sie war? War es nicht der Pfarrer, Pater Mondicelli, der die glorreiche Idee gehabt hatte, sich die Dienste Ninas zu sichern? Dieser Sohn italienischer Einwanderer, der nicht vergessen hatte, welcher Herkunft seine Ahnen waren, besuchte Arcania jeden Tag, den Gott werden ließ. War ihm bewußt, wohin seine vermeintlichen Wohltaten sie geführt hatten? Er kam Punkt vier Uhr in der Rue de Nozières an, unmittelbar nach Arcanias Mittagsruhe. Manchmal hielt er im Juwelierladen an, um Tante Lia und Tante Zita zu begrüßen, aber meistens ging er direkt in den ersten Stock hinauf. Dort setzte er sich an Arcanias Bett und las ihr haarklein die *Nachrichten aus dem Bistum* vor, ein hektographiertes Blättchen, das in Basse-Terre von seinem Freund, dem Bischof, fabriziert wurde. Eine Stunde später kam Nina herein und stellte, ohne ihm das Gesicht zuzuwenden, das Tablett mit Kakao und Marmorkuchen auf einen niedrigen Tisch. Dann band sie Arcania eine bestickte Serviette um den Hals. Was redeten Arcania und Pater Mondicelli miteinander, wenn die Tür wieder geschlossen war? Vertraute Arcania ihm ihr Unglück an? Beklagte sie sich über ihren lieblosen Gatten, über ihre scheinheilige und perverse Dienerin, über ihr ganzes lichtloses Leben in diesem Land, das so weit von dem ihren entfernt war? Oder schwebte sie über solchen Geringfügigkeiten und wandelte in Gedanken schon in ihrem jenseitigen Leben? Die Besuche endeten stets mit zwei Rosenkränzen, die sie gemeinsam beteten.

Oft traf Pater Mondicelli an der Straßenecke Reynalda, die mit ihrem Schulranzen auf dem Rücken nach Hause kam. Jedesmal segnete er sie mit einem Ausdruck von Mitgefühl. Was wußte er?

Wenn Reynalda beim Haus anlangte, ließ José das Gitter des Juwelierladens herab. Er hätte sich gern ein bißchen mit ihr unterhalten, denn er war immer bereit, Boshaftigkeiten über den Chef und seine Familie loszulassen, aber sie verschwand im Treppenhaus, so schnell sie konnte. Gian Carlo war nicht da. Jeden Tag um die gleiche Zeit griff er nach seinem Stock und verkündete, er ginge auf den Quais etwas Luft schnappen. Seine Abwesenheit dauerte auf den Schlag genau zweieinhalb Stunden, dann hörte man das Hämmern seines Schrittes auf dem Gehweg. Um die Wahrheit zu sagen, es interessierte niemanden, wo er all diese Zeit tatsächlich verbrachte. Es waren die einzigen, allzu kurzen Augenblicke des Glücks. Die Kinder strömten in Arcanias Zimmer. Tante Lia und Tante Zita setzten sich neben sie auf das Bett und erzählten ihr den Klatsch und Tratsch von La Pointe, Geschichten über Leute, die sie gar nicht kannte, die aber trotzdem ihre Wangen und ihren Mund rot erblühen ließen. Man hörte eine Schallplatte, immer dieselbe: Mario Lanza, der *O sole mio* sang. Ganz außer Atem, weil sie die Treppen zu schnell hinaufgelaufen war, stieß Reynalda zu der Gruppe. Sie warf ihren Schulranzen in eine Ecke und erkämpfte sich einen Platz an Arcanias Schulter. Diese schob ihre Kinder weg, legte einen Arm um sie und hauchte mit ihrer Engelsstimme:

»Was hast du in der Schule gemacht?«

Aber Reynalda hatte nicht die geringste Lust, von der Schule zu reden, weder vom Rechnen noch vom französischen Aufsatz, noch nicht einmal von Madame Lépervier, die so gut zu ihr war. Sie schloß die Augen und drückte ihre Wange an diese weiche, zarte Haut, die so gut roch. Sie hätte wieder ein kleines Kind sein mögen, ein Baby an der Brust, das sich mit Milch vollaufen läßt und sich dann satt und zufrieden dem stillen Wohlgefühl hingibt. Arcania wußte alles, dessen war sie sich sicher. Durch ihre gleichbleibende Sanftheit gab sie zu verstehen, daß sie ihm verzieh. Aber, ach! Dieser Moment dauerte nicht lange. Nina, die mit dem Hin- und Herrücken der Kochtöpfe für das Abendessen fertig war, riß die Tür auf und jagte wütend alle hinaus:

95

»Ihr werdet sie überanstrengen!«

Ohne Widerrede gingen Tante Lia und Tante Zita in ihr Zimmer hinauf. Die mißmutigen Kinder machten sich an ihre Hausaufgaben. Kurz darauf hörte man Gian Carlos Schritt auf dem Gehweg. Im Eßzimmer servierte Nina die Linsensuppe.

Es war schon dunkle Nacht.

In all dieser Trostlosigkeit hatte Reynalda eine Freundin. Fiorella, die älteste Tochter von Gian Carlo und Arcania, die ein Jahr nach ihr geboren war.

Auf den ersten Blick gab es nur Trennendes zwischen Reynalda und Fiorella. Die Leute waren übereingekommen, Fiorella als das hübscheste Geschöpf auf Erden zu bewundern. Wenn Tante Lia und Tante Zita früher ihren Kinderwagen über die Place de la Victoire schoben, hielten neugierige Passanten sie an und machten Kommentare über die vollkommenen Gesichtszüge des Babys. Ein paar Jahre später, als sie drei Jahre alt war, verbot es Gian Carlo, daß sie in den Laden herunterkam, weil dann die Kundinnen so damit beschäftigt waren, sie zu bewundern, daß sie darüber vergaßen, ihre Bestellungen aufzugeben. Mit zehn Jahren hüllten ihre gelösten Zöpfe ihre Schultern in einen üppigen Mantel von schwarzem Samt. Ihre Augen glichen zwei Stückchen blankgewaschenen Himmels nach einem Regenschauer. Ihre Haut war durchscheinend, um die Wangenknochen zartrosa getönt. Ihr Mund war wie eine Hibiskusblüte. Wegen all dieser Vorzüge wurde sie im Externat Saint-Joseph-de-Cluny, dessen Schule sie besuchte, von den Schwestern Jahr für Jahr für die große Zeremonie zur Feier des 15. Augusts auserkoren. Mit einem weißen Chorgewand bekleidet und zwei ebenso weißen Flügeln, die an ihrem Rücken befestigt waren, stieg sie andächtig die Treppe hinauf, die um den Hauptaltar der Kathedrale herumlief, um unter den Gesängen des Chores eine Krone auf das Haupt der Statue der Jungfrau Maria zu setzen. Aus den gleichen Gründen spazierten Liebeskranke vor dem Lago di Como herum und versuchten, Nina Liebesbriefchen zu übergeben. Tante Lia und Tante Zita, die Fiorella innig liebten, denn mit den Jahren wurde sie zum genauen Ebenbild ihrer verstorbenen Mama, konnten Fiorella nicht ansehen, ohne der Versuchung zu erliegen, sie an sich zu ziehen und mit Küssen zu bedecken. Vergeblich bemühte sich Arcania, ihre besondere Vorliebe für sie vor den anderen Kindern zu verbergen. Und sogar Gian Carlo, der seine Töchter so gleichgültig, manchmal brutal behandelte, brachte ihr von seinen Abendspaziergängen mit gezwungenem Lächeln mal ein Päckchen Topinambur, mal ein Tütchen *kilibili* oder gut geröstete Pistazien mit.

Trotz alledem war Fiorella melancholisch, schweigsam, wegen jeder Kleinigkeit am Rande der Tränen. Sie hatte nämlich in schneller Folge ihre drei kleinen Schwestern, ihre geliebten Spielgefährtinnen, auf den Friedhof verschwinden sehen. Sie wußte, daß der Tod Iras, der Erstgeborenen, sieben Monate vor ihrer Geburt, eine unheilbare Wunde im Herzen ihrer Mutter hinterlassen hatte. Daher schien es ihr, als wachse ihre Jugend zwischen Trauerfällen heran, wie das Gras zwischen den Grabplatten. Man füge Arcanias Krankheit, die Unterwerfung ihrer Tanten, die Laster ihres Vaters und die Verwahrlosung des Hauses hinzu, und man wird verstehen, daß ihre Gemütsverfassung mit der Reynaldas übereinstimmte. Die beiden kleinen Mädchen hatten einander von jenem ersten Tag an ins Herz geschlossen, an dem Reynalda schließlich Ninas bunten Baumwollrock losgelassen und allen ihr häßlich verweintes Gesicht gezeigt hatte. Fiorella hatte mit ihrem Batisttaschentuch ihre Tränen getrocknet und sie mit in das Zimmer genommen, das sie mit Donatella und Béatrice teilte. Seither tauschten sie alles aus. Fiorella war der einzige Mensch, dem Reynalda den Alptraum anvertraut hatte, den sie Nacht für Nacht durchlebte. Ihre Wut wurde noch verstärkt durch das Gefühl ihrer Ohnmacht. Sie konnten gegen Gian Carlo nichts unternehmen. Sie konnten es sich nur vorstellen. Fieberhaft dachten sie sich tausend Arten aus, ihn sich vom Hals zu schaffen. Und wenn man ihn mit durchgeschnittener Kehle an den Füßen über einer Wanne aufhängen würde, wie das Schwein, das er war? Man würde ihm die Haut abziehen. Ihn mit der Machete in zwei Hälften zerteilen. Ihn in Stücke zersäbeln. Und wenn man ihn auf kleiner Flamme räuchern würde? Sein Fleisch würde brutzeln, knistern, aufplatzen, und eine übelriechende Brühe würde herauslaufen. Und wenn man ihm den Kopf abschneiden und ihn mit Fußtritten in einer Brennnesselgrube begraben würde? Fiorella, die gut zeichnen konnte, veranschaulichte diese Phantasien mit Kohlezeichnungen, die sie in einer Mappe mit dem melodramatischen Etikett »Die Hölle« aufbewahrte. Die beiden Mädchen verfaßten auch gemeinsam Erzählungen, die sich durch den gleichen rachsüchtigen und blutrünstigen Charakter auszeichneten. Auf diesem Gebiet glänzte Reynalda. Daher schlug Fiorella vor, diese kleinen Texte vom Verlag Lardenoy veröffentlichen zu lassen, der *La Guadeloupe illustrée* und die Werke der Preisträger der Dichterwettbewerbe herausgab. Bei diesen Vorschlägen reagierte Reynalda mit leidenschaftlichen Protesten.

Es kam nicht in Frage, daß sie ihre große Schmach im Licht der Öffentlichkeit ausbreiteten.

Marie-Noëlle tauchte aus ihren Träumereien erst wieder auf, wenn Stanley das Zimmer betrat. Ein paar Momente lang fragte sie sich, wer dieser Mann war, der Macht über ihren Körper hatte. Sie war drauf und dran, ihn zurückzustoßen. Dann kehrte ihre Erinnerung zurück, und sie machte ihm neben sich Platz.

9

Zu Marie-Noëlles großer Verwunderung wurden Stanleys Pläne, die sie immer für undurchführbar gehalten hatte, in dem Zeitraum Wirklichkeit, den er ins Auge gefaßt hatte. Sie waren noch kein Jahr zusammen, als das Full Moon seiner Gruppe namens M. N. A. in aller Form ein Engagement übersandte. Dieses Engagement verursachte zunächst große Umwälzungen. Erst einmal wollten Gus, der Pianist, und Freddy, der Posaunist, nichts davon hören, bis nach Boston auszuwandern, und zogen nach Tanger, wo wenigstens die meiste Zeit des Jahres die Sonne scheint. Das war kein großer Verlust, Stanley hatte schnell Ersatz für sie gefunden. Amandio und Nando, Zwillingsbrüder, die von antillanischen Eltern auf den Kapverden geboren und einander so ähnlich waren, daß man sie erst unterscheiden konnte, wenn sie zu ihren Instrumenten griffen. Dann spülte er sich eines Morgens den Mund mit Alkohol aus, wie es seine Gewohnheit war, zündete sich seine Haschisch-Zigarette an und schlug ihr vor zu heiraten. Das Angebot hatte allerdings keinen romantischen Charakter. Er hatte sich über die Schwierigkeiten der Einwanderung in die Vereinigten Staaten informiert, und die Ehe erschien ihm als das beste Mittel, um Scherereien mit der Polizei zu vermeiden. Trotzdem war Marie-Noëlle bewegt. Im Zusammenleben mit Stanley hatte sie das Gefühl, daß sie sich in Sprachen von so verschiedener Syntax wie etwa Griechisch und Japanisch ausdrückten und daß sie auf auseinanderlaufenden Bahnen durchs Leben wanderten. Sie schleppte sich von einem jämmerlichen Job zum nächsten und verbot sich jegliches Nachdenken über die Zukunft. In der einen Woche saß sie an der Kasse eines Supermarkts; in der nächsten beaufsichtigte sie die Prügeleien von Oberschülern in der Mittagspause; in der übernächsten stempelte sie in einer Schuhfabrik, froh, wenn ihre Mahlzeiten gesichert waren. Sie las nichts, abgesehen von den Zeitungsschlagzeilen, und setzte ebensowenig einen Fuß ins Kino wie in die Kirche. Wenn sie sich im Spiegel sah, war sie erschüttert. Dieses Greisinnengesicht sollte sie sein, die sie noch nicht einmal zwanzig war? Zwei senkrechte Furchen umrahmten ihren Mund. Ihre Lider fielen halb über glanzlose Augen von undefinierbarer Farbe herab. Wo war ihre Jugend geblieben? Sie hatte sie nicht erlebt, und schon lag sie weit hinter ihr. Jeder ihrer Züge war gezeichnet von Verschleiß und Scheitern. Im Gegensatz zu ihr strahlte Stanley vor Hoffnung auf ein Morgen, ein Morgen, das glänzend sein, das Ruhm und Wohlstand bringen würde. Wenn er nichts von dem bemerkte, was sie umgab, weder das Elend und den Schmutz ihrer Wohnung noch die drohende Miene des Verwalters, wenn die Miete zu spät kam, noch die Gesichter der Mieter aus den anderen Wohnblöcken, gehässige alte Leute, die die Bohème mißbilligten, dann deshalb, weil in seinem Geist für nichts anderes Platz war als für seine Phantasien. Er war sehr stolz auf seine erste Platte; er erklärte jedem, der es hören wollte, ihren Titel, *Melba,* mit jenem Überfluß an Details, den man in die Beschreibung der Gegenstände seiner Träume legt.

Melba, sagte er, sei der Name der ersten Frau gewesen, die mit ihm geschlafen habe. Er sei vierzehn oder fünfzehn Jahre alt gewesen. Er war mit seiner Schule nach Amsterdam gefahren. Während die Jungen seiner Klasse ihre Zeit im

Rijksmuseum vergeudet hatten, hatte er sich im Sperrbezirk herumgetrieben. In einem Schaufenster hatte ihn eine überlebensgroße Prostituierte, ebenholzfarben unter ihrer blonden Perücke, in einem roten Satinpyjama mit einem kabbalistischen Muster auf Höhe der linken Brust, hereingewunken. Sie hatte ihn zwischen ihren Schenkeln empfangen, ohne sich über seine Jungfernschaft lustig zu machen. Aus Angst vor ihrem Zuhälter, einem indonesischen Koloß mit den Taschen voller Stichwaffen, hatte sie nicht zugelassen, daß er sich danach hinauswagte. Wenn sie ihre Kunden empfing, hatte sie ihn unter dem Bett oder in ihrem Schrank versteckt, und in dieser Kammer, die nach Paradies duftete, hatte er liebestrunken einige Nächte verbracht, er wußte nicht genau, wie viele. Schließlich hatte die Polizei, die alarmiert worden war, ihn wiedergefunden und nach London zurückgeschickt. Trotz ihres magischen Namens wurde *Melba* bei Erscheinen kaum beachtet, von ein, zwei Zeilen in einer spezialisierten Monatszeitschrift abgesehen. Trotzdem, Stanley verlor seine Zuversicht nicht. Er war sich ganz sicher, daß mit der zweiten Platte, an der er arbeitete, alles anders laufen würde.

Marie-Noëlle gab zu, daß ihr Ohr nicht fein genug war, um eine Musik zu würdigen, die Kennern zufolge ohnegleichen war. Sie hatte *Melba* an Ludovic geschickt, aber er hatte nur mit ziemlich lauen Kommentaren geantwortet, die ihr nicht weiterhalfen.

Marie-Noëlle hatte ein schlechtes Gewissen und warf sich vor, Stanley falsch eingeschätzt zu haben. Er, von dem sie geglaubt hatte, er würde immer fremder, immer gleichgültiger und sich immer ausschließlicher mit seiner Musik befassen, machte sich in Wirklichkeit Gedanken um sie. Er war sogar der einzige Mensch auf Erden, der das tat. Er wollte sie beschützen. Diese Gefühle rührten sie so, daß sie sich unter Tränen bereit erklärte, ihn zu heiraten. Stanley verbrachte die Nacht damit, Pläne zu schmieden. Zugegeben, das Engagement im Full Moon galt nur für ein paar Monate. Aber er war sich sicher, daß es verlängert werden würde. Sonst würde er eine Möglichkeit finden, in einem anderen Club zu spielen. Und außerdem lag Newport mit seinem renommierten Jazzfestival direkt neben Boston. Und New York mit dem Blue Note und all den Clubs im Village war nur ein paar Stunden entfernt. Marie-Noëlle unterließ es, ihn zu unterbrechen, ihm die Fragen zu stellen, die ihr auf der Zunge lagen und Hilferufen glichen: »Und ich? Werde ich einfach die Wüste von Nizza gegen die Wüste von Boston eintauschen?« Am Ende schlief Stanley mitten in einem Satz ein. Zu Marie-Noëlles lebhaftem Bedauern schlief er so gut wie gar nicht mehr mit ihr.

Die Hochzeitszeremonie fand in aller Eile zwei oder drei Wochen später statt, es wurde nur das Aufgebot abgewartet. Marie-Noëlle erinnert sich, daß ein eisiger Wind alles durchdrang, der Himmel jedoch knallblau war, ein metallisches Blau über dem Meer, das zu dem Anlaß gleichfalls wie frischgewaschen aussah. Ihre Euphorie der vergangenen Tage war bald von der vertrauten Angst abgelöst worden. Dabei bemühten sich alle Gesichter um sie herum, fröhlich zu erscheinen, wie es sich zum freudigen Anlaß einer Hochzeit gehört. Laakdar, der Harki, bei dem sie in der Vergangenheit so oft zu Gast gewesen waren, hatte mit Freuden die Rolle des großen Bruders übernommen. Er hatte den am Spieß gebratenen Hammel gestiftet und bunte Girlanden an die Wände des Nuits de Tlemcen gehängt. In der Mitte des Tisches, auf dem ein Dutzend Gedecke lagen, erzählten die Paradiesvogelblumen, Callas und Fackelingwer, die Ranélise und Claire-

Alta geschickt hatten, von exotischen Gestaden. Nando, der auch ein Meister auf der Gitarre war, griff in die Saiten, wozu Amandio »Mornas« sang. Die Nostalgie dieser Melodien versetzte Marie-Noëlle zurück in die seltenen süßen Momente ihrer Kindheit, wenn Ludovic ihr erlaubt hatte, die Schallplatten auszusuchen, die sie dann auflegte. War es ein Wunder, daß sie so geworden war, wie sie war? Die Liebe, die sie für Reynalda empfunden und in ihrem Inneren begraben hatte, da sie zu nichts gut war, hatte eine dürre und steinige Leere an der Stelle ihres Herzens hinterlassen. Reynalda war es zuzuschreiben, wenn sie an nichts und niemandem Geschmack fand, wenn sie ohne Ziel durchs Leben trieb. Sie hatte gehofft, daß Stanley sie heilen könnte, aber er war ein schlechter Arzt, und außerdem war ihr Leiden sowieso unheilbar.

Eingezwängt zwischen Leïla und Araxie, die Sonderausgang hatten, fragte sie sich, warum das Glück eine Insel war, die sie nie betreten würde. Am nächsten Tag sollte sie mit dem Zug nach Paris fahren, von wo aus die Gruppe nach Boston fliegen würde. Sie würde die Gelegenheit nutzen, all denen Lebewohl zu sagen, die ihre Familie darstellten. Stanley hatte beschlossen, sie dabei nicht zu begleiten, denn er verabscheute alles, was sich Familie nennt, hatte er doch seinen Vater, seine Mutter, seine Brüder und Schwestern weit hinter sich gelassen.

Vier Jahre lang hatte sie sie nicht mit eigenen Augen gesehen. Reynalda. Ludovic. Garvey. Garvey, der bald zehn Jahre alt werden mußte. Eigentlich dachte sie vor allem an Reynalda. Wie sah sie jetzt aus? Ebenfalls verwelkt, gealtert? Sie würde es wahrscheinlich vermeiden, ihr in die Augen zu sehen. Sie würde notgedrungen mit ihr reden. Und sie selbst würde in ihrer Gegenwart krankhaft ungeschickt sein.

Marie-Noëlle dachte auch an Ludovic, nahm die Enttäuschung vorweg, die sein Verhalten ihr bereiten würde, wagte
es jedoch nicht, sich einzugestehen, was sie von ihm erhoffte. Am Ende des Nachmittags drängten sich alle in einem
eigens gemieteten Wagen zusammen, um Leïla und Araxie
bis ans Gittertor des Sanatoriums zurückzufahren. Hinter
den Stäben standen die Bäume des Parks noch immer so
steif und aufrecht da. Auf den Terrassen atmeten die Kranken die Luft in vollen Zügen ein, in der Hoffnung, sich zu
reinigen. Leïla und Araxie warfen Marie-Noëlle vor, daß sie
sie nie besucht habe. Sie begriff jetzt, daß sie die Erinnerungen an die einzige Zeit des Glücks in ihrem Leben nicht
ihrer Jungfräulichkeit berauben wollte. Als die Zukunft sich
auf eine Temperaturkurve beschränkte. Wenn Marie-Noëlle,
als der Augenblick der Trennung kam, heiße Tränen vergoß,
dann nicht aus denselben Gründen wie ihre Freundinnen.
Leïla und Araxie weinten darüber, daß ihre Freundschaft zu
Ende ging und daß sie sich sicher nie wieder sehen würden.
Sie aber weinte über sich selbst und über das Bild der Zukunft, die sie vor sich liegen sah.

Um den Augenblick hinauszuzögern, in dem sie Reynalda
gegenübertreten würde, lief Marie-Noëlle erst einmal in Paris herum. Eigentlich kannte sie die Stadt kaum. Sie war mit
Natasha und Awa in jenem unvergeßlichen Sommer dort
gewesen. Ein paarmal mit Ludovic, der seit Jahr und Tag
seine Platten bei demselben Plattenhändler im Quartier Latin kaufte. Sie war mit Stanley in einem billigen Hotel an
der Rive gauche abgestiegen. Sie bewohnten ein Zimmer,
das eng war wie ein Flur, ohne Charme oder Komfort,
dessen Fenster jedoch auf Notre-Dame und die Quais der
Seine hinausging. Trotz des trüben Himmels und des un-

sanften Nordwindes ließen es sich die Touristen in den Bateaux-mouches gutgehen, die auf dem Fluß verkehrten und verglast waren wie Aquarien. Für manche Leute sah das Leben so aus: eine Spazierfahrt auf den Wassern einer Traumstadt.

Als sie auf die Straße trat, erschienen ihr alle Leute gut gekleidet, gut frisiert. Die Frauen sahen elegant aus, im Einklang mit sich selbst. Paare bummelten vor den Schaufenstern entlang, kauften Bücher, Zeitungen, Bonbons, gingen Arm in Arm, blieben stehen, um sich zu küssen. Währenddessen lag der, den sie sich zum Mann genommen hatte, zwischen schlechten Baumwollaken im Bett und schlief. Er würde Stunden um Stunden so weiterschlafen, taub und gleichgültig gegenüber dem Ruf des Tages. Er würde schließlich die Augen aufschlagen, sich den Magen mit zwei oder drei Gläsern Alkohol vollaufen lassen, und dann, ohne einen Gedanken daran zu verschwenden, was aus seiner Frau geworden war, bis zum nächsten Morgen mit den anderen Musikern verschwinden. Sie ging in ein Café, einfach um die Wärme anderer Menschen zu spüren, bestellte ein Croissant, einen Tee mit Milch, zündete eine Zigarette an, schlug eine Zeitung auf, einfach um zu sein wie sie. Es dauerte nicht lange, bis ein Mann an ihren Tisch kam. Aber er war grau, schon kahlköpfig, schäbig gekleidet mit seinem Überzieher. Aber gleich und gleich gesellt sich gern: Sie zog nur Nieten an. Kurz vor Mittag beschloß sie, den Bus zu nehmen, diese grüne Raupe, die die Straßen entlang kroch. Die Studenten strömten aus der Sorbonne und machten sich auf den Weg in die Cafés oder in die Mensen. In Vence hatten die Lehrer sie einhellig für sehr begabt erklärt. Auch sie hätte wie diese jungen Leute einen Abschluß in klassischer oder neuerer Literatur oder in Geschichte machen können. Sie hätte Artikel schreiben können. Ein Buch anfangen, es veröffentlichen. Schriftstellerin werden. Warum nicht?

Seit zwei Jahren war Reynalda nicht mehr Sozialarbeiterin in Savigny-sur-Orge und arbeitete für irgendeine Organisation in Paris. Diese abstrakten Informationen, die sie von Ludovic hatte, nahmen konkrete Gestalt an, als sie vor einem brandneuen Wohnhaus im dreizehnten Arrondissement stand. Gegensprechanlage. Mit modernen Skulpturen bestückte Eingangshalle. Schneller, leiser Aufzug. Da erst wurde ihr der Aufstieg ihrer Mutter bewußt, und sie war fassungslos. Während sie in die Niederungen der Gesellschaft hinabsank, kletterte die, die sie zur Welt gebracht hatte, zur Sonne hinauf. Im zehnten Stock machte Garvey ihr auf. Ein ziemlich veränderter Garvey. Eher breit gebaut. Fast so groß wie sie, die nicht sehr groß war. Auf den ersten Blick war er durch nichts von den anderen kleinen Rabauken seines Alters zu unterscheiden, abgesehen von seinem Haarschopf. Da der nie einen Kamm zu spüren bekam, bildete er eine zipfelige, ausgefranste Mähne über seiner Stirn. Seine hellbraunen Augen sahen sie mehr neugierig denn freundschaftlich an. Erst nach sichtlichem Zögern entschloß er sich dazu, ihr die Wange hinzuhalten. Zum Glück war Ludovic da. Außer den Haaren ließ er jetzt seinen Bart und Schnurrbart wachsen, und inmitten all dieses ungepflegten Filzes lächelte er sein strahlendes Lächeln. Er zog Marie-Noëlle an sich, und mit dem Kopf an seiner Schulter wurde sie von so heftigen Gefühlen überwältigt, daß sie beinahe in Tränen ausbrach. Während sie versuchte, sich zu beherrschen, überschüttete er sie mit liebevollen Vorwürfen. All diese Jahre hatte sie fast nichts von sich hören lassen. Und Stanley, der sich vor ihnen versteckte! Wo war er? Er hätte ihm gern einmal in die Augen geschaut und ein paar Fragen gestellt, diesem Musiker, der sie in die Ferne entführte. Boston, das sei die Hauptstadt des Winters und der Vorurteile, das würde sie allzu bald entdecken. Sie trocknete ihre Tränen und verteidigte sich, so gut sie konnte. Trotz ihrer scheinbaren Fröhlichkeit wußte sie, daß ihr Glück bedroht war. Reynalda würde hereinkommen, und es wäre vorbei mit diesem Gefühl des Wohlseins. Das Wohnzimmer um sie herum war spärlich möbliert. Vier Gedecke auf einer Tischplatte auf Böcken, denn sozialer Aufstieg hin oder her, Ludovic und Reynalda schienen sich für Eleganz und Komfort nicht mehr zu interessieren als früher. Die Einrichtung unterschied sich kaum von der in Savigny-sur-Orge. Die Sachen von damals vermischten sich mit neuen Dingen, und sie erkannte sie wieder wie bekannte Gesichter inmitten einer fremden Menge.

Schließlich erschien Reynalda, und für Marie-Noëlle war ihr unförmiger Bauch wie ein Schlag ins Gesicht. Sie war schwanger. Mindestens im achten Monat, der Kugel nach zu schließen, die sie vor sich her schob. Von echter Übelkeit gepackt, erinnerte sich Marie-Noëlle daran, daß in einem Brief von Ludovic die Rede von einer Überraschung gewesen war. War es das? Eine obszöne Überraschung! Eine schmerzliche Überraschung! Diese Schwangerschaft, die man als Erfüllung einer glücklichen Sexualität betrachten konnte, versetzte ihr den letzten Tiefschlag. Sie war bereits aus dem Kreis der Familie ausgeschlossen. Dieses ungeborene Kind würde den Platz besetzen, der nie der ihre sein würde. Und was noch schlimmer war, sie ermaß daran ihr emotionales Elend. Sie war es, die einen Bauch hätte vorführen müssen, Taufnamen aussuchen, Reynalda mit der Vitalität und Fruchtbarkeit ihrer Jugend verhöhnen! Statt dessen stand sie da, vor der Zeit gealtert, schlecht gekleidet, auf abgenutzten Absätzen balancierend. Reynalda streifte ihre Wangen mit nicht mehr und nicht weniger Wärme als früher, als hätten sie sich erst gestern getrennt und nicht vor vier langen Jahren. Dann setzte sie sich ihr gegenüber. Mit Ausnahme ihres vorgewölbten Bauches war sie abgemagert, sichtlich sehr müde. Ihre Venen schlängelten und verknoteten sich an ihrem Hals und auf den Händen. Sie trug ihr Haar jetzt im Afro-Look, die neue Mode, was ihre Stirn freilegte, ihre übrigen Züge hervortreten und ihr Gesicht fast kindlich erscheinen ließ. Einmal mehr konnte Marie-Noëlle nicht entscheiden, ob sie hübsch oder häßlich war. Ludovic redete unterdessen für zwei. Er fühlte sich in Paris nicht wohl, und er vermißte seine Straftäter.

Außerdem war Muntu dabei, sanft zu entschlafen. Die Jugendlichen der Domiens-Organisation, für die er arbeitete, hatten nichts als Mädchen und Aufschneiderei im Kopf. Allein Wörter wie Revolution oder Marxismus brachten sie zum Gähnen. Afrika, Kuba, Fidel Castro, Sékou Touré interessierten sie viel weniger als Stevie Wonder oder Marvin Gaye. Sie liebten die Musik von Fela Ransome Kuti, machten sich jedoch nicht die Mühe, die Texte seiner Lieder zu übersetzen. Ludovic ermunterte Garvey und Reynalda, das Wort zu ergreifen, sich am Gespräch zu beteiligen, als wären auch sie zwei verwahrloste Kinder. Ersterer bekam nichts mit, er war in eine Fernsehsendung versunken. Und Reynalda machte nur von Zeit zu Zeit den Mund auf, um einzelne Silben oder kurze Sätze von sich zu geben, als wäre das, was sie sagte, nicht weiter interessant. Auch sie sehnte sich nach Savigny-sur-Orge zurück. Ihre Arbeit habe sich eigentlich nicht viel geändert. Sie kümmere sich weiterhin um Frauen aus den sogenannten unterprivilegierten Verhältnissen. Der einzige Unterschied sei, daß sie jetzt Untersu-

chungen durchführe und Berichte für das Familienministe-
rium schreibe. Wozu dienten diese Untersuchungen und
Berichte? Zu nichts. Höchstens dazu, daß die Verantwort-
lichen, die diese Studien finanzierten, ein gutes Gewissen
hätten. Gegen Nachmittag verkündete Garvey, der sich wieder vor den Fernseher gesetzt hatte, daß er seine Freunde
treffe, und ging ohne jeden Abschiedsgruß hinaus. Kurz darauf entschuldigte sich auch Ludovic. Es war deutlich, daß er
Mutter und Tochter allein lassen wollte, genau das, wovor
Marie-Noëlle sich fürchtete, seit sie am Morgen aufgewacht
war. Ein paar Augenblicke lang lastete das Schweigen schwer
auf ihnen. Die Sonne, die das Wohnzimmer durchflutete,
hatte mit der Zeit an Kraft gewonnen und wärmte das Zimmer, bis sie verschwand. Durch die Fensterfront sah man
den grauen Schiefer und die roten Ziegel der Dächer von
Paris. Man hätte meinen können, daß Reynalda eingeschlafen war, mit zurückgeworfenem Kopf, tief in die Kissen des
Sofas eingesunken. Marie-Noëlle dachte, daß sie aufstehen
und leise bis zur Wohnungstür gelangen könnte, als Reynalda plötzlich, ohne die Augen zu öffnen oder sich zu bewegen, sagte:
»Ich habe dieses Kind nicht gewollt. Es ist Ludovic. Ich
bin nicht geeignet für die Mutterschaft, davon kannst du ein
Lied singen. Und deshalb bist du nicht glücklich. Garvey ist
auch nicht glücklich. Ihr glaubt, daß ich mir keine Gedanken um euch mache? Da täuscht ihr euch, aber ich kann
euch nicht geben, was ich selbst nicht bekommen habe.
Eines Tages, weißt du noch, habe ich angefangen, dir meine
Geschichte zu erzählen. Ich hatte nicht die Kraft, bis zum
Ende zu kommen, weil meine Worte mir die Kehle zerrissen. Ich werde versuchen, weiterzuerzählen und die Details
auszusparen. Sonst wirst du glauben, ich übertreibe. Das ist

alles, was ich dir geben kann. Die Wahrheit. In der Hoffnung, daß du verstehst und dadurch anfangen kannst, dein Leben zu leben.«

10

Ludovic hatte die Wahrheit gesagt: Boston war die Hauptstadt des Winters. Als Stanley und Marie-Noëlle Mitte Januar dort ankamen, hatte sich der Schnee, der seit Wochen fiel, auf den Plätzen und an den Straßenrändern zu rußschwarzen Klippen aufgetürmt. Die Äste der Bäume glitzerten in ihren Hüllen aus Reif, und auf dem Eis des Flusses zeichneten die Eisläufer Arabesken. Zu jeder Tages- und Nachtzeit raste der Wind mit offenem Maul, blies mit seinem eisigen Atem durch die Straßen und schluckte alles, was er auf seinem Weg fand. Zeitungen und Fernsehen berichteten von nichts anderem als von geschlossenen Schulen, entgleisten Zügen, annullierten Flügen. The Full Moon war zwar nicht größer als ein Taschentuch, hatte jedoch einen ausgezeichneten Ruf. An den Wochenenden reichte die Schlange derer, die hineinwollten, dreimal um den Block. Es wurde von Luis und Leo geführt, einem homosexuellen Paar, von denen einer sich im Rollstuhl fortbewegte. Es kam jedoch keinem in den Sinn, ihn zu bedauern, denn er war derjenige, der sich um die Finanzen kümmerte, und er war knallhart. Mittels geschickter Abzüge schaffte er es, Stanley und seinen Musikern weniger als die Hälfte dessen zu bezahlen, was sie erwarteten. Mit dem Ergebnis, daß Jerry, der Bassist, ein schmächtiges Männlein, der mit dem Schatten seines Instruments verschmolz und sich allein durch dessen Stimme ausdrückte, beschloß, nach Europa zurückzukehren. Das war nicht allzu schlimm, und Stanley hatte ihn binnen acht Tagen ersetzt. Denn Boston war nicht nur die Hauptstadt des Winters, sondern auch die der Musik. Aus ihren unzähligen Schulen kommen mehr Musiker als Brotlaibe aus den Bäckereien. Terri, den Stanley in einem Cambridger Club ausfindig machte, war in Léogane geboren. Aber er hatte schon als Baby an der Brust seiner tränenüberströmten Mutter Haiti verlassen und sprach weder Französisch noch Kreolisch. Er kannte nur das Amerikanische und den harten Akzent von Brooklyn, wo seine Mutter und seine drei Tanten ihn großgezogen hatten. Im Unterschied zu Stanley, der, ohne je betrunken zu sein, ständig alle Arten von Alkohol konsumierte, trank er weder, noch rauchte er. Er schien den Frauen sehr zugetan und begann sofort, Marie-Noëlle den Hof zu machen. Sie konnte es gar nicht fassen. Es war so lange her, seit ein Mann sie begehrt hatte! Ihr letzter sexueller Kontakt mit Stanley war während ihres Aufenthalts in Paris gewesen. Als er am frühen Morgen zurückgekommen war, hatte er sie auf dem Bett zusammengekauert vorgefunden, in Tränen aufgelöst, stark mitgenommen von Reynaldas Leidensgeschichte, und er hatte darin den einzigen Weg gesehen, sie zu trösten.

Da Stanley jeder Sinn fürs Praktische abging, ernannte sich Amandio, der Posaunist, zum Verwalter der Gruppe. Er mietete erst einmal eine recht komfortable Wohnung ganz in der Nähe des Clubs an. Seine Idee dabei war, daß so weder Schnee noch Hagel, weder Glatteis noch Eisregen die Musiker daran hindern würden, zur Arbeit zu gehen. Unglücklicherweise blieb, nachdem die Miete bezahlt war, kein Geld mehr zum Essen übrig, geschweige denn zum Heizen. Dabei drang die Kälte derart durch die Backsteinmauern, daß die Instrumente sich von allein verstimmten und daß man die Kleider mit alten Zeitungen auspolstern mußte, um sich den Körper warmzuhalten. Also mietete Amandio ein Haus in

Camden Town. Es war riesig, mit einem Erdgeschoß, einer ersten Etage, einem Dach- und einem Kellergeschoß, insgesamt um die fünfzehn Zimmer. Man konnte dort bequem wohnen und proben. Aber Camden Town war ein abgelegener Vorort und schlecht beleumundet, so schlecht, daß die Polizisten sich nur zu zweit dorthin wagten und gewiß nicht nach neun Uhr abends. In der ersten Zeit schloß Marie-Noëlle sich ein, wenn die Musiker im Full Moon waren und die Straßenlampen die Schneewüste ringsherum beleuchteten, sie verbarrikadierte sich, schreckte bei jedem Geräusch hoch, dachte daran, ein spitzes Messer oder eine geladene Waffe unter ihrem Kopfkissen zu verstecken. Sie hatte das Gefühl, daß trotz der verschlossenen Türen Raubtiere einfallen und sie bei lebendigem Leib auffressen würden. In diesem Alptraum landete sie jedesmal irgendwann bei dem Gedanken an ihre Mutter Reynalda, die ebenfalls voller Angst gewartet, in der Nacht gelauert, sich Gewalt und Mord vorgestellt hatte. Sie weinte, und in ihrem Herzen wallte Zärtlichkeit auf. Sie stand auf, lief an ihren Tisch und schrieb Briefe, die sie nicht abschickte. Sie wußte, selbst wenn Reynalda sie bekäme, wären sie wirkungslos. Nichts konnte sich zwischen ihnen mehr ändern. Denn zu lieben lernt man bei der Geburt, und die Gewohnheiten des Herzens lassen sich nicht ändern.

Im Laufe der Zeit stellte sie jedoch fest, daß die Gewalt in Camden Town nicht blind war. Sie traf bestimmte Personen, solche, die Lincoln Continentals mit getönten Scheiben fuhren und die in den Bars, zu denen ahnungslose Tölpel keinen Zutritt hatten, ihren Handel trieben. Sie waren es, die man leichenstarr an menschenleeren Straßenkreuzungen oder auf unbebauten Grundstücken wiederfand. Eigentlich war Camden Town so ähnlich wie Savigny-sur-Orge. Man konnte es liebgewinnen. Es war von Afro-Amerikanern bewohnt, von

Afrikanern, Einwanderern von allen Inseln der Karibik oder aus den Ländern Lateinamerikas, arbeitsame und gesetzestreue Menschen, deren extreme Armut sie jedoch verdächtig machte. In den Geschäften wurde oft Spanisch oder haitianisches Kreolisch gesprochen. Mitten im Winter quollen die Schaufenster über von Avocados, Kochbananen, Piment und Papayas, und zu den Essenszeiten hatten alle Kneipen Schweinefleisch mit Reis und Bohnen im Angebot. Marie-Noëlle erinnert sich nicht, wann Terri und sie anfingen, miteinander zu schlafen. Wahrscheinlich sehr schnell, denn sie hatte sein Begehren vom ersten Tag an begehrt. Sie versteckten sich nicht. Wenn er vom Full Moon zurückkam, ging er zu ihr ins Zimmer, das sie eigentlich mit Stanley teilte, in das der jedoch nie einen Fuß setzte, er ging lieber in den Keller, um gedämpft Saxophon zu spielen und dann in einer Ecke angezogen einzuschlafen. In mancher Hinsicht erinnerte Terri sie an Ludovic. Sein offenes Gesicht war ganz anders als das eher maskierte, fremdere von Stanley. Sein Körper war hoch aufgeschossen, unausgeprägt wie der eines Jugendlichen, der nach einer Krankheit zu schnell gewachsen ist. All seine Kraft konzentrierte sich auf eine Stelle, und bei der Liebe verlor er die höflichen Umgangsformen eines von vier Frauen zärtlich erzogenen Jungen. Nacht für Nacht sehnte Marie-Noëlle zitternd seine Verwandlung herbei. Er klopfte höflich an ihre Tür. Er zog sich aus und erzählte dabei fröhlich die Anekdoten des Abends, der Saal sei voll besetzt gewesen, Stanley habe eine unglaubliche Improvisation hingelegt, die Leute seien aufgestanden, um ihm Beifall zu klatschen, und dann, übergangslos, stürzte er sich auf sie, als wäre er eines jener raubgierigen Geschöpfe, vor denen sie sich gefürchtet hatte. Bevor sie sich dem Schlaf überließ, dachte sie wieder an Reynalda, aber nun erschien ihr ihre Lust als ein Verrat an ihr. Dieser

Ehebruch, der keine Tragödie verursachte, quälte sie doch. Was empfand Stanley? Dem Anschein nach war alles beim alten. Sein Verhalten gegenüber Terri war unverändert. Er schien ihn nach wie vor Nando und Amandio oder Pacheco, dem Schlagzeuger, vorzuziehen. Er hörte ihm zu, nahm ernst, was er sagte, und improvisierte stundenlang mit ihm. Auch ihr gegenüber war er nicht anders geworden. Es kam jetzt sogar vor, daß er ihre Anwesenheit bemerkte, daß er sich erkundigte, ob sie nicht friere, wenn sie hinaus mußte, und an ihrem zwanzigsten Geburtstag schickte er ihr zwanzig Rosen. Wenn er nicht im Full Moon spielte, nicht im Keller übte, nicht mit den anderen Karten spielte oder aß, waren die einzigen Momente, in denen er zugänglich war, die, in denen er sich wie ein Wasserbüffel im Badezimmer erging. Sie trat dann ein und sah ihn an, muskulös wie ein Boxer, in einem ausgefransten Bademantel oder völlig nackt, sichtlich ohne Begehren für sie, wie er sich die Nägel oder die Nasenhaare schnitt. Er stürzte sich in seine Zukunftspläne, ohne sie im mindesten zu Wort kommen zu lassen. Dank begeisterter Echos, die über das Meer gedrungen waren, war die Gruppe zum Jazzfestival von Santo Domingo eingeladen worden. Es würde das erste Mal sein, daß er einen Fuß auf die Antillen setzte, und er hatte fest vor, nach Sangre Grande zu fahren, wo seine Familie herstammte. Als er klein war, hatte seine Mutter, die indisches Blut hatte, ihm vom Kult des Shango erzählt. Welche Musik wurde wohl in den Tempeln gespielt? Er würde auch nach Kuba gehen, um die afro-kubanische Musik zu entdecken, die die Jugend seines Vaters verzaubert hatte. Seit er in Boston lebte, war eine Idee in ihm aufgekeimt. Seine Symphonie der Neuen Welt zu komponieren. Er träumte davon, den Beitrag der Migranten zum Ausdruck zu bringen, die allein in der Lage waren, das alte, schwerfällige Blut Amerikas zu regenerieren. Ohne die Herausforderung der Latinos, Chicanos, der kubanischen oder haitianischen Balseros, die an den Grenzen oder auf notdürftigen Flößen ihr Leben riskierten, würde Amerika daran sterben, wieder und wieder die verderbte Brühe seiner Ängste und seines Hasses hinunterzuschlucken. Marie-Noëlle hörte ihm bewundernd zu. Beschämt darüber, daß sie nichts Größeres im Kopf hatte, wälzte sie immer wieder ihre trivialen Gedanken herum. Wie zuvor in Nizza war es die Jagd nach Arbeit, die sie zwang, sich der Außenwelt zu stellen. Mit eisigen Füßen in ihren zu dünnen Schuhen stapfte sie durch den Schnee und den Matsch, schlitterte auf dem Eis herum, stolperte bis zum La Rosita, einem puertoricanischen Restaurant, wo sie bediente. Die Leute hatten sie ohne Schwierigkeiten akzeptiert, da sie gelernt hatte, ein paar Worte Spanisch zu radebrechen und ohne Schroffheit auf die indiskreten Hände der Männer zu schlagen. Bei alledem fühlte sie sich in ihrem tiefsten Inneren schuldig. Hatte Reynalda wie eine Löwin dafür gekämpft, daß ihr Kind nach ihr ein solches Leben führte? Es kam ihr vor, als ginge sie den Weg, den ihre Mutter sich geweigert hatte zu gehen. Als würde sie wie Nina, ihre Großmutter, die nie etwas anderes fertiggebracht hatte, als die Beine breit zu machen, sich von Männern nehmen zu lassen und Elendslöhne einzustecken. Was war aus Nina geworden? In ihrem Haß und ihrem Groll gab Reynalda sich keine Mühe, es herauszufinden. Sie mußte jedoch noch am Leben sein, war sie doch kaum älter als sechzig. Arbeitete sie noch bei der Familie von Gian Carlo Coppini? War sie auf ihre alten Tage nach La Désirade zurückgekehrt? Marie-Noëlle stellte sie sich vor, mit ihren weißen Haaren und der Röschenfrisur, ihrem von Schmerzen steif gewordenen Körper, der in ein ausgewaschenes Hauskleid gehüllt war, wie sie vor ihrer Tür saß und auf ein Zeichen, eine Entschuldigung wartete. Manchmal war sie versucht, Ranélise damit zu beauftragen, sie ausfindig zu machen. Dann wieder sagte sie sich, daß das auch nichts nutzen würde. Sie würde nach Guadeloupe zurückkehren, und dann würde sie die Vergangenheit erforschen. Eines Tages fiel ihr an einer Bushaltestelle ein Aushang auf. Eine alleinerziehende Mutter suchte ein junges Mädchen, das sich um ein fünfjähriges Mädchen kümmern und ihr Französisch beibringen sollte. Das Gehalt war großzügig.

Anthea Jackson bewohnte in einem etwas ehrwürdigerem Teil von Camden Town ein Haus, das dreißig Jahre zuvor auf Postkarten abgebildet gewesen war. Nella und Earl, ihre aus Alabama stammenden Großeltern, hatten es eigenhändig erbaut. Sie waren in der Bestattungsbranche reich geworden. Ihr Unternehmen war das erste in der Gegend gewesen, das Schwarzen gehörte. Sie wußten den Verstorbenen die Hautfarbe zu geben, die sie zu Lebzeiten gern gehabt hätten. Sie wählten sorgfältig die Gospels aus, die ein Chor in violetten Gewändern mit weißen Chorhemden darüber mit Inbrunst sang. Für die Zeremonien erster Klasse fügten sie das *Requiem* von Berlioz hinzu. Nella und Earl hatten Cornell, ihren einzigen Sohn, erzogen, als sei er königlichen Geblüts. Sie hatten ihn auf Rechtswissenschaften angesetzt und aus ihm den ersten schwarzen Anwalt gemacht, der in Boston eine Kanzlei eröffnete. Cornell war mit seinem Leben, seiner Klientel, seinem Cadillac und seiner hellhäutigen Frau zufrieden. Trotzdem bedauerte er eines. Er konnte das Bild der großartigen Mauern von Harvard nicht aus seinem Gedächtnis tilgen. Er hatte keine Ruhe, bis Anthea, seine Tochter, nach ihrem B. A. in Yale dort zugelassen wurde. Anthea ließ sich nicht gern daran erinnern, daß sie ihre Universitätskarriere mit einer

Doktorarbeit über die Romane von Jane Austen begonnen hatte. Das war eine Jugendsünde gewesen, die sie wiedergutgemacht hatte, indem sie die beste Expertin für die Literatur von Sklavinnen zu Beginn des 19. Jahrhunderts geworden war. Sie hatte auch viel über Nella Larsen, über Zora Neale Hurston geschrieben, und sie hatte den Ruf der schärfsten feministischen Feder der Ostküste. Ihre Ehe mit einem Anwalt, ebenfalls Harvard-Absolvent, hatte nicht lange gehalten, und sie hatte beschlossen, zurück nach Camden Town zu ziehen. Das war eine politische Entscheidung gewesen, zu einem Zeitpunkt, da die afro-amerikanische Bourgeoisie in Scharen aus den schwarzen Vierteln auszog, genau wie ihre Eltern 1920 von den Baumwollfeldern der Südstaaten fortgezogen waren. Anthea hatte ein Jahr, das sie an der Universität von Kumasi unterrichtet hatte, dazu genutzt, ein kleines Mädchen zu adoptieren, Molara. Natürlich würden böse Zungen munkeln, Molara sei in Wirklichkeit ihre Tochter und sie habe sich in Afrika schlicht und einfach einen Bauch geholt. Aber letztendlich war das wenig wahrscheinlich. Molara war so schwarz, wie sie selbst hellhäutig war; so klein, wie sie groß war, und hatte die besonderen Merkmale einer Ashanti-Maske. Ob leibliches oder adoptiertes Kind, was bedeutete das schon? Molara hatte mit ihrer Mutter gerade ein freies Forschungsjahr verbracht und sprach wie eine kleine Pariserin.

Antheas äußere Erscheinung war ungewöhnlich. Sie hatte einen Bürstenschnitt wie ein Mann. Sie trug Halsketten, so breit wie Pektorale, Ohrgehänge, so schwer, daß sie ihre Ohrläppchen langzogen, und unter ihren Mänteln Kleider in ungewohnten Formen, nach Modellen geschneidert, die sie auf afrikanische Stoffe zeichnete. Es wurde behauptet, daß sie ihre Studenten in Furcht und Schrecken hielt und daß während ihrer Kurse kein einziger von ihnen wagte, ihr zu widersprechen. Dabei merkte man, wenn man sich von dieser harten Schale nicht abschrecken ließ, daß darunter das Herz eines verletzlichen, ja eines zerbrechlichen Menschen schlug. Es dauerte nicht lange, bis sie einem den Schmerz ihres Lebens anvertraute. Ihre von einem ehrgeizigen Vater beherrschte Kindheit. Ihre Ehe mit einem herzlosen, gewalttätigen Mann. Ihre zahlreichen Affären mit Männern, die nur eines im Sinn hatten, sie zu zerstören. Wie ein Hinduist, der am Ende des Zyklus seiner Wiedergeburten angelangt ist, wünschte sie nun nichts mehr auf Erden. Sie hatte dem Leben, das ihr zu leben blieb, zwei Ziele gesetzt: ihre Tochter, die kleine Molara, zu erziehen und durch ihre Arbeit dazu beizutragen, das Ansehen ihrer Rasse zu fördern. In gewisser Weise waren die beiden Ziele ein und dasselbe. Sie hatte Molara der Gleichgültigkeit eines Vaters und einer Mutter entrissen, die im Elend eines afrikanischen Slums dahinvegetierten. Sie würde sie mit so viel Anmut und Qualitäten schmücken, daß alle sich vor ihr verneigen würden, um ihre schwarze Vollkommenheit zu begrüßen. Diese erstaunliche Mischung aus Stärke und Schwäche erinnerte sie an Reynalda und war vielleicht der Grund für Marie-Noëlles Zuneigung zu Anthea. Sie vertraute sich ihr an, was bei ihr selten war. Während sie redete und auf Antheas Fragen antwortete, brachte sie nach und nach die dunklen Teile des Puzzles, das ihr Leben war, in eine Ordnung. Sie glaubte, die Umstände ihrer Geburt zu erkennen. Wie alle Kinder auf der Erde hatte sie einen Papa. Sie konnte seinen Namen nennen. Hatte er sich mit Gewissensbissen gequält? Und Nina? Was hatte Nina empfunden? Angst? Reue?

Sie glaubte, erraten zu können, was geschehen war.

Am Abend von Reynaldas Verschwinden war Fiorella auf der Suche nach ihr kreuz und quer durch die Straßen von La

Pointe gelaufen. Sie hatte sich sogar bis in die Vororte gewagt, wo die Leute ohne Ansehen wohnten. Die Schluckspechte traten vor die Türen der Spelunken, um sie mit der Geschwindigkeit eines Drachens über die Gehwege dahinsausen zu sehen. Sie tauschten verblüffte Bemerkungen darüber aus, wie schnell sie war. Ungelogen, sie war schneller als ein Saintois-Boot an einem Fest zum 15. August. Als sie unverrichteterdinge und tränenüberströmt zurückkam, hatten Tante Zita und Tante Lia schon davon gesprochen, die Polizei zu benachrichtigen. Aber dann hatte die Angst sie davon abgehalten. Wer weiß, was für schmutzige Wäsche man in den Wandschränken dieses Hauses finden würde? Tatsächlich entschlossen sie sich erst viel später dazu, das Polizeirevier zu alarmieren. Die Polizisten fertigten sie schnell ab, behielten jedoch Nina da und nahmen ihre Aussage auf. Angesichts ihres wenig liebenswürdigen Gesichts würde es niemanden wundern, wenn ihre Tochter auf Nimmerwiedersehen davongelaufen wäre. Als Tage um Tage vergangen waren und den Beweis geliefert hatten, daß Reynalda nicht zurückkommen würde, verfiel Arcania in einen Zustand noch tieferer Ermattung. War sie der geheimen Überzeugung, daß Gian Carlo in diesem Drama seine Hand im Spiel hatte? Sie legte ihre Befürchtungen Pater Mondicelli dar. Aber der zuckte nur mit den Schultern. Sie würde sich doch nicht wegen einer kleinen Schlampe quälen, die auf dem besten Weg zur Dirne war! Beim Anblick ihres finsteren Gesichts habe er immer die Gewißheit gehegt, daß ihr die Disziplin eines christlichen Hauses nicht behagte. Bestimmt wäre sie zu ebendieser Stunde damit zugange, es mit einem ebenso verdorbenen Neger zu treiben, wie sie selbst einer war.

Mit Arcanias Gesundheit ging es immer weiter bergab.

Bald verließ sie ihr Bett nicht mehr. Sie behielt keine Nahrung mehr bei sich. Das Fieber ließ ihren Körper so lange glühen, daß, trotz der Betreuung durch den Doktor Malenfant, trotz Aufmerksamkeiten Ninas, der Gebete ihrer Schwägerinnen und der Tränen ihrer Töchter, eines Septembermorgens ihr Licht erlosch. Die Regenzeit hatte eingesetzt, traurig und sanft. Die alten Leute warteten darauf, daß es aufklarte, bevor sie einen Fuß vor die Tür setzten. In der Nacht, in der Arcanias Totenwache abgehalten wurde, ebenso wie am nächsten Tag und während der ganzen Woche, die auf ihre Beerdigung folgte, hörte der Regen nicht auf, die Rinnsteine zu füllen. Die mit Wasser gesättigten Blumen wuchsen hoch wie Bäume, und die Früchte warteten ihre Reife nicht ab und fielen faul zu Boden. Das war sicher ein Zeichen, daß die Natur um den Weggang einer gemarterten Seele weinte. Von dem Moment an, da sie vom Friedhof zurück nach Hause kam, weigerte sich Fiorella, auch nur ein Wort mit ihrem Vater zu reden. Über Pater Mondicelli ließ sie ihn wissen, daß sie in das Internat der Barmherzigen Schwestern in Basse-Terre aufgenommen werden wollte. Eines Samstags stieg sie in einen Mietwagen, und trotz all der tiefen Trauer strahlte ihre Schönheit wie die Sonne. Sie sollte nie wieder einen Fuß in die Rue de Nozières setzen. Drei Monate nach Arcanias Tod heiratete Gian Carlo wieder, die siebzehnjährige Tochter eines anderen italienischen Juweliers, mit dem er geschäftlich zu tun hatte. Sie starb jedoch im Wochenbett mit dem kleinen Jungen, den sie im Leib getragen hatte. Alle Welt sah in diesem Epilog den strafenden Arm Gottes am Werk.

Anthea Jackson behandelte Marie-Noëlle nicht wie eine Bedienstete, nicht einmal wie ein Au-pair-Mädchen. Eher wie Molaras ältere Schwester, deren Begabungen sie ebenfalls fördern wollte. Eigenmächtig schrieb sie sie in die Grundkurse der Universität ein, die den Weg zu einem Hochschulabschluß eröffneten. Wenn sie ihre Freundinnen empfing, alles Afro-Amerikanerinnen wie sie selbst, Professorinnen, Literaturkritikerinnen, Künstlerinnen, manchmal Schriftstellerinnen, ließ sie sie unter ihnen am Tisch Platz nehmen. Diese Intellektuellen waren fröhlich und verspielt. Nicht die Spur von Arroganz oder Affektiertheit. Sie konnten in lautes Gelächter ausbrechen, das so überraschend kam wie Trompeten-Improvisationen. Wenn jedoch die Zeit des Kaffees kam, den sie feierlich ohne Zucker tranken, wurden sie ernst, und das Gespräch kam unausweichlich auf den Rassismus. Jede von ihnen trug ihre traurige Geschichte bei, über die Weigerung der Weißen, der Kaukasier, den Wert derer anzuerkennen, die eine andere Hautfarbe hatten als sie. Sie warnten Marie-Noëlle vor ihrer Grausamkeit, ihrer Hinterlist, prophezeiten ihr alle Hindernisse, die die Weißen ihr in den Weg stellen würden, um ihr Vorwärtskommen zu behindern. Marie-Noëlle regte sich darüber nicht auf. Erstens einmal hatte sie Zweifel daran, daß ihr eine beneidenswerte Karriere bestimmt war. Und dann, wo war sie, diese Welt der Weißen, der Kaukasier, vor der sie Angst haben sollte? Wenig glaubwürdig. Unwirklich wie die der Werwölfe. Sie bewegte sich in einer anderen Welt. Unter Schwarzen, Dunkelhäutigen, Mischlingen, Kanaken, Exilierten, Transplantierten, Entwurzelten. Die Mehrheit derer, mit denen sie zu tun hatte, sprach kaum Amerikanisch, las keine Zeitungen, sah sich nur fremdsprachige Fernsehsendungen an. Sie waren in einem Anderswo geboren, in das sie sehr hofften, mit Gottes Hilfe zurückkehren zu dürfen, denn der Ort, wo sie zu leben gezwungen waren, gefiel ihnen wenig. Die Vereinigten Staaten von Amerika, das war das Land des Dollars. Jenes Dollars, dessen Farbe der Hoffnung sie nicht oft zu Gesicht bekamen, den sie jedoch irgendwann ein für allemal zu ernten gedachten, bevor sie in die Heimat zurückkehren würden, reich und mit materiellen Gütern gesegnet.

Die einzige leichte Unstimmigkeit zwischen Anthea und Marie-Noëlle bestand darin, daß letztere keinerlei Kleidergeschenke annehmen wollte.

Nach langem Nachdenken kommt Marie-Noëlle zu der Erkenntnis, daß die Rollen, die Stanley und sie einnahmen, sich
nach dem Festival von Santo Domingo zu ändern begannen.
Als habe ein Regisseur mitten in einem Akt, oder sogar einer
Szene, den Einfall gehabt, seine Schauspieler im weiteren Verlauf der Aufführung in eine ganz andere Richtung zu lenken.
Aus Geldmangel war sie bei der Reise nach Santo Domingo
nicht dabei, aber sie wollte es auch nicht. Sie hatte das Bedürfnis nach Ruhe, nach Einsamkeit, um nachzudenken. Welch
eine Traurigkeit in ihrem Inneren! Es lag nicht an der Unordnung und dem fehlenden Komfort des Hauses, in dem sie
lebte. Sie kannte kaum ein anderes Umfeld, abgesehen von
der gesegneten Sanatoriumszeit. Es war auch nicht die Häßlichkeit von Camden Town, die düsteren Fassaden der zum
Abriß bestimmten Häuser, die doch nie abgerissen wurden,
die armseligen Bungalows hinter ihren Vorgartenkarrees, die
durch den Schnee im Matsch versanken oder steinhart ver-
eisten, je nach Temperatur, die Waschsalons, die Pizza Huts,
die Jacks in the Box, die Wendys, die Vacancy-No-Vacancy-
Motels, die Mobils, Essos, Shells, Amocos, die Obdachlosen,
die in Unterkünften aus Altpapier auf den Gehwegen wohnten. An all das hatte sie sich schließlich gewöhnt. Nein! Es war
eine Trostlosigkeit, eine Öde, die von innen kam. In ihrem
Leben war sogar der Ehebruch zur Routine geworden, da er
von allen geduldet wurde, und Terris gierige Überfälle ließen
sie sich beinahe nach Stanleys Abstinenz zurücksehnen. Stan-

ley hatte wenigstens den Kopf voll anderer Wünsche als dem nach Frauenkörpern. Ihre Beschäftigungen waren uninteressant. Die einzigen angenehmen Momente waren die, in denen sie bei Anthea an einem Leben teilnahm, das so anders war als ihr eigenes. Tatsächlich schien es so, als ob Anthea keine anderen Sorgen kennen würde als die des Geistes. Auch wenn sie nicht an der Universität unterrichtete, blieb sie nicht untätig. Sie stand regelmäßig vor Tagesanbruch auf. Wenn Marie-Noëlle eintraf, um für Molara das Frühstück zu machen, war sie schon in ihrem Arbeitszimmer. Den ganzen Morgen und einen großen Teil des Nachmittags schloß sie sich darin ein, Auge in Auge mit ihrem Computer, auf der Tastatur herumtippend. Unter keinen Umständen durften Marie-Noëlle oder Molara sie stören. Das erinnerte Marie-Noëlle, die die Aufmerksamkeit des Kindes auf tausend Dinge umlenkte, an die Zeit, als Ludovic Garvey ermahnte, keine Unordnung zu machen, denn »Mama arbeitet an ihrer Doktorarbeit«. Das Geheimnis, die Beharrlichkeit dieser Tätigkeit verstörte sie. Sie ging zum Arbeitszimmer, öffnete die Tür einen Spalt und beobachtete Anthea, beschämt von ihrem Wunsch, es ihr nachzumachen, fasziniert von den goldenen Zeichen ihres Denkens, die, dichtgedrängt wie Reihen von Ameisen, den Bildschirm bevölkerten. Wenn sie sich am späten Nachmittag zu ihnen gesellte, hörte Anthea deshalb mit ihren intellektuellen Tätigkeiten noch immer nicht auf. Mit dem Rotstift korrigierte sie die Arbeiten ihrer Studenten. Manchmal hörte sie Musik, immer die gleichen Stücke. Marie-Noëlle war mehrere Male versucht gewesen, sie zu fragen, was sie von der Musik der M.N.A. hielt. Sie hatte sich dann zurückgehalten. Konnte jemand, der *Vergnügen und Lust* von Johann Sebastian Bach liebte, die Harmonien von Stanley Watts schätzen?

Eines Nachmittags kehrten die Musiker, die sie nicht vor einer Woche zurückerwartet hatte, aus Santo Domingo wieder. Ihr Gesichtsausdruck war düster, ihr Schritt schleppend. Sie konnte jedoch von ihren Gesichtern nichts ablesen und bekam nur unklare Sätze aus ihnen heraus. Sie mußte die Nacht abwarten, bis Terri ihr erzählte, was geschehen war. Er konnte es noch immer nicht fassen.

Für ihn wie für den Rest der Gruppe war es der erste Besuch einer Antillen-Insel gewesen. Also hatte er nur die Geschichten im Kopf gehabt, die seine ausgewanderten Eltern in seiner Kindheit wiedergekäut hatten: Diktatur, Repression, Armut, Verhängnis des Exils. Nun war ihnen jedoch in den ersten Tagen ein festlicher Empfang zuteil geworden. Nach dem trüben Boston lächelte der Himmel, ganz im blauen Schmuck, ihnen zu. Man hatte sie in einem Luxushotel untergebracht, das eingezwängt zwischen der glitzernden Promenade des Malecón und einem üppigen Garten voller Blumen und Pflanzen lag. Auf der einen Seite der Zauber des Meeres, das gegen mächtige, gezackte Inselchen brandete. Auf der anderen das Wuchern der Bauhinien, der Jasminbäume, der Orchideen und der Bougainvilleen, die gegen den Berg stießen. Ihnen, die ihrer Geschichte nie auch nur einen Augenblick des Nachdenkens gewidmet hatten, überzeugt, daß diese lange Reihe von Niederlagen nichts Interessantes bot, hatten sich im Palast von Diego Colón, in den Steinhäusern mit ihren Patios, die den Blick auf ein Stück Himmel freigaben, deren Mythen und Herrlichkeiten offenbart. Jenseits der Mauern der Altstadt schliefen Schiffe mit verrosteten Rümpfen in der Mündung eines Flusses. Den ganzen Flug lang hatte Stanley seiner Truppe das Credo der M.N.A. eingehämmert. Ja, ihre Musik war die der Zukunft. Ja, sie war Ausdruck dieser neuen Welt, die nicht aufhörte, sich weiter und weiter zu entwickeln, und dabei alle Definitionen überholte. Kein Zweifel, ihre Symphonie würde das Universum erobern. Man würde sie in England hören. Man würde sie in Europa ebenso wie in der Karibik hören, und jeder würde den Ausdruck seiner Stimme darin erkennen. Im Verlauf der ersten Radiosendung jedoch begannen die Mißverständnisse. Es war offensichtlich, daß sich in Santo Domingo kein Mensch für diese Tiraden über die Migrationen, die Zukunft, die Neue Welt interessierte und daß Stanley schlicht und einfach als lästiger Schwätzer empfunden wurde. Man hörte ihm kaum zu. Man unterbrach ihn mitten im Satz. Wegen seiner Rastalokken hielt ein Journalist ihn für einen Nacheiferer von Bob Marley, was er heftig abstritt. Hieß das, daß er in Bob nicht das Vorbild, den Meister der Meister sah? Stanley erging sich in wirren Erklärungen und sprach von Dvořák. Hinter seinem Rücken machten Techniker Späße über seinen schönen Akzent aus den Londoner Vororten. Er hörte sie und beging den Fehler, darüber in Zorn zu geraten. Ja, er war in Wimbledon geboren und hatte an der Royal Academy of Music studiert. Waren das Verbrechen?

Das erste Konzert der M.N.A. sollte im Innenhof einer ehemaligen Klavierfabrik, Mambo Palace getauft, stattfinden. Infolge eines Programmfehlers erwarteten jedoch Hunderte von Fans Chico Alvarez, einen Landessohn und Freund von Carlós Chavez, der sich auf dem kalifornischen Cabrillo Festival einen gewissen Namen gemacht hatte. Als sie erfuhren, daß sie anstelle ihres Idols eine völlig unbekannte Gruppe hören würden, gingen drei Viertel des Publikums wieder, wobei sie, über den Boden verstreut, leere Bierdosen und schmutzige Papiertaschentücher hinterließen. Das letzte Viertel ging in ebensolcher Unordnung, kaum hatten Stanley und seine Musiker die Symphonie angestimmt. Diese schlechte Werbung ging von Ohr zu Ohr, so daß das zweite Konzert vor einem nahezu leeren Saal stattfand. Ein paar Neugierige taten ihre Mißbilligung heftig mit der Trillerpfeife kund. Mangels Publikum mußte das dritte Konzert abgesagt werden, und die M. N. A. kehrte vorzeitig nach Boston zurück. Eine unglückliche Fügung wollte, daß zu diesem Zeitpunkt auch das Engagement im Full Moon zu Ende ging. Die Gruppe Benga Boom kam mit zehn Musikern aus Kenia angereist, darunter der berühmte Daniel Owino Misiani, und es gab schon zahlreiche Reservierungen. Von diesem Moment an spielte Terri mehr schlecht als recht den Impresario. Aber die Musiker fanden nur noch gelegentlich Auftrittsmöglichkeiten, einen Abend hier, zwei Abende dort. Manchmal kilometerweit von Boston entfernt.

Dieser bitteren Enttäuschung zum Trotz hatte die Symphonie der Neuen Welt die Aufmerksamkeit eines Produzenten erregt, eines Wagemutigen, der die M.N.A. zu Aufnahmen nach New York einlud und auf ihren Erfolg setzte. Marie-Noëlle zögerte nicht. Sie fühlte sich verpflichtet, Stanley zu begleiten. Wie gewöhnlich verlangte er nichts von ihr, aber zum ersten Mal in ihrem gemeinsamen Leben kam er ihr weniger autark, ihr näher, beinahe verletzlich vor. Sie konnte sich vorstellen, daß er sie brauchte. Oft kam er abends in ihr Zimmer und legte sich, ohne sich an Terris Anwesenheit zu stören, zu ihnen und erörterte seine Zukunftspläne. Aber er tat es mit matter Stimme. Marie-Noëlle hatte den Eindruck, daß er sich selbst imitierte und nicht ein Wort von dem glaubte, was er sagte.

Fünf Stunden lang durchquerte der Zug alptraumartige Städte und Viertel, wie von Napalm zerstört. Man fragte sich, wo die Gesundheit Amerikas geblieben war. New York hingegen überraschte sie. Der Produzent hatte ein Aufnahmestudio in einem früheren jüdischen Viertel am Rande von Harlem, in der Nähe der Columbia University. Jetzt lebten dort Hispanos. Die Friseursalons und die Kräuterläden grenzten an die Synagogen. Die Leute setzten sich auf Klappsessel vor ihre Haustüren. Diese so verrufene und gefürchtete Stadt wirkte wie ein Dorf, das überwiegend von Frauen mit Kindern im Schlepptau, von Professoren, von harmlosen Studenten bewohnt wurde, die keine Ahnung von Gewalt und Drogengefahr hatten. Am Samstag zog sich ein Volksfest über den Broadway. Die Autos legten den Rückwärtsgang ein, und Clowns mit Dreispitzen auf dem Kopf jonglierten mit bunten Bällen. Marie-Noëlle empfand keinerlei Neugierde für die Sehenswürdigkeiten, Museen, Wolkenkratzer, die gelben Taxis, all das, was die Touristen fieberhaft fotografieren. Sie setzte sich auf eine Bank im Riverside-Park, zwischen die Mütter, die Babys und die Hunde, und betrachtete die unregelmäßige Landschaft der Schiffe und der Häuser auf der anderen Seite des Hudson River, während wirre Gedanken ihren Kopf erfüllten.

Gegen Mitte des zweiten Jahres landete Awa in Boston. Der Winter war zu Ende, und auf dem Charles River hatten Ruderer in gestreiften Trikots, die sich in ihren Booten abmühten, die Eisläufer abgelöst.

Awas Leben war von Grund auf erschüttert worden. Rodrigue war in K* von einem Tag auf den anderen festgenommen worden, aufgrund von Aktivitäten, die für konterrevolutionär erklärt wurden, und er war unter die Tausenden von Männern geraten, die in den Gefangenenlagern darbten. Darauf war Natasha, die mit einem Schlag mittellos dastand, mit Awa nach Moskau zurückgekehrt und überlebte dort dank der Unterstützung ihrer Angehörigen. Sie, die Guinea gehaßt hatte, hatte plötzlich angefangen, es in den Farben eines verlorenen Paradieses auszumalen, und ihre unglücklichen Verwandten mußten von morgens bis abends endlose Schilderungen über die Qualitäten der Afrikaner, die Herrlichkeiten des Urwaldes und die Lebendigkeit der traditionellen Kultur ertragen. Sie lebte seit drei Jahren in Moskau, als ihr Gerüchte zu Ohren kamen, Rodrigue sei tot. Man wußte nicht, ob er während des Angriffs eines portugiesischen Söldnerkommandos getötet worden war, das, von den Rebellen angeheuert, den Diktator stürzen und die Tore der Gefängnisse weit öffnen sollte. Ob er in seinem Lager zugrunde gegangen war, vor Hunger und schlechter Behandlung. Ob er versucht hatte zu fliehen und von den Aufsehern erschossen worden war. Natasha hatte Moskau verlassen und war wieder nach Guinea gereist, auch diesmal mit Awa. Ihre Hoffnung war, die Umstände des Endes ihres Mannes aufzuklären und seinen Leichnam zu bergen. In der Hauptstadt angekommen, hatten sich die Schwestern von der Heimsuchung Mariä erbarmt und ihrer angenommen. Sie hatten sie in einem Zimmer ihrer Krankenstation mitten im Elendsviertel untergebracht und teilten großzügig ihr tägliches Brot. Jeden Tag rannte Natasha von Ministerium zu Ministerium, von Verwaltungsstelle zu Verwaltungsstelle, so daß sie bald für die einen eine bekannte Persönlichkeit, für die meisten eine lächerliche Figur geworden war. Wenn sie sie ankommen sahen, ganz in Schwarz unter der heißen Sonne, vor Müdigkeit hinkend, die Füße grau vor Staub in ihren Sandalen, die Haare gleich einem Streifen schmutzigen Schnees, mit verstörten Augen und vergilbten Zähnen, dann kugelten sich die an den Fenstern zusammengedrängten Regierungsbeamten vor Lachen. Sie forderten alle möglichen Papiere und

Nachweise, Nachweis ihrer Identität, Nachweis der Identität Rodrigues, Nachweis, daß er Arzt war, daß sie verheiratet waren, daß sie in K* gelebt hatten, daß er ein Mutter-und-Kind-Ambulatorium geleitet hatte. Sie verlangten immer noch mehr Berechtigungsnachweise, Genehmigungen, Siegel und Stempel, mit dem Ergebnis, daß Natasha nach zwei Jahren, in denen sie in Guinea verkümmerte, nicht weiter war als in der ersten Woche ihres Aufenthalts. Eines Morgens hatte Awa diese Tragödie nicht mehr ertragen können. Sie hatte sich einem Transportunternehmer angeboten, der sie dann in seinem Lastwagen voller Kolanüsse versteckt hatte, der bis Sikasso an die Grenze nach Mali fuhr. Von dort war sie zu Fuß bis nach Bamako gegangen, hatte mit Obdachlosen auf der Straße geschlafen und gegessen, was sie in den Mülleimern fand. Nach ein paar Tagen, an denen sie wieder und wieder vor der Botschaft der Vereinigten Staaten vorbeigelaufen war, hatte sie den Blick eines Marines, der als Wache vor dem Gittertor postiert war, auf sich gezogen. Er war von ihrer traurigen Geschichte gerührt gewesen und hatte ihr ein Flugticket besorgt, damit sie nach Boston reisen konnte, zu Marie-Noëlle, dem einzigen Menschen, dem sie auf Erden etwas bedeutete.

Trotz dieser Wechselfälle war Awa schön und aufregend geblieben, mit ihrem strahlenden Lächeln und einem Lachen, das harmonisch erklang wie Akkorde. Sie brachte Wärme in die Tristesse von Camden Town und gab dem Haus die Richtung, die ihm gefehlt hatte. Jeder hatte hier gemacht, was er wollte. Von nun an kamen die Musiker zweimal am Tag zusammen, um sich die Mahlzeiten schmecken zu lassen, die sie aus wurmstichigen Bohnen, überreifen Kochbananen, minderwertigem Fleisch zubereitete, ohne jedoch dem Wiederkäuen ihrer Obsessionen die geringste Aufmerksamkeit zu schenken. Diktatur. Hungersnöte. Moralischer und intellektueller Notstand des Volkes von Afrika. Übeltaten aller Ausprägungen des Marxismus auf der ganzen Welt. Korruption und Inkompetenz der Beamten. Bürokratie-Exzesse. Während es an allem fehlte, trieb Awa das Nötige auf, um einen Fernseher zu mieten, und statt bis zum Gehtnichtmehr ihren schlechten Alkohol zu trinken, setzten sich die Musiker brav davor, um die Sechs-Uhr-Sit-coms und Soap-operas anzuschauen. Sie kaufte auf Kredit eine Waschmaschine und kümmerte sich darum, die Wäsche zu waschen. Sie tat noch viel mehr. Sie schenkte sich her und verschaffte jedem seine Lust. Tatsächlich wurden die Anlagen, die sich in ihrer Kindheit gezeigt hatten, nicht Lügen gestraft. Sie machte mit ebensoviel Feuer Liebe, wie jeder der Musiker sein Instrument spielte. Marie-Noëlle hatte keine Zeit, sich über Awas Einlassungen mit Stanley und Terri zu grämen, denn nach ihren diversen Experimenten beschloß sie, sich im Bett von Amandio und Nando einzuquartieren. Sie sagte, es errege sie, nicht unterscheiden zu können, welcher der beiden sie streichelte. Außerdem könne sie mit ihnen ihre Sehnsucht nach Afrika teilen und ihren Traum, eines Tages dorthin zurückzukehren, wenn es seine Wunden der Kolonisierung und der Neokolonisierung verbunden haben würde. Das hinderte Awa nicht daran, sich in Dave zu verlieben, einen Afro-Amerikaner, der ins Haus gekommen war, um den Fernseher zu reparieren, und ihm von Woche zu Woche mehr Nächte zu widmen. Dave eröffnete ihr einen Ausblick auf das schwarze Amerika, und sie begann, Marie-Noëlle ihre Apathie, ihre Gleichgültigkeit gegen das Land um sie herum vorzuwerfen. Was wußte sie davon? Was verstand sie daran? Sie lebte darin wie ein Parasit. Wegen Dave begann Awa, die Gottesdienste der Baptisten-Kirche von Betlehem zu besuchen und dort auf den Augenblick zu lauern, in dem Gläubige und Pfarrer im Rausch des Harmoniums in Trance fielen. Sie nahm gleichermaßen an politischen Meetings, in denen die Weißen als Satan tituliert wurden, und an Wohltätigkeitsbasaren teil, auf denen die Kinderhorden sich den Mund mit Barbecue-Sauce verschmierten. Sie begeisterte sich sogar für Baseball, Basketball, Football und lernte die Spitznamen der Sportler, die den Ghettojungen fröhliche Träume bescherten. Awa versäumte es auch nie, Marie-Noëlle an die Universität zu begleiten. Aber während diese sich in die Lektüre der französischen Autoren des Lehrplans vertiefte, rüstete sich Awa, entschlossen, sich zu bilden, mit einem Lexikon aus und versuchte, die Werke der afro-amerikanischen Theoretiker zu entschlüsseln. Diese Idylle nahm ein Ende, als Daves Frau, umringt von einem Kommando aus befreundeten Matronen, sie mit einem Revolver bedrohte, den sie ohne das Eingreifen der Musiker sicher abgefeuert hätte. Die Konsequenz von all dem war, daß das schwarze Amerika von einem Tag auf den anderen keinen schärferen Kritiker hatte als Awa.

Awa und Marie-Noëlle, die nie aufgehört hatten, Brief um Brief auszutauschen, wurden wieder unzertrennlich. Es war, als hätten sie sich seit dem schönen Sommer der Erinnerung in Savigny-sur-Orge nie getrennt. Manchmal vergaßen sie nachts ihre Gefährten. Im Wohnzimmer einander gegenüber sitzend, konnten sie nie genug davon bekommen, ihre Kindheit wieder aufleben zu lassen und sich ihre Mütter ins Gedächtnis zu rufen. Letztendlich trafen sie sich in ein und demselben Groll. Awa hatte begonnen, Natasha zu hassen und zu kritisieren. Ihr zufolge war diese nur nach Guinea zurückgekehrt, um der Familie ihrer Mitfrau Böses zu tun. Rodrigue, ihrer Trübseligkeit müde, hatte nämlich seit Jahren nicht mehr mit ihr geschlafen und sich eine zweite Frau genommen, eine Kissi aus dem Wald. Awa war ihr mehrmals begegnet, wie auch ihrem Bruder, genaues Ebenbild Rodrigues, und lobte ihre Großzügigkeit, ihre menschliche Wärme, ihre Sensibilität, all die Tugenden, die Natasha nicht besaß. Es war, als nähme sie es ihrer Mutter übel, lebendig auf der Erde zu sein, während ihr geliebter Vater wer-weiß-wo verweste, ohne Andacht und ohne Grab. Marie-Noëlle, die gerade durch Ludovic von der Geburt ihrer kleinen Schwester Angéla erfahren hatte, kamen die Tränen beim Gedanken an diese Unschuldige, die niemanden um das Leben gebeten hatte. Es war nicht schwierig, die Zukunft vorherzusehen, die sie erwartete. Wie ihre große Schwester würde sie dahintreiben. Marie-Noëlle hatte es eilig, Awa mit Anthea bekannt zu machen.

Sie verschloß die Augen vor ihren Schwächen und Schrullen, vor ihrem Übermaß an Intellektualität. Sie wußte, was sie verbargen, und wollte sich nur daran erinnern, wie Anthea ihr Leben verändert hatte. Ohne sie wäre sie noch immer im La Rosita und würde Teller voll *bacalao* und *frijoles negros* servieren, nur allzu froh, wenn sie sich den Bauch mit etwas Reis und Bohnen füllen konnte. Anthea erklärte sich einverstanden, Awa an einem Nachmittag zu treffen, bei einer jener Tassen Sumatra-Kaffee mit Vanille, die sie oft trank. Von Anfang an war es ein Fiasko, das auch die naiven Frère-Jacques- und andere Kinderliederdarbietungen Molaras, zu denen sie von Marie-Noëlle gebührend ermuntert wurde, nicht retten konnten. Es wurde schnell deutlich, daß Anthea die Bravourleistungen und Paradestückchen von Awas Konversation nicht schätzte. Jede ihrer Äußerungen reizte sie. Kaum war Awa gegangen, gab sie Marie-Noëlle den Rat, sich in acht zu nehmen, denn sie sah in dieser falschen Freundin nichts als Narzißmus und Selbstgefälligkeit.

Awa ihrerseits fand Anthea arrogant, dogmatisch und be-
schuldigte sie schlicht und einfach der Eifersucht auf eine
Jugend, die sie verloren hatte.

Arelis Di Ferrari hatte keine Ähnlichkeit mit Madame Esmondas. Sie trug ihr üppiges nachtschwarzes Haar zu einem
spanischen Knoten geschlungen, in dem ein durchbrochener
Schildpattkamm steckte. Ihr Teint war elfenbeinfarben, und in
ihren tiefgründigen Augen zogen Erinnerungen an ihre erfüllte Jugend in Buenos Aires vorüber. Sie bewohnte eines der
ansehnlichsten Häuser von Camden Town, ein Lustschlöß-
chen aus Backsteinen und weißen Steinen, mit einem Stude-
baker-Wagen, der nie fuhr und im Staub seiner Garage schlief.
Dabei übten sie den gleichen Beruf aus. Medium. Wie Madame Esmondas legte auch sie ihre Visitenkarten im Drug-
store aus, legte Tarotkarten, las ganz traditionell aus der Hand.
Der Höhepunkt ihrer Sitzungen war der Augenblick, in dem
sie mit einem Schlag alle Lichter um sich herum löschte und
in der zitternden Flamme einer Kerze die Zukunft las. Das
waren Momente höchster Theatralik, wenn ihre Baßstimme
unselige Begegnungen, fatale Schicksalsprüfungen, tödliche
Krankheiten, unsagbare Heimsuchungen ankündigte. Für
Arelis nämlich verbarg die Zukunft in ihren Schatten nichts als
eine Folge von Katastrophen, die so unentrinnbar waren wie
Naturereignisse, Erdbeben oder Zyklone. Es sei denn. Es sei
denn. An dieser Stelle machte sie unvermittelt das elektrische
Licht wieder an und legte in die Hand ihrer verängstigten
Klienten ein Fläschchen zu zehn Dollar, das eine übelriechende Lotion enthielt, mit der man sich dreimal täglich bespren-
gen mußte. Niemand brachte den Mut auf abzulehnen, und

nachdem sie flink die Banknoten eingesteckt hatte, stand Arelis auf und gab zu verstehen, daß die Sitzung beendet war.

Eines Morgens, als Arelis, mit einer Einkaufstasche beladen, über die Gehwege wankte, hatten Marie-Noëlle und Awa sie am Arm genommen, um sie heil nach Hause zu bringen. Von da an halfen sie ihr in tausend kleinen Dingen. Manchmal gingen sie für sie einkaufen. Sie bohnerten abwechselnd ihre vielen Quadratmeter Holzfußboden. Sie polierten die Rahmen der zahllosen Fotos, die überall herumhingen und Arelis in verschiedenen Perioden ihres Lebens zeigten. Vor allem brachten sie ihr sorgfältig mit braunen Papiertüten ummantelte Flaschen voll Wodka Smirnoff mit.

Denn Arelis trank.

Es fing unter diesem oder jenem Vorwand am frühen Morgen an: der Winter, der sich in diesem unseligen Amerika ewig hinzog und einem den Körper in einen Eisblock verwandelte; ein Schmerz in der Herzgegend, der nicht nachließ; eine Schwäche des Knies, da, wo die Kniescheibe saß. Das ging den ganzen Tag so weiter, nach jeder Sitzung, um bei Einbrechen der Nacht mit einer großzügigeren Ration zu enden, um ihr das Einschlafen zu erleichtern. Die Wahrheit ist, daß Arelis' Kopf voll war von schlechten Erinnerungen, die sie ertränken mußte. Es war nicht einmal die Verarmung ihrer Familie, die sich durch falsche Geldanlagen ruiniert hatte; nicht ihr unterbrochenes, nie beendetes Studium; nicht die Männer, die sie einer nach dem anderen hatten fallenlassen. Aber ihr Sohn, ihr schöner, sanftmütiger Anthony, ihr Augapfel, den sie von ihrem dritten Mann, einem Australier, bekommen hatte, war mit vierundzwanzig Jahren an der Ecke Lenox Avenue von Kugeln durchsiebt worden. Diese finstere Sache war nie aufgeklärt worden. Die Polizisten hatten gewagt zu behaupten, daß sie seit der Oberschule ein Auge auf

Anthony hatten, der mit anderen seiner Sorte mit Drogen dealte, und daß ganz einfach jemand mit ihm abgerechnet hätte. Die Leute aus dem Viertel waren geneigt, diese Auffassung zu teilen, da sie Anthony immer nur zu nachtschlafender Zeit begegneten, mit Hut und Handschuhen, geschniegelt und gebügelt unter seinem Pelzmantel und von Kolossen mit erschreckenden Leibwächtervisagen umringt. Arelis ihrerseits schwor, unter Berufung auf eines der zahlreichen Bilder Jesu Christi, die ihr Zimmer schmückten, daß Anthony in Wirklichkeit der sanftmütigste, der zärtlichste aller Söhne gewesen sei, in seine Mama verliebt, wie sie es alle sind, und mit einer vielversprechenden Zukunft gesegnet. Bis zu seinem zehnten Lebensjahr hatte er in ihrem Bett geschlafen, und sie erinnerte sich an die Wärme seines jungen Körpers an ihrer Seite. Er überschüttete sie mit Schmuck und Kleidern aus Spitze und Seide. Er war es, der ihr dieses stattliche Haus gekauft hatte. Einen Garten, in dem sich Damwild hätte balgen sollen, in dem jedoch nur ziemlich zahme Eichhörnchen einander verfolgten. Zwei Etagen, aus denen Arelis die besten Möbel verkauft hatte und die sie nun Zimmer um Zimmer vermietete, um über die Runden zu kommen, an lärmende Latino-Paare, die nichts anderes taten als streiten oder Musik hören und nicht in der Lage waren, ihre Miete zu zahlen. Arelis haßte die Hispanophonen, Antillaner, Peruaner, Costaricaner, Mexikaner, all diese Kanaken, denen die Vereinigten Staaten aus Schwäche ihr Territorium weit öffneten und die, mit jedem Tag dreister werdend, forderten, daß Spanisch in manchen Bundesstaaten zur offiziellen Sprache erklärt würde. Sie brüstete sich damit, daß sie nie einen Hispanophonen ihre Laken hatte beschmutzen lassen, denn obwohl ihre Familie seit Generationen in Argentinien lebte, stammte sie aus Italien und konnte ihren makellosen Stammbaum bis nach Padua zurückverfolgen. Eines Tages, an dem die Wehmut Marie-Noëlle heftiger packte als sonst, hatte sie Arelis anvertraut, sie habe vielleicht einen italienischen Vater. Das hatte ihre Vertrautheit besiegelt. Wenn Awa sich zu ihren neugierigen Entdeckungstouren durch Boston aufmachte, saßen sie friedlich zusammen und leerten ein paar Gläser, Marie-Noëlle allerdings mit Maßen, rauchten ein paar Marihuana-Zigaretten und hörten Arelis' Lieblingsopern, die von Verdi. Marie-Noëlle konnte ihrer Gefährtin, die immer eine Geschichte auf Lager hatte, keine Konkurrenz machen. Ihre Eltern. Ihre Freunde. Ihre Männer. Ihre Liebhaber. Der unerschöpfliche Fundus der Großtaten ihres Engels und Märtyrers von Sohn. Das Leben in den Vereinigten Staaten von Amerika. Nach über dreißig Jahren, die sie hier lebte, haßte Arelis die Vereinigten Staaten immer noch mit der gleichen Entschiedenheit. Nichts fand in ihren Augen Gnade, weder die Sprache noch das Klima, weder die Nahrung, das Obst und das Gemüse, der Käse in den Supermärkten, noch das Fernsehen, das Kino und die Mode. Argentinien haßte sie jedoch noch mehr. Auch in diesem Fall war es nicht die Innen- oder Außenpolitik, die ihren Widerwillen erregte, überhaupt nichts Großes, die Diktatur, das Verschwinden von Leuten, sondern die Bosheit im Herzen der Argentinier, die sich an übler Nachrede, Klatsch und Tratsch ergötzten. Hatte nicht *El Pais,* die wichtigste Tageszeitung von Buenos Aires, dem Ende Anthonys eine volle Seite gewidmet und unmißverständlich hinzugefügt, damit es auch jeder klar sah, zu welcher angesehenen Familie seine Mutter gehörte?

Oft versuchte Arelis abends, wenn der Strom ihrer Klienten versiegt war, mit Anthony in Kontakt zu treten. Sie ließ an den vier Ecken des Raumes wohlriechende Kräuter verbrennen. Dann machte sie alle Lichter aus und sagte in der Finsternis leidenschaftlich die Gebete auf, die ihren Jungen zu ihr zurückbringen sollten. Diese Anrufungen konnten sehr lange dauern. Anthony gab kein Zeichen seiner Anwesenheit. Dann brach Arelis schließlich über dem runden Tischchen zusammen, das sie nicht dazu hatte bringen können, sich zu drehen, betrunken von der Enttäuschung und vom Wodka. Ohne viel Mühe, denn sie war leicht wie eine Feder, zog Marie-Noëlle sie aus und streifte ihr eines der Spitzennachthemden über, die Anthony für sie gekauft hatte. Sie legte sie in ihr großes Bett, das tief war wie ein Kahn, und ließ die Nachttischlampe brennen. Beim Weggehen schloß sie von außen ab und warf den Schlüssel in den Briefkasten. Meistens stieß sie im schlecht beleuchteten Flur auf die Brüder Diaz. Die Familie Diaz, vier Kinder, zwei Erwachsene, drängte sich in zwei Zimmern im ersten Stock zusammen. Die Eltern zahlten ihre Miete regelmäßig am Ersten des Monats. Trotzdem wäre Arelis sie liebend gern losgeworden, da sie sich Abend für Abend prügelten wie Tollwütige und Flüche, die übelsten Obszönitäten, ausstießen. Marie-Noëlle war es nicht besonders wohl, wenn sie den Brüdern Diaz über den Weg lief, zwei Meter groß, erschreckend mit ihren bis auf die fliehenden Augen hinabgezogenen Mützen, mit ihren wattierten Überziehern und ihrer ganzen ungepflegten Erscheinung. Gleichzeitig machte sie sich deswegen Vorwürfe. War es ihre Schuld, daß sie arm waren, da, wo sie lebten, unerwünscht waren und keinen anderen Zeitvertreib hatten als die Spielautomaten und das schlechte Bier in den Bars? Und doch! Trotz dieser Überlegungen zitterte sie vor Angst, wenn sie den vom Frost glitzernden Garten durchquerte, in der Erwartung, daß sie sie einholen und mit den Springmessern aufschlitzen würden, die sie auf der bloßen Haut trugen.

Dann mußte sie zwei oder drei Blocks weit die North

Avenue entlanggehen, ohne Beleuchtung, ohne Passanten, von Mietshäusern gesäumt, hinter deren verwüsteten Fassaden eine unbestimmbare Fauna nachts Zuflucht fand. In der Ferne das Heulen eines Polizeiwagens, der an den Tatort eines Verbrechens raste. Auf einmal wirbelten die Erinnerungen an die Vergewaltigungen, die Raube, die Morde, die den Boulevardblättern Nahrung gaben, durch ihr Gedächtnis. Wenn endlich nach einer Straßenbiegung ihr Haus sichtbar wurde, nahm sie die Beine in die Hand, stürzte die Stufen zum Eingang hinauf und verbarrikadierte sich. Alles war still. Die Musiker würden erst viel später nach Hause kommen. Wo mochte Awa sich wieder herumtreiben? In der eiskalten Küche machte sie sich eine Tasse Kakao und legte sich dann ins Bett. Das ebenfalls eiskalt war.

Diese Nacht war eine Nacht wie jede andere. Keine Vorahnung. Kein Alptraum.

Sie war früher nach Hause gekommen als sonst, da Arelis, getränkt von zu viel Wodka Smirnoff, nicht lange versucht hatte, mit ihrem Anthony zu kommunizieren. Sie war sehr bald über dem Tischchen zusammengesackt, und Marie-Noëlle hatte sie ins Bett gebracht. Sie hatte das alte Gesicht, das von verlorener Schönheit erzählte, geküßt, das Durcheinander von Gläsern und leeren Flaschen aufgeräumt. Zu Hause bei ihrer Tasse Kakao hatte sie sich in die Lektüre einer literaturtheoretischen Abhandlung vertieft. Literaturtheorie war der große Renner an der University of New England, sie war erst kürzlich von zwei Professoren, die man durch die Macht des Dollars von Yale hatte abwerben können, dort eingeführt worden. Marie-Noëlle besuchte ihre Kurse mit viel Ausdauer, mußte sich jedoch eingestehen, daß sie nicht viel verstand. Awa ihrerseits war gegen Mitternacht nach Hause gekommen, ganz aufgekratzt und halbtot vor Lachen. Sie kam von einer politischen Versammlung in einem schwarzen Viertel. Stundenlang hatte auf der Tribüne ein leidenschaftlicher Redner den anderen abgelöst, um wieder und wieder eine grundlegende Wahrheit zu verkünden. Amerika änderte sich nicht. Es würde sich nie ändern. Natürlich, es gab jede Menge pomadisierter Neger und Negerinnen, die überall herumrannten, mit selbstzufriedenem Gesicht und einer ledernen Aktenmappe unterm Arm. Aber den meisten blieb nur das Los des Elends, der Unterbeschäftigung, willkürliche Verurteilungen, Gefängnis, Tod. In gewisser Hinsicht war diese schmerzliche Situation wohlverdient. Denn die schwarze Community hatte Gott vergessen. Sie hatte die traditionellen Werte vergessen. Sie trank. Sie hurte herum. Sie gab sich der Homosexualität hin. Sie nahm Drogen. Die Jungen brachten sich wegen eines Paars Nikes gegenseitig um. Die Älteren wegen ebenso lächerlicher materieller Güter. Das mußte aufhören. Wie? Dank einer allgemeinen Bemühung um Läuterung. In jeder Stadt, in jedem Viertel müßten Kirchen, Tempel, Moscheen, alle möglichen Orte für den Gottesdienst errichtet werden, und das Kind müsse sich um die Eltern, der Vater um die Mutter, der Bruder um die Schwester, der Onkel um die Tante kümmern. So verordneten diese Leute also das Gebet, während in aller Welt die Ausgebeuteten die Gewalt, den Streik, die Entführung der Herren rechtfertigten. Es war wohl wahr, daß Amerika sich seit der Zeit, als die Sklaven unter der Peitsche den Gospel erfanden, nicht geändert hatte. *In the upper room.* Awa war noch immer dabei, diese Naivität des Geistes zu geißeln, als die Musiker zurückkamen. Zufrieden, ausnahmsweise einmal. Kein einziger freier Tisch im Last Resort. Herzlicher Applaus, Zugaben. Schließlich stehende Ovationen. Um das zu feiern, hatte man ein paar Gläser getrunken. Dann war Stanley mit seinem Instrument in den Keller hinabgestiegen. Awa hatte sich mit Nando und Amandio zurückgezogen. Terri und Marie-Noëlle hatten sich zusammen hingelegt und miteinander geschlafen.

Das ganze Haus lag noch im Schlaf, als die Polizisten heftig an die Tür geklopft hatten.

Viele Monate lang machte Marie-Noëlle einen beträchtlichen Umweg, um zu vermeiden, in der Nähe von Arelis' Haus vorbeizukommen. Ihr Gesicht stand ihr vor Augen wie ein Vorwurf. Was war ihre Schuld? Daß sie sie nicht hatte schützen können? Ihre Einsamkeit nicht genügend gemildert hatte? Sie hatte alles getan, was in ihrer Macht stand. Das war nicht viel, natürlich. Und es war nicht nur das Schuldgefühl, das sie quälte. Es war die Erkenntnis, daß auch dieses Mal, wie bei Madame Esmondas, ihre Freundin sie ohne einen Abschiedsgruß verlassen hatte. Sie würde nichts von ihr zurückbehalten. Sie hätte, als es noch Zeit war, eines ihrer unzähligen Fotos entwenden sollen. Jenes, das Arelis als Zögling einer religiösen Institution in Buenos Aires zeigte. Das von ihrer ersten Hochzeit – die Ehe hatte keine sechs Monate gehalten – mit einem weißen Amerikaner, so WASP wie nur möglich. Das neuere als strahlende Mutter, mit dem kleinen Anthony auf dem Arm.

Die Polizisten rekonstruierten den Tathergang. Ihr Mörder, der durch ein Fenster eingestiegen war, mußte sie im Schlaf umgebracht haben, was erklärte, daß es keinerlei Spuren eines Kampfes gab. Dann hatte er die Wohnung auf den Kopf gestellt. Er wußte nicht, daß Arelis, als listige Person, nichts zu Hause aufbewahrte. Sie rannte zur Bank, so schnell sie konnte, um den Ertrag ihrer Arbeitstage einzuzahlen. In seiner Enttäuschung hatte er Silber, Kerzenleuchter, alles, was von einer Vergangenheit bürgerlichen Wohlstands übrig war, mitgenommen.

Ebenso wie bei den anderen Mietern wurde der Verdacht gegen die Brüder Diaz schnell fallengelassen. Zum Zeitpunkt des Verbrechens hatten hundert Zeugen sie im Monsoon gesehen, wie sie sich betranken und die Spielautomaten malträtierten. Die Polizisten gaben die Untersuchung bald auf. Ein banaler Raubmord, wie er in den Großstädten jeden Tag hundertfach geschah und selten aufgeklärt wurde. Es handelte sich um eine Frau in den Sechzigern, allein lebend, ein bißchen verrückt, die kein Mensch auf Erden vermissen würde. Hatte sie Angehörige in den Vereinigten Staaten?

Ungefähr sechs Monate später tauchte eine Schwester auf, von der Arelis nie gesprochen hatte und die in Chicago lebte, und das Haus wurde zum Verkauf angeboten.

ZWEITER TEIL

Die Beerdigung war zu Ende. Der Priester und die zwei Chorknaben, die ihre Weihrauchgefäße schwangen wie Rasseln, eilten zur Kirche Saint-Jules zurück. Die Anwesenden verstreuten sich mit steifen Gesichtern, wie man sie bei Trauerfällen aufsetzt, aber man merkte, daß sie es eilig hatten, Schluß zu machen mit der Traurigkeit. Sie hatte lange genug gedauert. Es war nun an der Zeit, Ranélise unter den Filaos ihrem ewigen Schlaf zu überlassen. Nur die engsten Freunde gingen wieder hinauf zum Haus, um die Familie ein letztes Mal zu umarmen, ein Glas Sternanislikör zu trinken und vor allem, um den Rest von Claire-Altas fetter Suppe aufzuessen, deren Duft in der vergangenen Nacht das Haus erfüllt hatte. Wie traurig! Man würde lange davon reden. Der Tod hatte Ranélise überfallen, ohne sich die Mühe zu machen, anzuklopfen, ohne auch nur einen Trommelschlag. Am Dienstag, als sie vom La Belle Créole, das die Nachfolge des Tribord Bâbord angetreten hatte, zurückgekommen war, hatte sie über heftige Schmerzen in der Brust geklagt. Am Freitag, da der Schmerz schneidend bis in die Unterarme ausstrahlte, hatte sie davon gesprochen, zum Arzt zu gehen. Aber was sollte das schon nutzen? Diese Scharlatane finden doch nie irgend etwas und erklären einen noch für völlig gesund, wenn man an der Schwelle des Todes steht. Sie hatte sich darauf beschränkt, einen kräftigen Aufguß aus Blättern des Johannisbrotbaums sowie drei Tabletten Aspirin zu nehmen, und war früh ins Bett gegangen. Am Samstag war sie auf ihrem Hof umgefallen, mit dem Namen derjenigen auf den Lippen, die sie noch immer in ihrem Herzen trug, obgleich sie sie seit achtzehn Jahren nicht mit eigenen Augen gesehen hatte. Bis die zwei herbeigerufenen Nachbarn sie auf ihr Bett getragen hatten, hatte sie schon das Zeitliche gesegnet. Der Canal Vatable hatte tiefe Trauer angelegt. In allen Häusern hatte man die Spiegel mit violetten Hüllen verhängt und geweihte Zweiglein unter die Heiligenbilder gelegt. Vier Tage und vier Nächte lang waren ununterbrochen Leute vorübergezogen und hatten sich um den Sarg mit dem gläsernen Deckel gesetzt, in dem sie ruhte. Mit Tränen in den Augen riefen sie sich ihre Großzügigkeit ins Gedächtnis, ihre tröstenden Worte für alle, die ein Unglück traf, das Essen und Trinken, das es an ihrem Tisch immer gab. Gérardo Polius wurde mit einem Schlag zum alten Mann. Im Jahr zuvor hatte er seine Ehefrau begraben, und so war er nun zweifacher Witwer. Marie-Noëlle lag ihm nicht am Herzen. Zunächst einmal, weil sie das Kind Reynaldas war, die Ranélise ihre Güte so schlecht gelohnt hatte. Dann, weil die Tochter auch nicht mehr zu taugen schien als ihre Mutter. Seit Jahr und Tag versprach sie Ranélise vergeblich, zu kommen und ihre alten Tage zu versüßen. Daher hatte er ihr ein Ultimatum telegraphiert. Schluß mit den Ausflüchten: Sie mußte nun dem Tod gegenüber Wort halten. Zugegeben, sie hatte gehorcht und angekündigt, sie käme so schnell wie möglich. Gérardo und Mano, Claire-Altas Mann, hatten sie am Flughafen abgeholt und machten später kein Geheimnis daraus, wie verblüfft sie gewesen waren, als sie sie begrüßten. Sie hatte überhaupt nichts mit dem Bild gemein, das sie sich von jemandem machten, der in den Vereinigten Staaten von Amerika lebt und sein Geld verdient, in diesem Land aller Träume.

Marie-Noëlle war kaum größer und kräftiger als bei ihrer

Abreise. Weder besonders gut gekleidet noch besonders gut frisiert mit ihren unordentlich geschnittenen Haaren. Die Augen immer noch so traurig und leidend, mit Ringen drumherum, von denen man hätte meinen können, sie wären mit Schminke noch betont. Ihr Aufzug, Blue Jeans und geblümte Bluse, unterschied sich in nichts von dem all dieser Negropolitaner und »weißen Gammler«, die man an den Straßenrändern trampen sah. Sie war linkisch und einsilbig. Sie hatte nicht geweint – und das war von niemandem unbemerkt geblieben –, als sie neben der aufgebahrten Ranélise niedergekniet war. Eine Weile war sie so verharrt, den Kopf zwischen den Händen und ohne jemanden anzuschauen, und dann hatte sie sich in einem der Zimmer eingeschlossen, die hinten im Hof neu gebaut worden waren. Claire-Alta hatte ihre Schwester nie verlassen wollen, die sie erzogen hatte wie eine Mutter, aber seit sie einen eigenen Mann und zwei Söhne hatte, war Ranélises Vierzimmerwohnung zu klein geworden. Daher hatte Mano, einer der seltenen Männer, die noch mit ihren Händen zu arbeiten verstanden, unter den Papayabäumen zwei Zimmer mit kompletten Badezimmern hochgezogen. Früher hatte man sich nämlich unter dem Blechdach gewaschen, wie man eben konnte. Jetzt aber kannte man warmes Wasser, Badewanne und Dusche und das Bidet. Hinter den Jalousien hatte Marie-Noëlle lange geschlafen, so lange, daß die Leute rund um Ranélises Bett angefangen hatten, daran Anstoß zu nehmen. Manche hatten laut Bemerkungen gemacht über die Undankbarkeit der Kinder, so bodenlos wie das tiefe Meer. Hätte nicht Reynalda dasein müssen, in einem solchen Moment? Sie war ebenfalls per Telegramm benachrichtigt worden, hatte sich jedoch damit begnügt, durch Interflora eine Unmenge weißer Blumen zu schicken, die viele Vasen und Krüge füllten. Aber das hatte niemanden zufriedengestellt. Blumen? Wenn diejenige, die sie vor dem Ertrinken gerettet und im Unglück aufgenommen hatte, ihre längste Reise antrat! Die Leute konnten es nicht fassen. Wo wäre sie heute, wenn Ranélise nicht gewesen wäre? Jeder hatte bemerkt, daß Marie-Noëlle zwar nichts gegessen, aber nicht gerade wenig getrunken hatte. Große Schlucke Sternanislikör und dazu Punsch um Punsch. Sie hatte weder gebetet noch gesungen, als achte sie die Worte der Kirchenlieder und der Psalmen nicht mehr. Sie saß da mit gesenkten Lidern, beide Hände auf die Knie gelegt, steif wie eine Statue. Während der Zeremonie in der Kirche hatte sie keinerlei Gefühle gezeigt, und wer während der Predigt des Priesters auf eine Träne in ihren Augenwinkeln gehofft hätte, wäre enttäuscht worden. Die gleichen trockenen Augen hatten dem Sarg zugesehen, wie er auf den Grund des Grabes hinabgelassen und mit Erde zugedeckt wurde. Nun stieg sie den Hügel wieder hinauf, mit müden Schritten, eingezwängt in ihr zerknittertes, wenig kleidsames schwarzes Kleid, das sie in der vergangenen Nacht übergestreift hatte. Claire-Alta hatte ihr einen Hut geliehen, den sie sich achtlos auf den Kopf gesetzt hatte, und sie flößte den Leuten ein Gefühl ein, das der Angst ähnelte und das sie nicht verstanden. Sie spürten, daß sie von anderswo kam, von einem Anderswo, das ihnen so tief, so geheimnisvoll erschien wie der dichte Wald. Sie ahnten, daß sie weder die Geschichten begreifen könnten, die sie erzählen würde, wenn sie wollte, noch sich über die Spiele amüsieren würden, die sie zum Lachen brachten. Daher vermieden sie es, sie anzusprechen, und hielten sich auf sichere Distanz zu ihr.

Das seit einigen Tagen trübe Septemberwetter hatte plötzlich aufgeklart. Große, bleierne Schleier lösten sich in Richtung Dominica auf und ließen die letzten hellen Sonnenstrahlen durchbrechen. Bald würde die Finsternis La Pointe mit ihren Fregattvogelklauen eng umschließen. Und dann würde das Licht zurückkehren. Morgen würde heute ersetzen, ein neuer Tag würde anbrechen, ohne sich darum zu kümmern, ob Ranélise da war oder nicht, um ihn zu bewundern.

Die kleine Gruppe der Trauernden erreichte das Haus, das vom Bestattungsinstitut schwarz drapiert worden war und in dem der Tod seinen unverwechselbaren Geruch unter dem Duft der Tuberosen und der großen Lilien versteckt hatte. Als sie die Schwelle überschritten, wurde es Claire-Alta und Gérardo gleichzeitig bewußt, daß ihr Leben mit Ranélise zu Ende war. Sie würden sie nicht mehr am Fenster ihren Kaffee trinken sehen. Sie würden sie nicht mehr laut lachen, keinen Wutanfall mehr bekommen hören. Sie würden nicht mehr sehen, wie sie aufstand und über ihre Schmerzen klagte. Plötzlich fingen sie an zu weinen, und Mano drückte sie beide an seinen breiten Brustkorb. Mano hatte tatsächlich nie Grund gehabt, sich über seine Schwägerin zu beschweren. Er erinnerte sich nicht, daß sie je ein böses oder lautes Wort gewechselt hätten. Aber manchmal hatte er gedacht, daß sie zwischen seiner Frau, seinen Söhnen und ihm doch recht viel Platz einnahm. Daher war er nicht weit davon entfernt, ein Gefühl der Befreiung zu empfinden, das sich auf seltsame Weise in seinen Kummer mischte. Die Reaktion von Claire-Alta und Gérardo hingegen war einfach und klar. Es war eine Reaktion, die man mit einem einzigen Wort benennen konnte. Trauer. Alle Anwesenden, vor allem die Frauen, nahmen an ihrem Schmerz Anteil. Sie fühlten mit ihnen und wiederholten mit der Anteilnahme eines antiken Chores: »Pa pléré! Pwen kouraj! – Weint nicht! Seid tapfer!« Nach einer Weile faßte Claire-Alta sich wieder. Sie schniefte, trocknete sich die Augen und machte sich auf den Weg in die Küche. Auf einem

Tablett stellte sie eine Runde Sternanislikör bereit und setzte die fette Suppe zum Aufwärmen auf den Herd. Das war übrigens ein Rezept, das sie von Ranélise hatte, Rindermarkknochen, Kürbis, weiße Rüben, Gewürznelke, Knoblauchzehen, und der Geruch dieses vertrauten Gerichtes, das sie so oft mit der Verstorbenen geteilt hatte, ließ sie wieder Tränen im Überfluß vergießen.

Marie-Noëlle verstand sich selbst nicht. Seit ihrer Ankunft versuchte sie sich zu vergegenwärtigen, daß sie an diesem Ort die glücklichsten Momente ihres Lebens erlebt hatte. Jahrelang hatte ihr Gedächtnis ihr Postkartenbilder dargeboten, um ihr das Herz zu wärmen, niedrige Häuser aus bunt bemaltem Holz, Bäume, die die Himmelskuppel berührten, Gebüsche mit steifen, fremdartigen Blüten am Ende ihrer Stiele, warme und lächelnde Gesichter. Statt all dem, was sie sich vorgestellt hatte, sah sie um sich herum nichts als Armut und Häßlichkeit. Wenn man aus dem Flughafen herauskam, sahen die Fassaden der Wohnblocks farblos, verblichen aus. Die Straßen waren schlecht geteert oder regelrecht aufgerissen. Mülleimer und Abfallhaufen hielten an den Kreuzungen Wache. Ohne die Sonne, die über alles ihren großzügigen Glanz legte, wäre diese Kulisse so trostlos gewesen wie die von Camden Town oder von Roxbury, wo sie unterrichtete. In ihrer Erinnerung war das Haus, in dem sie aufgewachsen war, ein Märchenhaus. Heute kam es ihr vor wie eine lächerliche Bruchbude, vollgestellt mit einer Menge von Möbeln, die für die Zimmer zu groß waren, und allem billigen Tand der Konsumgesellschaft: Fernseher, Videorecorder, Stereoanlage, tragbares Telefon. Ihr eigenes Lächeln als Zehnjährige in dem goldfarbenen Rahmen auf der Kommode rührte sie nicht, und der Geruch der aufgewärmten Suppe, das Klappern der Löffel, das Geräusch, wenn die Markknochen ausgelutscht wurden wie hohle Zähne, das alles drehte ihr den Magen um. Ja, sie hatte Ranélise geliebt, aber die Liebe verflüchtigt sich nach einer gewissen Zeit wie ein Parfum, das hatte sie nicht gewußt. Während sie ihre Teller auslöffelten, zählten die letzten Freunde weiter die Tugenden der Verstorbenen auf und spannen dieses warmblütige Geschöpf, das das Leben und die Männer geliebt hatte, in eine Mumienhülle ein. Man konnte spüren, wie sie in die Welt des Unsichtbaren eintrat und schon nicht mehr zur wirklichen Welt gehörte. Die wirkliche Welt, das war Marie-Noëlle, der sich die Anwesenden liebend gern genähert hätten. Nachdem die letzten frommen Worte gesprochen und die Bäuche gefüllt waren, standen sie in einer gemeinsamen Bewegung auf und verabschiedeten sich unter vielen lauten Küssen. Mano fuhr in seinem brandneuen Toyota Gérardo Polius nach Hause, und Claire-Alta und Marie-Noëlle blieben allein zurück. Sie trugen das Geschirr in die Küche, in der es an keinem Haushaltsgerät fehlte, dann setzten sie sich einander gegenüber an den Tisch, auf dem eine mit Kreuzstich bestickte Tischdecke lag. Claire-Alta schaltete den Fernseher ein, und für eine Weile erfüllten surreale Bilder von Massakern im Mittleren Osten den Bildschirm. Frauen und Kinder schrien. Granaten fielen auf Lebende und zerfetzten ihr Fleisch. Aber keine der beiden achtete darauf, und Claire-Alta fragte gezwungen:

»Hast du etwas von deiner Mama gehört?«

Seit ihrer Ankunft fühlte Marie-Noëlle die ganze Last der Mißbilligung auf ihren Schultern lasten, die Reynaldas Gleichgültigkeit und Undankbarkeit verdienten, und wußte nicht, wie sie sich davon freimachen sollte. Sie stammelte:

»Sie schreibt nie, weißt du. Ich höre nur von Ludovic etwas über die Familie. Er sagt, daß alles in Ordnung ist.«

Das war nicht wahr. In seinen Briefen machte Ludovic kein Geheimnis daraus, daß Garvey, inzwischen ein Jugendlicher, ihm alle möglichen Sorgen bereitete. Nach Jahren des Faulenzens und der Disziplinlosigkeit hatte man ihn schließlich von der Schule geworfen. Ludovic sprach davon, ihn in die Lehre zu geben, aber er wollte nichts als herumhängen und mit seiner Clique üble Streiche aushecken. Einmal hatte Ludovic ihn auf dem Polizeirevier abholen müssen. Wenn Marie-Noëlle an ihren kleinen Bruder dachte, aufsässig, verletzt und leidend, wie sie es vor ihm und aus den gleichen Gründen gewesen war, flammte ihr Groll gegen ihre Mutter wieder heftig auf. Bald würde wahrscheinlich die unschuldige Angéla an der Reihe sein. Die Natur erfüllt ihre Pflichten schlecht. Frauen, die solche Erfahrungen hinter sich haben wie Reynalda, verwandeln sich aus Opfern in Henker. Daher sollten sie wie die verkümmerten Bäume in den Savannen werden, diese holzigen Bäume, die nur aus Stamm und Ästen bestehen und weder Blumen noch Früchte tragen.

»Du bist also Schullehrerin?«

Marie-Noëlle schrak zusammen. Einen Augenblick lang fragte sie sich, ob von ihr die Rede war. Schullehrerin? Der Ausdruck ließ an aufmerksame Lehrer denken, an fleißige Kinder, die sich brav im Gänsemarsch unter den Platanen eines Pausenhofs aufreihten. Das hatte nichts mit ihrer Tätigkeit zu tun. Das College, an dem sie unterrichtete, seit sie ihr Studium abgeschlossen hatte, lag mitten in Roxbury, einem ebenso elenden Viertel wie Camden Town und ebenfalls fast ausschließlich von Schwarzen und Latinos bewohnt. Diejenigen, die die Schule mit der Absicht besuchten, einen Abschluß zu erwerben, hatten weiße Haare und waren alt genug, um Großväter sein zu können. Nach lebenslangem Gehorsam in undankbaren Jobs leisteten sie sich den Luxus, sich auf ein

Diplom vorzubereiten, das ihnen nichts einbringen würde als den Stolz, nicht als Dummkopf geendet zu sein. Die anderen, die im richtigen Alter waren, um zur Schule zu gehen, waren alle zornig. Wütend. Sie kamen nur zum Unterricht, um in der Gruppe zu sein und gegen ein System zu wettern, das bereits dabei war, sie kaputtzumachen, nachdem es schon ihre Eltern kaputtgemacht hatte.

Nach außen hin wollten die Jungen furchterregend wirken, groß und massiv wie sie waren, mit ihren ungepflegten Rastalocken, ihrem kastenförmig gestutzten oder kurzgeschorenen Haar und ihrem Ring im Ohr. Jungen und Mädchen stopften sich die Taschen mit Schußwaffen oder scharfen Messern voll. Sie teilten sich Alkohol und Drogen. Und ihre Redeweise würzten sie mit den wüstesten und dreckigsten Schimpfwörtern. Das alles war jedoch, Marie-Noëlle hatte es bald gemerkt, nichts als Fassade. Trügerischer Schein. Im Grunde zitterte diese Jugend vor Angst und wußte nicht, wie sie sich vor der Grausamkeit des Lebens bewahren sollte. Ein Versuch, sie zu verstehen, ein aufmerksames Wort, ein mitfühlendes Lächeln überraschten sie so sehr, daß die wütendsten Stiere sich in Lämmer verwandelten. Marie-Noëlle, die die Gefährdungen ihrer eigenen Jugend nicht vergessen hatte, machte sich die Mühe, ihnen zuzuhören, und versuchte, im Rahmen des Möglichen, ihren Neigungen entgegenzukommen. Daher mochte ihr Unterrichtsprogramm sicherlich überraschend erscheinen. Damit beauftragt, an einem Ort französische Literatur zu unterrichten, wo keiner sich dafür interessierte, versuchte sie weder die *Fabeln* von La Fontaine noch klassische Tragödien, weder die Moralisten noch die Philosophen des 18. Jahrhunderts durchzusetzen, nichts von all dem, was gemeinhin unterrichtet wird. Der einzige Autor, auf den sie Jahr für Jahr zurückkam, war Jean Genet. Er faszinierte sie. In der

Regel verziehen die Schüler ihm alles, außer seiner Homosexualität. Er gab Anlaß zu endlosen Debatten über Außenseitertum, Kolonialismus, Diebstahl, Gefängnis, Liebe, Geschlecht, Männlichkeit, von denen man hätte denken können, daß sie nicht viel mit Literatur zu tun haben. Marie-Noëlle konnte ihren Schülern dankbar sein. Dank ihnen hatte sie in Jean Genet das Thema ihrer Doktorarbeit gefunden, und mit Antheas Unterstützung hatte sie einige Artikel in Universitätszeitschriften veröffentlichen können. Sie war sogar dabei, sich einen kleinen Namen zu machen.

»Hast du keine Kinder?«

Marie-Noëlle schüttelte heftig den Kopf. Guter Gott, nein danke!

Natürlich war da Molara, die sie im Spaß Anthea streitig machte. Molara wuchs an Weisheit wie an Anmut. Ihre Mutter hatte sie in einer Schule für Hochbegabte untergebracht, und sie sprach mit neun Jahren vier europäische Sprachen. Französisch, Spanisch, Deutsch, Russisch. Bald kämen die afrikanischen Sprachen an die Reihe. Sie spielte Klavier und Querflöte und entzückte ihre Zuhörer mit eigenen kleinen Kompositionen. Wenn Anthea und Marie-Noëlle sie auf ihre Museumsbesuche mitnahmen, staunten sie über ihre Fragen. Und bei alledem war sie überhaupt nicht eingebildet, sondern fröhlich, fügsam, ein Sonnenstrahl im Haus. Abgesehen von diesem Kind, das sie sich erwählt hatte, war Marie-Noëlle die Mutterschaft erspart geblieben. In ihrem Fall hatte die Natur Weitblick bewiesen und sie unfruchtbar gemacht. Claire-Alta hakte nach:

»Dann bist du also ganz allein?«

Der Ton war mitleidig. Das war normal. Was sollte man von einer Frau erwarten, die mit ihrem Mann und ihren beiden kleinen Räubern ein volles Haus hatte? Marie-Noëlle bejahte die Frage. Sie lebte allein in einer Wohnung ohne Komfort, die glücklicherweise nur ein paar Schritte von Antheas Haus entfernt lag. Als die M.N.A. sich auflöste, hatte sie es nicht über sich gebracht, Camden Town zu verlassen, das ihr in seiner Häßlichkeit und Unordnung lieb und vertraut war wie das Gesicht einer lieben, von der Natur stiefmütterlich behandelten Verwandten. Sie hatte sich an die heruntergekommenen, wie nach einem Brand rußgeschwärzten Fassaden gewöhnt, an die blinden, mit Brettern vernagelten Fenster, an die Plastiksäcke, die sich auf den Gehwegen stapelten. Ja, sie war allein, wenn man von der Katze absah, die sie von den Nachbarn geerbt hatte und die regelmäßig mit Sechserwürfen niederkam, von der Studentin ohne feste Bleibe, die auf einer Matratze in ihrem Arbeitszimmer nächtigte, und von den Männern, die sie hier und dort kennenlernte und die ihr Bett teilten. Stanley und Terri hatten sie verlassen, jeder zu seiner Zeit, jeder auf seine Art.

Seltsam! Jetzt, wo von Stanley nur noch ein paar Platten übriggeblieben waren, die sich in den Läden nicht verkauften, schien es ihr, als verstünde sie seine Musik besser. Zu Tränen gerührt, hörte sie die Symphonie der Neuen Welt, und die Komplexität seiner Harmonien stieß sie nicht mehr ab. Sie schloß die Augen, und ihre Phantasie flog von Akkord zu Akkord zurück in die Vergangenheit. Nach dem Festival von Santo Domingo waren Stanleys Ideen dogmatischer geworden. Als Vorspiel zu jedem Konzert stürzte er sich in nicht enden wollende Reden über das ewig gleiche Thema: die Schönheit und Kreativität der Migrationen, Trägerinnen der Kultur der Zukunft. An manchen Abenden verließ das aufgebrachte Publikum den Saal, bevor er eine einzige Note gespielt hatte. Das alles konnte Marie-Noëlle nicht täuschen, die sehr wohl spürte, daß er redete und redete, in seinem Inneren jedoch ein Licht erloschen war. In der letzten Zeit hatte er neben ihr her gelebt wie ein Zombie. Er hatte sich abgemüht, etwas zu komponieren, das er ein Oratorio nannte, und arbeitete gleichzeitig an symphonischen Gedichten. Als er starb, war das alles unvollendet geblieben. Bögen voll mit gekritzelten Noten, die sie in Schubladen zur Ruhe gelegt hatte. Plötzlich drangen dünne Kinderstimmen an ihr Ohr. Es war Mano, der nach Hause kam, begleitet von Randy und Kevin, die man von der Gesellschaft des Todes ferngehalten hatte.

2

Marie-Noëlle erwachte im hellen Mittagslicht. Der Tag stach Messer durch die Jalousien, und der Stahl ihrer Klingen vibrierte lautlos. Seit Jahren hatte sie nicht mehr so lange geschlafen. Sie hatte jedoch einen Traum gehabt, der sie noch mit der Heftigkeit eines Alptraums verstörte.

Sie wußte nicht, wo sie sich befand. Es war Nacht. Der Mond lag schräg am leuchtenden Himmel, der von keiner Wolke getrübt wurde. Seine Strahlen erhellten ein Kalkplateau, zerklüftet, zerfressen, zur See hin abfallend, die man heulen hörte mit einer Stimme, schauerlich wie die einer verrückten Frau. Weit und breit kein Haus. Nur eine Hütte, in Mondlicht gebadet. Man hätte sie für verlassen gehalten, wäre da nicht ein Hund gewesen, eines dieser kreolischen Tiere, bissig und mit halbleerem Bauch, denen die Kinder gern mit Steinen hinterherjagen. Marie-Noëlle wußte, daß sie näher treten, daß sie hineingehen mußte. Aber ihre Beine, als wären sie schwer vor Wundrose, verweigerten ihr jeden Dienst. Nach einer Weile ging die Tür auf. Niemand kam heraus, und durch den Spalt sah man einen Schatten, so furchterregend wie die Leere des Weltraums. Dann schloß sie sich quietschend wieder und bot dem Blick ihre harte, hölzerne Stirnansicht dar.

Marie-Noëlle eilte, die Jalousien hochzuziehen, um nach draußen zu sehen. Sie hatte diese Farben vergessen: das Grün der Blätter des Papayabaums, das dunklere Grün und das Gold der hoch oben am Stamm hängenden Früchte, das kräftige

Blau des Himmels darüber. Mit ihrem jüngsten Sohn am Rockzipfel hängte Claire-Alta strahlend saubere Wäsche auf eine Leine. Kinderkleider, Männer- und Frauenunterwäsche schlugen im Wind wie Drachen. Marie-Noëlle ertappte sich dabei, daß sie neidisch war auf dieses Leben, das sie sich ohne Probleme, voll einfacher Ereignisse vorstellte: Hochzeit, Geburten, Einschulung der beiden Jungen. Sie war in einer bestimmten Mission nach Guadeloupe gekommen. Gerechtigkeit für Reynalda zu verlangen. Nun jedoch bekam sie plötzlich Angst und schreckte davor zurück. Sie wußte weder, wie sie sich im Lago di Como vorstellen sollte, noch, was sie sagen oder wie sie empfangen werden würde. Um den Zeitpunkt hinauszuzögern, in dem sie handeln mußte, wäre sie beinahe wieder ins Bett zurückgegangen und hätte den Kopf tief in das Kissen vergraben, das nach einer Mischung aus Vetiver und einem anderen Geruch aus der Kindheit duftete, der schwieriger zu erkennen war. Es gelang ihr jedoch, sich zu überwinden.

In der Rue de Nozières krampfte ihr Herz sich zusammen. Dabei hatte Claire-Alta sie gewarnt. Wie sie sagte, gab es das Lago di Como nicht mehr. Das alte, einstöckige Haus, das sich über seinen Geheimnissen zusammenkrümmte, war einem Gebäude aus Stahlbeton gewichen, voller Balkons und gestreifter Markisen. An der Stelle des Juweliergeschäfts stand nun eine Apotheke, in deren Schaufenstern und blankpolierten Medikamentenschränken sich die Silhouetten der Kunden spiegelten. Hier gab es alles. Vom Milchpulver für Säuglinge über Gläschen mit Babynahrung, Trockenfutter für Hunde bis hin zu Schlankheitstees mit Erfolgsgarantie. Monsieur Théodore, der Apotheker, liebte die Frauen. Das sah man gleich. Il Lago di Como? Die Coppinis? Das gehöre schon zur Geschichte von Guadeloupe, das alles. Tote und begrabene Ge-

162

schichte. Keine italienischen Juweliere mehr. Auch keine libanesischen Händler. Die heutigen Immigranten seien Nachbarn, Leute aus Haiti, aus Dominica oder Santo Domingo. Nicht zu reden von den Obdachlosen und den Drogensüchtigen, die ihre Laster und Unsitten vom Mutterland hier einschleppten. Monsieur Théodore war sich sicher, daß Gian Carlo Coppini schon ewig tot sei. Als seine Eltern dieses Erdgeschoß gekauft hatten, war hier schon eine Apotheke gewesen: die Apotheke Delétang. Marie-Noëlle brachte mühsam noch ein paar Fragen heraus. Sie hätte gern gewußt, was nach dem Tod des Vaters aus der übrigen Familie geworden war. Monsieur Théodore konnte ihr keine Antworten liefern. Aber angesichts ihres niedergeschlagenen Ausdrucks versprach er ihr, sich zu erkundigen. Ob er ihre Telefonnummer haben könne?

Marie-Noëlle trat wieder hinaus in die Menge der Leute, die es eilig hatten, ihren Geschäften nachgingen, ohne Zeit zu verlieren, und der Flaneure, die flanierten. Der Lärm der Autos und der Motorroller betäubte sie. Sie nahm nichts von dem wahr, was um sie herum vorging. Sie hatte das Gefühl, soeben das Opfer eines Raubes geworden zu sein. Das Schicksal, das ihr schon ihre Kindheit und die Liebe ihrer Mutter gestohlen hatte, hatte sie erneut beraubt. Eigentlich erwartete sie von Gian Carlo nichts von dem, was man rechtmäßig von einem Vater erwarten darf. Weder Zuneigung noch Unterstützung noch materielle Vorteile. Keine Anerkennung in Form einer romantischen, theatralischen Szene. Sie wollte sich einfach nur die Züge seines Gesichts einprägen, den Klang seiner Stimme kennenlernen. Ein einziges Mal war sie ihm leibhaftig begegnet. Sie war knapp acht oder neun Jahre alt gewesen. Also strengte sie ihr Gedächtnis an, um aus diesem kurzen Augenblick ein Maximum an Informationen zu ziehen. Er war schön, daran erinnerte sie sich. Er sah weder verdorben noch brutal aus. Höchstens ein bißchen selbstgefällig. Sie erinnerte sich an seine silbrigen Haare, die sich über dem Nacken lockten, und an seine großen Augen. Davon abgesehen, wußte sie nicht, ob er groß oder klein war. Vielleicht trug er einen Drillichanzug, ein gestärktes weißes Hemd, einen Tropenhelm, wie die Männer der damaligen Zeit. Sie hatte die unbestimmte Vorstellung, daß der Laden voller Frauen gewesen war. Sie waren bleich. Eher ärmlich gekleidet. Sie bedeckten ihre Zöpfe mit weißen Mantillen. Kleine Mädchen machten ihre Hausaufgaben oder spielten in einer Ecke. Wahrscheinlich Halbschwestern, die nichts von ihr wußten. Niemand wußte etwas von ihr in dieser Familie, die die ihre war. Sie war der vergessene Sproß.

Die Hitze lastete ihr mit einem Mal schwer im Nacken. Sie wäre beinahe umgefallen und betrat ein Café. Eine Oberschule lag offensichtlich ganz in der Nähe, denn das Lokal war voll von Jugendlichen, Jungen und Mädchen. Mit ihren Rucksäcken, ihren Nikes, ihren T-Shirts und ihren Jeans sahen sie aus wie ihre Schüler in Roxbury. Damit hörte die Ähnlichkeit jedoch schon auf, denn ihre Späße tauschten sie auf kreolisch aus. Kreolisch? Das war für sie die vergessene Sprache, die Sprache, die einer Welt Gestalt gegeben hatte, der sie nicht mehr angehörte und nach der sie sich bisweilen zurücksehnte. In Erinnerung an ihre Kindheit bestellte sie einen Zuckerrohrsaft und bekam die mürrische Antwort zu hören, daß man das nicht führe, worauf sie wie ihre Tischnachbarn mit Coca-Cola vorliebnahm. Sie trank gerade ihren ersten Schluck, als jemand sich einfach an ihren Tisch setzte. Es war kein Unbekannter. Judes Anozie. Er war ihr bei der Totenwache vorgestellt worden, und sie hatte seinen Namen behalten, weil er sie ein wenig an Terri erinnerte. Diese Begegnung war kein Zufall. Er mußte Claire-Alta befragt haben, ihr gefolgt sein. Sie fragte sich, was er von ihr wollte. Spürte er nicht, daß sie Pech brachte?

Terri hatte es gespürt, und er war der erste gewesen, der vor ihr floh. Ohne ein Wort. Nur einen langen Brief für Stanley hatte er gut sichtbar auf dem Eßzimmertisch liegenlassen. Er schrieb ihm, er dürfe es nicht mißverstehen. Er bewundere die Musik der M. N. A. und verehre ihn wie ein Genie. Aber er sei ihrer kärglichen Existenz überdrüssig. Er gehe nach Toronto, um sich dem Orchester eines haitianischen Freundes anzuschließen. Es sei schließlich nichts Ehrenrühriges daran, bei Immigrantenvereinen zum Tanz aufzuspielen.

Nach Terris Weggang hatte Stanley seinen Platz in Marie-Noëlles Bett wieder eingenommen. Als seien all diese Monate bloß eine Klammer gewesen, die nur für sie eine Bedeutung gehabt hatte. Als sei sie für Terri und für Stanley nichts als ein williger Körper gewesen, den sie sich von Hand zu Hand weitergereicht hatten. Dann hatte Stanley sie verlassen. Auch er ohne ein Wort. Trotz aller Bemühungen war die Polizei nie zu einem endgültigen Schluß gekommen. Das Last Resort, ein Jazzclub, für den Stanley eine Vorliebe hatte und in dem er manchmal solo spielte, seit seine Musiker ihn verlassen hatten und er in dem großen Haus in Camden Town mit Marie-Noëlle allein zurückgeblieben war, besaß eine große Terrasse zum Charles River hinaus. Im Sommer stelzten Brachvögel durch den Sumpf und wühlten mit ihren Schnäbeln zwischen den Gräsern am Ufer. Im Winter gefror der Fluß, so weit das Auge reichte, und der Mondschein polierte seine glatte, harte Oberfläche. Es war zu vermuten, daß Stanley, der Abend für Abend auf Alkoholschwaden dahintrieb, sich aus Versehen zu weit hinausgewagt hatte und das trügerische Eis unter seinem Gewicht gebrochen war. Oder aber er hatte die Sicherheitsabsperrungen absichtlich überschritten. Wie auch immer, seinen steifgefrorenen Körper hatte man viele Meter stromabwärts herausgefischt. Es war die zweite Hypothese, an die Marie-Noëlle nach eingehender Prüfung glaubte, denn Stanley hatte keine Worte mehr in seinem Mund, keine Träume mehr in seinem Kopf gehabt, um sich das Leben zu verschönern. Wozu dann leben? Wenn er sich auf sie legte, ließ seine Totenkälte sie gefrieren. Und das alles war ihre Schuld. Antheas Psychiater hatte sie nicht vom Gegenteil überzeugen können.

Sie sah Judes Anozie an, der ihr gegenüber saß und aussah wie ein großer Tölpel. Wenn er etwas weiser gewesen wäre, hätte er seine beiden Beine in die Hand genommen. Statt dessen schwatzte er ohne Sinn und Verstand:

»Wissen Sie, hier muß eine Frau immer einen Mann an ihrem Arm haben. Das ist so. Sonst respektiert man sie nicht. Ich werde Ihnen meinen Arm geben. Ich werde Sie überallhin begleiten. Ich werde Ihnen helfen herauszufinden, was Sie herausfinden wollen. Gleich morgen nehme ich Sie mit zu meiner Großmutter, Bonne-Maman. Sie kann weder lesen noch schreiben. Aber doch ist alles, was in diesem Land passiert ist, in ihr eingraviert. Ihr Gedächtnis trägt für immer seine Spur.«

Claire-Alta schätzte Marie-Noëlle nicht besonders. Diese hatte sie ein paarmal hintereinander abgewiesen. Sie hatte es abgelehnt, sie zum sonntäglichen Hochamt zu begleiten, unter dem Vorwand, sie habe nichts zum Anziehen. Sie hatte es abgelehnt, eine Besuchsrunde bei den Freundinnen von Ranélise zu machen, die sie alle als Baby in ihren Armen, dann als kleines Mädchen gesehen hatten, unter dem Vorwand, sie erinnere sich nicht mehr daran. Sie hatte es abgelehnt, sie in den Supermarkt zu begleiten, unter dem Vorwand, sie hasse das. Sie hatten einander nichts zu sagen. Wenn sie zusammen frühstückten, saßen sie schweigend an den beiden Enden des Tisches, während Wärme und Aroma ihres Kaffees in den Tassen verflogen. Mittags stocherte Marie-Noëlle in ihrem Teller herum und schloß sich dann zur Mittagsruhe in ihr Zimmer ein, ohne die Todesmeldungen im Radio abzuwarten. Abends war Mano da und machte sich interessant, wie jedesmal, wenn eine Frau da war. Er legte ihr auf der Stereoanlage die neuesten Hits auf. Er entschuldigte sich fast dafür, daß sie in Trauer waren, weil sie sie deshalb nicht zum Tanzen ausführen konnten, und beschrieb ihr die Nachtlokale des Landes. Aber es war deutlich, daß nichts von all dem ihre Aufmerksamkeit erregte. Sie mochte keine Ausflüge. Eines Samstags waren sie mit ihr zum Strand von Deshaies gefahren. Sie hatte nicht gebadet, war im Sand sitzengeblieben und hatte mit gelangweiltem Gesicht diesen Bogen betrachtet, der von den Touristen aus aller Welt bewundert wird. Trotz allem freute sich Claire-Alta über die Wendung, die Marie-Noëlles Leben nahm. Sei's drum! Sie konnte ihren Papa nicht finden, aber sie hatte einen Mann gefunden. Diese Rückkehr in die Heimat, auf die Ranélise so sehr gehofft hatte – noch bis auf ihr Totenbett –, hatte alle Chancen, Wirklichkeit zu werden. Es war wohl wahr, daß Judes Anozie nicht die brillanteste Partie war. Ein Mathematiklehrer, ein bißchen plemplem, der einem Umweltschutzverein vorstand. Wenn man ihm glauben wollte, war Guadeloupe völlig verunstaltet. Entstellt durch den wütenden Strom der Autos und den dauernden Durchzug der Touristen, verwüstet durch den Beton, die Straßen, die Kreisverkehre, die Autobahnen mit ihren Kreuzen und Zubringern, verschmutzt, besudelt durch Abfälle aller Art. Jedesmal, wenn er Gelegenheit dazu bekam, sah man ihn das alles im Fernsehen anprangern, und die Leute zuckten mit den Schultern, wenn sie ihn hörten. Was wollte der denn? Er war ein Träumer, der in die Zeit der Ochsenkarren und der aus Seifenkisten gezimmerten Hütten zurückkehren wollte. Papas Guadeloupe war tot. Das mochte manchem mißfallen. Aber das Land folgte dem Fortschritt wie der Rest der Welt.

Judes und Marie-Noëlle brauchten weder Standesamt noch Kirche. Heutzutage feierte alle Welt Ostern vor der Fastenzeit. In der Kirche war der Samstag für die Bastarde abgeschafft. Sogar die Gutbürgerlichen lebten in wilder Ehe zusammen, und niemand kümmerte sich darum, ob in der Hochzeitsnacht Blut über die Schenkel der frischverheirateten Frauen floß. Claire-Alta hätte für ihr Leben gern gewußt, worüber Marie-Noëlle und Judes Anozie geredet hatten, als sie sich am Nachmittag getroffen hatten. Das gleichgültige Gesicht Marie-Noëlles entmutigte sie jedoch, und sie traute sich nicht, Fragen zu stellen. So sah sie wortlos zu, wie sie sich vor ihr auszog und ihren Körper entblößte, der mehr aus Knochen denn aus Fleisch, mehr aus Mulden denn aus Rundungen bestand. Kaum hatte Marie-Noëlle den Kopf auf das Kissen gelegt und die Laken bis zum Kinn hochgezogen, als wäre man nicht sowieso trotz der späten Stunde am Ersticken, bat sie in kindlichem Ton:

»Erzähl mir von meiner Mutter.«

Von Reynalda?

Auf diese Frage war Claire-Alta nicht gefaßt. Was gab es über sie zu erzählen? Sie hatten in dem kleinen Zimmer hinter dem von Ranélise gewohnt und im selben Bett geschlafen. Reynalda war schweigsam, eigenbrötlerisch. Trotzdem, sie waren mehr als Schwestern geworden. Was der einen gehörte, gehörte auch der anderen. Alltagskleider. Sonntagskleider. Sandalen aus Plastik wie aus Leder. Die guten Schuhe für die Messe. Rosenkränze. Es gab nur einen einzigen Schatz, den Reynalda nicht teilte: ein Meßbuch mit weißem Lackeinband, auf dem das süße Gesicht des Jesuskindes abgebildet war, dick wie ein Lexikon, mit Goldschnitt. Alle zwei Seiten zeigte es ein frommes Bild. Engel mit ausgebreiteten Flügeln, eine keusche Jungfrau Maria, einen ausgemergelten Christus. Reynalda weinte jedesmal, wenn sie darin blätterte, aber sie gab den Namen desjenigen, der es ihr geschenkt hatte, nie preis. Die Leute vom Canal Vatable brachten Reynalda keine Sympathie entgegen. So viel Aufhebens wegen eines Bauches. Sie dachten, hinter ihrem Schweigen verberge sie ein fürchterliches Geheimnis. Ein Geheimnis, das ihr Alpträume bereitete. Nachts weinte sie wie ein kleines Kind. Sie schrie: »Nein, nein!« Als ihr Baby ans Licht des hellen Tages gekommen war, hatte man genau gesehen, daß es das Kind eines hellhäutigen Mannes war. Die Kleine war weiß wie Milch. Aber hellhäutige Männer gibt es viele auf Guadeloupe. Zur damaligen Zeit zumal, da waren die Straßen voll von Sicherheitspolizisten mit ihren Schlagstöcken, wegen der Unabhängigkeitsbewegung.

Claire-Alta war sehr traurig gewesen, als Reynalda ins Mutterland gegangen war. Zumal sich das sehr plötzlich entschieden hatte. Eines schönen Morgens war sie mit dieser BUMIDOM-Geschichte aufgewacht. Ihr zufolge war sie zu diesem Amt gegangen, ohne irgend jemandem etwas zu sagen. Sie hatte Formulare ausgefüllt und war als Hausangestellte rekrutiert worden. So einfach war das. Gérardo Polius behauptete, daß das nicht sein könne, weil für jeden Kandidaten ein Führungszeugnis vom Rathaus gebraucht würde.

Man könne im Mutterland keine Verbrecher und Landstreicher gebrauchen. Dann hatte das ganze Haus darauf gehofft, etwas von Reynalda zu hören. Jeden Tag lauerte Ranélise auf den Briefträger. Vergebens! Nichts! Nicht ein Brief. Nicht eine Karte. Claire-Alta hatte es jedoch nie persönlich genommen. Sie hatte Reynalda weder als undankbar noch als herzlos beschimpft wie alle anderen um sie herum. Sie hatte begriffen, daß sie Teil eines bösen Traumes war, den Reynalda versuchte aus ihrem Gedächtnis zu löschen. Bis zum heutigen Tag vergaß sie sie in ihren Gebeten nicht. In dem Moment bemerkte Claire-Alta, daß Marie-Noëlle eingeschlafen war, wie ein Kind, mitten in der Geschichte, nach der es selbst verlangt hat. Sie ließ die Jalousien herunter und ging aus dem Zimmer. Das Haus war in Finsternis getaucht. Die Jungen schliefen. Nachdem er das Abendessen hinuntergeschlungen hatte, war Mano noch einmal ausgegangen, um sich mit seinen Freunden – oder einer Mätresse? – zu treffen, die er vor den frühen Morgenstunden nicht wieder verlassen würde. Als sie den Hof überquerte, sprach Claire-Alta sich das Sprichwort vor, das zur Losung ihres Lebens geworden war: »*Sa zyé pa-vwé, kyé pa-w fé mal.* – Was die Augen nicht sehen, tut dem Herzen nicht weh.« Am Fuß des Hügels, einem der letzten, die von der Gemeinde noch nicht planiert worden waren, um Sozialwohnungen zu bauen, schlief La Pointe. Die Nachtluft, die nicht abkühlte, trug die heißen Klänge des Zouk herbei. Claire-Alta sehnte sich in ihrem Herzen noch immer nach der haitianischen Musik, die auf den Tanzabenden der Zeit ihrer Liebe mit Mano erklang. Zu den Weisen der Gruppe Shleu-Shleu hatten sie sich fest umschlungen, außer sich vor gegenseitigem Begehren. Plötzlich, ohne zu wissen warum, brach sie in Tränen aus.

In dieser Nacht hatte Marie-Noëlle wieder den gleichen bösen Traum: die nackte Hütte auf ihrem hohen, verwüsteten Kalkplateau.

3

Irgendein Fluch schien auf dieser Familie zu lasten. Es war, als sühne sie eine Verfehlung, die eines ihrer Mitglieder heimlich begangen hatte. Nach dem Tod ihrer geliebten Schwägerin Arcania vergingen keine sechs Monate, bis auch Tante Zita und Tante Lia den Weg zum Friedhof von Briscaille nahmen. Sie gingen alle beide im Laufe derselben Woche, während einer fürchterlichen Typhus-Epidemie. Man hatte nichts Vergleichbares mehr erlebt seit der Epidemie von 1937, die von den Rindern aus Puerto Rico eingeschleppt worden war, jenen riesigen Urviechern mit hängenden Köpfen, die man damals unter Peitschenhieben von den Dampfern auf die Quais trieb. Man begrub sie unter demselben Stein, Seite an Seite, wie sie gelebt hatten, und jeden Sonntag rissen die Hände ihrer Nichten das Unkraut rund um das Grab aus und bepflanzten es mit Lilien und Tuberosen. Wenig später war Gian Carlo an der Reihe zu gehen, auf eine Weise, die sich allen einprägte. Seine zweifache Witwerschaft hatte ihn nicht verdüstert, und er herrschte wie zuvor als Tyrann über seine Dienerin, seine Lehrlinge im Juwelierladen und seine Töchter. Der Lärm seiner Ausbrüche war bis zur Place de la Victoire zu hören. Es hieß, seine Kinder hätten so sehr Angst vor ihm, daß sie von einem Stottern befallen seien, das ihre Worte unverständlich machte. Eines Mittags beendete er seine Mahlzeit mit dem Genuß einer Délice-Mango. Wahrscheinlich gereizt von den Fliegen, die von dem klebrigen, süßen Saft auf seinem Mund und seinen

Wangen angelockt wurden, machte er eine zu heftige, ungeschickte Bewegung und rammte sich das Messer in die linke
Augenhöhle. Das Blut schoß nur so auf das weiße Tischtuch.
Im Allgemeinen Krankenhaus, in das er als Notfall eingeliefert wurde, behandelten ihn die Ärzte, so gut sie konnten.
Trotzdem verlor er sein Auge und mußte fortan eine schwarze Augenklappe aus Leder tragen, die ihm, um die Wahrheit
zu sagen, gut stand, er sah damit ein bißchen wie ein See-
räuber aus. Man stelle sich einen einäugigen Juwelier vor! Er
war nicht mehr in der Lage, einen Stein vom anderen zu
unterscheiden, Goldfäden zu verdrillen, Kameen zu fassen.
Sein Ruf schwand dahin. Eine nach der anderen verließen
ihn seine Kundinnen, und in der Folge fing er an, viel mehr
Rum zu trinken, als gut tut. Als er eines Abends betrunken
war, fingen seine Bettlaken Feuer, und bei dem Brand starb
er. Von diesen Flammen zu jenen der Hölle war es nur ein
kleiner Schritt, den die Leute munter machten. Für sie wurde der Name Gian Carlo Coppini zum Synonym für Satan
persönlich. Von einem Tag auf den anderen waren seine
Töchter nun Waisen, ohne Mama oder Papa, und schlimmer
noch, ohne Geld. Denn Gian Carlo hinterließ so viele falsche Abrechnungen und Schulden, die durch dilettantische
und waghalsige Anlagen zustande gekommen waren, daß
man, um sie zurückzuzahlen, das Haus in der Rue de Nozières und die Bestände des Juwelierladens versteigern mußte. Die Versteigerung zog eine Menge Leute an, die sich um
die Emailarbeiten und Kameen, Broschen, Anhänger und
Kolliers rissen. Zum Glück gab es in Mailand eine barmher-
zige Verwandtschaft, die ihre Sprößlinge auf Guadeloupe
nicht vergessen hatte. Unter bitteren Tränen verließen die
Mädchen die Gräber ihrer lieben Verblichenen und bestiegen
ein Flugzeug nach Italien, und nur Fiorella, die Älteste, blieb

auf Guadeloupe. Nachdem sie beschlossen hatte, nicht mehr mit ihrem Vater zu reden, und ins Internat der Barmherzigen Schwestern in Basse-Terre gehen wollte, hatte die Diözese eine Pflegefamilie für sie gefunden. Die Démonicos. Trotz ihres Namens waren sie keine Italiener. Sondern Mulatten, die bei all ihrer Großtuerei ziemlich dunkelhäutig waren. In einer Villa am Chemin de Circonvallation, nicht besonders originell auf den Namen Villa Mélodie getauft, zogen sie eine Brut von sieben oder acht Kindern groß. Ihr Garten war ein Wald von Lycheebäumen. Monsieur Démonico war Untersuchungsrichter am Landgericht von Basse-Terre. Seine Frau war Vorschullehrerin. Beide merkten wohl, daß Fiorella in ihrer Brust ein Geheimnis barg, das zu schrecklich für sie selbst war. Sie stellten ihr Fragen um Fragen, und schließlich entschlüpften ihr ein paar Andeutungen. An Reynaldas Verschwinden sei Nina schuld. Sie habe ihre Tochter mißhandelt, seit sie ganz klein war. Sie hatte sie von der Dubouchage-Schule nehmen wollen, um sie als Mädchen für alles in Stellung zu geben, und das fürchtete Reynalda mehr als den Tod. Monsieur Démonico setzte daraufhin seine ganze Autorität ein, daß die Untersuchung in La Pointe wieder aufgenommen wurde. Ohne Ergebnis. Für den Tag, an dem Reynalda verschwunden war, wiesen die Register der Polizeireviere ausnahmsweise nichts Bemerkenswertes auf. Keine Selbstmorde. Keine Ausreißer. Nur das übliche Quantum Frauen, die von toll gewordenen Männern geschlagen und hinausgeworfen worden waren, Schlägereien um eine Pinte Rum in den Spelunken und verfeindete Nachbarn, die sich mit der Machete verschiedene Körperteile aufschlitzten. Da waren noch acht Kinder, die in Abwesenheit ihrer Mutter in einer Bruchbude am Kanal verbrannt waren, aber das hatte nichts mit ihrem Fall zu tun. Da waren auch noch zwei oder drei Neugeborene, die zum Vermodern in Abortkübel gesteckt worden waren, aber Reynalda war nicht schwanger gewesen, und selbst wenn sie es gewesen wäre, hätte sie keine solche Ungeheuerlichkeit begehen können, da war sich Fiorella ganz sicher. Auf Drängen von Monsieur Démonico wurde Nina noch einmal aufs Polizeirevier des IV. Bezirks vorgeladen. Sie kam dort angerauscht, ohne irgend jemandem guten Tag zu sagen, und sah die Polizisten an wie ein Pferd, das seinen Reiter abgeworfen hat. Dann zuckte sie mit den Schultern:

»Rätsel und Geheimnis! Ich habe keine Ahnung, was in ihrem Kopf vorgegangen sein könnte. Mit mir redete Reynalda nicht über ihre Angelegenheiten. Sie war eher verschlossen, ich würde sogar sagen, heimtückisch, hintenherum. Sie redete nur mit Fiorella, ein Flittchen wie sie selbst. Alles, was ich Ihnen sagen kann, ist, daß sie sich schon seit einer ganzen Weile Männer nahm. Wahrscheinlich ist sie einem von denen gefolgt. Mittlerweile wird sie wohl als Dirne auf Dominica gelandet sein ...«

Als sie erfuhr, was Nina für Bosheiten verbreitet hatte, weinte Fiorella erst einmal wie eine Maria Magdalena. Dann wurde sie sehr zornig und packte alles aus, was sie in ihrem Herzen zurückgehalten hatte: die ganze Geschichte. Monsieur und Madame Démonico waren niedergeschmettert. Madame Démonico, die sich um die geistige Unschuld ihrer Töchter sorgte, ließ Fiorella schwören, mit niemandem über diese Greuel zu reden. Monsieur Démonico wurde noch ernster. Das war eine schreckliche Anschuldigung, die sie da vorbrachte. Genug, um die Schuldigen ins Gefängnis zu bringen, und das für lange Jahre. War sie sich all dessen ganz, ganz sicher? Fiorella schluchzte noch heftiger und fügte ihrem Bericht noch Details hinzu, die sie von Reynalda habe. Gleich am folgenden Tag fuhr Monsieur Démonico nach La Pointe, was selten vorkam. Wie die meisten Einwohner von Basse-Terre mochte er diese hektische und laute kleine Stadt nicht, die der Inselhauptstadt das Geschäft wegnahm. Er kam zur Hauptgeschäftszeit im Lago di Como an. Käuferinnen, die aus den entferntesten Winkeln des Landes angereist waren, drängten sich gegen die Holztheke, und die zwei Tanten mit ihren schiefsitzenden Mantillen wußten nicht, wo ihnen der Kopf stand. Jesus Christus ähnlicher denn je, thronte Gian Carlo über diesem Durcheinander. Monsieur Démonico ging unverrichteterdinge wieder hinaus. Was hatte er eigentlich vor? Die Justizmaschinerie in Gang setzen? Eine Untersuchung eröffnen? Auf das Gerede einer Heranwachsenden hin den Ruf eines renommierten Handwerkers beschmutzen? Etwas in ihm mochte ihm zwar sagen, daß Fiorella die Wahrheit und nichts als die Wahrheit erzählt hatte, aber er konnte sich nicht entschließen. Er streifte um das Pfarrhaus herum, wo er erfuhr, daß Pater Mondicelli, der frühere Beichtvater Arcanias und Hausfreund der Familie, als Seelsorger in die neue Leprastation von Pointe-Noire gegangen war. Unzufrieden mit sich selbst, aß er im La Belle Créole schlecht zu Mittag und fuhr dann mitten am Nachmittag zurück nach Basse-Terre. Dabei beließ er die Sache.

Nach dem Tod ihres Papas und der Rückkehr ihrer jüngeren Schwestern nach Italien adoptierten die Démonicos Fiorella endgültig. Sie zog zu ihnen und ihren Kindern. Schließlich holte sie sich einen Bauch und heiratete einen der Söhne, den dritten, Aristide, der in der Schule nicht gut gelernt hatte und einfacher Verwaltungsangestellter geworden war. Es wurde keine sehr gelungene Ehe, denn Aristide unterhielt eine Menge Mätressen, und dazu feierte er noch zu gern. Fiorella verließ ihn nicht, fuhr jedoch oft für längere Zeit nach Frankreich zu ihrer jüngsten Tochter, die trotz ihrer Heirat weiterhin völlig unter ihrem Einfluß stand. Sie lebte nur noch sechs Monate des Jahres in Basse-Terre.

Und Nina?

Nina versuchte zwar, eine neue Stelle zu finden. Es kursierten jedoch wirre, dunkle Gerüchte über sie. Die Leute von La Pointe hatten Angst vor ihr und hielten sie für die verdammte Seele von Gian Carlo. Bei dem Libanesen, der sie als Kinderfrau einstellte, konnte sie sich nicht lange halten. Die Kinder beklagten sich, daß sie sie in ihren Wutanfällen bis aufs Blut zwickte, und zeigten zum Beweis ihre rotgefleckten Arme. Sie blieb auch nicht länger bei dem Rentner im Rollstuhl, für den sie das Essen kochen sollte. Absichtlich ließ sie die Töpfe auf dem Feuer stehen und setzte ihm verkohlten Kürbisbrei vor. Ihr blieb keine andere Wahl, als nach La Désirade zurückzukehren, die Insel ihrer Geburt, auf die sie seit über zehn Jahren keinen Fuß gesetzt hatte.

Ob ihre Hütte wohl noch stand?

Marie-Noëlle fühlte sich so entmutigt, daß sie beinahe wieder zu weinen angefangen hätte, sie, die doch nie mehr weinte. Wie in einem bösen Traum sah sie sich in vollkommener Finsternis durch die Felsenlandschaft von La Désirade irren, mit einer Laterne in der Hand, auf der verzweifelten Suche nach Nina Titane, und schließlich auf ein einsames Grab auf einem Friedhof am Meer stoßen. Sie rechnete schnell nach. Nina, die mit noch nicht einmal zwanzig Jahren Reynalda zur Welt gebracht hatte, die sie wiederum mit fünfzehn bekommen hatte, konnte nicht älter als fünfundsechzig Jahre alt sein. Es bestanden also berechtigte Hoffnungen, daß sie noch lebte und sich guter Gesundheit erfreute ...

Wie Judes' Bonne-Maman.

Sie war eine Greisin, nicht höher als der Vetiver-Busch vor ihrer Haustür und kaum breiter, aber robust und bereit, das spürte man, hundert Jahre alt zu werden. Sie hatte ihre Geschichte auf kreolisch begonnen. Dann hatte sie bemerkt, daß Marie-Noëlle Schwierigkeiten hatte, ihr zu folgen, und den Faden verlor. Also war sie auf ihr Schulfranzösisch umgestiegen, eingerostet und bemüht, mit einem Satzbaufehler hier und da, so schwer wie ein Felsbrocken. In der einen wie in der anderen Sprache hatte sie nie einen Augenblick gezögert, denn sie stützte sich fest auf die Steine der Furt ihres Gedächtnisses. Wie Claire-Alta machte auch sie sich falsche Vorstellungen darüber, was zwischen Judes und Marie-Noëlle vorging. Das konnte man an den kleinen mütterlichen Aufmerksamkeiten ablesen, mit denen sie sie umsorgte – in diesem Land kann man anscheinend einen Mann und eine Frau nicht zusammen sehen, ohne sie sich sofort im selben Bett vorzustellen. Aber Marie-Noëlle, die das zu oft durchexerziert hatte, vor allem nach Stanleys Tod, hatte keine Lust, mit irgend jemandem ins Bett zu gehen.

Sie fühlte sich wohl, da, wo sie jetzt war. Die Uhren maßen die Zeit nicht mehr, die war stehengeblieben. Es kam ihr vor, als habe sie Boston, ihren Leidensweg und all die Monate der Trauer, die sie gerade durchlebt hatte, nur geträumt. Ihr Herz fragte sich, ob es all diesen Schmerz wirklich empfunden hatte.

Am Tag, an dem man Stanley in die Erde gebettet hatte, regnete es. Ein Winterregen, kalt wie geschmolzener Schnee, der mit seinen Schnüren die wenigen anwesenden Freunde peitschte. Nando und Amandio. Awa. Ein paar Bewunderer der M. N. A. Terri hatte aus Toronto einen Strauß geschickt. Der Boden gab mit gefräßigen Matschgeräuschen unter den Füßen nach, und kein Horizont war zu sehen. Stanleys Verwandte, von denen er nie sprach, die Marie-Noëlle der Form halber jedoch benachrichtigt hatte, waren aus Wimbledon angereist, Vater, Mutter, ein älterer Bruder, und Marie-Noëlle konnte nicht begreifen, was diese gutgekleideten, spießbürgerlichen Antillaner mit dem verfemten Musiker verband, mit dem sie ihr Leben geteilt hatte. Sie mußte den Dingen ins Gesicht sehen. Stanley war ein Bürgersohn, der sich aus Gründen, die sie nie erfahren würde, auf die schiefe Bahn verirrt hatte, wo sie ihn kennengelernt hatte. Von den drei Mitgliedern der Watts-Familie schien der Vater am untröstlichsten zu sein. In seinem Schmerz wandte er sich an ein teures Bestattungsinstitut, das weder an Gospels noch am Mozart-*Requiem,* weder am massiven Nußholzsarg noch an den Kerzen, deren Talg drei Tage und drei Nächte floß, sparte. Die Mutter bemühte sich, keine Gefühle zu zeigen, abgesehen von einer würdigen Trauer. Aber unter den Tränen in ihren Augen konnte Marie-Noëlle die Abneigung ablesen, die sie dieser unbekannten Schwiegertochter entgegenbrachte, und ihre Verdächtigungen gegen sie. Wohlverdiente Verdächtigungen. Denn alles, was Stanley passiert war, war durch ihre Schuld passiert. Sie hatte es nie verstanden, ihn fühlen zu lassen, daß sie ihn liebte und ihn brauchte. Sie hatte nicht begriffen, daß er eine geniale Begabung hatte, und hatte es sich in ihrem Inneren erlaubt, seine Musik nicht zu schätzen. In der Nacht, in der er auf dem Fluß dahintrieb wie ein trunkenes Schiff, war es Reynalda gewesen, an die sie wieder und wieder dachte. Mit einem Wort, sie hatte nur sich selbst im Kopf.

Bonne-Maman wohnte in den Grands Fonds auf Grande-Terre. Kein großartiger Blick auf das Meer oder auf den Vulkan. Hinter dem Schutz des Zuckerrohrs erstreckte sich eine Wiese, so glatt wie ein englischer Rasen, in deren Mitte ein

Teich lag, zu dem in der Abenddämmerung die Inder ihre Tiere zur Tränke führten. Ihre Hütte war bescheiden. Die Vorhänge waren aus geblümtem Baumwollstoff. Die Wände waren mit Motiven in Form von halben Sonnen durchbrochen.

Das Jesus-Kind und die Heilige Jungfrau Maria lächelten neben profanen Reklamen für Coca-Cola und Lucky-Strike-Zigaretten ihr frommes Lächeln. Mit ihrer flötenden Stimme erzählte Bonne-Maman, da sie mit den Mißgeschicken der Familie Coppini fertig war, vom Tag des Zyklons von 1928, der, und darauf war sie stolz, auch der Tag ihrer Geburt war. In ihrer Kommode lag, sorgfältig aufbewahrt, eine vergilbte Zeitung, *Le Nouvelliste*. Als das Blatt nach mehreren Wochen wieder erschienen war, wurde darin die Liste der Neugeborenen bekanntgegeben, die, um das Licht der Welt zu erblicken, dem Wüten der Natur getrotzt hatten. Anastasie Séphocle, hier, das war sie. Nachdem sie haarklein von den umgewehten Hütten, den abgerissenen Blechdächern und den Wellen des Meeres, die den Himmel berührten, berichtet hatte, erging sie sich in Erzählungen über ihre Kindheit ohne Schuhe oder Spitzenkleider, aber reich an Liebe. Zu jener Zeit lebte Guadeloupe mit weit offenen Türen und Fenstern, und das Leben floß auf sein Ziel zu, klar wie das Wasser eines Baches. Dann, ohne Atempause, stimmte sie eine Strophe über den Zweiten Weltkrieg an: *An-Tan-Sorin,* wie sie sagte, zur Zeit des Gouverneurs Sorin, ein goldenes Zeitalter, in dem die Leute von Guadeloupe ihre Seife selbst hergestellt hatten. Wenn man ihr zuhörte, vergaß man am Ende die allgemein bekannten Geschehnisse der abendländischen Geschichte. Sechs Millionen Juden bekamen ihre Arbeit und ihr Lebenslicht wieder. Weder Nazis noch Opfer. Paris brannte nicht mehr. An Judes Anozies gelangweiltem Blick konnte

Marie-Noëlle sehen, daß er diese Geschichten in- und auswendig kannte wie die eines Bilderbuchs, dessen Seiten man zu oft umgeblättert hat. Sie dagegen ließ sich verzaubern und begriff, daß der Wert Guadeloupes nicht in seiner ständig bedrohten Gegenwart lag, sondern in seiner Vergangenheit, in dieser unablässig wiederholten Legende, die den Großen und den Kleinen dargeboten wurde, um ihre Ängste zu besänftigen. Sie zuckte zusammen, als Bonne-Maman übergangslos in die Gegenwart wechselte und anfing, sie über die Vereinigten Staaten von Amerika auszufragen. Obwohl sie ihr Haus nie verließ – noch nicht einmal, um zur Messe zu gehen, denn der liebe Gott wohnt an jedem Ort und zieht das Haus derjenigen vor, die ihn ihr Leben lang geachtet haben –, verfolgte sie auf ihrem Farbfernseher die amerikanischen Nachrichtensendungen. Eines ihrer Enkelkinder hatte ihr das »Kabel« geschenkt, und sie kannte die Namen der Sänger, der wichtigsten Kinostars, der Minister und des Präsidenten. Marie-Noëlle wußte nicht, wie sie von Amerika sprechen sollte, jenseits der Mythen, die ihm anhingen: Beziehungen zwischen Weißen und Schwarzen, Puritanismus, Sexualität, Gewalt. Sie konnte weder von ihrer gelebten Geschichte reden noch erklären, warum sie an diesem Land hing, in dem sie zufällig gelandet war wie ihre illustren Vorgänger und das sie doch festhielt. Sie hatte keineswegs die Absicht, ihr ganzes Leben dort zu verbringen. Aber sie konnte sich auch nicht vorstellen, anderswo zu leben, sie, die doch weder Mann noch Liebhaber, noch Kinder, also keine Familie hatte, mit Ausnahme von Anthea und Molara, keine geliebten Menschen, mit Ausnahme ihrer Schüler. Awa, die vor kurzem in Mexiko die große Liebe gefunden hatte, mochte sie zwar einladen, dorthin zu ziehen, doch sie hatte nicht vor, Boston zu verlassen. Die Vereinigten Staaten von Amerika waren für Menschen ihrer Art geschaffen, für die Besiegten, die, die nichts mehr besitzen, weder Heimatland noch Religion, noch vielleicht eine Rasse, und die anonym in den großen Schattenwinkeln dieses Landes verschwinden. Nirgends würde sie sich so sicher fühlen wie in Roxbury.

Ohne daß sie es merkten, hatte Bonne-Mamans Geschwatze den ganzen Nachmittag ausgefüllt. Die Büffelkröten fingen mit ihrem Hexensabbat an, und die Rinder der Inder wanderten mit schaukelnden Köpfen in Richtung Teich. Es war Zeit, sich auf den Weg zurück nach La Pointe zu machen. Auf der Fahrt war Marie-Noëlle bekümmert. Sie hatte beschlossen, ihre Nachforschungen in Basse-Terre bei Fiorella fortzusetzen. Aber sie spürte, daß es Nina war, die den Schlüssel zu ihrer Abstammung besaß. Sie schob den Moment, sich zu ihr aufzumachen, nur hinaus, weil sie Angst hatte. Furchterregende Nina, zurückgezogen auf ihrem einsamen Felsen. Marie-Noëlle wußte nicht, in welchem Ton sie Reynaldas Namen, ihren eigenen aussprechen sollte. Sie wußte nicht, ob Nina ihr die Arme öffnen oder sie zurückweisen würde und sie ausgeschlossen dastünde. Einmal mehr.

Claire-Alta war sehr enttäuscht, sie so schnell, noch vor der Nacht zurückkommen zu sehen. Sie verstand Marie-Noëlle mit jedem Tag weniger. Warum war sie überhaupt in die Heimat zurückgekehrt, fragte sie sich schließlich. Nicht, wie man geglaubt hatte, um lange Jahre der Gleichgültigkeit wiedergutzumachen, um Ranélise um Vergebung zu bitten und sie in die Erde zu betten. Sondern um persönlichen Schimären nachzujagen. Nun hatte es ihr also beliebt, sich einen italienischen Vater zu geben. Claire-Alta wühlte in ihrem Gedächtnis und konnte sich nicht erinnern, daß Reynalda ein einziges Mal von Gian Carlo Coppini geredet hätte. Es stimmte allerdings, daß sie jedesmal, wenn man das Lago di

Como vor ihr erwähnte, in Tränen ausbrach, als erinnere man sie an einen Ort der Greuel und Folterqualen.

Was Claire-Alta vollends befremdete, war Marie-Noëlles Verhalten gegenüber Judes Anozie. Sie benutzte ihn wie der Greis einen Krückstock, wie der Blinde einen Hund. So behandelt man doch keinen Mann. Sie hatte keinerlei wirkliche Achtung vor ihm.

4

Wieder einmal sah Marie-Noëlle durch die Jalousien.
Über ihr war das Feld des Himmels noch von winzigen
Stückchen Mond und Sternen übersät. Dabei spürte man,
daß die Finsternis, die sich lange Stunden mit ihrem vollen
Gewicht auf La Pointe gelegt und sie zum Ersticken fest
umklammert hatte, ihren Griff lockerte. Bis jetzt hatte sie
standgehalten. Aber nun, plötzlich, würde sie ihre Beute dem
Tag überlassen, von ihm besiegt, der immer stärker war als
sie. Marie-Noëlle wälzte sich auf ihrem warmen, naßge-
schwitzten Kopfkissen hin und her. Wieder hatte sie den gleichen bösen Traum gehabt, die wackelige Hütte mit der klaffenden Tür auf ihrem Kalkplateau, und sie strengte sich an,
den Schlüssel dazu zu finden. Was kam da aus der Dunkelheit
der Zukunft auf sie zu? Sie stellte auch fest, daß in der Geschichte, die sie in sich anhäufte, ein oder mehrere Kapitel
fehlten. Es fehlten die mittleren Kapitel, denn Reynalda hatte
immer nur vom Anfang erzählt. Von ihrer Kindheit. Als zählte allein diese Zeit für sie. Als hätten all die Jahre, die zwischen ihrem Weggang aus Guadeloupe und ihrer Begegnung
mit Marie-Noëlle in Savigny-sur-Orge verflossen waren, keine Bedeutung. Dabei waren sie sicher nicht von viel Licht
erhellt, von viel Wärme erwärmt gewesen, diese Jahre. Das
Paris, in dem Reynalda Ende der fünfziger Jahre gelandet
war, war nicht das Paris von heute, Paris, Hauptstadt der
Farbe, Paris der zweiten Generationen, der Negropolitaner,
der Harkis und der Beurs. Es war das weiße Paris der »Y a

bon, Banania!«-Werbung. Ohne jede Scham prangten in der Metro rote Zuavenmützen und unterwürfiges Negerlächeln an allen Wänden. In den öffentlichen Verkehrsmitteln blieben rings um die Negerin mit der falschen Farbe die Plätze frei. Die kleinen Kinder zeigten mit dem Finger auf sie, die sich in ihrer Ecke kleinmachte, während die Erwachsenen, in aller Ruhe und ohne die Stimme zu senken, ihre Bemerkungen machten. Nach zehn Tagen Übelkeit von dem Geschaukel auf den Wellen des Meeres hatte Reynalda den Zug genommen, landläufig der »Negerzug« genannt, der zu jener Zeit die Einwanderer aus den überseeischen Départements von Dieppe bis ins Zentrum von Paris karrte: Gare Saint-Lazare. Es war jedesmal ein großer Menschenauflauf. Verwandte, Bekannte, Freunde, die sich seit Jahr und Tag nicht gesehen hatten, warfen sich weinend einander an den Hals. Es wurden Küsse ausgetauscht, Klatsch und Tratsch, die letzten Neuigkeiten aus Guadeloupe, Martinique, Guayana, Adressen. Man begleitete einander. Man versprach einander, sich baldmöglichst wiederzusehen.

Auf Reynalda, eine verstohlene kleine Gestalt in der Menge, wartete niemand. Sie hatte einen Brief aus ihrem Koffer geholt und war, der Wegbeschreibung folgend, ohne Schwierigkeiten zum Boulevard Malesherbes gelangt. Sie sah weder nach rechts noch links, nur nach oben auf die Nummern der düsteren Steinfassaden.

Jean-René Duparc war Stomatologe. Ein Mode-Stomatologe, der Politikern und Filmstars ihr Lächeln verschönerte. Marie, seine Frau, war anfangs berufstätig gewesen, hatte es dann jedoch aufgeben müssen. Sie hatte mit ihren drei Kindern zuviel zu tun, zumal Jean-René sehr gern Besuch empfing. Wenn sie sich auch frivol und leichtfertig gaben, waren Jean-René und Marie doch gläubige Katholiken, die dem *Secours catholique* nahestanden und manchmal Mitglieder der Emma-us-Bewegung an ihrem Tisch hatten. Daher sorgten sie sich sehr um die Zukunft ihrer Hausangestellten. Neben Reynalda, die für die drei Kinder zuständig war, nahm das Paar noch die Dienste einer Köchin, einer Putzfrau und eines Chauffeurs in Anspruch. Sie gaben Reynalda ein Zimmer ohne fließendes Wasser im sechsten Stock unterm Dach, gestatteten ihr jedoch den Zugang zum Badezimmer der Kinder. Dreimal in der Woche gab Marie ihr um fünf Uhr frei, damit sie zur Abendschule gehen konnte, und ließ ihr zwischen zwei Fläschchen Zeit, ihre Hausaufgaben zu machen. Zu ihrer Bildung kaufte sie ihr Romane, dieselben, die sie selbst in ihrem Alter gemocht hatte: *Der große Meaulne, Der große Gatsby, Die Fahrt zum Leuchtturm, Der Schaum der Tage.* Manchmal nahm sie sie mit der neunjährigen Nathalie, ihrer Ältesten, mit ins Kino. Sie zwang sie, einen halben Tag im Monat allein auszugehen, nachdem sie in der *Semaine de Paris* nachgeschlagen und ihr Tips für bereichernde Ausstellungen und schöne Spaziergänge gegeben hatte.

Reynalda notierte es sich, tat jedoch nur, was sie wollte. Sie machte im übrigen nur einen einzigen Spaziergang. Immer denselben. Vom Boulevard Malesherbes ging sie zur Seine und mit kleinen Schritten die Quais entlang bis zum Quartier Latin. Dort angekommen, ging sie nicht in die Nähe der ehrwürdigen Sorbonne, betrat weder Buchhandlungen noch Cafés. Sie beschränkte sich darauf, von weitem den Geruch der Freiheit und des Glücks der Studenten einzuatmen. Wie gern wäre sie eine von ihnen gewesen, statt immer und immer zu dienen! »Ja, Madame. Ja, Monsieur. Danke, Madame. Danke, Monsieur.« »Selbstverständlich.« Tag und Nacht die Maske des kleinen Dienstmädchens zu tragen.

Den Sommer verbrachten sie in der Dordogne, wo Jean-René eigenhändig ein altes Bauernhaus restauriert hatte.

Kurz, die Duparcs fühlten sich über jeden Vorwurf erhaben. Deshalb waren sie auch so gekränkt, als nach vier Jahren eine Erziehungsberaterin an ihrer Tür klingelte und sie sehr von oben herab abkanzelte. Sie behandelte sie wie gewöhnliche Ausbeuter, forderte sie auf, sich ein anderes Kindermädchen zu suchen, denn Reynalda würde ein Stipendium erhalten und sich auf die Aufnahmeprüfung der Schule für Sozialarbeit am Boulevard B* vorbereiten. Jean-René wurde sehr zornig, und Marie weinte, als sie diese unverdiente Standpauke hörten. Sie bestellten Reynalda zu sich. Warum hatte sie ihnen verheimlicht, daß sie sie verlassen wollte? Liebte sie ihre lieben Kleinen denn nicht? Aber Reynalda stand nur gesenkten Hauptes vor ihnen und konnte nichts zu ihrer Verteidigung vorbringen. Zugegeben, Jean-René und Marie waren eine gute Herrschaft gewesen. Man weiß jedoch seit der Sklaverei, daß eben diese die verhaßtesten sind. Daß ihnen bei Aufständen als erste die Kehle durchgeschnitten wird. Ihr vergossenes Blut dient zur Taufe der Freiheit.

Wie auch immer, Reynalda verließ den Boulevard Malesherbes, mit ihrem Koffer, der etwas weniger leer war als bei ihrer Ankunft, gefüllt mit alten Pullovern und abgetragenen Schals, die sie von Marie bekommen hatte. Die anderen Hausangestellten vermißten sie nicht. Die Kinder auch nicht. Erstere fanden, daß sie die Nase zu hoch trug. Und letztere hatten sie nie lachen oder lächeln sehen, und abends badete sie sie mit einem solchen Gesicht, daß das Wasser um sie herum gefror.

Marie-Noëlle stellte sich Reynalda im Herzen von Paris vor, Rue Lhomond in einer sehr bescheidenen Familienpension, die von Nonnen des Ordens vom Heiligen Geist betrieben wurde. Drei steinerne, in der Mitte ausgetretene Stufen, umrahmt von einem schwarzgestrichenen Eisengeländer, führen zur Eingangstür. Der vom hartnäckigen Geruch nach Blumenkohl durchtränkte Speisesaal wird von dem Kohleofen im Winter nicht warm. Die Bewohner entstammen allen Altersgruppen. Reynalda ist nicht die jüngste. Auch nicht die älteste. Eine kleine Buchhändlerin ist dabei und ein Buchbinderlehrling. Sie ist die einzige Schwarze und auch die einzige, die studiert. Hinter ihrem Rücken wird sie, ohne Bosheit, mal »Schneewittchen« genannt, wegen ihrer Farbe, mal »Fräulein Doktor«, wegen ihrer besonnenen Miene. Von Fragen bedrängt, hat Schwester Tharcisius, die Oberin mit ihrem faltigen Apfelgesicht unter der gestärkten Haube, einige Mühe, etwas über die »junge Schwarze« zu sagen. Nichts Auffälliges. Unter dem Dach der Rue Lhomond treffen sich nur Leute ohne Familie, ohne Liebe. Reynalda blieb nicht lange in der Pension, denn schon am Ende des ersten Jahres bestand sie die Aufnahmeprüfung an der Schule für Sozialarbeit. Schwester Tharcisius mag noch so viel überlegen, es fallen ihr nur ein oder zwei Details ein, die erwähnenswert sind. So oft sie Zeit dazu fand, lief Reynalda ins öffentliche Duschbad an der Place Mouffetard und verbrachte dort lange Stunden. In der Enge der Holzkabine entspannte sie sich im erstickenden Dampf. Sie verbrühte sich mit heißem Wasser und zitterte dann unter dem Biß eiskalter Güsse. Als würde sie sich nie sauber genug fühlen. Nachts litt sie unter Alpträumen und störte ihre Zimmergenossinnen. Schließlich steckte man sie zum Schlafen mit einer Jüdin zusammen, die den Holocaust überlebt hatte. Im übrigen ging Reynalda abends nie aus und hatte keine Freunde. Weder Mann noch Frau. Überspringen wir Reynaldas drei Jahre in der Schule am Boulevard B★. Sie haben auch wenig

Interessantes zu bieten. Ein Foto vom Jahrgang 1967, drei Reihen Mädchen in weißen Kitteln, gibt einen Eindruck von ihrem Äußeren. Sozusagen nicht vorhanden. Mager. In der ersten Reihe wegen ihres kleinen Wuchses, die Augen niedergeschlagen, die Haare mehr schlecht als recht zu einem kleinen Dutt glattgezogen. Der Beruf der Sozialarbeiterin war gerade erst geschaffen worden und noch nicht klar umrissen. Er hatte zugleich etwas von der Kinderkrankenschwester, von der Rechtsberaterin und von der barmherzigen Schwester, und dazu die feste Hand eines Oberfeldwebels. Merkwürdigerweise war Reynalda ausgezeichnet darin, und mit dreiundzwanzig Jahren bekam sie ihre erste Stelle am Rathaus von Savigny-sur-Orge. In der Schule wurde ihr eine glänzende Zukunft vorausgesagt.

Das wichtigste Geheimnis, das Marie-Noëlle gern aufgedeckt hätte, war das des Verhältnisses von Reynalda zu Ludovic. Die Liebe, so unerwartet wie eine Lichtung im Dickicht der großen Wälder. Wie das Licht nach Stunden vollkommener Finsternis. Im Grunde war Marie-Noëlle schrecklich eifersüchtig. Was fehlte ihr, daß nie jemand sie so liebte, wie Ludovic ihre Mutter liebte? Weder Stanley noch Terri. Noch irgendein anderer von all denen, die durch ihr Bett gegangen waren.

Nie würde sie erfahren, wie Reynalda und Ludovic sich begegnet sind. Wie es ihm gelungen ist, sich ihr, die doch keinen in ihre Nähe läßt, anzunähern, die verwickelten Knoten in ihrem Kopf einen nach dem anderen zu entwirren, ihre noch immer offenen Wunden zu verbinden. Hand in Hand gehen sie die Avenue Gabriel-Péri entlang, ohne einen Blick für die billigen Kleidergeschäfte und die Uhrmacherläden. Sie setzen sich unter die Kastanien des Parks Danièle-Casanova, zwischen die Araberkinder mit den Lockenköpfen, und sie erzählt ihm ihre Kindheit. Für mich gab es keinen Duft nach Zucker noch Zimt. Keine kreolischen Märchen noch *misik chouval bwa*. Und deswegen bin ich geworden, was ich bin. Irgendwann erzählt er ihr von Muntu, der Vereinigung, der er angehört. Er nimmt sie mit zu den Versammlungen. Eines Tages gehen sie in sein Zimmer hinauf. Unter den Blicken von Malcolm X und Bob Marley, seinen Göttern, nimmt er sie in seine Arme, als wäre sie sein krankes Kind. Er drückt sie an seine Brust. Er nähert seine Hand, seinen Mund ihrem gequälten Geschlecht, und sie läßt ihn gewähren. Er schenkt ihrem leidenden Körper Lust.

Marie-Noëlle war noch nie nach Basse-Terre gekommen, denn als sie klein war, war das eine Reise, die man nicht ohne guten Grund unternahm, und Ranélise hatte keinen.

Kurz nach Petit-Bourg tauchte sie in das für sie neue Reich des Grüns und der Bananenstauden ein. Auf beiden Seiten der Straße zog die Landschaft vorüber wie eine Folge von erwarteten und dennoch überraschenden Postkarten. Marie-Noëlle war sich der Gefahr bewußt, die darin lag, sich diesem Zauber hinzugeben, aber auch darin, sich ihm wegen der Menschen dahinter, ängstlich und schwach unter ihrem Blech und ihrem Beton, ganz zu verweigern. Unter welchen Umständen auch immer, Schönheit verdient Aufmerksamkeit.

Ohne Schwierigkeiten fanden Marie-Noëlle und Judes Anozie die Villa von Aristide und Fiorella Démonico unter den Mangobäumen des Chemin de Circonvallation. Vor ihnen hatte sie ihren Eltern gehört, aber sie hatten sie in Villa Arcania umgetauft. Villa Arcania. Kraft dieser weißen Buchstaben, sorgfältig auf ein schwarzbemaltes Holzrechteck geschrieben, hörten die Mitglieder der Familie Coppini mit einem Mal auf, Gespenster zu sein, vom Gedächtnis verfolgte

Schatten, um zu Personen aus Fleisch, Nerven und Blut zu werden. Mit einem Mal trat diese Ursprungsgeschichte, diese Geschichte, die nur auf den Erzählungen, den Worten der einen oder anderen beruhte, in die Wirklichkeit ein. Sie wartete nur noch auf die Hand eines Schreibers, der sie fixieren und ihr dadurch das Gewicht der Wahrheit verleihen würde. In diesem Moment jedoch, da sie die Rolle einnehmen sollte, auf die sie sich vielleicht unbewußt, vielleicht schon ihr ganzes Leben lang vorbereitete, zögerte Marie-Noëlle. Sie würde die Zombies wecken, Salz auf ihre Zungenspitze legen. Dabei hatte sie doch keinerlei Anspruch auf diese Geschichte. Sie gehörte ihr nur, weil sie Reynalda gehörte. Reynalda, die sich in Schweigen gehüllt, die alle Bande durchtrennt hatte, die sie an die Insel fesselten. Würde schreiben nicht bedeuten, sie zu verraten, sie noch einmal zu verletzen?

In dem ziemlich ungepflegten Garten der Villa Arcania herrschte das für diese regen- und humusreiche Gegend typische wuchernde Durcheinander. Lianen hingen von den Bäumen, und das Gold der Kakaoschoten glänzte im Blattwerk. Mit verdrießlichem Gesicht erwartete Aristide Démonico seine Gäste auf der Terrasse eines Hauses aus Beton (auch hier). In Marie-Noëlles Augen sahen sich alle Häuser der Gegend ähnlich. Überladen mit Galerien, Dachaufbauten, angebauten Zimmern, blieben sie immer Erweiterungen der Hütte von Bonne-Maman, die ihr ursprünglicher Entwurf war. Die Villa Arcania bemühte sich um den Anschein jener Wichtigkeit, die ihrem Herrn angemessen wäre. Aristide Démonico. Ein breit gebauter Mulatte mit lockigem, ergrauendem Haar. In seinem Anzug aus Drillich, wie es sie nicht mehr gibt, stand er da, als warte er auf einen Fotografen. Das nahende Alter hatte seine Sinne nicht beeinträchtigt, denn er musterte Marie-Noëlle von oben bis unten. Was er sah, mißfiel ihm offenbar nicht völlig, denn er änderte seinen Gesichtsausdruck und deutete ein Lächeln an. Wie Bonne-Maman redete er ohne Punkt und Komma, ohne die anderen zu Wort kommen zu lassen. Aber seine Mythen waren andere als die ihren. Er liebte seine Heimat leidenschaftlich und hätte sie um keine andere eingetauscht. Wie an einen Alptraum erinnerte er sich an die Ereignisse von 1976, als die schlechte Laune des Vulkans La Soufrière ihn gezwungen hatte, bei einem Cousin seines Vaters auf Grande-Terre Zuflucht zu nehmen. Wortgewandt schilderte er die Staus auf den Straßen, die endlose Prozession der Autobusse, die bei der plötzlichen Evakuierung auf die Schnelle beladen worden waren und vor Matratzen, Kindern und Habseligkeiten überquollen. Er war damals ein junger Beamter, und sechs Monate lang war er im Landratsamt dieser stickigen und überbevölkerten Stadt, wie La Pointe eine ist, gefangen geblieben. Trotz der Bestrebungen im Mutterland, der Zweiköpfigkeit des Landes ein Ende zu setzen, hatte Basse-Terre überlebt. Die Stadt war sogar aufgeblüht. Als er ein kleiner Junge war, hatte der Fluß, der die Stadt in zwei Teile trennt, einen Spitznamen. Man nannte ihn den Kaka-Fluß. Von Sonnenuntergang bis zum frühen Morgen leerten die Leute ihre Nachttöpfe hinein. Das schlammige Wasser schwemmte seine Ladung Exkremente in Richtung Meer. Die Hütten standen dichtgedrängt auf den Talterrassen des Viertels Saint-François wie auf den Hügeln von Carmel. In den Hafen liefen nur Frachter ein, die Verpackungsmaterial für die Bananen geladen hatten. Heutzutage war Basse-Terre eine der modernsten Städte der Karibik. Im übrigen wurde ganz Guadeloupe moderner. Ob sie über die Route de la Traversée hergefahren sei, die das Bergmassiv durchtrennt?

Und sie sei also auf der Suche nach ihrer Familie hergekommen? (Er lachte.) Auf der Suche nach ihrer Identität? (Er lachte lauter.) Die Identität, das ist kein verlorenes Kleidungsstück, das man wiederfindet und mit mehr oder weniger Anmut überzieht. Sie könne machen, was sie wolle, sie würde nie mehr eine echte Guadeloupanerin werden. In diesem Moment gelang es Judes Anozie, der bis dahin schweigend, wie abwesend in einer Ecke der Terrasse gestanden hatte, zu Wort zu kommen. Was sollte das bedeuten, eine echte Guadeloupanerin sein? Die Frage mißfiel Aristide Démonico, der sich nicht die Mühe machte, darauf zu antworten. Er kehrte Judes Anozie einfach verächtlich den Rücken zu. Er wandte sich wieder Marie-Noëlle zu. Schade, weder er noch Fiorella könnten ihr von großem Nutzen sein. Wie er ihr am Telefon erklärt hatte, war seine Frau mit ihrer jüngsten Tochter auf Kreuzfahrt. Sie war es, die unerschöpflich über dieses Thema reden konnte, die den Leuten mit den ewig gleichen, fruchtlosen Fragen in den Ohren lag. Niemand würde ihm glauben, wenn er sagte, daß diese Obsession Fiorellas gewissermaßen ihre Ehe ruiniert hätte. Wenn er sich ihr näherte, um sie in die Arme zu nehmen, murmelte sie den Namen Reynaldas. Sie hatte ihr Ehebett in eine Psychoanalytiker-Couch verwandelt, mit Nervenzusammenbrüchen und Tränenausbrüchen noch dazu. All ihre Sätze fingen mit den gleichen Worten an: »Als wir klein waren dies, als wir klein waren das!« Was hatte er sie nicht gegen ihren verstorbenen Vater wettern hören, ein Vergewaltiger, ein Sadist, wenn man ihr glaubte, und gegen Nina, die Dienerin mit dem bösen Herzen, die ihm die eigene Tochter ausgeliefert haben sollte. Es war ganz einfach zu verstehen. Sie haßte sie, weil sie miteinander schliefen und ihre geliebte Mama Arcania betrogen, die krank im ersten Stock lag. Die ganz banale Eifersucht einer Tochter. Und der Richter Démonico, der die Sache tragisch nahm! Der Erkundigungen einholte über Gian Carlo, diesen Handwerker, wie es heutzutage keinen mehr gibt! Der vorhatte, eine Untersuchung gegen ihn einzuleiten, obwohl auch nicht ein einziger kleiner Schatten eines Beweises vorlag. Überhaupt nichts. Nur das Gerede einer Heranwachsenden!

Als Reynalda verschwunden war, hatte Fiorella Himmel und Erde in Bewegung gesetzt, um sie wiederzufinden. In einem Jahr hatte es Gerüchte gegeben, sie lebe auf Dominica, zusammen mit einem englischen Neger. Sofort war Fiorella nach Roseau gereist. Sie nutzte die Gelegenheit, um ihren Pflichten als Ehefrau und Mutter wochenlang fernzubleiben, so daß die Leute schon anfingen zu reden. In einem anderen Jahr hatte jemand behauptet, Reynalda hinter einem Stand auf dem Markt von Fort-de-France gesehen zu haben. Und sofort hatte Fiorella das Schiff nach Martinique genommen. Wie auch immer, sie hatte nie eine Spur ihrer Busenfreundin entdecken können. Jeden Moment erwartete sie, ihren Namen irgendwo in Großbuchstaben auftauchen zu sehen, als Opernsängerin. Nichts dergleichen ist je geschehen. Wenn Reynalda ein Mensch mit ein bißchen Gefühl wäre, glauben Sie, daß sie dann nie etwas von sich hätte hören lassen? Wenn Fiorella, bei ihrer Rückkehr am Ende des Sommers, erführe, daß Reynalda mitten in Paris lebte und ihre Tochter persönlich nach Basse-Terre gekommen war, um sie zu suchen, würde sie in Ohnmacht fallen. Wie viele Wochen würde Marie-Noëlle noch auf Guadeloupe bleiben?

Während er sprach, füllte sich Marie-Noëlles Herz nach und nach mit Traurigkeit. Sie fühlte sich mit dem Rücken an der Wand. Die Hauptakteure dieses Dramas waren tot. Fiorella war außer Reichweite. Wenn sie ihre Geographie, die Landkarte ihrer Identität kennenlernen wollte, nichts zu machen, dann mußte sie ihrer Großmutter gegenübertreten.

Diese Großmutter, von der sie nicht entscheiden konnte, ob sie Engel oder Teufelin war, verkleidete Fee, böse Hexe, oder *maman d'lô,* die Hände voller Geschenke.

5

Am äußersten Ende des Meeres liegt ein trostloser Felsen. Ein abgelegenes, gottvergessenes Stück Land. Ein Land des Exils. Es war Strafkolonie. Es war Quarantänestation. Es heißt, die schlechten Untertanen des Königs, die am Hafen von Rochefort eingeschifft worden waren, weinten vor Verzweiflung, wenn sie dort an Land gingen und die Enge ihres Gefängnisses ermaßen. Einige von ihnen entgingen der Wachsamkeit ihrer Wärter und stürzten sich kopfüber von den Klippen ins Meer. Andere wurden rasend vor Wut und starben nach ein paar Tagen, mit Schaum vor dem Mund wie tollwütige Tiere. Der Friedhof am Meer in Grande-Anse ist die Heimstätte dieser bescheidenen Gräber, die in seltsamer Weise mit zu prunkvollen Namen versehen sind. Während der Katamaran sich der Küste immer weiter näherte, lösten sich diese schlechten Erinnerungen jedoch in Luft auf. Die ausgedörrte Insel schien im Gegenteil unter der Sonne Farbe anzunehmen, zu lächeln. Sie streckte ihren Kopf aus dem Wasser, um nach der Ankommenden auszuspähen und zusammen mit ihrem Willkommensgruß einen Vorwurf an sie zu richten wie an einen undankbaren Verwandten: »Endlich! Ich habe so lange auf dein Kommen gehofft.« Geblendet von all dem Blau ringsherum, bemerkte Marie-Noëlle nichts von all dem. Ihr wurde das Herz immer schwerer, während sie zusah, wie das ungastliche Inselchen, auf dem die Wurzeln ihrer Sippe lagen, sich immer klarer gegen den Himmel abzeichnete. Bis zur letzten Minute hatte sie gezögert. Nun überkam

sie der Drang, kehrtzumachen, schleunigst nach Saint-François zurückzufahren, das sie noch erkennen konnte, wenn sie
den Kopf umwandte, weit in der Ferne in Grande-Terre ein-
gebettet. Als hätte er ihre Gefühle erraten, nahm Judes Anozie
sie am Arm und zwang sie aufzustehen. Als das Schiff dann
angelegt hatte und in einem großen Durcheinander von un-
nötigem Geschrei und Geschimpfe vertäut worden war, folgte
sie schließlich den anderen Reisenden an Land. Die Leute, die
am Pier traurigen Ramsch verkauften, die Menge der Arbeitslosen, die Müßiggänger aller Art, die in der Gegend herum-
flanierten, musterten die beiden neugierig. Sie hielten sich an
der Hand, doch das täuschte keinen. Ihr Gesichtsausdruck war
zu versunken, und sie schenkte ihm auch keinerlei Aufmerksamkeit. Man spürte, daß diese beiden weder Verliebte noch
Touristen waren wie die anderen, die bereits geschäftig und
unschuldig ihre Fotoapparate zückten. Ihre Reise war durch
persönliche, heimlichere, ganz spezielle Gründe motiviert. Sie
waren nicht auf der Suche nach dem, was in diesem Land, in
dem alles meistbietend verkauft wurde, noch unzerstört war.
Was mochten sie wohl suchen? Ein kleiner Zug formierte sich
und folgte ihnen von weitem über die Place du Moine Men-
diant, nur um zu sehen, wohin sie gingen.

Alle Guadeloupaner sind miteinander verwandt. Erstens
entstammen sie größtenteils dem gleichen Bauch der Sklaven-
schiffe, wurden zur gleichen Zeit auf die gleichen Sklaven-
märkte getrieben. Zweitens waren auf den Plantagen Bande
geknüpft worden zwischen diesen und jenen, promiskuitiv
und eng wie die des Inzests. Judes hatte keine Schwierigkeiten
gehabt, einen Cousin aufzutreiben, ebenfalls ein Anozie, mit
Vornamen Cyrille, Allgemeinarzt, der auf politischer Ebene
hoffte, eines Tages das Rathaus zu erobern. Cyrille machte
Judes Vorwürfe, daß er ihn nicht öfter besuchte. Es sei nämlich

nicht mehr wie früher. Es gab eine Flugverbindung zwischen La Pointe und Grande-Anse. Außerdem pendelte das Schiff täglich zweimal hin und her, wenn man nur seefest war. Cyrille tauschte mit Marie-Noëlle auch ein paar Standpunkte und Meinungen über die Vereinigten Staaten von Amerika aus, wo er mehrfach gewesen war. Als moderner Mensch verlor er jedoch nicht viel Zeit mit diesen altmodischen Höflichkeitsvorreden und kam bald zum Wesentlichen. Wie jeder Mensch auf La Désirade kannte er Antonine Titane, genannt Nina. Das war jemand. Sie wohnte auf dem »Berg«. Jeden Monat, wenn sie ihre Rente bekommen hatte, kam sie in den Supermarkt von Grande-Anse zum Einkaufen. Nicht viel! Etwas Stockfisch, ein paar Päckchen Linsen, Feuerbohnen, Brucherbsen. Manchmal, wenn sie es zuließ, behandelte er ihren Ischias und ihr Emphysem. Was früher geschehen war, gehörte der Vergangenheit an. Gewiß, ein gewisser Ruf haftete ihr an. Die Kinder hatten Angst vor ihr und nannten sie *vié volan,* alte Hexe. Manche tuschelten über die dunkle Geschichte, die ihr mit ihrer Tochter passiert war. Verschwunden, eines schönen Morgens, auf Nimmerwiedersehen. Niemand nahm jedoch mehr Anstoß daran, und die Leute bedauerten sie eher dafür, daß sie allein in ihrer Hütte lebte, ohne andere Gesellschaft als die eines kreolischen Hundes mit gelbem Kopf. Beim letzten Zyklon hatte sie sich geweigert, die Schutzunterstände der Gemeinde aufzusuchen, und die ganze Nacht mit dem Zorn des Himmels gekämpft. Da er wußte, daß sie eigensinnig, mißtrauisch und reizbar war, hatte Cyrille sie nicht davon unterrichtet, daß jemand sich mit ihr unterhalten wollte. Es sei besser, sie zu überraschen.

Was man auf La Désirade den »Berg« nennt, ist trotz dieser Bezeichnung kein wirklicher Berg. Es ist nur ein hohes Zentralplateau. Auf einer Seite fällt es in schwindelerregenden

Klippen steil ab, an deren Fuß das Meer seine Brecher prallen läßt. Auf der anderen senkt es sich sanft bis in eine Küstenebene, die von Kokospalmen beschattet wird. Der »Berg« hat seine Geschichte. Früher zogen sich dorthin alle zurück, die Angst hatten vor der Ansteckung durch die Leprakranken, die man in den Strohhütten von Baie-Mahault untergebracht hatte. Unsere Historiker berichten auch, daß sich eine Kolonie von *nèg mawon,* entflohenen Sklaven, die sich nächtens von Grippière Grippon aufgemacht hatte, dort niedergelassen hat, in der Überzeugung, niemand würde sie bis an dieses Ende der Welt verfolgen. Fataler Irrtum. Die Truppen, die ihnen auf den Fersen waren, holten sie ein und rissen sie in Stücke. Diese *nèg mawon* ruhen auf keinem Friedhof, und jeder Versuch, ihre Gräber irgendwo wiederzufinden, wäre vergeblich.

Cyrilles Geländewagen verließ Grande-Anse, das sich den prahlerischen Anstrich einer Hauptstadt zu geben suchte. Rasant nahm er die Straße, die am Meer entlang verlief. Reihen von Steinhäuschen, alle gleich gebaut und in gleicher Farbe, waren der Stolz der Gemeinde, weil sie die Bruchbuden von früher ersetzt hatten. Dann bog er ab, raste an einer Reihe von bewaldeten Hügeln vorbei, Mangobäumen, weißen Birnbäumen, bis er eine Anhöhe erreichte, die aussah, als balanciere sie über dem Meer. Hier herrschte Trostlosigkeit. Man hörte das Getöse der Wellen, die ringsherum tobten, zusammen mit dem Heulen des Windes und den Schreien der Meeresvögel. Steinige Parzellen waren mit Dornenhecken umpflanzt. Keine Behausungen mehr mit ihren Paraden von aufgehängter Wäsche auf den Leinen und Ball spielenden Kindern. Nur eine einzelne Hütte unter einem Mapou mit aschgrauen Blättern. Schwärzlich und unförmig unter einem geflickten Dach, das schief saß. Ringsherum begrenzte eine gelbe Krotonhecke ein Grundstück voller Kalkfelsen, zwischen denen ein paar Maniok- und Malangapflanzen um ihr Wachstum kämpften. Drei angepflockte Schafe blökten herzzerreißend, und ein kreolischer Hund bellte vor der Tür wie tollwütig. Mit Schrecken erkannte Marie-Noëlle die Hütte aus ihrem Traum wieder. Ja, sie war es, die sie Nacht für Nacht gesehen hatte. Alles war da. Fehlte nur das sanfte Licht des Mondes, um sie in Unwirklichkeit zu baden. Wie in ihrem Traum weigerten sich ihre Beine, sie zu tragen. Sie wäre beinahe zu Boden gefallen, und wieder mußte Judes Anozie sie am Arm festhalten. Sie klammerte sich an ihn. Auf den Spuren von Cyrille näherten sie sich der Hütte, trotz des immer wütenderen Gebells und der gebleckten Zähne des Hundes. Cyrille wiederholte, als wolle er sich dafür entschuldigen, daß Nina Besucher nicht immer freundlich empfange, und klopfte an die Tür. Nach einer Weile, die lang, sehr lang erschien, öffnete sie sich mit quietschenden Angeln, durchdringend wie ein Alarmsignal. Eine Frau, barfuß, ohne Kopftuch, in einem ziemlich ausgebleichten Hauskleid, erschien auf der Schwelle und nahm sie ungnädig in Augenschein. In ihrer Phantasie hatte Marie-Noëlle sie sich nach Reynaldas Bild vorgestellt. Klein. Körperlos.

Nina, die sich trotz ihres Ischias und ihrer Schmerzen vollkommen aufrecht hielt, war jedoch groß, sehr groß. Üppig. Man konnte die erschlaffende Form ihrer Brüste erkennen, schwer, fast bis auf den Bauch hängend. Ihre Arme, ihre Schultern waren gut gepolstert. Ihr trotz Alter und Not markantes Gesicht hatte seine hochmütigen Züge bewahrt. Kein Zweifel, zu ihrer Zeit mußte Nina eine schöne Negerin gewesen sein. Eine echte Matador-Frau. Als sie Cyrille erkannte, zwang sie sich zu einem Lächeln, das kräftige Zähne sehen ließ, weiß und intakt. Dann trat sie zurück, um sie alle hereinzulassen. Nach dem grellen Licht draußen konnte man im Haus nichts erkennen. Aber der Gestank schnürte einem die

Kehle zu, wie in einem Schweinestall. Als ihre Augen sich an das Halbdunkel gewöhnt hatten, bemerkte Marie-Noëlle, daß die ganze Hütte aus einem einzigen Raum bestand. Alte Kleider lagen in einer Ecke auf dem Boden. Vier Stühle standen verstreut herum und luden nicht dazu ein, sich zu setzen. Auf einem Tisch standen noch Reste einer Mahlzeit, und in der Küchenecke hingen ein paar Töpfe, ein paar Blechschüsseln über dem Spülstein. Es gab keinen Strom, und eine Sturmlampe stand mitten auf dem Tisch, neben einer Schachtel Streichhölzer. Nina starrte ihre Besucher mit einer Aufmerksamkeit an, die ihre großen, vom Star bläulichen Augen verengte. Der Ausdruck auf ihrem Gesicht ließ keinen Zweifel daran, was sie dachte: Was wollten diese Leute von ihr? Ihr Blick ruhte zuerst auf den beiden Männern. Dann auf Marie-Noëlle. Dort, so kam es Marie-Noëlle vor, klammerte er sich fest, hartnäckig und stur, durchbohrte sie, ließ sie nicht mehr los. Marie-Noëlle, die sich in ihrem Kopf Erklärungen, eine Reihe von gedrechselten Sätzen zurechtgelegt hatte, verlor völlig den Boden unter den Füßen. All diese Worte flogen davon, schwirrten und taumelten um sie herum, und sie hörte sich in kläglichem Ton stammeln:

»Ich bin die Tochter von Reynalda und ... und von Gian Carlo.«

Sie stammelte. Ihre Stimme zitterte wie die eines Kindes. Und doch spürte sie Vertrauen in sich aufsteigen. Es war das erste Mal, daß sie ihre Abstammung benannte, daß sie bei Tageslicht die Namen derjenigen aussprach, die sie gezeugt hatten. Und es war, als nähme sie endlich Besitz von sich selbst und prägte der Erde ihre Spur ein.

Ninas Reaktion war nicht die, die sie erwartet hatte. Verlegenheit, Verdruß, Zorn. Nina starrte sie an, als traue sie ihren Ohren nicht. Dann warf sie den Kopf in den Nacken und brach in Lachen aus. Ein endloses Lachen. Ein Lachen, das ihre Lippen auseinanderdehnte, den Grund ihrer Kehle und die violette Viper ihrer Zunge entblößte. Ein Lachen, das Marie-Noëlles Gewißheiten mit einem Schlag zunichte machte und sie auf jenes Territorium des Zweifels und der Ängste zurückwarf, das sie für immer zu verlassen geglaubt hatte.

NINAS ERZÄHLUNG

Ich weiß nicht, was sie dir erzählt hat. Bestimmt den Unsinn,
den sie mit Fiorella erfunden hat. Daß ich sie gezwungen
habe. Daß ich beim ersten Mal sogar ihre Hände festgehalten
habe. Sie wird erzählt haben, daß sie es getan hat, weil sie
Angst hatte und ich ihr gedroht habe. Und was denn noch
alles? So ist sie immer gewesen: verlogen, so was von verlogen,
eigenbrötlerisch, hinterhältig. Es ist ein großes Unglück, eine
solche Tochter auf die Welt gebracht zu haben. Und für dich
ist es ein großes Unglück, sie zur Mama zu haben. Sie lebt
jetzt in Paris, sagst du? Mit ihrem Mann und zwei Kindern,
im Überfluß und ohne Leiden, wie sie es sich immer gewünscht hat? Schön für sie! Ich brauche sie nicht: Ich habe
nicht mehr lange zu warten auf dieser Erde. Nachts höre ich
den Tod, wie er seine großen Messer wetzt. Für mich hat das
Leben genauso angefangen wie zur Zeit der Sklaverei. Meine
Mama arbeitete in der Baumwolle, für die »Gesellschaft«, die
gerade zwei Großplantagen aufgebaut hatte. Alle auf La Désirade hatten sich an die Baumwolle gemacht, weil sie es müde
waren, sich mit Mais, Maniok oder Erbsen zu schinden, die
nur mit Müh und Not genug zum Essen einbrachten. Glücklich war, wer eine noch so dürre und kraftlose Bananenstaude
neben seiner Hütte stehen hatte und ein Zicklein ernähren
konnte. Ich rede von ganz früher, von der Zeit vor dem Zyklon von 1928. Die »Gesellschaft« gibt es heute nicht mehr.
Aber wenn du in Richtung Baie-Mahault spazierengehst,
kannst du, unter den *piéchans* versteckt, noch Mauerreste se-

hen. Du wirst auch die sogenannte Straße der Traktoren sehen. Eine Trasse, die vom Strand von Le Souffleur bis auf den »Berg« führte. Die Traktoren verteilten das Benzin kübelweise, und das Feuer brannte die Feigenkakteen und Engländerköpfe ab, die alles überwucherten. Ich war noch ein Baby an der Brust, als meine Mutter mich schon in die Baumwolle mitnahm. Ich schlief neben ihr in einem Korb. Sobald ich auf meinen beiden Füßen stehen konnte, ohne hinzufallen, hat sie mich arbeiten lassen. Baumwollkapseln zu pflücken, die guten, ohne rosa Würmer, habe ich gelernt, noch ehe ich sprechen konnte. Den ganzen Tag lang unter der Sonne machte ich Zwanzig-Kilo-Säcke voll, die die Männer sich dann wie Lasttiere auf den Rücken luden und zur Egreniermaschine trugen. Am Abend waren wir so erschlagen, daß wir nichts mehr essen konnten.

Ich komme nach meiner Bonne-Maman. Sie hieß Désilia Titane. Die Leute auf La Désirade reden immer noch von ihr. Wenn sie mit jemandem zusammen war, heißt es, brachte sie ihn an die Schwelle des Todes, so unersättlich verlangte sie immer noch mehr von ihm. Deshalb hatten die Männer Angst vor ihr. Sie kamen, zogen schnell ihre Sache durch, und dann gingen sie wieder. So daß sie nie genau wissen konnte, von wem sie ihre sechs Kinder hatte. Meine Mama, Thracie, war das letzte. Da sie hellhäutig war, erzählte man, ihr Papa sei einer der Priester von Baie-Mahault, bei denen meine Bonne-Maman sich verdingt hatte, sie hat nämlich nie in der Baumwolle arbeiten wollen. Sie war eine verdammt gute Tänzerin. Man kam sie holen, um den Lewoz zu tanzen und den Lewoz *au komandman,* mit Ansage. Während eines Lewoz *au komandman* ist sie übrigens auch gestorben. Sie machte einen komplizierten Schritt, und, zack, ist sie umgefallen und nicht wieder aufgestanden. Meine Mama, das war etwas ganz anderes. Immer traurig. Ich glaube, es war wegen meinem Papa. Der war Fischer gewesen. Eines Tages im Oktober ist er wie gewöhnlich zur »Banc des Vaisseaux« in Richtung Petite-Terre zum Fischen ausgefahren, der Oktober ist nämlich die Zeit der Fischwanderungen. Dann sind die Schleppnetze schwer, und jeder hat Fisch im Topf. Eine heftige Bö hat ihn auf offener See überrascht, und sein Boot ist umgekippt. Bis die anderen Boote herbeigeeilt waren, um ihm zu Hilfe zu kommen, war er schon hundertfünfzig Klafter tief unter dem Kiel. Meine Mama ist mit mir, die sich in ihrem Bauch zu bewegen anfing, zurückgeblieben. In jenen Jahren gab es keine Sozialversicherung. Kein Kindergeld, kein Arbeitslosengeld, keine Rente, all diese Vorteile, die ihr heutzutage genießt. Und dazu war meine Mama keine verheiratete Frau. Sie hatte keinerlei Rechte, und ich auch nicht. Da blieb als einzige Zuflucht die Baumwolle, die Baumwolle, die Baumwolle. Ich glaube, mein Papa hätte nicht mit ansehen können, wie meine Mutter auf diese Weise ihre Jugend verlor. Aber da, wo er war, konnte er niemandem mehr etwas verbieten.

Wenn ich darüber nachdenke, merke ich, daß jene Jahre nicht die schwersten meines Lebens waren, trotz der Arbeit und des Hungers. Ich hatte meine Bonne-Maman. Leibhaftig an meiner Seite. Meine Bonne-Maman, die nicht viel redete, aber immer etwas Süßes für mich in ihrem Mieder versteckt hatte, Topinambur, rosaköpfige Kokosplätzchen, Pistaziennougat. Wie ich dir schon sagte, hat sich das Elend nach dem Zyklon von 1928 verschlimmert. Der Zyklon hat alles verwüstet, was er nur verwüsten konnte. Er hat alles plattgemacht, was er plattmachen konnte. Nichts ist stehengeblieben. Danach hat die »Gesellschaft« es vorgezogen, sich in der Gegend von Saint-François niederzulassen, und auf La Désirade sind die Baumwollplantagen eingegangen.

Wie meine Mama. Sie hat meine Bonne-Maman auf Erden nicht lange überdauert.

Auch sie hat mich verlassen. Sie ist an einem November-abend gegangen, als die Sturmwinde heulten und miteinan-der kämpften wie Rasende. In dem Durcheinander hat man noch nicht einmal gehört, wie ihre kleine Stimme von der Erde Abschied nahm. Eine ihrer großen Schwestern, Tertul-lie, hat mich aufgenommen, zu ihrem Haufen Kinder dazu, und ich habe das Dorf Les Galets verlassen, in dem ich mit meiner Mama gewohnt hatte. Meine Tante hatte nur Jungen, sieben insgesamt, alle verschieden, jeder von einem anderen Papa, wie es damals üblich war. Der Älteste war ihr Liebling, weil er als Baby fast an Krämpfen gestorben wäre, und hieß mit Vornamen Gabin. Nur er allein zählte für sie. Die anderen waren nichts. Und ich, ich war weniger als nichts. Meine Tante hatte eine gute Arbeit. Die Priester von Baie-Mahault hatten ihr eine Stellung bei den Dominikanerschwestern be-sorgt, die sich um die Leprakranken kümmerten. Sie wohnte auf dem Gelände, das man das »Lager« nannte, in einem der steinernen Bungalows, die die alten Strohhütten von früher ersetzt hatten. Die Leprastation war trotz dieses Namens, der aller Welt Angst machte, ein hübscher Ort. Die Leute aus dem »Lager« waren die einzigen, die Strom und fließendes Wasser hatten. Alle Frauen auf La Désirade schleppten Eimer voll Wasser auf dem Kopf vom Cybèle-Bach nach Hause. Die Bungalows waren rund um eine Kapelle angeordnet, die buntbemalte Kirchenfenster hatte. Jeden Morgen las Pater Steiner, ein Elsässer, die Messe. Manchmal ließ er mich wäh-rend der Mittagsruhe in sein Zimmer kommen und küßte mich, wie meine Bonne-Maman und meine Mama mich nie geküßt hatten. Ich fand das komisch, aber ich sagte nichts. Ich mochte seinen Geruch nicht, ich kann nicht sagen, warum.

Im »Lager« waren alle nett. Der Arzt, die Krankenpfleger, die wie die Schwestern und der Priester aus dem Mutterland kamen. Sie gaben mir ihre Turnschuhe, um sie mit Schlämmkreide sauberzumachen, und zur Belohnung bekam ich nagelneue kleine Münzen. Im übrigen hatten wir keinen Kontakt zu den Kranken des »Lagers«, Weißen und Schwarzen, die ihre eigene Schule, ihr Kino, ihren Fußballplatz hatten. Meine Cousins lungerten den ganzen Tag herum, prügelten sich, jagten Vögel, zielten mit ihren Steinschleudern auf Anoli-Eidechsen, klauten auch alles, was herumlag. Ich aber war ein Mädchen, und ich arbeitete wie ein Tier. Ich half meiner Tante, die Wäsche des »Lagers« zu waschen und zu bügeln, Bettlaken, Kopfkissen, Handtücher, Kittel der Ärzte und Pfleger, die Sachen der Schwestern, die man zwei oder drei Tage in Chlorwasser eingeweicht hatte, um sie zu desinfizieren. Ich hatte keine Minute für mich. Das ist der Grund, warum ich nie einen Fuß in eine Schule gesetzt habe, warum ich weder lesen noch schreiben kann, noch nicht einmal mit meinem Namen unterschreiben. Manchmal nehme ich ein Stück Zeitung in die Hand. Ich sehe es mir an und denke, daß mein Leben anders verlaufen wäre, wenn ich es hätte entziffern können. Ich habe das Gefühl, daß ich dann die Welt verstanden hätte, ihre Bedeutung, ihr Geheimnis, und daß mein Leben besser geschmeckt hätte.

Das Problem war, daß die Leute im Dorf von Baie-Mahault, das an die Leprastation angrenzte, uns beneideten. Weil wir satt zu essen hatten und immer schön sauber gekleidet waren. Deshalb taten sie so, als hätten sie Angst, daß auch wir aussätzig wären. Wir, die wir nie einen einzigen kranken Menschen in der Familie gehabt haben. Meine Bonne-Maman ist beim Tanzen gestorben. Und wenn meine arme Mama vor der Zeit gegangen ist, dann wegen all dem Kummer, den sie in ihrem Herzen angehäuft hatte. Aber die Verachtung der Leute von Baie-Mahault perlte an uns ab wie das Wasser an den Blättern des Malanga. Wahrhaftig, was war denn an der Gesellschaft von Leuten erstrebenswert, die ebenso schwarz waren wie wir, nicht einmal Französisch konnten und noch unglücklicher und mittelloser waren? Sie hatten uns nichts und wieder nichts zu geben. Das sagte meine Tante immer wieder, und in diesem Punkt hatte sie recht.

Als ich vierzehn Jahre alt geworden bin, in der Zeit, als ich anfing, Baumwolle zwischen meinen Schenkeln zu tragen, hat meine Tante mich vor sich hingesetzt. Sie hat mir gesagt, nie und nimmer dürfe ich einen Neger auf mich steigen und mir ein Kind seines Elends machen lassen. Besser wäre ein Weißer, ein Mulatte, sogar ein Coolie. Ihr zufolge waren die Neger schuld an allem Unglück der Frauen, an allem Unglück der Welt. Die Neger, das waren Zyklone und Erdbeben. Ich war schrecklich in Verlegenheit, als ich ihre Worte hörte, weil ich ihr ja nicht sagen konnte, daß ihr eigener Sohn, Gabin, mir um jeden Preis ans Zeug wollte. Ich konnte ihm noch so sehr drohen, er machte weiter, ohne sich darum zu kümmern. Auf Schritt und Tritt beobachtete er mich und lief hinter mir her und säuselte allen möglichen Unsinn: »Chérie, Schätzchen, meine Doudou, gib's mir, ich flehe dich an.« Er war um so entschlossener, nehme ich an, weil keine Frau, die etwas auf sich hielt, etwas von ihm gewollt hätte. Mit seinen siebzehn Jahren sah er höchstens aus wie zehn. Wahrscheinlich hatte er wegen der Krämpfe, die er als kleines Kind gehabt hatte, aufgehört zu wachsen und kräftiger zu werden. Er war ein richtiger Mickerling. Ein Gesicht wie eine Kakerlake. Dazu gelbe Zähne und zwei dicke, schleimige Augen wie von einer Kröte. Meine Tante sah ihn überhaupt nicht so. Sie hörte ihm zu wie Gottvater unserem Herrn Jesus Christus, seinem geliebten Sohn. Was er tat, verdiente nie einen Tadel. Was er sagte, war das Wort des Evangeliums. Meine Tante hat bei Pater Steiner so lange für ihn geweint, bis sie es geschafft hat, ihn als Lehrling bei Monsieur Ernatus, einem Tischler in La Pointe, unterzubringen. Er würde einen Beruf lernen, und jetzt schon warf er sich in die Brust und behandelte seine Brüder wie Sklaven.

Ich will mich bei diesen Momenten nicht lange aufhalten. Sie machen mir bis zum heutigen Tage, nach über vierzig Jahren, noch immer eine Gänsehaut. Gabin hat mich schließlich gekriegt.

Eines Nachmittags war ich an den Rivière-Bach hinuntergegangen. Ich ging gern dorthin, auch wenn es weit weg war vom »Lager«. Hier wuchsen in der Kühle des Wassers so viele Bäume, alle Arten von Bäumen, daß man nicht glauben konnte, man wäre auf La Désirade. Obstbäume: Kokospalmen, Mangobäume, Brotfruchtbäume, Orangenbäume. Auch Waldbäume: weiße Birnbäume, Mapous, Kapokbäume. Wegen dem Gesang der Vögel, die man nicht sah, aber von Ast zu Ast fliegen hörte, kam man sich vor wie im Paradies auf Erden. Ich legte mich dann ins Gras und träumte, ich wäre schon tot, an der Seite meiner Bonne-Maman und meiner Mama im Himmel, und ich wäre wieder bei meinem Papa. Gabin hatte sich hinter einem Baum versteckt, und als er mich ankommen sah, hat er sich nur so auf mich gestürzt. Er hat mich mit einem großen Stein bedroht, den er in der Hand hielt.

Ich bin dann weinend zum »Lager« zurückgelaufen und habe meiner Tante erzählt, was gerade passiert war. Als ganzen Trost hat sie mir eine gehörige Ohrfeige verpaßt. Und dann hat sie mich auf den Boden geworfen und mich immer wieder mit den Füßen in die Rippen getreten. Wie eine Rasende schrie sie, ich würde Lügen über ihren Sohn erzählen. Und wer sollte denn eine solche Geschichte glauben? Wer sollte glauben, daß ein Mädchen wie ich, kräftig und von allen älter geschätzt als seine vierzehn Jahre, von jemandem mit Gabins Statur überwältigt worden war? Ob es nicht in Wirklichkeit so war, daß ich es herausgefordert und er mir nur gegeben hatte, was ich wollte?!

Ich weiß nicht, was er ihr erzählt hat, als er ins »Lager« zurückgekommen ist. Jedenfalls wurde kein Wort mehr darüber verloren, und er verhöhnte mich. Er hatte keine Gelegenheit, es noch einmal zu tun, weil er eine Woche später stolz wie Oskar nach La Pointe gefahren ist, zu diesem Monsieur Ernatus. Meine Tante hat sich die Augen ausgeweint, als sie ihn nach Grande-Anse zum Schiff begleitet hat. Pater Steiner hatte einen Fischer gebeten, ihn überzusetzen, denn damals gab es keinen regelmäßigen Schiffsverkehr und Flugzeuge natürlich erst recht nicht. Es gibt aber doch eine Gerechtigkeit auf dieser Welt. Ein paar Monate später ist Gabin an einer Darminfektion krepiert, wie der Hund, der er war. Seine Durchfälle und sein Erbrochenes stanken zum Himmel. Als mein Bauch anfing zu wachsen, hat meine Tante mich vor die Tür gesetzt. Sie könnte kein solches Flittchen wie mich unter ihrem Dach behalten. Pater Steiner und die Schwestern haben sich dann meiner erbarmt. Die Schwestern haben eine kleine Predigt über die Sünde des Fleisches heruntergeleiert. Ohne große Überzeugung. Diese Sünde wurde auf Guadeloupe von aller Welt begangen. Ich war nicht die erste, die einen Bastard bekam, und ich würde nicht die letzte sein. Pater Steiner hat gar nichts gesagt. Ich habe genau gesehen, daß er bedauerte, was er nicht getan hatte. Die Schwestern und der Pater haben mir eine Dienstmädchenstelle bei den Priestern der Gemeinde von Grande-Anse verschafft. Die Priester wollten, daß ich im Pfarrhaus schlief, um mich leichter zu kriegen, glaube ich. Ich habe mich geweigert. Ganz allein habe ich mir, trotz meines Fünfmonatsbauchs, auf dem »Berg« meine Hütte gebaut. Auf dem »Berg« gehört das Land allen. Allen, die zwei Arme und zwei Hände haben, um eine Schaufel und eine Hacke zu halten. Da soll mal einer versuchen, eine Besitzurkunde vorzuweisen! Noch nicht mal die Blanc-pays haben welche! Ich habe nie jemandem erzählt, daß ich von meinem Cousin Gabin schwanger war, ich habe mich zu sehr geschämt. Später, wenn Reynalda mich nach dem Namen ihres Papas fragte, habe ich irgendwelche Geschichten erfunden.

Man trägt keinen Fötus neun Monate lang in der Enge seines Bauches, ohne Gefühle für ihn zu entwickeln, ohne mit ihm zu reden und ihm ein besseres Leben als das eigene zu versprechen, ohne sich das Gesicht vorzustellen, das er haben wird. Aber als die Schwester mir nach meiner Entbindung Reynalda in die Arme gelegt hat, war sie so häßlich, von Anfang an das genaue Ebenbild Gabins, dunkelschwarz wie er, mit seinen Glupschaugen, daß all meine guten Gefühle sofort verflogen sind. Sie quiekte wie eine Ratte und wog auch nicht schwerer. Obwohl sie zum richtigen Termin geboren war, sah sie aus wie ein Frühgeborenes. Man kann seinem Herzen nicht befehlen. Wozu lügen? Ich habe dieses Mädchen nie geliebt, aber ich habe auch nie die Hand gegen sie erhoben. Weder Ohrfeigen noch Gürtelhiebe. Ich habe sie auf die Schule geschickt, wo sie, das muß man zugeben, zu aller Überraschung gut lernte. Ich gab ihr zu essen, was ich konnte. Sie hatte keine Schuhe. Das hatte im übrigen keiner auf La Désirade. Außer den Weißen aus dem Mutterland. Aber für die Messe am Sonntag war ihre Wäsche immer weiß und gut gebügelt.

Ich liebte sie nicht, und, laßt uns die Wahrheit sagen, sie liebte mich auch nicht. Nie eine dieser liebenswerten, freundlichen Gesten, wie kleine Kinder sie sonst zeigen. Eine Liebkosung. Ein Lächeln. Ein süßes Wort. Wenn sie nicht in ihren Büchern steckte, interessierte sie sich nur für die Vögel, die sie mit Leimruten fing und in einen Käfig setzte. Morgens, bevor sie aufbrach, um zur Schule zu gehen, sah ich, wie sie mit ihnen redete, Lieder für sie sang und ihnen Küßchen zuwarf. Mich schaute sie an wie ein Pferd, das seinen Reiter abgeworfen hat, und ihre Augen, unergründlich, starr wie die einer Erwachsenen, schienen mich zu fotografieren. Ich spürte, wie sie mich sah, in meinen geflickten Kleidern, mit meinen nackten Füßen auf der Erde, zum Fürchten häßlich vor lauter Armut, so häßlich und so arm, daß es eine Schande war.

Als Seine Exzellenz der Bischof von Guadeloupe mir nach seinem Besuch auf La Désirade diese Stelle in La Pointe anbot, wollte ich nicht. Vor allem für sie habe ich dann angenommen. Für mich selbst erhoffte ich überhaupt nichts mehr. Aber sie würde in La Pointe zumindest eines bekommen, was mir nicht vergönnt war: Bildung.

Ich muß sagen, seit Gabin Hand an mich gelegt hatte, hatte ich einen großen Ekel vor den Männern. Genauer gesagt, vor den Negern. Auch in diesem Punkt hatte meine Tante nichts als die traurige Wahrheit gesagt, schien mir. Die Neger kamen geradewegs aus der Hölle. Ich erinnerte mich an Gabins Geruch, an seine Fratze, an sein Grunzen in dem Moment, als er seine Milch in meinem Körper losgelassen hat, und es würgte mich. Von Zeit zu Zeit packte mich die Wut, und mir war, als würde ich verrückt werden. Ich spürte, wenn ich ein Fleischermesser zur Hand gehabt hätte, ich hätte es gepackt und wäre bis nach La Pointe gerannt, um ihn in Stücke zu schneiden. Deshalb ließ ich auch alle abblitzen, die um mich herumscharwenzelten – und das waren viele. Junge, weniger junge, richtige Greise. Schwarze Neger, helle Neger, Chabins, Câpres. Tag für Tag warteten sie am Ausgang des Pfarrhauses auf mich. Sie lauerten mir auf der Straße auf und liefen kilometerweit hinter mir her. Ich kann beschwören, daß zehn Jahre lang kein Mann in meinem Bett gelegen und mich angerührt hat.

Sicher habe ich aus all diesen Gründen Gian Carlo so geliebt, wie ich es tat. Auf Anhieb. Auf den ersten Blick. Ich bin seine Sklavin geworden, wie in früheren Zeiten die Negerinnen auf den Plantagen. Die Leute haben gesagt, ich sei seine verdammte Seele. Sie hatten recht. Hätte er mir befohlen, für ihn in die Hölle hinabzusteigen, ich hätte es gewiß getan. Gian Carlo war weiß. Er war schön mit seinen blauen Augen, seinem lockigen Bart und seinem Haar, das sich wie Seide anfühlte in meiner Hand. Er war das Ebenbild eines Priesters, eines Heiligen auf einem Kirchenfenster oder des lieben Gottes persönlich. Ich weiß wohl, daß er mich nie geliebt hat. Ihm ging es um die Lust, die ihm fehlte. Seine Frau lag seit Jahren krank im Bett, und er wollte sein Geld nicht für die Dirnen vom Morne à Cayes ausgeben. Er sagte lachend, daß es ihn zuviel Mühe koste, das Geld zu verdienen, um es sinnlos zu verschleudern. Und liebt man denn ein Dienstmädchen? Das mit dem Hintern in der Luft die Fußböden schrubbt und wienert? Das die schmutzige Wäsche wäscht? Das die Einkäufe, das Essen, den Abwasch macht? Gian Carlo war knauserig, das war sein größter Fehler. Weil es ihm, wie er sagte, in seiner Jugend an allem gefehlt hat, und ich mußte jeden Morgen, den Gott werden ließ, mit ihm um das Haushaltsgeld streiten. Dazu hatte er ein krankhaftes Bedürfnis, geliebt und bewundert zu werden. Er wollte der Wirklichkeit, den unangenehmen Dingen nie ins Gesicht sehen, und um allen Leuten gleichzeitig zu gefallen, brachte er sich in schreckliche Situationen und tat letzten Endes allen weh. Als er zwanzig Jahre alt war, hat er sich in ein und derselben Woche mit zwei Frauen verheiratet, beide schwanger, weil er zu keiner der beiden hatte nein sagen können. Deswegen ist er ins Gefängnis gekommen.

Dabei hätte er nie absichtlich irgend jemanden verletzen können. Und schon gar kein Kind. All die Geschichten, die Reynalda und Fiorella erfunden haben, sind der reine Wahnsinn. Da steckt kein Körnchen Wahrheit darin. Die einzige Wahrheit ist diese:

Ich schlief im Dachgeschoß. Mein Bett war von dem Reynaldas durch einen Vorhang getrennt, und sie hörte uns. Zumal Gian Carlo sich keinen Zwang antat. Er kümmerte sich kein bißchen um Reynalda und sagte, ein unschuldiges Kind hätte in der Nacht nur eins zu tun: schlafen. Aber unschuldig war sie eben nicht. Ich las in ihren Augen, so trüb wie das Wasser eines Tümpels, daß sie uns beobachtete, daß sie uns zuhörte, und ich hatte nur eine Sorge: daß sie sich mit Fiorella verbünden könnte, um das alles Madame Arcania weiterzuerzählen, was ihr meiner Meinung nach den Rest gegeben hätte.

In ihrem Inneren war Fiorella ein Aas, ein richtiges Flittchen. Ihr Vater hatte ihr verbieten müssen, den Fuß ins Lago di Como zu setzen, weil sie den Kunden schamlos, vor der Nase ihrer Frauen, schöne Augen machte. Sie sah aus, als könne sie kein Wässerchen trüben. Man hielt sie für das hübscheste, engelsgleichste aller kleinen Mädchen. Jedes Jahr wurde sie von den Schwestern in der Schule auserwählt, um am 15. August die Muttergottes zu krönen. Sie waren ein gegensätzliches Paar, sie und ihre Busenfreundin Reynalda. Von unserem ersten Tag in La Pointe an waren Reynalda und Fiorella unzertrennlich. Warum? Es wirkte tatsächlich recht merkwürdig. Die eine schwarz, die andere weiß. Die eine häßlich wie die Sünde, die andere einem Kind des lieben Gottes gleich. Die Wahrheit ist, daß sie alle beide verdorben waren, gleichermaßen verdorben. Ständig tuschelten sie in allen Winkeln des Hauses herum. Lachten sich kaputt. Schauten den Leuten frech ins Gesicht. Sie teilten sich ein Heft, in das sie allen möglichen Unsinn, Schweinereien und Bosheiten schrieben. Manchmal ließ Reynalda es absichtlich im Zimmer herumliegen, um mich zu verhöhnen, weil ich doch nicht lesen konnte. Das war ihre Art, mich zu verspotten. Als würde sie mir sagen: »Rate mal, rate mal, was ich über dich schreibe!« Fiorella konnte mich nicht riechen. Nicht, weil sie ihre Mama so sehr geliebt hätte, sondern weil sie ihren Papa so sehr liebte, der sich seinerseits nichts aus ihr machte. Ebensowenig wie aus den anderen Kindern. Wenn sie mich hätte umbringen können, dann hätte sie es todsicher getan. Ich las in ihrem Blick, was sie dachte, denn sie redete nie direkt mit mir, außer um mir Befehle zu geben wie einem Hund. »Nina, hörst du, meine Unterhosen sind schmutzig. Wasch sie mir.« »Nina, ich habe mich erbrochen. Geh aufwischen.« Gian Carlo, mit seiner Art, nichts tragisch zu nehmen, sagte immer wieder, selbst wenn sie ihrer Mama alles erzählen würde, hätte es keinerlei Bedeutung. Madame Arcania betete ihren Mann an wie das heilige Sakrament und verzieh ihm folglich alles. Sie hatte ihm schon immer alles verziehen. Er sagte auch, er sei sich ganz sicher, Madame Arcania sei nicht von vorgestern. Sie wüßte, was zwischen uns los war, und es wäre ihr herzlich egal. Auch als sie jung waren, auch vor ihrer Krankheit, war sie nie sehr interessiert gewesen an der Sache. Er mußte sie zwingen.

Trotzdem, ich hatte Angst. Ich hatte Angst vor allen. Sobald Leute ins Zimmer von Madame Arcania gingen, bildete ich mir ein, sie wollten ihr alles sagen. Von den beiden »Kupplerinnen«, wie Gian Carlo sie nannte, Tante Zita und Tante Lia, hatte ich das Schlimmste zu befürchten. Die konnten mich auch nicht riechen, die beiden. Klar, sie waren eifersüchtig, sie, die nie erfahren hatten, was ein Mann ist. Stell dir vor, zwei alte Jungfern mit nichts als dem Namen des lieben Gottes auf den Lippen, im Kopf jedoch nichts als das Verlangen, den köstlichen Geschmack der Sünde zu versuchen. Jeden Morgen um vier Uhr besuchten sie die Frühmesse. Sie gingen zur Kommunion, und wenn sie vom Altar zurückkamen, hätte man wetten können, sie würden gleich in Ohnmacht fallen, so verzückt waren sie. Als Gian Carlo sie in seinen Juwelierladen hatte kommen lassen, hatte er darauf spekuliert, daß sie Männer anziehen, Ehemänner finden und ihm auf diese Weise ein paar helfende Hände fürs Geschäft verschaffen würden. Leider war in ihren Augen nie ein Mann ihrer würdig. Sie waren jedesmal beleidigt, wenn ein Neger die Augen zu ihnen erhob. Oder ein Mulatte. Von den Blanc-pays wollten sie auch keinen, weil sie sich für weißer hielten als sie. Auch die Blanc-pays hätten sich seit der Zeit der Sklaverei mit Negern vermischt, und sie konnten sich ihre Laken nicht von ihnen beschmutzen lassen. Sie ertrugen nur die Gesellschaft der Priester aus dem Mutterland, von der Gemeinde Saint-Pierre-et-Saint-Paul. Insbesondere Pater Mondicelli, auch so ein verdorbener Mensch. Anfangs kam er ins Haus, um Madame Arcania während der Prüfung ihrer langen Krankheit den Beistand der Religion zu bringen. Er kam und ging mit seinem Gebetbuch unterm Arm. Und irgendwann, ich weiß nicht, wie, sah man ihn ständig. Zu jeder Tageszeit war er da. Er nahm allen die Beichte ab, sogar Zora und Donatella, die noch kaum sprechen konnten, und sonntags saß er mit uns am Mittagstisch, wobei er aß und trank für vier. Und dann diese ganzen Weibchen um ihn herum: »Pater hier, Pater da ...« Die eine schenkte ihm ein, die andere füllte seinen Teller. Sie behandelten ihn wie den Hahn im Korb. Gegen fünf Uhr setzte er sich immer ans Klavier, und die Familie sang. Jedesmal lobte er ganz besonders Reynalda für ihre Stimme, und die Arme sonnte sich darin. Sie bekam nämlich nicht oft freundliche Worte zu hören. Wieder und wieder sagte er, sie hätte ein Geschenk vom lieben Gott in der Kehle und man müßte daraus in Zukunft etwas machen. Mich schaute er ständig an. Wenn ich ihn am Tisch bediente, sah ich genau, daß er zitterte. Wie Pater Steiner. Es fehlte ihm nicht an Lust, mir ans Zeug zu gehen, aber er getraute sich nicht. Ich hätte es übrigens auch nicht zugelassen. Wenn Tante Zita und Tante Lia bei Madame Arcania saßen, dann erzählten sie ihr allen Klatsch und Tratsch von La Pointe, schmutzige Geschichten über Leute, die sie nicht einmal kannte. Madame Arcania tat so, als ob sie sich dafür interessieren würde. Aber man sah genau, daß diese Geschichten sie zu Tode langweilten und sie noch dazu anstrengten. Ihre Wangen wurden rot wie Frankreich-Äpfel, und ihre Augen fielen zu. Ich kam dann wie ein Zyklon ins Zimmer gestürmt und warf sie alle hinaus. Los, los! Raus hier!

Ich schämte mich für das, was ich mit Gian Carlo tat. Trotzdem, jede Nacht tat ich es wieder. Es war stärker als ich. Ich konnte es mir noch so oft sagen, was Gian Carlo behauptete, daß sie es wußte und daß es ihr herzlich egal war. Ich schämte mich, ich schämte mich so sehr. Denn so merkwürdig es auch erscheinen mag, Madame Arcania liebte mich. Sie war sogar der einzige Mensch im ganzen Haus, der mich liebte, einfach deshalb, weil sie alle liebte. In ihrem Herzen war für nichts anderes Platz als Güte. Sie liebte mich, die von niemandem geliebt wurde, noch nicht einmal von ihrem eigenen Kind. Wenn ich sie fertig gewaschen, parfümiert und angezogen hatte, legte ich sie auf ihr Bett. Dann küßte sie mich, um mir für die gute Pflege zu danken, und sagte zu mir: »Meine arme Nina, dein Leben gleicht einem Brennesselfeld. Glaube jedoch nicht, daß das wegen deiner Hautfarbe so ist. Sieh mich an. Sieh Zita und Lia an. Wir sind weiß, und wir erleiden dasselbe Martyrium wie du. Für uns alle, die wir Frauen sind, ist das Leben Leid und Knechtschaft, wenn wir nicht die Bildung haben, um uns zu befreien. Das sage ich meinen armen Kindern wieder und wieder. Versprich mir, daß du dich darum kümmerst, wenn ich nicht mehr da bin.«

Der Gedanke, daß sie ihre Kinder zurücklassen würde, machte ihr große Sorgen, weil sie ihren Mann gut kannte. Knauserig, egoistisch, vergnügungssüchtig. Sie wußte wohl, daß die Töchter Gian Carlo nicht interessierten. Sein großer Schmerz war, daß er keinen Sohn hatte. Er hielt damit nicht hinterm Berg. Er wiederholte es sogar die ganze Zeit, und jedesmal brach es Madame Arcania das Herz. Trotz ihrer Krankheit hätte sie lange so weiterleben können, bei entsprechender Vorsicht. »Keine Sorgen«, empfahl der Arzt, der sie behandelte. Wenn sie uns so schnell verlassen hat, dann wegen all der schlechten Gedanken, die man ihr in den Kopf gesetzt hat, als Reynalda eines schönen Tages verschwunden ist. Die Polizisten, die gekommen waren, um Fragen zu stellen, wollten zuerst unbedingt glauben, daß es durch meine Schuld passiert wäre. Angeblich sollte ich sie mißhandelt, sie geschlagen haben, ich, die in all diesen Jahren nie die Hand gegen sie erhoben hatte. Dann hat Fiorellas Geschichte von der Vergewaltigung angefangen, die Runde zu machen. Wie hat sie nur eine solche Gemeinheit erfinden können? Das frage ich mich immer noch. Das ist wirklich der Beweis, daß sie durch und durch verdorben war. Prompt sind die Polizisten wiedergekommen, um mich zu verhören. Und komisch, Gian Carlo in seinem Laden gingen sie nicht schikanieren. Woher denn! Ich war es. Nur ich. *La bayé ba* ... Stundenlang stellten sie mir alle möglichen dummen Fragen, und dann tippten sie meine Antworten auf der Schreibmaschine. Sie nannten mich »die betreffende Person«, als wüßten sie meinen Namen nicht, und beschlossen ihr Protokoll in gewichtigem Ton, aber das machte mir keine Angst, da mein Gewissen ja blütenrein war:

»Da die Betreffende weder lesen noch schreiben kann, wurde ihr obenstehende Aussage vorgelesen und Pipapo ...«

Das ist wochenlang so weitergegangen. Wenn man glaubte, daß es zu Ende wäre, ging es von vorne los. Mitten beim Mittagessen überfiel mich ein Schnüffler und brachte uns mit seinen Fragen aus der Fassung. In La Pointe sind die Leute jederzeit bereit, eine Böswilligkeit zu glauben. Sie tuschelten nur noch über diese Vergewaltigung, die der Grund dafür sei, daß Reynalda von zu Hause weggelaufen war. Wie die Polizisten behandelten auch sie mich als die Schuldige. Wenn ich auf der Straße vorbeiging, warf man mir böse Worte nach. Wenn ich auf den Markt ging, weigerten sich die Händlerinnen, mir etwas zu verkaufen. Madame Arcania hat mich über die Sache nie befragt. Sie hat auch ihrem Mann nie Fragen gestellt. Dabei bin ich überzeugt, daß sie wußte, was überall herumerzählt wurde: nämlich daß ich mitschuldig sei, daß ich das Kind gezwungen, ihm die Hände festgehalten hätte, damit Gian Carlo seine Sache erledigen konnte. Das hat ihre Seele sterbenskrank gemacht, und ihr Körper ist gefolgt. Eines Morgens, als ich ihr den Kaffee brachte, hatte sie uns verlassen. So einfach, wie ich es dir sage. Ich habe die Jalousien heruntergelassen, um die Sonne fernzuhalten, und mich an ihr Bett gesetzt, ohne auch nur auf die Idee zu kommen, zu Gott zu beten. Ich habe nicht geweint, denn irgendwie habe ich keinen Schmerz empfunden. Was zu dieser Zeit um uns herum passierte, war zu häßlich, zu schmutzig für sie. In gewisser Weise hatte ich immer gefunden, daß sie zu gut und zu schön für diese Erde war. Sie ging an den einzigen Ort, der für sie gemacht war, in den Garten des Paradieses. Gian Carlo dagegen hat geweint wie ein ganz kleines Kind. Ihm wurde bewußt, daß er sie anbetete, daß sie sein ganzes Leben war, und ich konnte ihn nicht trösten, so sehr ich mich bemühte. Einige Monate lang sind wir zwei zusammengeblieben. Reynalda war zum Teufel gegangen. Wo das war? Das war mir herzlich egal. Die verdammte Fiorella war von zu Hause weggegangen und lebte in Basse-Terre. Und Pater Mondicelli, der kam uns schon seit einiger Zeit nicht mehr besuchen. Schluß mit den Beichten. Schluß mit den Sonntagsessen. Schluß mit dem Chor und den Konzerten. Er rührte das Klavier nicht mehr an. Die seltenen Male, wenn er auftauchte, beachtete er weder Tante Zita noch Tante Lia. Alles, was er tat, war, schnell, schnell die Treppe hinaufzulaufen, um nach Madame Arcania zu sehen. Als sie tot war, ist er ganz von der Bildfläche verschwunden. Nur ganz zufällig habe ich eines Tages erfahren, daß er weggegangen war, um für die Leprakranken zu arbeiten. Und doch, all der Bosheit und dem üblen Gerede zum Trotz erscheint mir diese Zeit heute als eine glückliche, eine gesegnete Zeit. Ich schlief in Gian Carlos Zimmer im ersten Stock. Ich machte mich auf dem großen Bett aus Courbaril-Holz breit, über meinem Kopf das Moskitonetz wie ein Himmel. Ah! Mir schien, als schmecke die Liebe in diesem Bett ganz anders. Mir schien, als hätte mich ein *kimbwa,* ein Zauber, von einem Tag auf den anderen verwandelt und als wäre ich von der Sklavin, vom Mädchen für alles plötzlich zur Herrin geworden. Frei, mir meine Lust zu nehmen. Ich war nicht mehr Nina. Ungeniert konnte ich jetzt schreien, alle möglichen Geräusche von mir geben. Ich war ein Pferd ohne Zügel und Halfter, das voller Lust galoppierte. Aber, ach! Gian Carlo beschloß, wieder zu heiraten, und ich, ich bin wieder hinaufgezogen in meine Dachkammer. Aber nicht für sehr lange! Ehrlich gesagt, ich war nicht wirklich eifersüchtig. Ana Livia Carloccia tat mir eher leid. Ich wußte, warum Gian Carlo hinter ihrem jungen Blut her war. Er versuchte zu kriegen, was er mit Madame Arcania nicht hatte bekommen können. Er versuchte, seinen Sohn zu bekommen. Das war bei ihm inzwischen mehr als eine fixe Idee. Er dachte an nichts anderes mehr. Einen Jungen. Seinen Jungen. Um ihm als Erben sein Geld, seinen Beruf, seinen Namen zu verma-chen. Wenn ich daran zurückdenke, war Gian Carlo keine Ausnahme. Zu jener Zeit war es nicht wie heute, die Mäd-chen zählten in einer Familie überhaupt nicht. Die Männer wollten, wie übrigens die Frauen auch, nur Jungen als Kinder haben. Gian Carlo hatte sich alles schon im voraus ausgemalt. Er würde seinem Sohn den Vornamen seines Vaters geben: Marcello. Er sah sich schon mit ihm Fußball spielen und ihn, wenn er erst einmal in dem Alter wäre, ins Bordell auf dem Morne à Cayes mitnehmen, damit er sich nicht mit der Hand berührte und sich alle möglichen Krankheiten holte. Un-glücklicherweise hat der liebe Gott, der nur nach seinem ei-genen Kopf handelt, ihm diese Genugtuung nicht gewähren wollen. Ana Livia ist gestorben, und ihr Junge mit ihr. Das hat ihm einen Schlag versetzt.

Zu jener Zeit, glaube ich, als wir erneut in Trauer und Leid waren, fing die Polizei wieder an, bei uns herumzuschnüffeln. Ein Richter, dem Fiorella ihre Schweinereien erzählt hatte, war von Basse-Terre angereist, und natürlich war ich es, die einmal mehr aufs Polizeirevier vorgeladen wurde. Er war wild entschlossen, dieser Richter. Ich sehe ihn noch vor mir: ein brauner Mulatte, herrisch, der sich ganz offensichtlich als was Besseres fühlte. Einmal stand er den ganzen Morgen auf dem Gehweg gegenüber vom Juwelierladen und lauerte. Ich erinnere mich sogar, daß er hereingekommen ist, um dem armen Gian Carlo herausfordernd ins Gesicht zu sehen, der an nichts anderes dachte als an seinen armen Marcello, den man zum Vermodern in die Erde gebettet hatte. Die Leute haben kein Herz. Trotzdem, der Richter hat nichts herausfinden können, nichts und wieder nichts, weil ich nichts Böses getan hatte, und Gian Carlo auch nicht. Manchmal fragten wir uns, was aus Reynalda geworden war. Ich war mir sicher, daß sie sich irgendwo versteckte, lebendig, wohlauf und dabei, Böses zu tun. Er dagegen hatte Mitleid. Er sagte, die Leute in diesem Land seien schlecht, und vielleicht hätte einer von ihnen ihr etwas Schreckliches angetan. Sie am Ausgang der Schule abgefangen. Sie zu Tode geprügelt. Ihre Leiche auf dem tiefen Grund eines Baches versenkt.

Das Ende unserer traurigen Geschichte ist noch trauriger. Nachdem er beinahe sein Auge verloren hätte, ist Gian Carlo, der nie viel Geschmack am Rum gefunden hatte, höchstens sonntags ein Gläschen Rum Vieux mit Pater Mondicelli, völlig dem Alkohol verfallen. Wenn er getrunken hatte, war es schrecklich, er erinnerte sich dann an nichts und niemanden mehr. Er sah mich an, als hätte er mich noch nie gesehen. Er weinte sich bloß die Augen aus und sagte immer wieder den Namen von Madame Arcania. Er sprach von ihrer Jugend in Mailand. Von der ersten Zeit ihrer Liebe, die sie vor Paolo Renucci, dem allzu eifersüchtigen Papa, geheimgehalten hatten. Von ihrem Unterschlupf in einem Vorort. Von ihrer Überfahrt auf einem Dampfer der Allgemeinen Transatlantischen Gesellschaft. Von ihrer Ankunft in La Pointe zu Kriegsende. Er sagte, er hätte den Werbeanzeigen, die er in der Zeitung gelesen hatte, nie Glauben schenken und sich auf Guadeloupe niederlassen dürfen, das ein verfluchtes Land sei. Keiner wird mir ausreden, daß er das Leben teils wegen all der Mißgeschicke satt hatte, die ihm widerfahren waren, und teils wegen der Gemeinheiten, die seine eigene Tochter über ihn erfunden hatte. Deshalb hat er sein Bett auch mit Absicht Feuer fangen lassen. In jener Nacht war ich in meiner Dachkammer, ich habe nichts gehört. Er ist gegangen, ohne sich um mich zu kümmern. Weder um mich noch um sonst irgend jemanden. Er hat mir nichts gelassen als meine zwei Augen zum Weinen. Seinen Kindern hat er nichts hinterlassen als Schulden. Kein Landhaus in Vernou, wo die Aristokraten hinfahren. Kein Stück Land. Keinen Sou auf der Bank. An einem Tag ist alles, was er besaß, versteigert worden, und es ist nichts übriggeblieben. Bis zu ihrer Abreise haben die vier Mädchen, Eudora, Maria Adélaïde, Zora und Donatella, bei Luigi Carloggia, dem Vater der verstorbenen Ana Livia, um Almosen bitten müssen. Beim Gedanken an all die Gräber, die sie hinter sich ließen, mußten sie unaufhörlich weinen. Ihre Mama, ihr Papa, ihre Tanten, ihre Schwestern, die bei der Geburt oder in früher Kindheit gestorben waren. Manchmal frage ich mich, was aus ihnen geworden ist drüben in Italien. Sie haben mir nie ein Lebenszeichen geschickt. Als sie ganz klein waren, war ich es gewesen, die sich um sie kümmerte. Da küßten und liebkosten sie mich. Als sie heranwuchsen, pflanzten Fiorella und Reynalda nach und nach ihr Gift in ihre Seelen und hetzten sie gegen mich auf. Ich trage ihnen nichts nach und hoffe, daß sie nicht unglücklich sind, da, wo sie sind. Sie haben schon genug gelitten.

Siehst du, ich habe den Kreis geschlossen. Ich bin hierher zurückgekommen, an den Ort, wo mein Leben seinen Anfang genommen hat. Als Gian Carlo starb, war ich fünfunddreißig Jahre alt. Ich hatte noch all meine Zähne. Meine ganze Jugend. Trotzdem, ich habe keinen Mann mehr haben wollen. Ich hätte es nicht zugelassen, daß irgendein anderer Mann, ob Neger, Mulatte, Zindien, Blanc-pays oder Blanc-métro, Hand an mich legte. Gott ist mein Zeuge, seitdem er unter der Erde ist, hat kein Mann mehr in meinem Bett gelegen. Ich habe sie alle abblitzen lassen, die hinter mir herliefen, erregt wie Hunde von dem Geruch, den sie an mir wahrnahmen. Ich habe mich auch nicht mehr verdingen wollen. Den Kopf senken: »Ja, Madame; ja, Monsieur.« Die Verachtung wie die Befehle der Leute entgegennehmen. Ich bin hierher zurückgekehrt, wo ich geboren bin. Obwohl ich so viele Jahre fort war, stand meine Hütte noch an ihrem Platz. Ich habe nur den Schlüssel im Loch umdrehen müssen, damit sich die Tür öffnete zur ganzen Einsamkeit, die auf mich wartete. Gegen meinen Wunsch bin ich noch lebendig auf Erden. Denn leider, man kann dem Tod nicht befehlen. Man kann ihm nicht sagen: »Erbarme dich! Komm jetzt, ich bin so müde. Mach ein Ende mit mir.« Dabei würde ich gerne zu den wenigen Menschen zurückkehren, die etwas für mich empfunden haben. Meine Bonne-Maman, meine Mama. Gian Carlo? Nein! Der gehört mir nicht mehr. Ich denke mir, daß er seine Zeit im Paradies damit zubringt, Madame Arcania für alles um Vergebung zu bitten, was er ihr auf Erden angetan hat. Er weiß nicht einmal mehr, daß es mich gegeben hat. Und doch geht der Gedanke an ihn mir nicht aus dem Kopf. So alt du mich hier vor dir siehst, noch immer befleckt das Wasser meines Körpers nachts meine Laken, wenn ich an all die schönen Augenblicke denke, die wir zusammen verbracht haben. Manchmal wache ich auf und glaube, daß er neben mir im Bett liegt, schlafend, schwer wie ein Baumstamm, und daß ich ihn wachrütteln muß: »*Patron, jou rouvé, lévé an kaban-là!* – Chef, der Tag ist da, raus aus dem Bett!« Ich bin allein, das ist wahr. Aber ich brauche niemanden. Weder sogenannte Freunde. Noch Besucher. Hier kommt keiner herauf, um mich zu beobachten und dann hinter meinem Rücken schlecht über mich zu reden. Ich habe an jedem Tag Gottes etwas zum Kochen in meinem Topf, etwas, um meine Schüssel zu füllen, weil die Zeiten sich geändert haben. Man läßt die Leute nicht mehr verhungern. Die Fürsorge, die ich um nichts gebeten habe, kümmert sich gut um mich. Jeden Monat schickt sie mir einen Scheck, und du wirst es mir nicht glauben, ich habe heute mehr Geld als in meinem ganzen elenden Leben, wenn Gian Carlo wieder einmal vergaß, daß mein Monatslohn fällig war, und ich nicht wußte, wie ich die Sandalen und die Schulkleidung von Reynalda bezahlen sollte.

Du siehst enttäuscht aus, ganz betrübt. Das ist nicht die Geschichte, die du gerne hören wolltest, nicht wahr? Du hattest geträumt. Du hattest dir in deinem Kopf einen Haufen anderer Dinge zurechtgelegt, und du bist über das Wasser hierher gekommen, um für deine Phantasien eine Bestätigung zu finden. Leider habe ich dir nichts anzubieten, was deine Ohren erfreuen würde. Ich habe dir nur die Wahrheit anzubieten. Ich kann dir nur erzählen, was passiert ist. Gian Carlo ist nie dein Papa gewesen. Wer es ist? Nur Reynalda kennt ihn und kann es dir sagen. Gian Carlo hat nie Hand an sie gelegt. Was hätte er anfangen sollen mit einem solchen Kind, weder vorne noch hinten was dran, flach wie ein Brett? Dazu hatte er viel zu gerne schöne Frauen. Üppige Frauen. Wie mich. Ohne angeben zu wollen, ich war schon etwas in meiner Jugend. Die Neger, die Mulatten, die Weißen blieben stehen, wenn ich vorbeikam, auch wenn ich barfuß und in Fetzen ging. Aber die Schönheit, das ist leere Luft, etwas Nutzloses, das habe ich schnell begriffen. Nicht nur bringt sie dir nichts ein, sie macht auch die Männer zu Nutznießern. Was man braucht und was ich nie bekommen habe, das ist Bildung. Und vor allem Glück. Mit ein bißchen Bildung, ein bißchen Glück hätte ich ganz Guadeloupe auf den Kopf gestellt. Aber, ach! Ich habe nur Pech gehabt. Wenn ich dir einen Rat geben kann, dann, all das zu vergessen und dahin zurückzukehren, wo du hergekommen bist. Amerika, nicht wahr? Hier gibt es keinen Platz für dich. Du bist verpflanzte Erde. Hier kennt jeder von Geburt an den Weg, den er zu gehen hat, und den Platz, an dem er sich am Ende wird hinlegen müssen. Frage deine Mama nichts mehr, diese elende Lügnerin. Laß sie in Ruhe mit ihren hanebüchenen Märchen. Frage überhaupt niemanden mehr etwas. Du hast Bildung. Du hast deine gute Gesundheit. Lebe dein Leben.

Was fehlt dir denn?

6

Wenn du hierbleiben würdest, bei mir, du würdest sehen, wir könnten es gut, sehr gut zusammen haben.«

Der schüchtern vorgebrachte Vorschlag streifte Marie-Noëlles Geist wie eine lästige Fliege das Gesicht eines Schlafenden, und sie hätte ihn beinahe genauso weggewischt. Dann nahm sie sich zusammen und gab sich Mühe, eine Antwort zu finden. Sie machte sich Vorwürfe, weil sie gleich auf den ersten Blick hätte sehen müssen, was für ein Typ er war. Ein Typ, der sich nicht vorstellen kann, daß eine Frau einfach deshalb ein paar Nächte in seinen Armen verbringt, weil sie nicht mehr kann. Aus Müdigkeit und Enttäuschung. Ein Typ, der sich nicht vorstellen kann, daß eine Frau sich ihre Lust nimmt, wie sie eine Arznei nehmen würde. Ein Romantiker, ein Ewiggestriger eben! Sie sah die nackte Gestalt, die neben ihr lag, mit neuer Aufmerksamkeit an. Nichts dagegen zu sagen. Ein schöner athletischer Körper. Kupferfarben. Nichts als Muskeln, da er jeden Tag schwamm, wie er ihr erzählt hatte, zur kleinen Insel vor Le Gosier und zurück. Trotzdem empfand sie nichts für ihn. Nichts als eine vage Dankbarkeit für die empfangene Lust, vermischt mit einem Gefühl, das dem Mitleid ähnelte. Letzten Endes nämlich war er, obwohl er älter war als sie, der Verletzlichere. Derjenige, der vom Leben weniger Schläge abbekommen und noch nicht aufgehört hatte, Wunder davon zu erwarten. Sie setzte sich im Bett auf, das Laken bis zum Kinn hochgezogen, und begann ihm geduldig zu erklären, daß er sich irrte. Mit ihr würde es kein

Glück geben. Zum ersten Mal sprach sie von sich, von ihrem Leben in Amerika, von Stanley und sogar von Reynalda, die vielleicht der Hauptgrund für ihre Unfähigkeit war, ihrem Leben eine gute Richtung zu geben. Dabei merkte sie wohl, daß diese Erklärungen, statt ihn zu entmutigen, ihn im Gegenteil weiter entflammten und in seinem Vorsatz bestärkten, ihr dieses Glück zu verschaffen, das sie nach ihrem eigenen Eingeständnis nie erfahren hatte. Bestimmt würde er anfangen, von ihr zu träumen, und nach ihrer Abreise liebeskrank werden wie ein Oberschüler.

Immerhin, sie mußte zugeben, daß eine gewisse Intimität zwischen ihnen entstanden war. Als Cyrille zurück nach Grande-Anse gefahren war, zu seinen Kranken, waren sie beide an den zwei Seiten des Tisches sitzengeblieben, um der Erzählung Ninas zuzuhören. Die Finsternis um sie herum war immer tiefer geworden, bis Nina schließlich die Petroleumlampe angezündet hatte, die auf dem Tisch stand. Aber der Docht war schlecht gepflegt. Die Flamme war spärlich, gelblich und gab mehr Rauch als Licht. Marie-Noëlle hätte nie gedacht, daß Nina ihr sympathisch erscheinen, ihr nahe sein könnte, so als hätten zwei Ausgeschlossene, zwei an Liebesmangel Leidende sich plötzlich gefunden. Nun geschah genau das. Bei genauerem Hinsehen hatte Nina nichts Furchterregendes an sich. Hinter ihrer abweisenden Maske konnte man ihre Verletzlichkeit spüren, und man war beinahe versucht, sie zu bemitleiden. Mit dem Rücken an die Wand gelehnt, zusammengesackt, sprach sie langsam, ohne jemanden anzuschauen, als gingen ihre Zuhörer sie nichts an. Als mache sie sich nicht die Mühe, überzeugen zu wollen oder sich zu verteidigen. Als lasse sie allein zu ihrem eigenen Vergnügen diese Vergangenheit aus sich heraus, die aus den Untiefen ihres Seins wiederaufstieg. Als sie aufgehört hatte zu sprechen, waren Marie-Noëlle und Judes Anozie regungslos auf ihren Stühlen sitzengeblieben, aus Angst, den Zauber zu brechen. Nach einer Weile hatte Nina sich wieder daran erinnert, daß sie nicht allein war. Sie hatte den Kopf leicht gewendet und Marie-Noëlle mit einem Blick fixiert, der sie überraschte. Denn das Licht, das in Ninas Augen aufblitzte, konnte bedeuten, daß sie diese Enkelin, die aus dem Unbekannten und der Nacht aufgetaucht war, prüfte und daß sie sich über die Begegnung freute. Unglücklicherweise konnte Marie-Noëlle diese Aufmerksamkeit nicht erwidern. Vorerst empfand sie nichts. Nur eine ungeheure Müdigkeit, wie ein Schwimmer, der an seinem Ziel angekommen ist und feststellt, daß seine Anstrengung umsonst war und alles von vorne begonnen werden muß. Bis zu ihrem letzten Atemzug würde sie sich an jenen Novembertag vor ihrer Abreise nach Boston erinnern, an dem Reynalda ihr ihren Leidensweg anvertraut hatte. Nach all den Jahren sah sie noch immer jeden Zug ihres lichtlosen Gesichts vor sich. Sie hatte noch ihre tonlose Stimme im Ohr, heiser von etwas, das sie für zurückgehaltene Tränen gehalten hatte.

Das Haus unten schlief. Durch das Fenster der Dachkammer hörte ich die Schluckspechte aus der Spelunke in der Rue Barbès sich mit einer Litanei von Schimpfwörtern um eine Pinte Rum streiten.

Er kam immer um dieselbe Zeit. Gegen elf, halb zwölf, bevor er dann den Rest der Nacht mit meiner Mama verbrachte, als wäre ich ein Snack oder eine Vorspeise, die dem Hauptgang vorausgeht. Ich konnte nichts tun als warten. Warten auf diesen unausweichlichen Moment. Steif vor Angst, zitternd in meinem Bett, lauschte ich. Ohne Eile stieg er die Treppen herauf. Er stolperte schimpfend über ein paar Stufen, denn er trank Unmengen Rum – sobald José, der Lehrling, den eisernen Vorhang des Ladens herabgelassen hatte –, und am Ende des Tages war sein Schritt nicht mehr besonders sicher. Es war, als hörte ich, ohne ihn aufhalten zu können, einen Zyklon, der immer näher kam und mein ganzes Hab und Gut verwüsten würde, einen Vielfraß, der mich verschlingen, einen *soukougnan,* der mein Blut aussaugen würde. Meine Mama, die lange vor ihm heraufgekommen war, nachdem sie den Küchenboden geschrubbt, das Eßzimmer aufgeräumt und die Schälchen und Löffel für das Frühstück am nächsten Morgen auf den Tisch gestellt hatte, empfing ihn auf dem Treppenabsatz. Sie küßten sich wie die Tiere, die sie waren. Dann erschien sein Gesicht, weiß wie ein Gespenst unter seinem dichten Haarschopf, in der Öffnung des Baumwollvorhangs, der unser Zimmer teilte. Er verzog sein Gesicht zu einem Lächeln, trat ein und sagte mit seinem starken italienischen Akzent zu mir: »Wie geht's, mein Hühnchen?« Meine Mama kam ebenfalls herein. Sie setzte sich an meine Seite und sah zu, was passierte. Manchmal hielt sie meine Hand oder meinen Fuß fest. Wenn ich weinte, sagte sie mir immer wieder vor: »Du hast keine Ahnung, wie du gelitten hättest, wenn ein alter Neger dasselbe mit dir gemacht hätte.«

Wenn es vorbei war, gingen sie alle beide weg. Nach einer Weile stand ich ganz vorsichtig auf, ohne die Kerze anzumachen, ohne ein Geräusch. Sie waren allerdings so beschäftigt mit ihrem Hexensabbat, daß sie mich gar nicht gehört hätten. Sie trieben ihre Spiele. Sie lachten. Sie schrien. Meine Mama quiekte wie eine Ratte oder ein abgestochenes Schwein. Das ist es, was ich Abend um Abend erdulden mußte. In den Schlechtwetternächten, wenn der Regen wie verrückt auf dem Blechdach tanzte und die Blitze sich durchs Fenster hereindrängten, betete ich zu Gott, daß der Blitz in das Dachgeschoß einschlagen sollte und die beiden auf der Stelle tot wären. Zwei verkohlte Holzstücke. Ich ging die Treppe hinunter, und wenn ich auf dem Treppenabsatz im ersten Stock ankam, ging ich auf Zehenspitzen. Die Türen zu allen Zimmern waren geschlossen. Ich blieb vor derjenigen stehen, hinter der Fiorella neben ihren kleinen Schwestern im Bett lag. Ich wußte, daß auch sie nicht schlief, weil sie von meinem Leid wußte, daß sie aber nichts für mich tun konnte. Ich fühlte mich allein, so allein, vom lieben Gott im Stich gelassen, und ich fragte mich, was ich getan hatte, um eine solche Strafe zu verdienen. Im Erdgeschoß schaffte ich es mit Mühe, den Balken anzuheben und eine der großen Eßzimmertüren zu öffnen, die im Dunkeln quietschte, und ich ging quer über den Hof zum Badezimmer neben der Küche. Über einem kleinen steinernen Becken tropfte ein Wasserhahn. Das Gesicht ganz naß von Tränen, die ich nicht einmal spürte, füllte ich das Becken und ließ mich ins kalte Wasser gleiten, das auf meinem wunden Geschlecht brannte. Ich hatte das Gefühl, daß ich mich so ein bißchen säuberte, ich reinigte mich von dem, was gerade passiert war und was morgen und übermorgen und alle Nächte meines Lebens bis zu meinem Tod passieren würde.

Eine solche Geschichte kann man nicht erfinden. Solche Details kann man sich nicht ausdenken. Und doch log eine der beiden Frauen ihr ins Gesicht. Welche? War es Reynalda? War es Nina? Sie konnte es nicht entscheiden, also würde sie die Antwort auf ihre Frage nie bekommen. Dieser Gedanke hatte sie zur Verzweiflung gebracht. Mit einem Schlag war sie aufgestanden, immer noch ohne ein Wort, und war auf die Tür zugegangen, vor der der kreolische Hund eingeschlafen war. In dem Augenblick, als sie über die Schwelle treten wollte, hatte ein Impuls sie gepackt, unvernünftig, gewaltsam wie ein Gewissensbiß. Sie hatte sich zu Nina umgedreht, die noch immer reglos am selben Platz saß, noch immer in derselben abwartenden Haltung, und war zurückgegangen, um ihr einen Kuß auf die Wange zu geben. Eine warme Wange. Eine noch feste Wange unter ihren Lippen.

Erst als sie draußen war, hatte sie angefangen zu weinen. Sie, die seit Jahren nicht geweint hatte. Noch nicht einmal, als erst Terri, dann Stanley sie verlassen hatten. Noch nicht einmal an Ranélises Sarg.

Judes Anozie hatte das sofort ausgenutzt, um sich einen Haufen Vertraulichkeiten zu erlauben. Er hatte ihr den Arm um die Taille gelegt und sie auf dem ganzen Weg, der nach Grande-Anse zurückführte, gestützt und dabei Worte des Trostes geflüstert, die sie nicht trösten konnten. Der Weg war endlos lang. Mal als schmaler Pfad, mal als etwas breitere Trasse voll ausgewaschener Schlaglöcher schlängelte er sich durch eine Landschaft wie aus einem Science-fiction-Roman. Dorniges Dickicht aus Kakteen und Agaven machte stellenweise einer Art Trockenwald Platz, in dem bizarr geformte Bäume sich einen bedrohlichen Ausdruck gaben. Der erste Mensch, der den Fuß auf den Mond setzte, kann nicht erschrockener gewesen sein über das, was er um sich herum erblickte. Dort oben war er, der Mond, in ein Kissen ausgefranster Wolken gebettet, und spottete wie üblich, denn die verwickelten Angelegenheiten der Menschen amüsierten ihn. Ein starker Wind trieb die Sterne von einem Ende des Himmels zum anderen, und es war Marie-Noëlle, die sich inmitten dieser trostlosen Weite verloren fühlte und über den felsigen Boden stolperte, als lebe sie in einem der Märchen, die sie in ihrer Kindheit gelesen hatte, worin ein armes Waisenmädchen vergeblich Schutz gegen die Nacht, die Trostlosigkeit und die Angst sucht. Endlich kamen sie in Grande-Anse an. Der Ort war in Finsternis getaucht, abgesehen von ein paar wenigen Lichtern, die durch die Jalousien hindurchschienen, und dem Schein der Straßenlaternen auf den Gehwegen. Es herrschte Finsternis, nicht aber Stille. Die Luft war erfüllt von allen möglichen Geräuschen. Das Quaken der Kröten, die ihre Gebete zum ewig trockenen Himmel schickten, das Zirpen der Insekten, die sich in Grasbüscheln versteckten, das Gebell der streunenden Hunde und über all dem das Grollen des zornigen Meeres, wer weiß, warum!

Ganz selbstverständlich war Judes mit in das schönste Zimmer gekommen, das für Marie-Noëlle hergerichtet worden war, und hatte sich mit Autorität darangemacht, mit ihr zu schlafen.

»Dann gehst du also.«

Es war keine Frage. Es war eine Feststellung, ausgesprochen in traurigem Ton. Während Kevin und Randy lärmend in einer Ecke des Zimmers spielten, legte Claire-Alta sorgfältig Marie-Noëlles Blusen und Jeans zusammen. Tags zuvor hatte sie sie gewaschen und gebügelt, Stück für Stück, bevor sie sie auf dem Bett ausbreitete, als wolle sie für jeden sichtbar demonstrieren, von welcher Bescheidenheit sie waren. Sie legte sie zusammen und packte sie dann, mit derselben peniblen Sorgfalt, in den Koffer. Ihr Gesicht bemühte sich, nichts von dem zu zeigen, was sie empfand, und doch konnte man an ihren hartnäckig gesenkten Lidern, an ihrem zusammengekniffenen Mund die Vorwürfe erraten, die sie nicht aussprach. Dieses Mal versuchte Marie-Noëlle nicht, sich zu rechtfertigen, sie wußte, daß es vergebliche Mühe wäre. Sie beschränkte sich darauf, in möglichst überzeugendem Ton zu stammeln, daß sie wiederkäme. Wann? Bald. Sehr bald. Wenn es möglich wäre, schon in ihren nächsten Ferien. Vielleicht würde sie von nun an zu diesen nostalgischen Urlaubern gehören, die Jahr für Jahr in das Land ihrer Kindheit zurückkehren und vergeblich den Baum suchen, unter dem ihre Plazenta begraben liegt. Claire-Alta widersprach ihr nicht. Aber sie zog doch ein Gesicht, das verriet, was sie von diesen frommen Lügen hielt, und fuhr fort, die Wäsche ordentlich zusammenzulegen und einzupacken. Dann schienen sie plötzlich ihre Kräfte zu verlassen. Sie ließ sich auf das Bett fallen und fing, mit dem Kopf in beiden Händen, an zu weinen. Warum sie weinte? Einfach, weil sie zu den ganz normalen Menschen gehörte, die bei Trennungen und Beerdigungen weinen, sich bei Verlobungen und Hochzeiten freuen und bei Taufen in die Hände klatschen. Marie Noëlle, die sich ein bißchen schämte, so gefühllos zu sein, ging zu ihr und nahm ihre Hand zwischen die ihren, um sie zu trösten. Eine ganze Weile weinte Claire-Alta an ihrer Schulter und sagte dann schließlich zwischen zwei Schluchzern:

»Ich habe das alles so lange in meinem Kopf hin- und hergewälzt, daß mir eine Geschichte über deine Mama wieder eingefallen ist. Ich weiß nicht, ob sie von Bedeutung ist.«

Reynalda?

Eines Abends hatte Reynalda einen Brief an jemanden geschrieben. Das war gewesen, nachdem sie zusammen den Abwasch vom Abendessen gemacht, die Küche geputzt, die Töpfe geschrubbt und poliert hatten, die sie dann stolz einen neben dem anderen an die Wand gehängt hatten. Reynalda hatte sich aufs Bett gesetzt, und beim Schein der Gaslampe hatte sie fieberhaft etwas auf Blätter geschrieben, die sie aus Claire-Altas Schulheften herausgerissen hatte. Als sie fertig gewesen war – und das hatte einige Stunden gedauert, denn sie hatte Seite um Seite vollgeschrieben, manche zerrissen und wieder von vorn angefangen –, hatte sie alles noch einmal durchgelesen, laut weinend. Aber als Claire-Alta auf sie zugegangen war, um sie zu trösten, hatte sie sie entschieden, fast gewaltsam zurückgestoßen, als hätte sie Angst, Claire-Alta könnte sehen, was sie gerade geschrieben hatte. Am nächsten Morgen hatte Reynalda den Brief selbst abgeschickt, wofür sie einen Umweg bis zum Postamt machte, das damals in der Nähe des Hospizes Saint-Jules lag. Dann hatte sie angefangen, auf den Briefträger zu lauern. In der Regel hielt der Briefträger, Monsieur Démosthène, nie an, um bei Ranélise Post abzuliefern. Manchmal, wenn sie ihn vorbeigehen sah – in der Hitze des Tages schwitzend, denn die Briefträger gingen damals zu Fuß, mit einem Tropenhelm als einzigem Schutz vor der Sonne und ihrer schweren Tasche voll mit wohlgeordneten Sendungen aller Art über der Schulter, und machten es sich nicht in gelben Kleinwagen bequem, wie der jetzige, Moïse, der die Leute mit der Hupe aus den Häusern holte, wenn er Einschreiben für sie hatte –, lud Ranélise ihn auf ein großes Glas kühles Wasser ins Haus. Er trank dann den ganzen Krug leer, und Claire-Alta sah jetzt noch die ruckartigen Bewegungen seines Adamsapfels über die ganze Länge seines Halses vor sich. Nach ein paar Tagen, acht, sieben, vielleicht weniger, hatte Reynalda eine Antwort auf ihren Brief bekommen. Es war ein Mittwoch, für Claire-Alta der schönste Tag der Woche, weil keine Schule war und Reynalda im Tribord Bâbord ihren freien Tag hatte. Nachdem Ranélise und Gérardo Polius aus dem Haus waren, blieben die beiden Mädchen also allein zurück. Dann konnten sie ausnahmsweise zurück ins Bett gehen und dort faulenzen, ihren Kakao im Nachthemd trinken, Kreise-und-Kreuze spielen, Radio hören. Sich nicht damit schinden, vom frühen Morgen an das ganze Haus sauberzumachen, dem Staub hinterherzujagen, der sich tükkischerweise in den unwahrscheinlichsten Ecken und Winkeln versteckte. Claire-Alta war erschrocken, als Monsieur Démosthène an die Tür geklopft hatte, mit einem Umschlag aus braunem Papier wedelnd, der ganz gewöhnlich aussah, es war kein Luftpostumschlag mit blau-weiß-rotem Rand, und ihr zugerufen hatte:

»*An let ba sésé-aw!* – Ein Brief für deine Schwester!«

Reynalda mit ihrem Siebenmonatsbauch war aus dem anderen Zimmer herübergekommen, mit kleinen, zögernden Schritten, so wie ein Kind sich seiner Mama nähert, wenn es Angst vor einer Strafe hat. Dann hatte sie sich auf den Brief gestürzt und ihn mit ins Schlafzimmer genommen. Sie war so lange darin eingeschlossen geblieben, daß Claire-Alta, die sich Sorgen machte, schließlich ihr Ohr an das Holz der Tür gedrückt und ihre Freundin leise gerufen hatte. Endlich hatte Reynalda die Tür wieder aufgemacht, mit trockenen, glänzenden Augen, von Kopf bis Fuß angezogen. Sie war eilig aus dem Haus gestürzt, ohne zu sagen, wohin sie ging, und war ohne weitere Erklärungen für den ganzen Nachmittag verschwunden.

Mit weichen Knien setzte sich Marie-Noëlle neben Claire-Alta aufs Bett. Aber das war alles, was sie wußte, und sie konnte, von Marie-Noëlle mit Fragen bedrängt, ihrer Geschichte nichts wirklich Neues mehr hinzufügen. Sie hatte Reynalda nur dieses eine Mal schreiben sehen. Danach war sie auch nie mehr aus dem Haus gegangen, ohne zu sagen, wohin sie ging. Allerdings erschien sie von da an noch trauriger und verschlossener. Sofort fing Marie-Noëlle an, sich das Hirn zu zermartern, um zu erraten, an wen Reynalda diesen geheimnisvollen Brief wohl adressiert haben könnte. Fiorella konnte es nicht sein, denn die hatte ja vergeblich Himmel und Erde in Bewegung gesetzt, um sie wiederzufinden. Mama Arcania?

Tante Lia? Tante Zita? Die hätten sicher sofort die Polizei verständigt, die an den Kanal gekommen wäre. Nein, nein, nein! Bestimmt war es Gian Carlo, dem sie geschrieben hatte, ein letzter Versuch, sich an den Papa des Kindes, das sie unter dem Herzen trug, zu wenden. Aber Gian Carlo hatte sich gehütet, ihr zu Hilfe zu kommen. Allerhöchstens hatte er ihr ein bißchen Geld gegeben – nicht viel, ein paar Scheine, angesichts seiner legendären Knauserigkeit –, um ihr Schweigen zu erkaufen. Diese Idee, ins Mutterland zu gehen, sich an das BUMIDOM zu wenden, um eine Stelle zu finden, kam von ihm. Von ihm und keinem sonst. Von allein hätte sie im Gehirn einer unschuldigen Fünfzehnjährigen nicht keimen können. Hatte Gian Carlo sich seiner Komplizin, seiner verdammten Seele anvertraut, Nina? Wahrscheinlich, und sie hatte sich sicher ins Fäustchen gelacht, als sie hoch und heilig schwor, daß sie keine Ahnung hätte, was aus ihrer Tochter geworden war. Als jedoch vor Marie-Noëlles Augen das alte Gesicht wieder auftauchte, so verbraucht, so aufgelöst unter der aggressiven Maske, als sie die alte Stimme, flach, rauh und mit starkem kreolischen Einschlag, wieder zu hören meinte, da vermochte Marie-Noëlle an der Aufrichtigkeit ihrer Großmutter nicht zu zweifeln. Ihre Intuition sagte ihr, daß Nina die Wahrheit sprach. Dann stellte sie diese Intuition wieder in Frage, wies sie zurück, denn sie hatte nur einen einzigen Grund: den Groll, den sie gegenüber Reynalda immer behalten würde.

DRITTER TEIL

I

Wenn sie die Augen schloß, sah sie nichts als Weiß, ein Weiß, als wäre sie noch immer von der Sonne geblendet, als könne sie nicht vergessen und nicht ertragen, mit welcher Wildheit diese alles um sie herum verschlang, Blumen, Büsche, Bäume, den Teer der Straßen, die Brücken über die Flüsse, die Hügel, die Berge und selbst die endlose Weite des Meeres, um an ihrer Stelle nichts als dieses monotone und blendende Glitzern zurückzulassen. Sie hatte oft das Gefühl, all das geträumt zu haben: die faden Alltagsgespräche mit Claire-Alta, die vergebliche Suche nach dem Vater, die Süffisanz Aristide Démonicos, das Geschwätz von Bonne-Maman, Ninas Erzählung und die Liebe mit Judes Anozie auf der Matratze, die neben dem weit geöffneten Fenster seiner Wohnung im siebten Stock der Cité Glycines in Les Abymes auf dem Boden lag. Zurück in Roxbury kam ihr alles, was sie auf Guadeloupe gerade erlebt hatte, völlig unwahrscheinlich vor. Während sie über den hartgefrorenen Schnee hinter dem Bus herlief und in den klaffenden Schlund der Metro eintauchte, kam ihr plötzlich eine Vision von der Überfahrt nach La Désirade am Ende ihres Aufenthaltes. Das kräftige Blau des Meeres, der Tanz des Katamarans auf dem Kamm der Wellen und hinter ihrem Rücken die gezackten Felsen der Pointe des Châteaux, und alles war völlig surreal. Sie sah, mit der Präzision eines Alptraums, die Überreste von Schönheit auf Ninas Gesicht vor sich, das inmitten dieses schrecklichen Elends den Ruinen eines großartigen, dem Verfall preisgegebenen

Monuments glich. Oder sie kaute lustlos an einem Sandwich herum, und plötzlich stiegen ihr die Tausendundeine-Nacht-Düfte eines Ziegen-Colombos in die Nase. Zugleich weigerte sie sich, das, was für sie im wesentlichen eine schmerzliche Gespensterjagd gewesen war, auf einen bloßen exotischen Reisebericht zu reduzieren. In einem ihrer Briefe an Ludovic hatte sie ihm zu erklären versucht, was ihre Rückkehr in das Land ihrer Geburt für sie bedeutet hatte. Er hatte mit einer dieser gewollt beruhigenden und moralisierenden Episteln geantwortet, die seine Spezialität waren, worin er ihr zuredete, sich all diese alten Geschichten aus dem Kopf zu schlagen und vorwärtszugehen. Wem konnte sie sich anvertrauen? Anthea interessierte sich nicht im geringsten für die Antillen, am wenigsten für die frankophonen Inseln, da sie ihres Wissens im 19. Jahrhundert keine Sklavinnen-Literatur hervorgebracht hatten. Und außerdem war sie in eine schwierige Arbeit vertieft, ihr Lebenswerk, Einführung und Kommentar zu einem unveröffentlichten Prosatext von Phillis Wheatley. Zwar gab es noch Molara mit der Neugier ihrer zehn Jahre. Oder ihre Studenten vom College in Roxbury mit ihren kaum erwachseneren Fragen. Sie alle stellten sich Guadeloupe wie Kalifornien in tausendmal besser vor. Ein paradiesisches Land, wo das Wort Blizzard nicht zum Sprachschatz gehörte, wo die Blumen ebensowenig welkten wie Plastik- oder Papierblumen, wo die Bäume zu jeder Jahreszeit ihren Schmuck aus Blättern und Früchten trugen und dessen goldene Strände von Wellen gesäumt waren, höher als Wolkenkratzer. Marie-Noëlle brachte es nicht über sich, sie über ihren Irrtum aufzuklären. Ihnen zu offenbaren, daß es sich in Wirklichkeit nur um einen kleinen vulkanischen Grat im Schlund des Ozeans handelte, an dem sich eine Handvoll Männer und Frauen festklammerten, tapfer, hart im Nehmen, fest entschlossen, alle Schläge zu überleben. Langsam, aber sicher fingen sie jedoch an, den Mut zu verlieren, diese unglücklichen Menschen, aufzugeben, massenhaft das Weite zu suchen. Diejenigen, die allen Widrigkeiten zum Trotz daran festhielten zu bleiben, wo vor ihnen ihre Eltern und deren Eltern ihren Schweiß vergossen hatten, waren es leid, dem Tod von der Schippe zu springen. Sie merkten genau, daß sie noch so sehr an ihrem Gwo-ka, ihrer Quadrille *au komand-man,* ihrer kreolischen Sprache, ihrem Teil an reifen Bananen und Rum Agricole festhalten konnten, mit ihnen war es vorbei. Sie würden den Anbruch des dritten Jahrtausends nicht überleben. Zum Glück hatte sie dank Judes Anozie, der sehr belesen war, die lokalen Autoren entdeckt, ihre Romane und Gedichte. Sie nahm sie in ihre Kurse über französische Literatur auf, die sie in frankophone Literatur umtaufte, wodurch sie sich selbst davon entlastete, eine Mythologie zu erschaffen, die allen gerecht würde.

Nach den paar Wochen auf Guadeloupe hatte sie ihre Lebensgewohnheiten mit einer gewissen Freude wieder aufgenommen, so wie man auf ein zwar unförmiges, unelegantes, aber gewohntes Kleidungsstück zurückkommt. Für die Zukunft standen leider große Veränderungen an. Sie würde das College von Roxbury verlassen, und das tat ihr mit am meisten leid. Sie hatte das Gefühl, ihren einzigen Freunden den Rücken zu kehren, denen, die ihr über die schlimmsten Momente ihres Lebens in Amerika hinweggeholfen hatten.

Anthea hatte ihr – unter der Bedingung, daß sie ihre vor ewigen Zeiten begonnene Doktorarbeit im Laufe des Jahres abschloß – für das neue Jahr eine Stelle mit mehr Ansehen und viel besserer Bezahlung an ihrer Seite an der University of New England verschafft. Marie-Noëlle hatte trotz ihres schlechten Gewissens nicht den Mut aufgebracht, dieses Angebot abzulehnen. Dann wäre Schluß mit den materiellen Entbehrungen aller Art, mit ihrer Wohnung, die im Winter eisig und zu jeder Jahreszeit kaum möbliert war, mit dem Hunger am Monatsende, mit den nie ganz beglichenen Schulden beim Koreaner. Sie war gerade dreißig Jahre alt geworden. Ihr Gesicht tat es mit tiefen Ringen unter den Augen, eingefallenen Wangen und Falten kund, die jeden Tag mehr wurden. Trotzdem lebte sie kaum komfortabler als in ihrer frühen Jugendzeit in Nizza. Sie hatte sich also wieder an ihre Doktorarbeit gemacht. Allerdings ohne mit dem Herzen bei der Sache zu sein. Es gelang ihr nicht, die Begeisterung der vergangenen Jahre wiederzubeleben, das ganze Werk Jean Genets erschien ihr auf einmal belanglos. Sie hielt trotzdem daran fest und schloß sich stundenlang in den Universitätsbibliotheken ein, diesen Friedhöfen, in denen es weder Luft zum Atmen noch Freude gab. Wenn sie bei Nacht wieder herauskam, flimmerte unter ihren Lidern unfehlbar die magische Vision der strahlenden schwarz-weißen Kacheln der Totenstädte ihres Landes, im Schutz der Filaos. Welch eindrücklicher Kontrast! Letzteren fehlte es wenigstens weder an Glanz noch an Schönheit. Ihre Doktorarbeit lieferte ihr einen guten Vorwand, um ihre unbestimmten Wünsche, Schriftstellerin zu werden, zurückzudrängen. In ihrem tiefsten Inneren machte sie sich keine Illusionen. Wie sollte sie schreiben können? Wie konnte sie zur Feder greifen, solange sie weder wußte, wer sie war, noch, woher sie kam? Ein Bastard, Vater unbekannt. Eine schöne Identität war das! Solange sie nichts Genaueres in ihr Familienstammbuch eintragen konnte, würde sie nichts zustande bringen. Bald fand sie noch einen zweiten guten Vorwand. Kurz vor Weihnachten schickte Ludovic ihr *Die fremden Tage,* ein Buch, das Reynalda gerade veröffentlicht hatte. Trotz seines Titels handelte es sich nicht um einen Roman, eine persönliche

Geschichte, Erinnerungen, Geständnisse oder ein Tagebuch. Reynalda sprach darin weder von Nina noch von Gian Carlo, noch von sich selbst. Es war ein sehr materialreicher, vielleicht etwas schwerfälliger Essay, der von Migranten antillanischen und schwarzafrikanischen Ursprungs handelte, genaugenommen vor allem von Migrantinnen, von ihren sozialen und familiären Lebensbedingungen, ihren Traumata und – ziemlich gewagt – von ihren sexuellen Phantasien. Das Buch war für Marie-Noëlle wie ein Faustschlag mitten ins Gesicht. Als sie den Namen betrachtete, der sich über den Umschlag ausbreitete: Reynalda Titane, sechs dunkle, scheinbar harmlose Silben, weder besonders elegant noch wohlklingend, die aber die Macht hatten, zu verletzen und Schaden zuzufügen, da hatte sie das Gefühl, ihre Mutter liefere ihr einen gnadenlosen Kampf. Sie setze alles daran, ihr alle nur möglichen Fluchtwege zu versperren. Sie hatte ihr bereits den Weg zu Liebe und Mutterschaft versperrt. Nun auch noch den zu schreiben. Ohne es zu lesen, räumte sie das Buch in ein Fach ihres Regals. Aber der Anblick der weißen Buchstaben auf dem schwarzen Rücken bereitete ihr solches Unbehagen, daß sie es schließlich irgendwo zuunterst versteckte. Trotzdem, der Gedanke ließ sie nicht mehr los, und sie versuchte, sich Reynalda in ihrer neuen Berufung vorzustellen. Wie sie ihre Zurückhaltung aufgab. Lächelte. Erklärte, was sie meinte.

Im März – man war des Winters müde, der letzte Sturm hatte meterhoch Schnee auf den Straßen aufgetürmt, zweitausend Haushalte um den Strom gebracht und vier oder fünf Obdachlose getötet – verlosch die große Liebe, die Awa in Mexiko gefunden hatte, und ganz selbstverständlich kam sie zu Marie-Noëlle zurück. Arturo, der Musiker, dem sie bis nach Mexiko gefolgt war, hatte sich als brutal und gewalttätig erwiesen, der sie grün und blau geschlagen hatte. Sie zog ihre

Röcke hoch und zeigte ihre von seinen Mißhandlungen zerfetzten Schenkel. Sie hatte mitten in der Nacht fliehen müssen, sonst hätte er ihr wahrhaftig die Kehle durchgeschnitten. Awa hatte sich verändert. Sie hatte nur noch eine einzige Obsession: nach Guinea zurückzukehren, denn sie hatte überraschenderweise ein schlechtes Gewissen entwickelt. Sie warf sich vor, ihre alternde Mutter in C* verlassen zu haben, wo es den Menschen, wie man ihr gesagt hatte, am Allernötigsten fehlte. Keine Seife, um sich zu waschen, keine Milch für die Babyfläschchen, weder Reis, Öl noch Tomatensauce. Voller Nostalgie erinnerte sie sich an Erlebnisse aus ihrer Kindheit und begriff jetzt, daß sie Natasha nicht zu schätzen gewußt hatte. Vielleicht war auch sie nur ein Opfer, wie alle Frauen es sind.

Marie-Noëlle hörte ihr zu. Sie hatte sie, ohne zu zögern, aufgenommen. Sie teilte alles mit ihr, wie in der Vergangenheit. Aber mit der Harmonie früherer Zeiten war es vorbei. Es lag nicht daran, daß sie Meinungsverschiedenheiten hatten. Awa hatte weder Gefallen an Stanley noch Talent in seiner Musik gefunden, und sie hatte damit auch nie hinterm Berg gehalten. Aber indem sie nun ihrer beider Kindheit in ein anderes Licht setzte, rührte sie an die Grundfesten ihrer Intimität. Alles bröckelte. So hatte sie etwa anläßlich einer Tournee Arturos in Paris die Gelegenheit genutzt, um Reynalda und Ludovic zu besuchen. Seitdem war sie des Lobes voll für Reynalda, die so fleißig, so intelligent sei und in Paris aus eigener Kraft zu einer bekannten Persönlichkeit geworden war. Komisch, als sie klein gewesen sei, hätte sie sie für häßlich gehalten, dabei hätte sie einen ganz eigenen Charme und Pipapo. Während Ludovic, dieser Schwärmer, nichts als seine schöne Visage aufzuweisen habe. Schöne Visage? Über dieses Urteil war Marie-Noëlle schockiert gewesen. Sie hatte Ludovic nie als einen schönen Mann gesehen. Sie erinnerte sich nur an sein großes Herz, das ihr Zuflucht geboten hatte.

Wie gewöhnlich brachte Awa Leben in Marie-Noëlles Existenz. Aufregende Essensdüfte drangen aus der Wohnung, zusammen mit wirren Musikklängen mitten in der Nacht. Männer, die manchmal nicht sehr vertrauenerweckend aussahen, begannen zu jeder Uhrzeit die Treppen hinaufzusteigen, um es sich unterschiedslos im Bett der einen oder der anderen bequem zu machen. Und die Nachbarn, die Mrs. Watts bisher kaum beachtet und für eine anständige Person gehalten hatten und drei Jahre lang ruhig hatten schlafen können, hatten nunmehr jeden Grund, sich zu beschweren.

»Cum laude bestanden.«

Marie-Noëlle schüttelte den drei Mitgliedern der Kommission die Hand, die ihr in gewisser Weise gerade einen kostbaren Paß ausgehändigt hatten. Eine Französin, zwei weiße Amerikaner. Wie die Ansichten sich geändert hatten seit der Zeit der Black Panther! Das schwarze Amerika interessierte sich nicht mehr für Jean Genet, es hatte ihn vollständig den Kaukasiern überlassen, und Marie-Noëlle hatte vergeblich nach einem afro-amerikanischen Professor als Betreuer ihrer Doktorarbeit gesucht. Aber sie hatte es geschafft, ihre Arbeit in angemessener Frist abzuschließen. In der Bibliothek, zwischen den Büchern und Zeitschriften in französischer, spanischer, deutscher Sprache, wartete eine kleine Gruppe von Studenten und Dozenten auf sie, um das Ereignis mit einem jener kärglichen Imbisse zu feiern, die die Spezialität des Instituts für fremdsprachige Literaturen waren: trockene Kekse, fade Käsewürfelchen, ebensolche Erdbeeren und ein so blasser Weißwein, daß man ihn mit Wasser hätte verwechseln können. Marie-Noëlle schüttelte weitere Hände, umarmte einige

Leute und ging dann auf Anthea zu, die vor Stolz strahlte, Molara an ihrer Seite. Dieser Erfolg, selbst wenn er bescheiden ausfiel, gehörte ihr. Sie allein und niemand sonst hatte eine kleine, ängstliche Emigrantin, die mit einem brotlosen Musiker verheiratet war, in eine achtbare Universitätsdozentin verwandelt. Die Rasse würde es ihr zu danken wissen, und diejenigen, die den amerikanischen Traum bereits für Vergangenheit erklärten, bekamen den Beweis dafür geliefert, daß sie sich täuschten. Der amerikanische Traum lebte und führte allen, die Augen hatten zu sehen, vor, wie lebendig er war. Antheas und Molaras Kleidung machten dem Anlaß Ehre. Die Mutter trug eine Pumphose im muslimischen Stil und eine weite Tunika wie die der Ga-Frauen aus der Gegend von Accra, geschneidert aus einem prunkvollen Ashanti-Stoff. Auf ihrem Kopf bauschte sich ein großes Tuch. Die Kleidung der Tochter war die Miniaturausgabe der ihrer Mutter. Anthea drückte Marie-Noëlle mit aufrichtiger Rührung an ihr Herz. Diese erwiderte ihre Umarmung herzlich und umarmte auch Molara. Sie hatte allerdings an diesem großen Tag nicht die gleichen Gefühle wie Anthea. Keine Befriedigung darüber, was als sozialer Aufstieg gelten mochte. Kein intellektueller Stolz. Sie fühlte sich allerhöchstens erleichtert, so als hätte sie sich gerade einer unangenehmen Formalität entledigt. Wenn sie sich genau analysierte, so verspürte sie Angst. Sie fragte sich, ob sie, wie einige ihrer Kolleginnen, zu einer jener »Spezialistinnen« werden würde, die für ihre Publikationen bekannt waren und mit akademischen Ehren überschüttet wurden, die schwadronierten und jargonierten und alle um sich herum in die Flucht schlugen wie lästige Schwätzer. Sie hatte den Eindruck, daß sie von den zwei Lebensmodellen, die sie vor Augen hatte, Awas und Antheas, ohne es zu bemerken, das zweite gewählt hatte. Folglich würden für immer Einsamkeit und Mangel an Wärme ihr Los sein. Was hätte Stanley von all dem gehalten, der damit prahlte, kein Buch und keine Zeitung mehr angerührt zu haben, seit er die Schule verlassen hatte? Man könnte Marie-Noëlle vorwerfen, daß sie nie nach Eppeldorn zurückgekehrt war, wo er ruhte. Tatsächlich stattete sie ihm nie jene Besuche zu festen Terminen ab, die man den Toten schuldig zu sein glaubt. Zweiter November. Erster November. Erster Januar. Auf dem Friedhof, wo er für die Ewigkeit ruhte, gab es für sein Grab weder Blumen noch frisches Wasser. Keine fromme Erinnerung. Dabei dachte sie beständig an ihn. Sie legte ihm ihre Pläne dar, ihre Handlungen und Unterlassungen, als könne sie sich nicht dazu durchringen, ihn aus ihrem Leben herauszuhalten. Seit ihrer Rückkehr aus Guadeloupe ließ er ihr keine Ruhe. Er, den sie als so verschlossen, so gleichgültig gegen alles kannte, was nicht er selbst und seine Musik war, er war nun ständig hinter ihr her! Er machte ihr Vorwürfe. Noch nicht einmal so sehr wegen ihres unhöflichen Betragens gegenüber Claire-Alta. Nicht ein Briefchen. Nicht einmal eine schnell hingekritzelte Postkarte. Auch nicht wegen ihres Verhaltens gegenüber Judes Anozie. Die Liebe ist ein Kampf. In diesem Fall war sie eben die Überlegene gewesen; Judes Anozie der Unterlegene. Aber was er ihr nicht verzeihen konnte, das war, daß sie Nina den Rücken gekehrt hatte und sich in ihren einsamen alten Tagen nicht um sie kümmerte. Nina würde, wenn ihre Zeit käme, dem Tod ohne einen Menschen an ihrem Bett begegnen. Erst nach Tagen, nach Wochen sogar würde der Briefträger, der ihr den monatlichen Scheck von der Fürsorge brachte, die makabre Entdeckung machen. Er würde die Leute von Grande-Anse benachrichtigen, die ungerührt, aber pflichtbewußt für die Totenwache auf den »Berg« hinaufgehen würden. Auch diese würde sein wie ihr Sterben, und es würde weder Lichter noch Rum noch Gebete noch fette Suppe geben. Am nächsten Tag würde der kleine Trauerzug von guten Seelen den Weg zum Gemeindefriedhof nehmen. Die Sonne würde in Richtung Petite-Terre untergehen. Der Himmel würde mit Blut befleckt sein, so weit das Auge reicht, und die blassen Sterne würden auf ihre Stunde warten. Ohne Blumen und Kränze würde der Sarg in die Erde hinabgelassen werden.

»Hier ruht Antonine Titane,
die von niemandem geliebt wurde«

Judes Anozie, der oft schrieb, hatte Marie-Noëlle mitgeteilt, daß er noch einmal nach La Désirade gefahren war und einen Besuch bei Nina gewagt hatte. Die hatte ihn jedoch sehr unwirsch empfangen und darauf beharrt, daß sie nichts und niemanden brauche. Reiner Trotz! Marie-Noëlle glaubte kein Wort davon. Sie wußte in ihrem tiefsten Herzen, daß der erste Blick, den sie ausgetauscht hatten, einen Pakt besiegelt hatte. Nina hoffte auf ihre Rückkehr. Im Getöse der Septembersturmwinde, die sich, von Afrika herrasend, zu Zyklonen aufblähen, Bäume entwurzeln und Hütten umreißen, hatte sie darauf gehofft. Sie hatte in der Hitze der Trockenzeit darauf gehofft, wenn der Himmel weißglühend ist wie ein Stück Blech. Manchmal, nachts, ließ sie sich vom Gebell des kreolischen Hundes täuschen. Dann bildete sie sich ein, es käme ein Besucher. Sie lief zur Tür, um sie zu öffnen. Aber hinter den Holzläden wartete allein die Finsternis. Nun hatte sie sich damit abgefunden und stand nachts nicht mehr auf. Bei solchen melodramatischen Visionen zog sich Marie-Noëlles Herz zusammen. Wie viele Verbrechen hatte sie auf dem Gewissen! Wie sollte sie sich davon befreien? Wie sie wiedergutmachen?

Als sie nach Roxbury zurückkam, wartete eine Überraschung auf sie. Wirre Musikklänge drangen bis in die Eingangshalle ihres Wohnblocks. Im vierten Stock standen alle Türen offen, und tausend Lichter strahlten. Die Wohnung war voll mit allen möglichen Leuten, von denen sie einige gar nicht kannte und die sich sehr laut in allen Sprachen dieser Erde unterhielten. Auch Awa hatte beschlossen, das Ereignis zu feiern, und ihr zu Ehren ein Fest organisiert. Marie-Noëlle ließ sich umarmen, schüttelte hingestreckte Hände, küßte fremde Wangen. Irgendwann unterbrach die strahlende Awa die Musiker und brachte einen Toast auf ihre Freundin aus, die frischgebackene Doktorin der Philologie. Ihr zufolge schrieben Marie-Noëlles Intelligenz und Entschlossenheit sie in eine lange Linie schwarzer Frauen voller Mut und Talente ein, die in grauer Vorzeit ihren Ursprung nahm und von Afrika bis zu den Ländern Amerikas reichte. In diese Linie von tapferen Frauen hatte sich vor ihr schon Marie-Noëlles Mutter, Reynalda, eingereiht. Um ihre Worte zu unterstreichen, hielt Awa ein Exemplar der *Fremden Tage* hoch. Wo hatte sie das ausgegraben? Gutes Blut schlägt immer durch. Wie die Mutter, so die Tochter! Wo sie auch war, Reynalda konnte nur stolz sein auf die, die sie unter dem Herzen getragen hatte. Alle klatschten und stimmten lautstark zu. Und wieder Küsse und Umarmungen. Genau in diesem Moment, das spürte Marie-Noëlle, ging ihre Freundschaft mit Awa zu Ende.

2

Im Herbst zog Marie-Noëlle nach Newbury, in ein bescheidenes Viertel am Rande von Boston. Newbury war eines jener Viertel, die man in den Vereinigten Staaten integriert nennt, weil dort zu gleichen Teilen Weiße, Schwarze, Latinos, manchmal Asiaten wohnen, deren Lebensstandard etwas höher ist als der der armen Leute. Hier war die Sicherheit gewährleistet: keine heulenden Polizeisirenen mitten in der Nacht, weder Leichen noch verdächtige Lachen an den Straßenecken, keine dubiosen Passanten. Auch die Ordnung war gewährleistet: keine saubere Wäsche, die vor den Fenstern flatterte, keine kleinen Jungen, die hinter dem Stacheldraht improvisierter Sportplätze Ball spielten, keine Bars, die zu jeder Uhrzeit haufenweise lärmende Säufer ausspuckten. All diese Ehrbarkeit ließ sie sich jedoch nach der aggressiven Häßlichkeit von Camden Town oder Roxbury zurücksehnen. Hier gab es nichts als trostlose Reihen von gleich ausgerichteten Wohnblocks entlang der Gehwege, auf denen winterdürre Bäume wuchsen. Unbelebt am Tag, totenstill am Abend. Beim Anblick der leblosen Fassaden hätte man die Häuser für unbewohnt halten können, wenn nicht von Zeit zu Zeit ein Auto die Straße entlanggefahren wäre, um auf einem Parkplatz zu halten. Dann stieg eine verstohlene Gestalt aus, verriegelte die Autotüren und schlüpfte durch die Einfahrt.

Das einzig Schöne in Newbury: der Charles River. An seinen gewundenen Ufern liefen scharenweise Jogger in bunten

Anzügen, die Arme fest an den Körper gepreßt. Wenn die Jahreszeit es erlaubte, schoben Mütter ihre Babys spazieren. Studenten trafen sich zu Rendezvous. Manchmal begegnete man sogar alten Leuten, die mit kleinen Schritten vorbeispazierten wie Verliebte. Der Fluß selbst schmückte sich mit Gewändern in den Farben der Zeit: graues Moiré ohne Spiegelungen im Herbst, dicke weiße Wolle im Winter, zartgrüner Samt im Frühling, kräftig grüner im Sommer.

Das Leben, das Marie-Noëlle führte, paßte zu dem Viertel, in dem sie wohnte. Viermal die Woche ging sie an die Universität, unterrichtete, empfing ihre Studenten, aß mit Kollegen zu Mittag, um Kurse und Ratschläge für Studenten zu besprechen. Wenn sie nicht an der Universität war, saß sie zu Hause und versuchte, ihre Doktorarbeit in einen Essay umzuschreiben, der nicht allzu unverdaulich wäre. Manchmal klingelten ängstliche Studenten an der Tür, mit ihren Arbeiten unterm Arm. Davon abgesehen bekam sie keinerlei Besuch. Anthea war erneut eingeladen worden, an ihrer geliebten Universität von Ghana zu lehren. In jedem ihrer Briefe pries sie Marie-Noëlle ihr Leben mit Molara. Sie seien alle beide wie verwandelt, befreit von der Angst vor Rassismus, Diebstahl und Vergewaltigung. Neben Ga und Twi sprach das kleine Mädchen nunmehr auch Ewe, Dagbani und Fon. Und sie nahm Unterricht in traditionellem Tanz und Batik. Wunder aller Wunder! Anthea ihrerseits war durch den allergrößten Zufall auf einen Bericht in Briefen gestoßen. Im 18. Jahrhundert, als der Sklavenhandel auf seinem Höhepunkt war, war Efua, die Frau des Omanhene von Ajumako, infolge eines Komplotts ihrer Mitfrauen, die auf ihre große Schönheit eifersüchtig waren, als Sklavin verkauft und in eine brasilianische Casa Grande verschleppt worden. Dort hatte sie die sexuellen Launen ihres Herrn, eines portugiesischen Wüstlings, befriedigen müssen. Heimlich, ohne daß ihr Marterer es bemerkte, hatte sie lesen und schreiben gelernt und herzzerreißende Briefe an ihren Mann geschrieben, die den ersten Text von Revolte und Befreiung einer afrikanischen Frau und ein einzigartiges Dokument über die brasilianische Gesellschaft jener Zeit darstellten. Anthea hoffte, daß Marie-Noëlle das große Glück mit ihr teilen würde, das sie in Ghana erlebte, indem sie sie über Weihnachten besuchen käme. Sie würde ihr Kumasi zeigen, im Herzen des stolzen Ashanti-Landes, dessen Seele selbst Kwame Nkrumah nicht hatte unterwerfen können. Marie-Noëlle zögerte. Das Wenige, was sie von Afrika wußte, machte ihr angst. Sie war sich sicher, der Anblick so tiefer Wunden würde sie dazu bringen, sich in Mitleid zu ergehen und über Hilfsmaßnahmen nachzudenken, während sie sich doch nur um sich selbst sorgen wollte.

Marie-Noëlle sah Awa nicht mehr. Sie hatte sich im Überfluß von Beacon Hill eingerichtet und sich in den Anwalt verliebt, den sie beauftragt hatte, ihre Immigrationsprobleme zu regeln. Awa schob das Abkühlen ihrer Beziehung auf die Eifersucht, die Marie-Noëlle von jeher gegen sie gehegt habe. Marie-Noëlle zerbrach sich deswegen den Kopf. Es stimmte, daß sie immer eifersüchtig auf Awa gewesen war. Als sie klein war, hatte sie sie um ihr Verhältnis zu ihren Eltern beneidet, die rauhe Zärtlichkeit ihres Papas, die Küsse wie die Klapse Natashas. Später hatte sie sie um ihre strahlende Erscheinung und ihr selbstbewußtes Auftreten gegenüber Männern beneidet. Jahrelang hatte sie ungeschickt versucht, Terri auszufragen, der über die Liebe zwischen ihm und Awa Schweigen bewahrte. Und nun beneidete sie sie um ihre Liaison mit einem Mann, der weder ein Außenseiter noch eine Niete noch pleite war. Ein fünfunddreißigjähriger Kaukasier, anständig, der an der George-

Washington-Universität studiert hatte. Awa hatte der Versuchung nicht widerstanden, sie zu sich nach Hause einzuladen, und Marie-Noëlle war sich in diesem harmonischen Rahmen, unter Gästen, die so geistreich und sorglos erschienen, trübselig und häßlich vorgekommen. Häßlich vor lauter Trübseligkeit. In einem Kleid, das ihre Armut verriet. Sie fragte sich, ob nicht auf sie zutraf, was Nina und Claire-Alta von Reynalda sagten: sie sei egoistisch, eigenbrötlerisch, hinterhältig. Sie liebte Reynalda nicht, doch ihr verdorbenes Blut floß in ihren Adern. Zu dieser Zeit wurden Ludovics Briefe kürzer und begannen auch, seltener zu werden. Jahrelang hatten diese oft sehr langen Briefe den Ozean überquert, die stets mit derselben frommen Lüge schlossen: »Deine Mama, dein Bruder und deine kleine Schwester schließen sich mir an, um dir unsere Zuneigung zu versichern.« Wie die Schlußformel zeigte, waren sie ziemlich förmlich, etwas betulich. Man hatte den Eindruck, daß Ludovic seiner Familie und ihren Mitgliedern einen Anstrich von Normalität verleihen wollte. Daß er hinter dieser Papa-Rolle, der er sich verschrieben hatte, Schutz suchte und jede Abweichung vermeiden wollte. In krassem Gegensatz dazu beantwortete Marie-Noëlle seine Briefe mit brutaler Ehrlichkeit. Hier bot sich ihr eine Gelegenheit, sich selbst nichts zu verheimlichen. Was sie nicht direkt anzuschauen wagte, das wagte sie zu schreiben, und Ludovic mußte sich recht anstrengen, für seine Antworten den passenden, zugleich verständnisvollen, neutralen und wohlwollenden Ton zu finden. So hatte er auch an ihrem Bericht von ihrer Reise nach Guadeloupe keinen Anstoß genommen. Angesichts ihrer Zweifel, ja ihrer Verdächtigungen, ob Reynalda nicht, wie Nina sagte, eine »elende Lügnerin« sei, hatte er sich darauf beschränkt, die Fakten zusammenzufassen, als versuche er, einen Kriminalfall zu lösen. Reynaldas Bauch war nicht die Frucht des Heiligen Geistes. Er war, wie der kreolische Volksmund sagt, ein Berg der Wahrheit, an dem alles abprallte. Selbst angenommen, daß nicht Gian Carlo dafür verantwortlich wäre, diesen Bauch hatten Fiorella und Reynalda nicht erfunden. Sah sie einen anderen Mann im Haus in der Rue de Nozières, der in Frage kam? Er hatte seinen Brief mit der Aufforderung geschlossen, Marie-Noëlle solle ihre Großmutter in ihren alten Tagen umsorgen, so gut sie könne. Denn jeder Sünde solle Barmherzigkeit zuteil werden. Die Stunde des Vergessens und des Verzeihens habe schon lange geschlagen. Diese wohlmeinenden Ratschläge, so unwirksam wie graue Salbe, hatten Marie-Noëlle sehr erheitert. Ob er sie auch an Reynalda verschwendete?

Als Ludovics Briefe seltener wurden, begannen diejenigen Garveys anzukommen, geschrieben mit der gleichen harschen Schrift, die das Papier zerriß, als habe der Junge die Hand seines Vaters übernommen. Genauso förmlich wie er hatte Garvey seinem ersten Brief ein Foto beigelegt, das ihn mit dem Arm um die Schultern der kleinen Schwester Angéla zeigte, die mit zahnlosem Lächeln neben ihrem Bruder stand. Marie-Noëlle entdeckte, daß er groß war, so groß wie ihre basketballspielenden Studenten, mager, mit einem schönen, eiförmigen Schädel, kurzgeschoren und ohne eine Beule, die Augen schmal und wachsam. Mit einer Generation Unterschied hätte er einer der Musiker der M.N.A. sein können, denen er ähnlich sah. In seinem ersten Brief entschuldigte sich Garvey, weiterhin förmlich, so viele Jahre nichts von sich hören gelassen zu haben. Aber er habe den Gedanken an seine große Schwester immer in seinem Herzen getragen. Der Beweis: Er besaß alle Aufnahmen des verstorbenen Stanley Watts, der zu Unrecht verkannt war und den er als einen der

Größten verehrte! Nur Geduld, die Zeit der Anerkennung würde kommen, wie sie für alle kommt, die es verdienen! Garvey gestand, daß sein eigenes Leben kein Erfolg war. Da gab es nichts, womit er angeben könnte. Er war aus öffentlichen wie aus privaten Schulen geflogen. Er hatte mehr üble Schläge ausgeteilt, als er eingesteckt hatte. Er hatte in Supermärkten und Kaufhäusern alles geklaut, was man nur klauen konnte. Er hatte eine Menge Autos gestohlen, auf einer Menge Polizeirevieren übernachtet, immer knapp am Gefängnis vorbei, aber vor dem Crack, das keine Gnade kennt, hatte er sich immer gehütet. Seit kurzem hatte er auf den rechten Weg zurückgefunden und arbeitete wie Ludovic für ein Transportunternehmen. Mit vier Freunden, zwei Maghrebinern, einem Türken und einem Beniner, teilte er sich eine Wohnung am Boulevard du Temple, die sie eigenhändig von Grund auf renoviert hatten. Wenn er genug zusammengespart hätte, würde er seinen Rucksack packen und nachschauen gehen, ob die Erde rund ist, wie man so sagt. Er würde die Vereinigten Staaten bereisen, einige Länder Lateinamerikas und vor allem die Karibik, dieses Silo, in dem so viele Rassen sich gegenseitig befruchtet hatten, ehe sie auszogen, um ihre Saat über die Welt zu verteilen. Sie solle sich nicht täuschen! Es handele sich keinesfalls um eine dieser ewigen Identitätssuchen. Er sei Europäer. Immigrierter Antillaner. Er hege keinerlei Sehnsucht nach einer mythisierten Vergangenheit noch nach einem zurückzuerobernden schönen Geburtsland. Seine Plazenta sei unter einer der Platanen von Savigny-sur-Orge begraben. Seine Rennbahn, das sei bei Tag das Pflaster der Städte, ihre Unordnung, ihr Dreck, ihr Beat; bei Nacht ihre Neonlichter, die es mit dem hellen Tag aufnehmen, ihre Gewalt und ihre Gefahren. Aus der Zeit, in der er mit seiner Bande stahl, war ihm die Erinnerung an den Geschmack des Verbotenen und die Wollust der Angst geblieben. Erst im fünften oder sechsten Brief fing Garvey an, über Reynalda zu schreiben. In diesem Punkt erwies er sich als unerschöpflich.

Denn für den Jungen, der von seiner Mama nicht geliebt wird, hat die Erde keinen Schatten. Die Sonne verbrennt ihn. Sie versengt ihm das Hirn und dörrt ihn bis ins Herz aus. Sein Mund hat Durst. Seine Augen sind geblendet. Er hat keine Freunde. Er hat keinen Blick für die Mädchen. Er macht keine Spiele mit sich selbst. Seine Obsession läßt ihm keine Ruhe.

Gewiß! Ludovic war ganz für seinen Jungen da. Der mustergültige Bilderbuch-Papa. Er kochte das Essen, unterschrieb die Zeugnisse, besuchte die Elternabende, ging *Pinocchio* anschauen, führte das Schmetterlingsschwimmen vor, legte die *Peter-und-der-Wolf*-Schallplatte auf. Und doch verfehlte all diese Hingabe ihr Ziel, weil sie die grausame Abwesenheit der anderen nur noch unterstrich. Die seltenen Male, wenn Reynalda ihn zur Schule brachte, entließ sie ihn in den Hof, als würde sie sich von einer Last befreien. Abends, wenn Ludovic ihn gebadet und ins Bett gebracht hatte, setzte sie sich auf die Kante seines Bettes, um ihm vorzulesen, so lustlos, mit einem so gequälten Ausdruck, daß er ebensosehr über Rotkäppchens Not weinte wie über seine eigene. Sie interessierte sich nicht für ihn. Sie interessierte sich für nichts, was mit ihm zu tun hatte, das hatte er schnell begriffen.

Bis er sich mit fünfzehn Jahren weigerte, weiterhin hinzugehen, hatte Ludovic ihn Woche für Woche auf die Muntu-Versammlungen mitgeschleift. Manche Leute würden nicht zögern, Muntu mit dem unklaren Begriff Sekte zu belegen, weil im Rahmen der sonntäglichen Gottesdienste die Evangelien neu interpretiert wurden, bevor man den heiligen Migan teilte, ein ohne Salz gekochtes Gericht aus verschiedenen Gemüsen und Bohnen. In Wirklichkeit nahmen religiöse Betrachtungen sehr wenig Raum ein. Muntu, das sich aus einer ganzen Menge von Quellen zugleich speiste, war von einem Antillaner gegründet worden, der früher Steuerbeamter in Abidjan, Elfenbeinküste, gewesen war und der sein Leben als Prophet in Brüssel beschloß. Eines schönen Morgens, als er an der Ebrié-Lagune spazierenging, hatte eine Vision ihn inmitten der Gräser und Rindenstückchen, die auf der Wasseroberfläche schwammen, einen schwarzen Gott erblicken lassen. Ihm wurde offenbart, wie die schwarze Rasse sich von ihrer Gottlosigkeit heilen müsse. Darauf hatte er seinen Namen Paulius Polydor aufgegeben, ein weißes Gewand angelegt, seine Haare und seinen Bart wachsen lassen. Im Ministerium hatten seine Vorgesetzten, die glaubten, er sei verrückt geworden, ihn von der Liste gestrichen. Also war er nach Europa gegangen, wo er ohne übermäßigen Eifer, denn er war kein Mensch der heftigen Leidenschaften, eher ein sanfter Schwärmer, angefangen hatte, die verhängnisvollen Folgen der Werte der Weißen anzuprangern. Bei Muntu wurde die Arbeit geehrt, vor allem die Arbeit mit den Händen. Man lernte Selbstachtung, die Vergebung von Schuld, die Bedeutung des Wortes »Solidarität« sowie die Liebe zu den Brüdern, das heißt zu allen, die zur schwarzen Rasse gehören. Ludovic war einer der Stützpfeiler von Muntu. Der Mallam, wie Paulius Polydor jetzt genannt wurde, hatte ihn damals, als er in Brüssel Musiker war, begeistert, und er hatte dazu beigetragen, seine Doktrin in den fruchtbaren Boden der Pariser Vorstädte einzupflanzen. Ausgestattet mit diesen einfachen, fast möchte man sagen, einfältigen Grundsätzen, vollbrachte er in seiner Erzieherrolle Wunder und dämmte die Jugendkriminalität äußerst effizient ein.

Hingegen brauchte man nur Reynaldas Haltung während der Gottesdienste zu beobachten, um zu erkennen, daß ihr das, was um sie herum vorging, herzlich egal war. Sie erwachte erst kurz vor der Kommunion zum Leben, wenn der Chor seinen Einsatz hatte. Dann stand sie auf, sie, die für ihren Sohn nie ein Wiegenlied gesummt hatte, als Star inmitten der Gläubigen, und stimmte die Hymnen an. Sie war mit einer herrlichen Mezzosopran-Stimme begabt, einem Organ mit einer erstaunlichen Kraft und Tragweite für die so wenig entwickelte Brust, aus der es aufstieg. Die Lust, die sie beim Singen empfand, verklärte sie. Sie zerstörte die gelangweilte, apathische Maske, die sie sonst immer auf dem Gesicht trug, und ließ sie beinahe schön werden. Gegen seinen Willen, trotz seines wie eine Kruste verhärteten Grolls hing Garvey an ihren Lippen und weinte jedesmal, wenn er sie hörte. Er glaubte den Himmel sich öffnen und eine Prozession von Engeln herabsteigen zu sehen. Eines Tages, als sie sich einmal selbst übertroffen und die Gemeinde, die eigentlich nicht viel für sie übrig hatte und sie ständig kritisierte, sie endlos bejubelt hatte, hatte sie sich, zurück in Savigny-sur-Orge, ihm anvertraut. Ihr großer Schmerz war, so sagte sie, daß sie keine Musikkarriere hatte machen können. Mit etwas Technik, Unterricht, einem Lehrer wäre sie den Größten des Jahrhunderts ebenbürtig geworden. Marian Anderson, die von Arturo Toscanini hochgelobt wurde, Jessye Norman, Leontyne Price. Früher einmal hatte jemand ihre außergewöhnliche Begabung erkannt. Der hatte ihr vorgegaukelt, daß sie ins Mutterland gehen und an einem Konservatorium studieren könne. Da war ihr ihre Hautfarbe eingefallen, und sie hatte besorgt gefragt, ob eine schwarze Sängerin nicht noch deplazierter wäre als eine kahle Sängerin. Jene Person hatte mit den Schultern gezuckt und ihr versichert, alle Kinder des lieben Gottes seien gleich. Sie hatte es geglaubt. Aber es waren nur in den Wind gesprochene Worte gewesen, Worte ohne Gewicht oder Inhalt, hohle Worte, die sie täuschen sollten. Bei dieser Erinnerung, die ihr noch immer das Herz zerriß, hatte sich ihr Gesicht verzerrt. Dann hatten ihre Augen sich mit Tränen gefüllt, die übergetreten und ihre Wangen hinabgelaufen waren, wo sie ihre glänzenden Spuren hinterlassen hatten. Das war das einzige Mal, daß Garvey sie Gefühle hatte zeigen sehen, und der Anlaß war ein eitler Traum von Größe, ein egoistischer Anfall von Selbstmitleid gewesen.

In ihrer Antwort hatte Marie-Noëlle, die hoffte, auf eine Spur gestoßen zu sein, ihren Bruder mit Fragen bedrängt. War Reynalda vielleicht der Name der Person herausgerutscht, die sie zum Singen ermutigt hatte, um sie am Ende zu enttäuschen? War es der Bischof, der in ihrem Leben schon einmal eine Rolle gespielt hatte? War es Gian Carlo Coppini? Oder ein ungeahnter Dritter? Aber, ach! Jeder hat immer nur seine eigenen Probleme im Kopf, und Garvey konnte sich nicht mehr daran erinnern.

Als Kind hatte er sein Leid Ludovic nie offenbaren können, der sehr wohl sah, was sich zwischen der Mutter und dem Sohn entwickelte: Schweigen und eine immer größer werdende Distanz. Ganze Tage vergingen, ohne daß sie ein Wort miteinander sprachen oder sich auch nur ihre Blicke kreuzten. Aber Ludovic zog es vor, die Augen zu verschließen und sich hinter einem Schutzwall von vorgefertigten Betrachtungen zu verschanzen: »Deine Mama hat viel gelitten. Man hat ihr ihre Kindheit gestohlen. Du mußt dich bemühen, sie zu verstehen.« All diese Worte waren um so sibyllinischer, als Garvey keinen Gedanken auf die Vergangenheit seiner Mutter verschwendete. Nichts von dem, was dem Leben in Savigny-sur-

Orge vorangegangen war, interessierte ihn. Er hatte sich nie gefragt, wer der Vater seiner großen Schwester sein könnte, von dem er wußte, daß er nicht der seine war. Daran war nichts Außergewöhnliches. Madame Asdrubal, die Nachbarin, hatte sechs Kinder von drei verschiedenen Vätern. Er wußte gerade mal, daß er aus Guadeloupe stammte, wo auch seine Mutter herkam. Guadeloupe, ein Land, mit dem er kein Foto an der Wand, kein bestimmtes Bild verband. Manche seiner Schulkameraden fuhren in den Ferien dorthin und beklagten sich bei ihrer Rückkehr über die unsäglichen Dinge, die sie hatten essen müssen. Garvey fragte sich nicht, ob er eine Familie, eine Großmutter, Tanten, Onkel hatte, deren Zärtlichkeit vielleicht etwas Wärme in sein Leben gebracht hätte.

In seinen letzten Briefen deutete Garvey an, daß zwischen Ludovic und Reynalda ernsthafte Meinungsverschiedenheiten offenbar wurden. Sie fand Ludovic nicht mehr gut genug für sich. Man hätte meinen können, daß sie sich seiner schämte. Seines Aussehens. Seiner Rastalocken. Seiner ruhmlosen Jobs. Sie selbst war völlig verwandelt, frisiert, maniküert, beinahe elegant, und schien nicht mehr an ihren alten Übeln zu leiden. Sie war nur noch zu Hause, um Journalisten zu empfangen und ihnen Interviews zu gewähren. Ansonsten war ihre ganze Zeit ausgefüllt mit Cocktails, Partys, Seminaren, Kolloquien, Begegnungen und Diskussionen über Immigration für freie und andere Radiosender. Mit einem Wort, die Beziehung ging den Bach hinunter. Marie-Noëlle hütete sich davor, allzu direkte Fragen zu stellen, nahm die Neuigkeiten jedoch frohlockend auf. Gleichzeitig schämte sie sich dafür, sich einzugestehen, wie sehr sie ihre Mutter beneidete und wie sehr sie begehrte, was jene besaß.

Kurz vor Weihnachten traf Marie-Noëlle eine Entscheidung, die Anthea erschütterte. Sie beschloß, nicht zu ihr nach Ghana zu reisen, wo sie einen Besuch der Forts von Takoradi, Dixcove, Elmina und Cape Coast vorgehabt hatten, Zeugen der denkwürdigen Begegnung von Europäern und Afrikanern und noch ganz angefüllt mit Erinnerungen an die Sklaverei. Sie zog es vor, nach Paris zu fahren.

3

Als sie aus dem Flugzeug stieg, fand Marie-Noëlle keine
Schönheit an dem bedeckten, einhüllenden Himmel von Paris. Auch den Nebel, der den Blick trübte, empfand sie nicht
als wohltuend. Sie hatte sich an heftigere, kontrastreichere
Farben gewöhnt. An das trügerische Gelb der Sonne über der
weißen, krachenden Kruste des Winters, die großen Schnei-
sen von metallisch blauem Himmel, die Harmonien des In-
dianersommers. Dieses Grau-in-Grau um sie herum machte
ihr Herz zum Weinen traurig. Garvey erwartete sie in Beglei-
tung eines Jungen, den er kurz als Soglo vorstellte, seinen
Bruder-Freund aus Benin. Die Enttäuschung, die sie verspürte, als sie die beiden umarmte, machte ihr bewußt, wie sehr
sie gehofft hatte, jemand anderer würde auf sie warten.

Diese Reise hatte ihre Berechtigung verloren. Denn warum war sie überhaupt nach Paris gekommen, wo sie letzten
Endes niemanden kannte und seit Jahren nicht mehr gewesen
war? Natürlich, da gab es diese längst kalt gewordene Spur,
der sie vorgehabt hatte nachzugehen. Vor allem aber war sie
der Überzeugung, daß sie sich etwas holen kam, nach dem sie
sich immer gesehnt, das sich ihr immer entzogen hatte und
das besitzen zu wollen sie jetzt erst kühn genug war. Vielleicht
hatte sie diesen Flughafen noch nie gesehen. Ultramodern,
voller Stege, Rohre und gläsernem Schnickschnack. Trotzdem
erschien er ihr vertraut. Er versetzte sie um viele Jahre zurück,
zwanzig oder etwas mehr, und in ihren imaginären Erinnerungen fand sie das kleine Mädchen wieder, das sie gewesen

war, das eine Lumpenpuppe an sein Herz drückte und in der Menge vergeblich nach einem Lächeln suchte. Überall fand sie es wieder, dieses kleine Mädchen. In dem Kind, das im Halbschlaf an einem Gepäckwagen lehnte. In einem anderen, das mit dem Daumen im Mund vor sich hin träumte. In dieser kleinen Inderin, jener kleinen Chinesin, jener kleinen Amerikanerin mit den langen blonden Haaren. Auf die Verlorenheit kam es an. Diese Erinnerungen machten sie noch trauriger und nahmen dem Wiedersehen mit ihrem Bruder viel von seiner Süße. Dabei hatte er sein Bestes getan. Er hatte sich ein Auto geliehen, das von seinem Freund Soglo gefahren wurde und über die traurigen Hauptverkehrsadern zuckelte, die Paris umschließen. Sie verließen den Flughafen und fuhren an Lagerhäusern vorbei, die ebenso trostlos waren wie die in den Vororten von Boston, an Hotels, Speicherhallen, wieder Lagerhäusern. Plötzlich entlud sich der nasse Himmel auf den Asphalt, und das Grau des Himmels vermengte sich mit dem Grau der Luft und dem Grau des Regens.

Ist sich in der Häßlichkeit die ganze Welt gleich?

Das Herz von Paris verändert sich zum Glück nicht. Auch wenn hier ein Fast-food-, dort ein Hifi-Laden, überall ein paar Sexshops und Pizzerien dazukommen, es gelingt nicht, es zu verschandeln. Unter dem Pont Mirabeau fließt noch immer die Seine. Die vertraute Architektur bleibt. Es ist wie das Gesicht einer schönen Frau, dem Alter oder Krankheit nichts anhaben können. Marie-Noëlle entdeckte das Spitzenwerk der Steine, die Eleganz der Fassaden hundertjähriger Gebäude wieder. Sie stellte jedoch fest, daß all das sie überhaupt nicht berührte. Paris war eine prunkvolle leere Bühne, eine Szenerie, in der sich keines ihrer Dramen abgespielt hatte. Sie hatte hier niemanden geliebt, niemanden begraben, um niemanden geweint. Im übrigen hielt diese Schönheit nicht lange an. Sie ließen die reichen Viertel bald hinter sich. Garvey wohnte in der Nähe der Place de la République. Als sie in den schmutzigen und überfüllten Straßen schließlich einen Parkplatz fanden, waren die Regenpfützen immer größer geworden und erinnerten verdächtig an Blutlachen. Die Menschenmenge in den Läden wirkte mürrisch und geschäftig. Viele schwarze Frauengesichter oder bleiche, blau tätowierte der Maghrebinerinnen; an jeder hing eine Traube von Kindern. Das imposante Äußere des Hauses, in dem Garvey wohnte, täuschte. Sobald man das Tor der Einfahrt aufstieß, wurde das Ausmaß seines Verfalls erkennbar. Die Zeitlichtschaltung war kaputt. Es gab keinen Aufzug, und die Stufen der monumentalen Steintreppe, hier und da von ausgebleichten Teppichfetzen bedeckt, waren von Sprüngen durchzogen. Garvey erzählte lachend, daß sich im Haus verschiedene soziale Kategorien bekriegten. Da war zum einen der Klan der Eigentümer, Frankreich-Franzosen, pensionierte alte Beamtenehepaare, die wie durch ein Wunder seit dem Zweiten Weltkrieg hier überlebten und sich hinter ihren Sicherheitsschlössern und -riegeln verbarrikadierten. Zum anderen war da der Klan der Kanaken, Mieter oder öfter noch Wohnungsbesetzer, Gelegenheitsjobber oder einfach Arbeitslose und kleine Hehler, die alle nur möglichen Rassenmischungen dieser Welt repräsentierten. Die Eigentümer begegneten den Mietern wie den Besetzern mit der gleichen Verachtung, der gleichen Angst und grüßten sie nicht. Sie duldeten nach zehn Uhr abends keinerlei Lärm, und wenn Krach gemacht wurde, bestand ihre Lieblingsbeschäftigung darin, wutentbrannt die Polizei zu rufen. Die bemühte sich schon gar nicht mehr her, und nun taten sie sich zusammen, um an ihren Stadtratsabgeordneten zu schreiben. Garvey und seine Freunde wohnten im ersten Stock. Die Fenster ihrer Wohnung gingen auf eine Art engen Schlauch hinaus, so daß kaum Licht in die Zimmer fiel. Es war fast Mittag, und überall brannte das elektrische Licht. Abgesehen von einem riesigen Fernsehbildschirm, über den lautlos Walt-Disney-Figuren flimmerten, war das Wohnzimmer praktisch leer. Ein Teppich, ein paar Puffs und Kissen bildeten die gesamte Einrichtung. Marie-Noëlle störte sich nicht daran, denn so fühlte sie sich Garvey näher. Sie hätte nichts mit ihm teilen können, wenn er, im Unterschied zu ihr, erfolgreich gewesen wäre.

Bei genauerem Überlegen war das vielleicht der Grund gewesen, warum sie sich Claire-Alta und den anderen auf Guadeloupe so fremd gefühlt hatte. Sie alle hielten nämlich noch immer an der Religion des Erfolges fest. Das Leben mußte den Anschein – zumindest den Anschein – eines siegreichen Fortschreitens haben, vom Bauch des Sklavenschiffes, das noch immer vor Anker lag und wartete, durch die Mangrove bis hinauf ans helle Licht auf dem Gipfel des Hügels. Vielleicht war Judes Anozie darin eine Ausnahme, mit seinen zerknitterten Kleidern, seiner japanischen Schrottkiste und seinen Tiraden über die Umwelt. Diese sinnlosen Tiraden, nun dachte sie mit Rührung daran, denn die Bäume warfen ihre Blätter ab, die Wohnblocks des sozialen Wohnungsbaus, armseliger als die Negerhütten von einst, breiteten sich wuchernd aus, während tief im Landesinneren die Flußbetten austrockneten. Nun, da sie fern von ihm war, begann Marie-Noëlle an Judes Anozie zu denken wie an einen Freund, den sie schlecht behandelt und verkannt hatte. Wie konnte sie das wiedergutmachen? Er verdiente Besseres als das, was sie ihm gegeben hatte. Ohne auf ihre Antworten zu warten, schrieb er ihr Brief um Brief. Er schrieb ihr das Neueste über das Land, die Politiker, die Priester, über eine Menge Leute, die sie gar nicht kannte. Vor allem hielt er sie über Nina auf dem laufenden. Er hatte schließlich ihre Zurückhaltung durchbrochen und nahm nun von Zeit zu Zeit das Schiff nach La Désirade, nur um ein bißchen zu schwatzen. Der kreolische Hund bellte ihn nicht mehr an. Nina öffnete ihm die Tür, ohne Freude oder Mißfallen zu zeigen, auf ihre gleichgültige, unwirsche Art. Er leistete ihr kleine Dienste. Als man die Verheerungen des Zyklons Ferguson befürchtet hatte, der sich dann Gott sei Dank irgendwo über dem Atlantik ausgetobt hatte, war er auf ihr Dach geklettert, um die Wellblechplatten besser zu befestigen. Bei jedem seiner Besuche versuchte er die Bande zu knüpfen, die nicht geknüpft worden waren, und erzählte ihr von Marie-Noëlle. Wann würde sie selbst wiederkommen? Denn sie würde wiederkommen müssen, um die Pflichten zu erfüllen, die eine andere vernachlässigt hatte. Sie würde ihre Großmutter nicht ohne einen Kuß auf die Reise ohne Wiederkehr gehen lassen. Marie-Noëlle wußte nicht, was sie auf diesen Vorwurf erwidern sollte, der in jedem Brief wiederkehrte wie ein Refrain. Sie hatte auf Guadeloupe nichts mehr zu suchen. Glücklicher Garvey, der sagen konnte, wo seine Plazenta begraben war! Die ihre war von Baufirmen ausgegraben worden. Sie hatten sie weit weggeworfen. Dann hatten sie an ihrer Stelle eine Betonsiedlung errichtet.

Gegen ein Uhr mittags trudelten ein paar Freunde ein, und Soglo servierte ein Gericht, das er dem Gast zu Ehren zubereitet hatte. Alle möglichen Zigaretten machten die Runde. Zahlreiche Flaschen schlechten Weins und schlechten Biers wurden geleert. Bald fehlten nur noch die Live-Musik und die Stimmen mit fremden Akzenten, und Marie-Noëlle hätte sich gefühlt wie in Camden Town. Auch diese Reise in die Vergangenheit war nicht angenehm. Ihr Gedächtnis hatte jene Jahre noch nicht verklärt. Damals wie heute war sie allein.

Um sie herum schenkte ihr niemand Beachtung. Garvey, der etwas angetrunken war, redete nicht mehr mit ihr, als hätten sie sich während der acht Monate ihres Briefwechsels bereits alles erzählt und sich nichts mehr anzuvertrauen. Immerhin hatten sie einander bestätigen können, daß ihre Kindheit ihnen nicht alles verdorben hatte. Sie hatte ihre Herzen nicht völlig einschrumpfen lassen, es war noch ein wenig Platz für Zuneigung darin. Am Ende des Nachmittags zog sich Marie-Noëlle in das Zimmer zurück, das ihr zugedacht war. Kalt und leer wie die ganze Wohnung, bis auf zwei pathetische Rosen in einer billigen Vase, die sie willkommen hießen. Sie schloß die Augen und nickte schließlich ein, das Gesicht dem schmutziggrauen Rechteck des Fensters zugewandt.

Sie mußte lange geschlafen haben. Als sie zurück ins Wohnzimmer kam, war es Nacht geworden, und alle Gäste waren gegangen. Leicht betrunken lagen Garvey und Soglo in den Kissen. Dieses Mal hatte sie die Kraft, Garvey die Frage zu stellen, die sie die ganze Zeit in ihrem Kopf hin- und hergewälzt hatte.

Wo war Ludovic?

Garvey senkte die Stimme, als erschrecke ihn die Tragweite seiner eigenen Worte. Ludovic war gerade nach Belgien aufgebrochen und hatte Angéla mitgenommen. Sie hatten bei ihm übernachtet, bevor sie den Zug nach Brüssel nahmen. Was diese Abreise zu bedeuten hatte, wußte Garvey nicht. Natürlich hätte er liebend gern Fragen gestellt, aber er hatte sich zurückgehalten. Er hatte nicht einmal Reynaldas Namen erwähnt. Nach dem Abendessen war Angéla unter Soglos Obhut vor dem Fernseher geblieben, und Vater und Sohn waren bis zur Place de la République gegangen. Auch an diesem Abend hatte es geregnet. Die Reifen der Autos, finster wie Leichenwagen im Schatten der Dunkelheit, ließen kübelweise

Wasser aufspritzen, das auf die Gehwege herabfiel. In der feuchten Finsternis nur ein leuchtendes Zeichen: die grünen Kreuze der Apotheken, die blinkten wie Edelsteine. Trotz des Wetters und der späten Stunde drehte sich ein Karussell. Kinder machten ihren Eltern Szenen, und die Straßen waren voller Menschen. Das war es, was Garvey an großen Städten besonders mochte: diese unaufhörliche Bewegung, wie von Ameisen. Weder bei Tag noch bei Nacht hörte die Erde auf, sich zu drehen. In gewisser Weise war man nie verloren, denn man fand immer einen Einsamen wie sich selbst, dem man sein Elend erzählen konnte. Ludovic und Garvey hatten die Tür eines Cafés mit dem nicht besonders originellen Namen À la République aufgestoßen. Drinnen herrschte die Atmosphäre des späten Abends, wenn die Einsamen, die Schlaflosen und die, die nicht recht wissen, wohin sie gehen sollen, sich einen letzten Aufschub gönnen. Garvey hatte Mitleid mit seinem Vater. Der löste seinen Blick nicht von seinem Glas, und sein Gesicht sah plötzlich ausgezehrt, verwüstet, wie ein Gesicht von fünfzig Jahren aus. Lange hatten sie so in der Wärme gesessen, ohne ein Wort zu sprechen, und hatten Bier um Bier getrunken. Schließlich hatte ein Mann sich an ihren Tisch gesetzt und ihnen die Geschichte seines Lebens erzählt. Eine hanebüchene Geschichte. Eine wahrscheinlich zur Hälfte erfundene Geschichte, in der es um die Grausamkeit der Frauen ging. Als Garvey am nächsten Tag aufgewacht war, waren Ludovic und Angéla schon weg, auf dem Fernseher hatten sie gut sichtbar einen Brief für Marie-Noëlle liegen lassen.

Das Aufwachen am nächsten Morgen war auch nicht heiterer. Es regnete noch immer. Das gleiche Grau-in-Grau ringsherum. In der Nacht hatte Marie-Noëlle die vergessene, morbide

Lust am Weinen wiederentdeckt. Wie ihr Weinen als Kind, in der Gewißheit, daß niemand sie trösten kommen würde. Daß sie auf den Tag warten müßte, aufstehen, als ob nichts wäre, sich fertigmachen und zur Schule gehen, den anderen Schülern entgegentreten, der Lehrerin, dem Leben eben! Die Wohnung war ausgestorben. Auf dem Küchentisch hatte eine ungeschickte Hand das Nötige für ein Frühstück hingestellt. Marie-Noëlle zog es vor hinauszugehen. Auf der nassen Straße eilten Passanten vorüber, und wie sie beschleunigte sie den Schritt. Dabei hatte sie vor sich alle Zeit der Welt. Die Entscheidung, die sie getroffen hatte, machte ihr angst wie eine Operation, der sie sich zu ihrem eigenen Besten unterziehen mußte. Sie hatte alle möglichen Wege ausprobiert, und es blieb nur noch dieser hier, der letzte, der offen vor ihr lag. Und doch fragte sie sich seit einiger Zeit: Konnte sie nicht genauso weiterleben wie bisher? Ohne Identität, wie jemand, dem man die Papiere gestohlen hat und der durch die Welt irrt? War sie auf diese Weise nicht freier? Es ist eine Unsitte, um jeden Preis wissen zu wollen, wo man herkommt und welchem Tropfen Sperma man sein Leben verdankt.

Die Straße, der sie aufs Geratewohl folgte, war von Boutiquen gesäumt, in denen alle Arten von grellem, billigem Ramsch verkauft wurden. Riesige Ohrringe, schwere Anhänger, Broschen aus goldfarbenem Metall, mit bunten Pailletten und Glasstückchen verziert. Sie blieb vor einem Schaufenster stehen, um ihr so wenig heiteres Spiegelbild zu betrachten, dann ging sie weiter. Nach einer Weile erreichte sie einen Platz, der elegant und nüchtern wirkte zwischen seinen grauen und rosafarbenen Fassaden, vertraut wie ein Postkartenfoto. Um die Zeit totzuschlagen, betrat sie ein Café, das wie ausgestorben war. Madame Duparc hatte auf ihren Brief sofort geantwortet und sich einverstanden erklärt, sie zu empfangen. Aber sie hatte sie gewarnt: Sie habe ihr keinerlei dramatische Informationen zu enthüllen. Alles in allem habe sie ihr kleines Kindermädchen aus den sechziger Jahren nicht in schlechter Erinnerung behalten. Marie-Noëlle schwor sich, daß sie nach diesem Besuch ihre Suche aufgeben würde, die sie an Orte führte, die so wenig wie nur möglich zu ihr paßten. Im letzten Jahr Guadeloupe. Und nun Paris. Außerdem war das alles dabei, sinnlos zu werden. Sinnlos? Sie war sich nicht mehr so sicher, solange sie Ludovic nicht wiedergefunden hatte. Sie fragte sich unaufhörlich, warum er nach Belgien abgereist war, ohne auf sie zu warten. Das sah ganz nach einer Flucht aus. Sie hatte jetzt den Mut, sich einzugestehen, daß sie nur seinetwegen nach Paris gekommen war. Warum hatte sie die Wahrheit so lange verkannt? Tatsächlich hatte sie ihr ganzes Leben lang nichts anderes getan, als durch eine Menge anderer Männer hindurch Ludovic zu suchen, und jedesmal war sie betrogen worden. Um Punkt zwei Uhr stand sie auf, überquerte den Platz und nahm sich ein Taxi. Der Fahrer stammte wie sie aus Guadeloupe. Er selbst war erst vor drei Jahren zum ersten Mal dort gewesen, nachdem er während seiner ganzen Jugend so davon geträumt hatte. Zu sagen, daß er enttäuscht worden war, würde nicht ganz zutreffen. Es war etwas ganz anderes. Das Übermaß an Schönheit in diesem Land hatte ihn eingeschüchtert, als würde er auf einer fremden Bühne herumlaufen. Seine Welt, das waren die trostlosen Vorstädte, die Stadien, die Fußballplätze. Er hatte sich in Guadeloupe nicht wohl gefühlt. Er war überall überflüssig gewesen. Er wußte, daß man sich hinter seinem Rücken lustig über ihn gemacht hatte. Er erzählte angeblich Geschichten. Er schnitt sich die Haare nicht kurz genug. Er trug afrikanische Kleidung, um irgendeine Identität kundzutun. Erst bei seiner Rückkehr in Paris hatte er seinen vertrauten Atem wiedergefunden. Und dabei fühlte er sich nicht als Franzose.

Um die Wahrheit zu sagen, Marie-Noëlle hörte dieser Geschichte, lästig wie eine alte Leier, nicht so recht zu. Wie viele waren sie nicht auf dem ganzen Planeten Erde, die dieses gleiche Lebensleid teilten? Genug, um eine neue Rasse zu begründen, genug, um eine neue Welt zu bevölkern.

Gegen ihren Willen fasziniert, betrachtete sie die Szenerie des Herzens von Paris. Regen hing schwer in der Luft, und die Seine, mit Wasser gesättigt, war violett. Wolken in derselben Farbe jagten einander über den Brücken. Schon wurde das Licht schwächer, und der Tag schickte sich an, sich in seine Nachtgemächer zurückzuziehen.

Das Taxi hielt vor der Hausnummer 305 am Boulevard Malesherbes, und Marie-Noëlle betrachtete forschend die hohe steinerne Fassade, hinter der die fünfzehnjährige Reynalda gelebt hatte. Sie kannte vielleicht ihre Geheimnisse, konnte jedoch nichts davon erzählen.

4

Phantasie! Phantasie!

So hatte sich Marie-Noëlle die Wohnung nicht vorgestellt, wo ihre Mutter in Stellung gewesen war. Sie hatte es luxuriöser vor Augen gehabt, mit prunkvollen Möbeln in gedämpften Farben, Beige-, Grau- und Ockertönen, wie diese Traumwohnungen in den Hochglanzkatalogen oder in *Maison et Jardin*. Mit ihren schweren Ripsvorhängen, ihren mit Ahnenporträts und Reproduktionen bekannter Gemälde vollgehängten Wänden war sie in Wirklichkeit gewöhnlich, eher stickig, nicht sehr hell. Über einem Klavier schwammen Matisses Goldfische in ihrem Glas trübselig im Kreis herum. Auch Madame Duparc hatte sie sich ganz anders ausgemalt. Elegant, vielleicht etwas flatterhaft. Und nun stand eine gut, aber wenig einfallsreich gekleidete Frau vor ihr, mit spießbürgerlichem Gesichtsausdruck, die grauen Haare sorgfältig zu einem Dutt geschlungen. Sie war Witwe, Jean-René hatte sie vorzeitig auf dieser Erde verlassen. Aber ihre Kinder umgaben sie mit all ihrer Hingabe. Lautlos ging ein kleines, als perfekte Komödien-Soubrette verkleidetes Dienstmädchen, ein Abbild dessen, was Reynalda dreißig Jahre zuvor gewesen sein mußte, im Zimmer hin und her, schenkte Tee ein, bot Blätterteiggebäck und Mokka-Eclairs an. Marie-Noëlle wurde erst einmal einem Verhör unterzogen, dessen Fragen sie beantwortete, so gut sie konnte, wobei sie jedoch spürte, daß alles, was sie sagte, gegen sie verwendet wurde. Ehrlich gesagt, sie habe es sich nicht ausgesucht, in Amerika zu leben. Das Leben habe sie dorthin verschlagen. Das sei alles. Nein, sie habe keinen Mann mehr, keine Kinder. Nein, sie habe nicht vor, nach Frankreich zurückzukehren, auch nicht nach Guadeloupe. Na ja, doch, es gefalle ihr dort. Madame Duparc verzog die Lippen zu einem höflichen Lächeln und beugte sich über die Fotoalben, die in Erwartung des Besuchs schon auf einem Couchtisch bereit lagen. Aber die kunstlosen, schon vergilbten Schnappschüsse erzählten Marie-Noëlle nichts Neues. Sie kannte den Anblick dieses mürrischen und schäbig gekleideten mageren Mädchens schon, das nicht einmal versuchte zu lächeln, während sie Kinder an der Hand hielt, die kräftiger waren als sie selbst, gleichgültig ihr Stück von einem Geburtstagskuchen entgegennahm oder steif hinter einem Kinderwagen stand. Was ging in ihrem Kopf vor? Wenn man sie nur ansah, konnte man erkennen, daß ihr Leben bei den Duparcs sie nicht interessierte, daß sie noch nicht einmal vorgab, die drei ihr anvertrauten Kinder zu lieben, Nathalie, Philippe und den so entzückenden Letztgeborenen, Charles-Emmanuel, der von allen Chamanou genannt wurde. Ihre Ziele lagen anderswo. Madame Duparc begann zu sprechen, in objektivem Ton, als suche sie die Elemente eines Empfehlungsschreibens zusammen. Reynalda war sauber, gewissenhaft, sorgsam, diskret gewesen. Man vergaß, daß sie im Haus war, so sehr blieb sie an ihrem Platz. Nach und nach belebte sich Madame Duparcs Stimme jedoch und verriet sie. Ihr Herz hatte Reynalda nämlich nach all dieser Zeit nicht verziehen, daß sie sie als Herrin behandelt hatte, sie, die doch Wohltäterin sein wollte. Nachdem sie vom Boulevard Malesherbes fortgegangen war, hatte man nichts mehr von ihr gehört. Nicht ein Brief, nicht eine Karte. Sie hatte eine ganze Menge Sachen in ihrem Zimmer zurückgelassen, Fotos aus Guadeloupe, ein Radio, mehrere Bände Zola in Taschenbuchausgabe, aber sie war nie zurückgekommen, um sie abzuholen. Wenn man bedenkt, was die Duparcs alles für sie getan hatten, um am Ende so viel Undankbarkeit zu ernten! Sie war kein Mensch, der es sich mit seinem Gewissen leicht machte: der sich etwa seiner abgetragenen Kleider, die nur noch zum Wegwerfen taugten, entledigte, der seine Reste verschenkte. Nein! Gleich am ersten Tag nach ihrer Ankunft hatte sie Reynalda in die *Grands Magasins* mitgenommen – gleich um die Ecke – und sie von Kopf bis Fuß neu eingekleidet. Gewissenhaft ließ sie ihr jeden Tag Zeit genug, um sich auf ihre Kurse vorzubereiten und ihre Hausaufgaben zu machen, indem sie ihre Kinder abends selbst badete. Wahrlich, sie hatte sie nicht wie eine Untergebene bei sich aufgenommen und behandelt, sondern wie eine Verwandte in Not. Nie ein Tadel, ein Vorwurf; Jean-René und sie setzten das Wort Christi in die Tat um: der, der ohne Sünde ist ... Die traurige Geschichte, die sich auf Guadeloupe abgespielt hatte und von der sie, um die Wahrheit zu sagen, nicht viel wußten, ging sie nichts an. Was zählte, das war das kleine, unschuldige Wesen, das niemanden darum gebeten hatte, geboren zu werden, und das in der Obhut einer Fremden in der Heimat geblieben war! Reden wir einmal von diesem Kind! (Hier wurde Madame Duparc giftig.) Reynalda schien sich kaum darum zu sorgen. Nicht ein Foto unter ihren Sachen. Nie sah man sie ein Spielzeug, ein Andenken für sie kaufen. Weihnachten, Neujahr, Geburtstag gingen vorüber. Jedesmal, wenn sie versuchten, dieses Thema anzuschneiden – nicht aus Neugier, sondern aus Sympathie und mit Feingefühl, waren Jean-René und sie nicht auch Eltern von Kindern, christliche Eltern von Kindern? –, stießen sie gegen eine Wand. Natürlich, sie zwangen sich zu Nachsicht. Es war verzeihlich. Ein Kind findet schwerlich Eingang in ein Herz, das es nicht gewollt hat, und daß Reynalda ihre Tochter nicht gewollt hatte, war offensichtlich. Daher hatten sie ihr, mit Blick auf die Zukunft, einen viel höheren Lohn gewährt als üblich. Sie hatten ihr bei der *Caisse d'Épargne de l'Écureuil* ein Sparbuch eröffnet und hielten sie zu monatlichen Einzahlungen an. Und das war noch nicht alles! Sie hatten nie auf der Rückzahlung der Kosten ihrer Überfahrt von La Pointe bestanden, eine beträchtliche Summe zur damaligen Zeit … Hier erlaubte sich Marie-Noëlle, diese Flut von bittersüßen Erinnerungen zu unterbrechen. Wie? War es denn nicht das BUMIDOM gewesen, das Reynaldas Anreise bis nach Paris übernommen hatte? Madame Duparc schien überrascht. Das BUMIDOM? Ja, sie hatte von dieser Regierungsorganisation gehört, die früher einmal für die Vermittlung von antillanischem Hauspersonal zuständig war. Aber das BUMIDOM hatte mit der Sache nichts zu tun. Niemals hätte sie auf die bloße Empfehlung von wildfremden Beamten irgend jemanden in ihr Haus aufgenommen. Marie-Noëlle hakte nach. Sie berief sich auf die unzweideutigen Worte ihrer Mutter und spürte dabei, daß in dem Granitgebäude, das Reynalda errichtet hatte, endlich ein Riß erkennbar wurde, durch den vielleicht die Wahrheit, die Wahrheit ans Licht kommen könnte. Mit zitternder Stimme bohrte sie weiter. Wenn es nicht das BUMIDOM gewesen war, wer war es dann? Madame Duparc legte die Hände zusammen, als wolle sie beten, und legte bedächtig ihre Version der Geschichte dar.

Die Familie Duparc war keine Durchschnittsfamilie. Zu ihr zählten eine ganze Reihe von außergewöhnlichen Persönlichkeiten – Exzentriker, Abenteurer und vor allem Märtyrer und Heilige. Viele, man wußte nicht, wie viele, Duparcs waren mit dem Rosenkranz in der Hand und Sandalen an den Füßen losgezogen, um Afrika und die fernen Länder zu bekehren. Ein Duparc hatte im Hospital von Lambarene an der

Seite Albert Schweitzers gestanden. Nicht ganz so weit von uns entfernt war ein anderer Duparc, nachdem er eine Zeitlang Jagd auf die *pè savann,* die haitianischen Barfußpriester, gemacht hatte, Bischof von Guadeloupe geworden. Bis in die abgelegensten Gemeinden der Insel wurde sein Name mit Respekt genannt. Nach außen hin wirkte er wie ein Lebemann, rotgesichtig, dem Ti-Punch und dem Kakaolikör etwas zu sehr zugetan. In Wirklichkeit aber schlug unter seinen Rundungen und Farben das Herz eines wahren Mystikers, dessen ständige Sorge es war, Gutes zu tun. Er kam regelmäßig nach Frankreich, zu Konzilen, Synoden oder Pilgerreisen nach Lourdes, und versäumte es nie, den Umweg über den Boulevard Malesherbes zu machen, um die Kinder zu segnen. Eines Tages im Jahr 1960 hatten sie einen ziemlich rätselhaften Brief von ihm bekommen. Darin bat er seine jungen Verwandten, zugleich ihm zu helfen und ihren christlichen Glauben unter Beweis zu stellen. Es ging darum, Reynalda Titane, einer ledigen Mutter von fünfzehn Jahren, eher Opfer als Sünderin, eher unglücklich als verhärtet, so einsam wie niedergeschlagen, als Kindermädchen einzustellen. Ein paar Jahre zuvor habe er ihr zu helfen geglaubt, indem er sie in La Pointe unterbrachte, aber in Wirklichkeit habe er sie dadurch den schlimmsten Versuchungen ausgesetzt. Er fühle sich also verantwortlich für ihr Unglück. Die Ratschläge der Duparcs und das Vorbild ihres Zuhauses könnten sie auf den rechten Weg zurückbringen. Die Antworten des Bischofs auf die berechtigten Nachfragen des Ehepaars waren wenig aufschlußreich gewesen. Er erklärte lediglich, daß die junge Reynalda ihre Mutter, eine Frau von ziemlich schlechtem Ruf, verabscheute und daß sie sonst weder Familie noch Freunde hatte. Was den Vater ihres Kindes betraf (denn er lehnte es ab, ihn schlicht und einfach als den Schuldigen zu bezeichnen), so könne er darüber nichts sagen, denn er sei gebunden, diese im Schatten des Beichtstuhls gestammelten späten Geständnisse geheimzuhalten. Nur so viel, der Unglückliche sei durch seinen Fehltritt zutiefst niedergeschlagen, und der Rest seines Lebens würde nicht genügen, seine Schuld zu sühnen. Darüber würde er im übrigen selbst wachen, Ehrenwort eines Bischofs. Madame Duparc gab zu, daß sie in ihrem tiefsten Inneren nicht gerade begeistert war von der Vorstellung, eine Sünderin einzustellen, die sich um ihre neunjährige Nathalie, ihren kleinen Engel, kümmern sollte. Aber Jean-René, der der Geistlichkeit sehr zugetan war, teilte ihre Meinung nicht und hatte seinem Großonkel umgehend das Geld für die Überfahrt geschickt. Einen Monat später kam Reynalda an, und wohl oder übel nahm ein Zusammenleben, das vier Jahre dauern sollte, seinen Anfang. Erstaunt über die Verwirrung, in die ihre Erzählung Marie-Noëlle gestürzt hatte, suchte Madame Duparc all ihre Erinnerungen zusammen. Aber sie mochte ihr Gedächtnis noch so sehr befragen, sie konnte nichts weiteres mehr finden. Darüber hinaus wisse sie einfach nichts, rein gar nichts mehr. Den Bischof hatten sie nicht mehr wiedergesehen, da er kurz darauf einem Herzanfall erlegen war. Zuviel Ti-Punch. Zuviel Kakaolikör. Trotzdem hatte ihn eine Menschenmenge, wie um einen Heiligen weinend, zu seiner letzten Ruhestätte auf den Friedhof von Basse-Terre geleitet, denn er hatte sich gewünscht, auf Guadeloupe, am Fuß seines geliebten Vulkans, begraben zu werden. Zusammen mit seinem Geheimnis. Es schien sicher zu sein, daß Reynalda keine Beziehungen mehr zu dem wahrscheinlich auf Guadeloupe gebliebenen Vater ihres Kindes unterhalten hatte, da sie nie Briefe geschrieben oder empfangen hatte.

Was macht man in solchen Fällen? fragte sich Marie-Noëlle. Ich sollte mich vielleicht betrinken. Aber ich habe keine Lust dazu. Vielleicht irgend etwas Dramatisches tun? Dazu habe ich nicht die Kraft. Von nun an werde ich ganz einfach mit diesem Unbekannten, diesem Dunkeln hinter mir leben müssen. Ich bin aus dem Dunkeln gekommen. Schlecht gewappnet, überhaupt nicht gerüstet für das Leben, bin ich dem brillanten Kopf meiner Mutter entsprungen. Es ist die Mühe nicht wert, sie damit zu konfrontieren. Sie wird von ihrer Geschichte nicht abrücken. Im übrigen bin ich mir sicher, daß sie schließlich selbst angefangen hat, daran zu glauben. Vielleicht hat sie sich mit einer dieser Unglücklichen verwechselt, deren Lebensgeschichten sie sich angehört hat. Oder sie hat geträumt. Es ist doch eine dieser Geschichten, die zu schön sind, um wahr zu sein, aus denen Romane sind. Im Grunde ist sie eine Schriftstellerin, meine Mutter, und sie hat sich ihre Fiktion errichtet. Ich, die ich lebe, ich muß die Wahrheit anderswo suchen. Wo? Man müßte alles neu interpretieren, alles von Anfang an neu aufrollen. Von dem schönen Morgen an, an dem Nina und Reynalda von dem Schiff namens *J'espère en Dieu* an Land gingen, das damals zweimal die Woche zwischen La Désirade und Saint-François pendelte.

Nina ging voran. Sie ging mit großen Schritten, ihr leichtes Gepäck auf dem Kopf balancierend, ohne sich um das Kind zu kümmern, das, so schnell es konnte, hinter ihr her trottete, mit ihren nach innen gerichteten Füßen und ihren Zehen, die aus zerrissenen Turnschuhen hervorschauten, denn ihr Herz war voll gemischter Gefühle. Sie hatte geglaubt, für Reynalda das Richtige zu tun. Aber sie verspürte keinerlei Befriedigung darüber, La Désirade zu verlassen. Zugegeben, ihr Leben dort war hart gewesen. Sie hatte mehr als genug am Hungertuch genagt. Allzu oft hatte sie sich und ihrem Kind den Bauch mit nichts als einer Suppe aus Wurzeln und ranzigem Öl gefüllt. Und doch, dort war sie geboren, dort waren ihre Mutter und die Mutter ihrer Mutter geboren, und dort, mit Blick auf das Meer, lagen sie alle beide in ihrer wohlverdienten letzten Ruhe. Dort hatte sie ihre Hütte errichtet. Von dem, was sie über La Pointe gehört hatte, war sie alles andere als angetan. Diebe, Aufschneider, Dirnen zuhauf. Neben einer Esso-Tank-stelle wartete ein Autobus, und sie verlangsamte ihren Schritt, damit Reynalda sie einholen konnte. Das Kind schwitzte. Sei-ne krausen Haare waren von Schweiß durchnäßt, und gegen ihren Willen überkam ihr Herz Mitleid mit der Häßlichkeit ihrer Tochter. Sie hielt ihr ein Stück Brot hin, daß sie zwi-schen ihren Brüsten hervorholte, aber die Kleine lehnte mit einem Kopfschütteln ab. Sie wollte nichts von ihr. So war es von Anfang an gewesen, als sie drei Tage nach der Geburt die Brust verweigert hatte. Nina und Reynalda setzten sich in die letzte Sitzreihe des Autobusses, und Nina schlief sofort ein. Reynalda dagegen blieb wach und beobachtete alles um sich herum mit ihren unergründlichen, neugierigen Augen. Der Weg von Saint-François nach La Pointe erscheint endlos. Man sieht unter der brennenden Sonne kaum etwas anderes als Zuckerrohrfeld um Zuckerrohrfeld um Zuckerrohrfeld. Aus-gemergelte Rinder ziehen am Straßenrand ihre Ketten hinter sich her oder strecken ihre Köpfe vor und muhen in Richtung der Teiche. Hier und da ein Mangobaum mit seitwärts ausge-streckten Armen. Der Fahrer hupte, wenn er durch die Dörfer kam, die sich in ihrem Schmutz und ihrem Elend alle glichen, und Horden von Kindern mit nackten Hintern rannten hin-ter dem Fahrzeug her, begleitet von Hunden, die genauso wild waren vor Aufregung wie sie. Gegen Ende des Nachmit-tags, kurz vor der Dunkelheit, kamen sie in La Pointe an. Der

Autobus parkte am Markt von Bergevin, im abendlichen Geruch von faulem Fisch und überreifen Papayas. Die letzten Händlerinnen packten ein, was am nächsten Tag noch verkauft werden konnte, und verschlossen die Ohren vor dem Flehen der Bettelfrauen.

Jeder kannte das Lago di Como. Die Leute hatten Mitleid mit Nina und ihrem tölpelig aussehenden Kind, und man überschüttete sie mit detaillierten Informationen, die sie nur noch mehr verwirrten. »Geh nach links. Dann geradeaus. Weiter bis zu dem einstöckigen Haus. Da wohnt ein Doktor ...« An der Ecke des Canal Vatable schlug ein öffentlicher Ausrufer lautstark die Trommel, und die Neugierigen kamen herbeigelaufen, so schnell sie konnten. Weder Nina noch Reynalda hatten je ein solches Schauspiel gesehen, das gewiß zu den Herrlichkeiten von La Pointe zählte. Der Mann schob sein Käppi zurück, steckte seine Schlegel weg, stellte sich auf die Hinterbeine und begann mit undeutlicher Stimme eine lange amtliche Bekanntmachung zu verlesen, die im Klartext den baldigen Schulbeginn ankündigte und daß die Eltern ihre Kinder im Rathaus anmelden müßten. Dann ging er majestätischen Schrittes weiter in Richtung Rue Frébault. Als er verschwunden war, nahm auch Nina ihren Weg wieder auf. Reynalda immer einen Schritt hinter ihr her. Sie kamen genau in dem Moment am Lago di Como an, als José sich anschickte, den eisernen Vorhang zur Hälfte herunterzulassen, das erste Signal für die Kundinnen, daß sie sich verabschieden mußten, denn morgen ist auch noch ein Tag. Auf dem Gehweg gegenüber, vor dem Kurzwarenladen, machte der Sohn des Chefs, Aziz, seinem Kindermädchen eine Szene.

Wie verlief der erste Abend?

Rund um das Haus kamen die Fledermäuse schwerfällig aus

den Fensteröffnungen des Dachgeschosses herausgeflattert. Arcania ruhte erschöpft in ihrem Zimmer im ersten Stock. Während Nina Bekanntschaft mit ihrer Kochstelle, ihren Töpfen und Pfannen schloß, brachten es Tanta Zita und Tante Lia nicht übers Herz, Reynalda in der Küche zu lassen. Ohne Gian Carlo zu fragen, der mit gereiztem Gesicht am Kopfende des Tisches thronte, wiesen sie ihr einen Platz zu, an dem sie bis zum Tag ihres Verschwindens bei jeder Mahlzeit sitzen sollte, zwischen Donatella und Fiorella. Gleich an diesem Abend nahm die Freundschaft zwischen Fiorella und Reynalda, den zwei so verschiedenen kleinen Mädchen, ihren Anfang. Reynalda betrachtete die Umgebung ihres neuen Lebens, die schwerfälligen Eichenmöbel im Henri-II-Stil, an den Wänden die Wandteller mit durchbrochenen, vergoldeten Rändern, die Reproduktionen von Miniaturen Viator Gentinis, eines sizilianischen naiven Malers, den Gian Carlo in seiner Jugend geliebt hatte, und bemühte sich, nicht zu weinen. Worüber denn eigentlich? Was ließ sie auf La Désirade schon zurück?

Plötzlich stieß Fiorella sie unter dem Tisch mit dem Knie an und flüsterte ihr ins Ohr:

»Kennst du die Geschichte von Aïda-Gros-Tété?«

Reynalda riß die Augen vor Ahnungslosigkeit weit auf, und die andere stürzte sich in eine ungereimte Geschichte, über die sie selbst lachen mußte wie eine Verrückte. Gian Carlo schlug mit seinem Löffel an den Tellerrand, um Ruhe zu fordern, und Tante Zita, die mit einem mageren Gericht aus Stockfisch und Kartoffeln um den Tisch herumging, bemühte sich zu schimpfen:

»Jetzt ist es aber genug, Fiorella.«

Kurz darauf trat Nina ein, statuengleich in ihrem verblichenen Madraskleid. Sie trug das Tablett mit dem Zitronengras, der Teekanne und den angeschlagenen Fayence-Tassen. Verklärt wie vor dem heiligen Sakrament, wandte sie den Kopf Gian Carlo zu, der sie ebenfalls ansah. Ohne zu ahnen, daß der verrückte Engel der Liebe und des Begehrens soeben seinen Pfeil abgeschossen hatte, mußte Fiorella noch mehr lachen:

»Deine Mama, deine Mama, die sieht aus ... wie Aïda-Gros-Tété persönlich!«

Als das Geschirr vom Abendessen gespült und aufgeräumt war, stiegen Nina und Reynalda hinauf in ihr Dachgeschoß. Da sie nichtsahnend ihre Fensterläden hatten offenstehen lassen, waren Fledermäuse in das Zimmer eingedrungen. Vor Angst rollte sich Reynalda auf einem der Betten zusammen, während ihre Mama, mit einem Besenstiel bewaffnet, ihnen mit wütenden Schlägen nachjagte. Am Ende des Kampfes verbluteten sechs schwarze, haarige kleine Körper auf dem Holz des Fußbodens. Hatte der erste Abend sich so, auf genau diese Weise, abgespielt? Und der nächste Tag? Und die folgenden Tage? Woher war der Mann ohne Namen noch Gesicht gekommen, der der Kleinen einen Bauch angehängt hatte? Hatte er sie vergewaltigt, hatte er ihr hinter einem der Sandbüchsenbäume auf der Place de la Victoire aufgelauert, um sich eines schlechten Tages auf sie zu stürzen und sie zu sich nach Hause zu schleifen, trotz ihres Strampelns und Flehens? Oder hatte er sie im Gegenteil in ihrer Naivität verführt, und sie hatte sich ihm bereitwillig hingegeben? Sie besuchte ihn in seinem *lakou* auf dem Morne La Loge und blieb bei ihm, solange die Uhrzeit es erlaubte. Sie warteten zusammen darauf, daß die schwarzen Fäden der Nacht sich mit den ersten weißen Fäden des Tages vermischten. Dann lief sie schnell zurück in die Rue de Nozières. Man konnte sich fragen, wie sie sich so oft hatten außerhalb treffen können; wie es ihr gelungen war, die Wachsamkeit aller zu täuschen, bei so vielen Kindern, so vielen frommen Frauen, insgesamt drei im Haus, und einem Beichtvater, der mit dem Brevier in der Hand treppauf, treppab ging, jederzeit bereit, jedem die Beichte abzunehmen.

Es sei denn ... Es sei denn.

Eisige Kälte ließ Marie-Noëlles Glieder erstarren, kroch ihr bis ins Herz, und sie wäre beinahe auf der Stelle umgefallen, auf den Boden dieser schmuddeligen Bar in der Nähe der Gare Saint-Lazare, wo sie sich einen Kaffee bestellt hatte. An der Theke aß eine ausgehungerte Frau harte Eier. Auf einer Bank küßte sich, eng umschlungen, ein verliebtes Paar.

Wie hatte sie das nur nicht vorher begriffen? Alles fügte sich zusammen. Alle verstreuten Teile des Puzzles fanden ihren Platz. Die Beichte. Die Musik. Cherubino. *Voi che sapete che cosa è amor.* Mein Kind, was für eine hübsche Stimme du hast. Ich werde dich zum Studieren ins Mutterland schicken. Du wirst Page auf der Opernbühne werden. Du hast eine hübsche Stimme und auch hübsche Augen, weißt du. Komm ein bißchen näher. Noch näher ... Ah! Was habe ich getan? Verflucht sei der Tag, an dem ich geboren bin! Warum bin ich nicht an der Brust meiner Mutter gestorben! Warum habe ich nicht mein Leben ausgehaucht, als ich ihren Leib verließ! Mein Vater, du wirst mir nie und nimmer verzeihen können. Fortan werde ich unter meinesgleichen leben. Der Aussatz ihrer Körper bedeckt meine Seele.

Wenn ich nur jemanden hätte, mit dem ich reden könnte, dem ich meine Qualen anvertrauen könnte. Wenn ich nur einen Mann an meinem Arm hätte, wie Judes Anozie sagen würde. Das hilft. Aber, ach! Alle haben mich verlassen. Meine Großmutter Nina glaubte, der Schlüssel zum Glück sei die Bildung. Sie dachte, ihr Leben wäre anders verlaufen, wenn

sie hätte lesen und schreiben können. Ich habe sie, die Bildung. Ich habe sie mir erkämpft. Trotzdem bin ich darum
nicht glücklicher, und ich habe mich immer gefragt, warum.
Es war, weil ich das Erbe nicht kannte, das ich sühnte.

5

Gleich nachdem man Paris hinter sich gelassen hatte, begann es zu schneien. Dicke Flocken, die es eilig hatten, den
Boden zu erreichen, eng zusammengedrängt, als wären sie
ängstlich. Innerhalb weniger Minuten gab es keine andere
Farbe mehr auf den Häusern, den Bäumen, den Autos als
dieses Weiß, das den Augen weh tat. Die Wange gegen das
kalte Fenster gepreßt, betrachtete Marie-Noëlle diese Toten-
landschaft, die der, die sie im Herzen trug, so sehr glich. Es
war ein Mittwoch. Ein wenig betriebsamer Tag. Es war kein
Schnellzug. Die wenigen Reisenden, ein Mann mit abgenutzten Schuhen, zwei schlechtgekleidete Frauen, schäbig, um die
Wahrheit zu sagen, zitterten im Abteil der zweiten Klasse vor
Kälte. Der Mann reichte sein Päckchen Zigaretten in die
Runde, und im Dunst der Gauloises begannen die drei bald,
sich zu unterhalten. Worüber? Über die gegenwärtige Regie-
rung, die den Arbeitern des Landes zu schaffen machte. Über
die alte, die auch nicht besser gewesen war. Die Republiken,
die Präsidenten, die kommen und gehen, sich alle ähneln.
Man sah diesen Reisenden gleich an, daß sie Leute ohne
komplizierte Geschichte waren. Normale Leute. Aus normalen Familien. Nichts Auffälliges. Die üblichen Beziehungen.
Affären und Ehebrüche ohne Folgen. Ein bißchen Fellatio
hier und da. Noch nicht einmal Homosexualität. Marie-Noëlle fühlte sich fehl am Platz mit dem, was auf ihrem Gewissen lastete. Sie verbarg ihr Gesicht hinter einer Zeitung, die
sie im Vorbeigehen gekauft hatte. Aber die mit der Motorsäge

massakrierten Leichen in Burundi, die man mit entblößten Geschlechtsteilen in die Silos von Ruanda geworfen hatte, die verwesten Wasserleichen in den Schlammströmen Pakistans ließen sie kalt. Da es unmöglich zu sein scheint, zu leben, mag die Welt aufhören, sich zu drehen. Und Schwamm drüber! Zurück in die Wonnen des Nichts. Sie ließ die Zeitung auf ihre Knie sinken und wandte sich zum Fenster. Hinter der Scheibe hatte das Land die Stadt abgelöst. Der Totenzug ratterte mit seinen metallenen Rädern durch eine weiße Ebene, flach wie die Hand, manchmal ragten Formen auf, die schwer zu erkennen waren. Scheunen? Bäume? Wäldchen? Knochenhaufen? Tierkörper? Sie wagte nicht, darüber nachzudenken, was sie am Ende dieser drei Fahrtstunden erwartete. Jedenfalls würde es nicht schlimmer sein als das, was sie hinter sich ließ.

Im Abteil schleppte sich die Unterhaltung träge dahin. Die zwei Frauen lachten über einen guten Witz, den der Mann gemacht hatte. Aber man merkte, daß sie sich zwangen. Die Augen über ihren Lippen, die sich über dem vergilbten Email der Zähne spannten, blieben hohl und müde. Schließlich machte eine der beiden der Komödie ein Ende. Sie wickelte sich in ihren Mantel, legte den Kopf zurück und schickte sich an zu schlafen. Marie-Noëlle dachte, daß sie das vielleicht auch tun sollte. Sie hatte seit vielen Stunden kein Auge zugetan. Den Anfang der Nacht hatte sie damit zugebracht, mit Garvey und Soglo schlechten Rotwein zu trinken, den, der Flecken macht. Das bevorstehende Weihnachtsfest in der Einsamkeit von Paris trieb ihnen Tränen in die Augen wie Kindern, die sie noch waren. Mit dem Rücken gegen die Wohnzimmerkissen gelehnt, käuten sie ihre Geschichten wieder, die sie schon so oft erzählt hatten, daß sie jede Kontur und jedes Relief verloren. Soglo war als ganz kleines Kind nach

Frankreich gekommen, als der Diktator, der sich erst einige Jahre zuvor zum Herrscher auf Lebenszeit erklärt hatte, durch einen Staatsstreich aus dem Land geworfen worden war. Sein Vater hatte, als dessen überzeugter Anhänger, seinem Herrn folgen und seine Familie in einer Villa in Fontainebleau in Sicherheit bringen müssen, die mit dem Geld des Volkes prunkvoll eingerichtet worden war. Soglo hatte seine Heimat Afrika nie wiedergesehen, und heute, mit seinen zwanzig Jahren, ließ das Verlangen nach ihr ihm Nacht für Nacht das Wasser über die Schenkel rinnen. Eines Tages, bald, würde er auf die Suche nach ihr gehen. Er würde sie wiederfinden in der Gluthitze des Mittags, und auf der brennenden Kruste der Erde würde er seinen Pfahl in sie hineinrammen. Garvey verkniff sich sein Grinsen und Schulterzucken nicht, wenn er so was hörte. Afrika kann man weder erträumen noch heiraten. Afrika kann man nur verhöhnen, plündern, vergewaltigen. Wenn es eine Welt gab, die zu begehren war, dann die, in der sie lebten. Sie würden sie sich nach ihren Bedürfnissen zurechtbiegen müssen. Nun war Soglo an der Reihe, zu lachen und die Schultern zu zucken. Wie jedesmal wurde die Tag für Tag wiederholte Diskussion hitzig. Gegen Mitternacht hörten sie mit ihrem hohlen Gerede auf und machten sich auf den Weg zum Soho Club, wie jeden Tag. Eine Kneipe hinter einer trostlosen Fassade im Viertel Réaumur-Sébastopol, in der ein Quintett antillanischen Jazz spielte. Der enge, dunkle Raum war voll mit allen möglichen Martiniquanern, Guadeloupanern, auch Afrikanern, ausnahmsweise ganz eng beisammen und brüderlich Schulter an Schulter stehend. Die Luft war schwer von Nostalgie und Träumen, die einander glichen. Für eine Weile strömte die Musik in Marie-Noëlles Herz wie Balsam. Diese harten Harmonien, diese Dissonanzen waren ihr vertraut, und es war, als spielten wiedervereinte alte Freunde zur Linderung ihres Schmerzes. Leider dauerte der Frieden nicht lange. An der Biegung eines Akkords schoß der Schmerz wieder hervor. Als die Pause begann, kam der Posaunist von der Bühne und setzte sich an ihren Tisch, mit seinen schmachtenden Bolerosängeraugen und seinem Schnurrbart à la Gabriel García Márquez. Garvey war so stolz auf sie, seine große Schwester, Dozentin an einer Universität der Vereinigten Staaten von Amerika, daß er ihren Besuch überall angekündigt hatte. Welch eine Ehre für den Soho Club! Er selbst habe ihren verstorbenen Mann, Stanley Watts, gekannt und das Glück gehabt, ihn bei einem Konzert in London zu begleiten. Jawohl! Stanley Watts sei einer der ganz Großen. Sein Genie übertreffe das aller anderen bei weitem, sogar das von Jimi Hendrix und Bob Marley, die neben ihm nichts als Chorknaben seien. Aber so sei es eben, die Welt war noch nicht bereit, weder für seine Musik noch vor allem für seine Botschaft. Niemand will hören, daß die Immigranten keine Verdammten sind. Sie sind das Salz der Erde und das Licht der Welt. Karl Marx war ein Emigrant. Und Einstein. Und Pablo Picasso. Eine Zeitlang war Ho Chi Minh einer gewesen. Und Nicolás Guillén. Man könnte die Liste weiterführen, so lange man wollte. Beim Anhören dieses Unsinns traten Marie-Noëlle die Tränen in die Augen, ein Zeichen, daß sie sich ganz und gar nicht in ihrem Normalzustand befand. Denn sie sah Stanley wieder vor sich, verschlossen an ihrer Seite, wie ein Tresor, dessen Schlüssel sie nie besessen hatte. Terri, der sie ohne ein Wort verlassen hatte. Wahrscheinlich hatten sie die Wahrheit über jene gespürt, die sie sich in ihr Bett geholt hatten. Eine Mißgeburt. Ein Monstrum. Zur Zeit der Renaissance glaubte man, Monstren seien die Frucht verbotener Kopulationen, so fürchterlich, daß allein die Vorstellung davon einem das Blut gefrieren ließ. Jungfrauen, geschändet von Hunden, von Panthern, von Stieren, von haarigen Affen mit Ruten aus *bois bandé*, verfolgt von *soukougnans,* von *dorliss,* von *volans.* Selbst wenn es keine äußerlichen Zeichen seiner Ungeheuerlichkeit aufweist – fehlende Arme oder Beine, einen Fischschwanz, ein Bockshorn mitten auf der Stirn, ein Ypsilon auf der Brust –, schlägt das Monstrum unweigerlich alle um sich herum in die Flucht. Seine Nähe schreckt alle ab. Der Posaunist war offensichtlich nicht abgeschreckt, denn er fixierte sie in verführerischer Weise und stellte ihr Fragen über die Vereinigten Staaten von Amerika. Eigentlich stellte er gar keine Fragen. Er sprach von Erfahrungen. Rassismus. Kannte er. Er hatte ein paar Tage in New York verbracht, und die gelben Panther der Taxis hatten alle Muskeln angespannt, um vor ihm zu fliehen. Gewalt. Kannte er. Als er aus dem Chez Sylvia herauskam, lagen zwei Körper blutend auf dem Pflaster von Harlem. Homosexualität. Kannte er. Zwei Kolosse in Ledermontur hatten ihn quer durch Chelsea verfolgt. Als er an diesem Punkt seines Vortrags angekommen war, ging zum Glück die Pause zu Ende: Er mußte zurück zu den anderen Musikern. Keine Frage, es war ein gutes Quintett. Gute Künstler. Aber sie fand doch, daß es ihnen in der Improvisation an Leichtigkeit und Unerwartetem fehlte. Stanley, der so anspruchsvoll war, hätte es sich zweimal überlegt, bevor er sie für die M. N. A. engagiert hätte.

Als sie aus dem Soho Club kamen, war die Nacht fahl, und die Augen der Sterne schlossen sich bereits. Garvey und Soglo gingen mit einer Gruppe weg. Sie folgte dem Posaunisten. Sie trank noch viel schlechten Wein, den, der Flecken macht, in seiner unter den Dächern eingeklemmten Wohnung. Er sagte kein Wort mehr über Amerika. Noch über irgend etwas anderes. Er ließ seine Hände über ihre Brüste wandern und drängte mit seinem Geschlecht heftig gegen ihren Schenkel.

Aber sie stieß ihn mit aller Kraft zurück, ihr stand der Kopf nicht nach solchen Spielen. Dann die Gare du Nord, trüb lag sie da unter ihren Glasdächern. Die frühmorgendlichen Pendler aus den Vorstädten, schlecht gewaschen und vor der Zeit müde. Sie hatte den ersten Zug nach Belgien genommen. Die Abteiltür ging auf, und zwei Reisende kamen herein, offenbar eine Mutter mit ihrem kleinen Sohn. Sie schauten weder rechts noch links. Sie grüßten niemanden. Sie setzten sich, packten ihre Vorräte aus und fingen sofort an zu essen. Mit einer Mischung aus Ekel und Neid blickten alle auf diese dunklen Scheiben Landbrot, rötlich bedeckt von Salami und Parmaschinken, die in der Tiefe der gefräßigen Münder verschwanden.

Marie-Noëlle fiel in Schlaf. Als sie die Augen wieder aufschlug, fuhr der Zug im Bahnhof von Brüssel ein.

Eingemummelt in seinen alten Überzieher, trostreich wie eine Fächerpalme am Rand einer Oase, wartete Ludovic am Ende des Bahnsteigs. An seiner Seite Angéla. Marie-Noëlle bildete sich sofort ein, er benutze das Kind, um es als Schutzwall, als Hindernis zwischen sie zu stellen. Garvey hatte übertrieben. Gewiß, Ludovics Rastalocken waren um die Schläfen grau geworden, denn das Alter hatte ihn eingeholt, wie es alle einholt. Gewiß, seine Stirn und seine Mundpartie waren reichlich von Falten gezeichnet. Aber er sah überhaupt nicht aus wie jemand, der an Liebeskummer leidet. Er wirkte im Gegenteil frisch und voller Schwung. Er schob die beiden Schwestern aufeinander zu, und als Marie-Noëlle dieses Kind, das sie noch nie gesehen hatte, an ihre Brust drückte, staunte sie über die warme Zuneigung, die sie durchströmte. Angéla war klein für ihr Alter und sah ihrem Vater ähnlicher als ihrer Mutter. Sie hatte die hellbraunen, kakaofarbenen

Augen Ludovics. Auch Garveys. Ein Lächeln zögerte auf ihren Lippen, als wüßte sie nicht, ob sie es herschenken sollte. Ludovic nahm herzlich Marie-Noëlles Arm und führte sie zum Ausgang. Er sprach von allem, nur nicht vom Wesentlichen, wie es seine Art war. Er fragte sie, ob es in Paris auch schneite. Der Winter versprach hart zu werden in Europa. In Belgien, in Deutschland, in Holland schneite es seit Tagen ununterbrochen. Ja, er habe übereilt nach Belgien aufbrechen müssen, weil man ihn in einem Zentrum für jugendliche Straftäter brauchte, in dem er früher einmal gearbeitet hatte. Cilas, der Direktor, mit dem er seit zwanzig Jahren befreundet war, war des Exils müde geworden und hatte beschlossen, mit seiner Familie nach Kamerun zurückzukehren. Acht Kinder, alle in Europa geboren. Ludovic hatte nichts dagegen, wieder in Brüssel zu sein, in der Immigrantengemeinschaft, streitsüchtig und warm wie eine Familie. Er hatte Garvey und den unvermeidlichen Soglo eingeladen, Paris zu verlassen, wo nichts los war, und nachzukommen. Marie-Noëlle hörte zu und sagte nichts. Während der Fahrt vom Bahnhof in die Vorstadt würdigte sie, da Brüssel sie wenig interessierte, die grauen Fassaden, die überfüllten Straßen, die vom Wintermatsch schmutzigen Gehwege, die aus um so weißer erscheinenden Parks hervorkamen, keines Blickes. Sie hatte nur eine Sorge im Herzen. Wie war von diesem herzlichen und vertrauten Ton zu einem anderen zu gelangen? Sie erinnerte sich, wie sie, als sie ihre erste Regel bekam, ihre befleckten Unterhosen in einer Ecke versteckt hatte, bis sie sich voller Scham im Badezimmer einschloß, um sie zu waschen. Ludovic hatte diesen stinkenden Schatz ausgegraben. Ohne ein lautes Wort hatte er ihr einfach beigebracht, die Waschmaschine zu bedienen. Er hatte ein Furunkel an ihrer linken Pobacke behandelt, das sie zu verbergen versucht hatte. Wenn sie erkältet war, schob er ihr Nachthemd hoch, um ihr unsanft Brust und Rücken einzureiben. Wie bringt ein Vater es fertig, sein Kind zu vergewaltigen? All diese Erinnerungen zu vergessen und aus einem so vertrauten, vom Alltagsleben banalisierten Körper einen Gegenstand des Begehrens zu machen?

In der Cité Georges-Simenon bewohnten Cilas und seine Familie noch für ein oder zwei Tage die Wohnung, die sie Ludovic überlassen würden. Daher lebte man inmitten einer Ansammlung von Kindern beiderlei Geschlechts, geschlossenen Reisekisten, offenen Koffern, halbvollen Umzugskartons, halb eingepackten Dingen. Während Cilas Kisten zunagelte, stand Céleste, seine Frau, wie eine Königin inmitten all dieses Durcheinanders, mit ihrem Letztgeborenen auf dem Rücken, putzte ihre Jungen herunter und beaufsichtigte die Mädchen, die das Mittagessen zubereiteten. Sie umarmte Marie-Noëlle, als sei sie ihre nach langer Trennung wiedergefundene älteste Tochter, während ihre scharfblickenden Augen sie zugleich unter die Lupe nahmen und die wahren Gründe ihres Kommens zu erforschen suchten. Céleste machte kein Geheimnis daraus: Sie gehorchte, aber sie war ganz und gar nicht glücklich, nach Afrika zurückzukehren. Sie hatte Cilas ihre Gefühle darüber mitgeteilt, der sich nicht darum gekümmert und nur nach seinem eigenen Kopf gehandelt hatte, da ja die Männer, zu ihrem Unglück, nie auf die Frauen hören. Er war zuversichtlich, weil jemand ihm Arbeit in Douala versprochen hatte. Dabei weiß doch jeder, daß Versprechungen machen und halten zweierlei sind. Vor allem in Afrika. Es wäre schon ein Glück, wenn Cilas nicht nach ein paar Monaten in den vier Wänden eines Gefängnisses säße, angeklagt, ein Komplott gegen den Präsidenten geschmiedet zu haben, er, der noch nie seinen Mund habe halten können und sicher schon auf irgendeiner schwarzen Liste stand. Dann stünde sie allein da, mittellos, arbeitslos. Wie würde sie dann all diese hungrigen Mäuler stopfen? Auf die Familie konnte man nicht zählen. Weder auf die ihre. Noch auf die von Cilas. Heutzutage hatte das Wort Familie keine Bedeutung mehr. Genausowenig wie das Wort Stamm. Oder Dorf. Oder Gemeinschaft. Genauso- wenig übrigens wie das Wort Afrika. Denn Afrika war nicht mehr Afrika. Es war zu einem Reich der Finsternis und der Geier geworden.

Gegen ein Uhr nachmittags setzten sich alle im Kreis auf den Boden, um ein ausgezeichnetes Mahl zu genießen, denn bei allem Gekicher und Getuschel hatten die Mädchen gut gekocht. Dann verschwanden Ludovic und Cilas zusammen zu ihren geheimnisvollen Männerangelegenheiten. Die Kin- der, Mädchen wie Jungen, stoben in alle Richtungen ausein- ander. Céleste legte ihr schlafendes Baby hin und nahm Marie-Noëlle mit hinaus. Es war eine Idee von Ludovic. Er wollte unbedingt, daß sie den Mitgliedern der Vereinigung »Die Offene Hand«, die extra, um sie zu hören, zu einer außerordentlichen Versammlung zusammengekommen wa- ren, von ihrem Leben in Amerika erzählte. In einem benach- barten Wohnblock warteten lärmend um die vierzig Immi- grantinnen verschiedener Hautfarben, verschiedenen Alters und fast ebenso viele kleine Kinder. Manche Frauen kamen aus Schwarzafrika und trugen geschorene Schädel, Flecht- und Webfrisuren zur Schau. Die Maghrebinerinnen waren bis zu den Augen vom Tschador verhüllt oder hatten lange, hen- nagefärbte Zöpfe unter den geblümten Kopftüchern. Ein paar Verwegene trugen ihre Haare sogar kurz und lockig. Aber sie alle starrten mit dem gleichen ungläubigen Staunen die Schwester an, die äußerlich nicht viel hermachte, die weder schöner noch majestätischer war als irgendeine andere und die doch ganz nach oben gelangt war: Dozentin an einer Universität der Vereinigten Staaten von Amerika! Angesichts dieser Blicke wurde sich Marie-Noëlle ihres Betruges bewußt. Wenn sie ihr wirkliches Leben beschriebe, ihre Einsamkeit, ihre Niederlagen, ihre Frustrationen, ihre Nächte ohne Schlaf noch Liebe, kein Zweifel, der Saal würde sich leeren, und sie hätte nur noch leere Stuhlreihen vor sich. Dennoch begann sie zu reden und erzählte statt der Wahrheit ein Märchen, das eines republikanischen Kongreßabgeordneten würdig gewesen wäre, zusammengesetzt aus hier und dort aufgelesenen Klischees, an die sie selbst nicht glaubte. Demokratie. Freiheiten. Multikulturalismus. Ja, Amerika war das gesegnete Land der Möglichkeiten. Ja, wer sich seiner zwei Arme und seiner zwei Hände zu bedienen wußte, konnte dort seine Hütte aufschlagen und das Leben führen, das ihm gefiel. Ja, die verrücktesten Träume schlugen dort Wurzeln. Es ist wahr, die Emigranten stellten dort, mehr als in jedem anderen Land der Welt, einen Reichtum dar. Charlie Chaplin. Nabokov. Auden. Joseph Brodsky. Die revolutionärsten Ideen entsprangen ihren Köpfen. Marcus Garvey. George Padmore. Stokeley Carmichael. Mit jedem dieser Namen festigte sich ihre Überzeugung, und sie beendete ihre Predigt mit wahlkampfartigen Tönen. Es entstand ein Schweigen. Zögernder Applaus. Dann stand eine Frau auf, bald gefolgt von einer zweiten und noch weiteren, und Fragen strömten auf sie ein, ganz andere als die, die man hätte erwarten können. Hatte sie schon beim Präsidenten zu Abend gegessen? Besaß sie in New York ihr eigenes Haus? Fuhr sie ein eigenes Auto? Verdiente sie viel Geld im Monat? Hatte sie jemanden, der ihren Haushalt in Ordnung hielt? Ihr Essen kochte? Ihre Wäsche wusch? All diese Fragen mußte Marie-Noëlle wohl oder übel mit Nein beantworten. Die Frauen wurden unruhig. Eine von ihnen fragte sie, ob ihr Mann Amerikaner sei. Wie, keinen Mann?

Auch keine Kinder? Ganz alleine also? Wenn in diesem Moment Céleste nicht barmherzig verkündet hätte, daß man zum zweiten Teil des Programms übergehen könne, wäre Marie-Noëlle vollständig demaskiert worden.

Am frühen Abend traf sie dann Ludovic wieder, und sie setzten sich nebeneinander auf das von so vielen Kinderfüßen malträtierte Sofa. Cilas, Céleste und ihre Familie waren mit Angéla Freunde besuchen gegangen, die sie seit fünfzehn Jahren kannten. Endlich Ruhe. Zu zweit. In vielerlei Hinsicht erinnerte die Wohnung um sie herum an die von Savigny-sur-Orge, und es war, als wäre die lang vergangene Zeit wiedergefunden. Mühelos sah Marie-Noëlle sich selbst wieder vor sich, wie sie an einem Tisch aus hellem Holz saß und, an einem Stift lutschend, über ihren Englischaufgaben brütete. Garvey spielte quietschend in seinem Laufstall. Ludovic ging zwischen Küche und Wohnzimmer hin und her und warf, wenn er an ihr vorbeikam, einen Blick in ihr Heft. Man hörte das Klappern der Schreibmaschine Reynaldas, die in ihr Anderswo eingeschlossen war. Sie sah die Szene ohne Bitterkeit und ohne Melancholie vor sich, denn zum ersten Mal wurde ihr bewußt, daß Reynaldas Schweigen und ihre Lügen sie auch vor etwas verschont hatten. Was wäre aus der armen Kleinen geworden, die sie war, wenn sie schon früh von ihrer Ungeheuerlichkeit erfahren hätte? Wie hätte sie das Leben ertragen, das so schon schwer auf ihren Schultern lastete?

Schüchtern drehte sie sich zu Ludovic, denn nun war es endlich Zeit, das Wesentliche anzusprechen.

LUDOVICS ERZÄHLUNG

Verstehst du, ich bin nicht traurig. Ich bin nicht bitter, enttäuscht, mein Herz und mein Geist sind nicht von Rachegefühlen verdüstert. Ich habe immer gewußt, daß sie eines Tages meine Hand loslassen würde. Ich habe immer gewußt, daß sie mich eines Tages verlassen würde, wie sie alle verlassen hat, die ihr lästig wurden oder zu nichts mehr nutzten. So wie der Krebs seine Scheren zurückläßt. Oder die Anoli-Eidechse ihr grünes Kleid ganz zerknittert am Wegrand liegenläßt. Ihre Mama. Fiorella. Ranélise. Claire-Alta. Die Duparcs und noch viele andere, die wir nicht kennen. Wenn sie mir jetzt, nach so vielen Jahren, nach so vielen Gefühlen und so vielen gemeinsamen Erinnerungen, den Rücken gekehrt hat, dann deshalb, weil sie sich vor nichts mehr fürchtet. Weder vor der Finsternis der Nacht. Noch vor dem Chaos des Sturms. Noch vor dem Leben mit seinem Geheul, schauerlich wie das einer verrückten Frau. Vor gar nichts. Sie weiß, wie man das Knäuel der Lebensfäden entwirrt. Und das ist gut so.

Was deine Geschichte angeht, erwarte von mir keine Aufklärung. Erwarte nicht von mir, daß ich das letzte Teil in das Puzzle einsetze und dir den Namen deines Papas nenne. Um dir, wie am Schluß eines Krimis, die Lösung zu verraten: »Dieser oder jener ist es! Wie? Das hattest du nicht erraten?« Ich habe sie nie etwas gefragt. Erstens wußte ich, sie würde mir nur sagen, was sie wollte. Und dann bin ich der Meinung, jeder von uns hat ein Recht auf seinen Teil an Schatten, an Intimität. Es ist, als wüsche eine Frau am hellichten Tag, wenn die Sonne am höchsten steht, am Fluß ihre Monatswäsche aus. Würden wir da nicht den Kopf abwenden, beschämt von ihrer Schamlosigkeit? Und außerdem, wer kann schon wissen, wie viele weinende Augenpaare, geschwängerte Bäuche, vaterlose Kinder selbst ich, den du ohne Tadel glaubst, auf meinem Weg hinter mir zurückgelassen habe? In Afrika wie in Amerika oder Frankreich habe ich den Körper der Frauen immer geliebt und mir mein Teil an Lust genommen. Reynalda hat mir das nie verübelt. Im Gegenteil, sie stellte mir alle möglichen Fragen. Sie roch den Geruch der anderen Frauen an meinen Haaren, meinen Fingern. Sie wollte wissen, was es bedeutet, ein Mann zu sein, und war der Meinung, daß jedem von uns zwei Leben zustehen sollten. Eines als Mann. Eines als Frau. Ich lachte über all diese Phantasien, die sie in ihrem Kopf hatte. Sie war tatsächlich imstande, ganze Tage lang den Mund nicht aufzumachen. Sie wurde von einer Erinnerung gequält, die ihr weder bei Tag noch bei Nacht Ruhe ließ. Etwas Schreckliches, Ungeheuerliches war in ihrer Kindheit vorgefallen, das sie mit keinem anderen Menschen teilen konnte. Sie war sehr empfindlich, weil sie sehr stolz war, und sie bekam alles in den falschen Hals. Jeden Tag weinte sie aus dem einen oder anderen Grund. Ein Traum. Eine böse Erinnerung. Ein Blick. Ein etwas schroffes Wort. Und doch, trotz dieser Traurigkeit haben wir sehr glückliche Momente zusammen erlebt. Wenn ich ihre Wangen mit meinen Küssen getrocknet hatte, drückte ich sie an meine Brust wie eine kostbare Puppe, und dann liebten wir uns. Danach flüsterte ich ihr zu: »Erzähl es mir! Wirf den Ballast ab! Du wirst dich besser fühlen, wenn du darüber sprichst!« Aber sie schüttelte den Kopf, und zwingen konnte ich sie nicht. Von Zeit zu Zeit entschlüpfte ihr die eine oder andere Szene. Sie vergaß keine einzige Demütigung. Als sie bei den Duparcs arbeitete, hatte der kleine Chamanou eines Tages ihre Hand ergriffen, sie geküßt und gesagt: »Ich liebe dich.« Seine wütende Mama hatte sich vor allen Leuten empört: »Aber Charles-Emmanuel, ein Dienstmädchen!« In der Schule am Boulevard B* hatten sich alle über sie lustig gemacht und sie »Bamboula« oder »Schneewittchen« genannt. Einmal hatten ein paar Jungen sie in der Metro verfolgt und dabei immer wieder »Affe« gerufen. Der Mensch, der in ihren Geschichten am häufigsten wiederkehrte, war ihre Mutter Nina. Sie haßte sie. Ich konnte ihre Gründe nicht wirklich verstehen. Ihre Beschreibungen waren schemenhaft, fragmentiert. Ihr Geruch. Ihre Gewöhnlichkeit. Ihre abstoßende Schmutzigkeit. Ihre Laster. Ich glaube ganz einfach, daß sie ihr vorwarf, zu sein, was sie war: eine tölpelhafte Negerin, die für eine weiße Familie arbeitete und sich noch freute, daß der Herr mit ihr schlief. Sie erzählte mir die übelsten Geschichten über diesen Gian Carlo, der gut zu ihrer Mama paßte, ihrer Meinung nach, knauserig und verdorben, wie er war. Sie sprach auch manchmal von Arcania, die sie als Mama hätte haben wollen und die so engelhaft war wie Nina teuflisch, und von Fiorella, ihrer einzigen Freundin. Zusammen hatten sie einen Roman geschrieben, *Gondal,* und Gedichte. Ohne diesen Unsinn wäre sie sicher verrückt geworden oder hätte sich umgebracht. Sie erzählte mir von den Menschen, die sie gehaßt und geliebt hatte, so wie man von Leuten spricht, die tot und begraben sind und denen man auf Erden nicht mehr begegnen wird. Guadeloupe, Gott sei Dank, lag hinter ihr. Sie würde nie wieder einen Fuß dorthin setzen. Wenn ich sie an ihre Mama, an Nina in ihren einsamen alten Tagen, erinnerte, antwortete sie mir nicht einmal. Alles in allem erzählte sie mir nicht besonders viel.

Und ich sage es dir noch einmal, ich belästigte sie nicht mit Fragen. Es ist nicht gut, sich in die Abgründe der Vergangenheit anderer vorzuwagen.

Du möchtest, daß ich meine Geschichte von Anfang an erzähle. Wo ist der Anfang? Vielleicht stand es seit dem Augenblick meiner Geburt in einer Strohdachhütte am Rande der Zuckerrohrfelder, in Ciego de Avila, geschrieben, ich würde dreimal um die Erde reisen und dann um mein dreißigstes Jahr herum von einem schmächtigen Mädchen gezähmt werden, das mir zwei Kinder gebären und mich zwanzig Jahre lang an ihrer Seite behalten würde. Obwohl ich mich bis dahin von allen Banden der Verantwortung freigehalten, mit beiden Füßen ausgeschlagen und mein Sperma in allen Betten vergossen hatte. Schon als ich klein war, band meine Mutter mich an ein Tischbein fest. Nur so konnte sie mich daran hindern, mich überall herumzutreiben.

An einem Samstag, auf einem Gemeindeball des fünften Arrondissements auf der Place du Panthéon, habe ich Reynalda kennengelernt. Zur damaligen Zeit, ich spreche vom Ende der sechziger Jahre, machte die Immigration noch niemandem angst. Keine Graffiti an den Wänden, keine Schikanen auf den Polizeirevieren, keine Vorstädte, in denen die Gewalt herrschte. Jeden Monat organisierten die Antillaner-Vereine für ihre Landsleute Tanzabende. Die Orchester, die Tangos, Boleros, Cha-cha-chas spielten, gaben sich spanische Namen, Esperanza, Los Matecocos oder El Calderon. Die Musiker trugen geblümte Rüschenhemden und taten so, als wären sie Kubaner. Aragon war der Gott. Als Celia Cruz und die Señora Mantecera einmal ein Konzert in Paris gaben, wäre es um ein Haar zum Aufruhr gekommen. Aber auf diesen Bällen ging es ruhig und friedlich zu. Es war kein Crack im Umlauf. Hier und da wurde eine Zigarette mit Marihuana herumgereicht, das man damals noch nicht Ganja nannte. Die Gemeindebälle waren eine Gelegenheit, sein Heimweh zu lindern, indem man Kreolisch sprach, Rum trank und sich vor den Landsleuten aufspielte, mit Schlips um den Hals. Und ich, der ich nie eine Heimat gehabt habe – ist es Haiti? Oder Kuba? Oder Kanada? Oder die Vereinigten Staaten von Amerika? –, ich war wegen Violetta da, einer Guadeloupanerin, mit der ich schlief, neben anderen. Violetta hatte eine Freundin dabei, und mir ins Ohr flüsternd, flehte sie mich an, mit ihr zu tanzen. Keine Ahnung, warum sie mich anflehte. Ich hätte es sowieso getan, und ohne sie um Erlaubnis zu bitten. Ihre Freundin hatte weder ihre Perlenzähne noch ihre Wespentaille noch ihre Grübchen. Aber irgendwie wirkte sie aufreizend – gerade wegen ihres mürrischen Gesichts, ihrer gesenkten Lider, ihrer Brüste wie Guavenknospen, die in einem farblosen Mieder steckten. Sie sah aus wie eine Schülerin. Man fragte sich, warum sie nicht über ihren Hausaufgaben saß. Sie hat mich zuerst abgewiesen und mir erzählt, sie könne nicht tanzen, aber das hat sie nicht daran gehindert, sich an mich zu kleben wie ein Druckknopf, als ich sie dann bei *La Cumparsita* gepackt habe. Ich kürze den Rest des Abends ab. Das immer bekümmertere Gesicht von Violetta, ihre Tränen, die Vorwürfe ihrer Freundinnen, die Beschimpfungen ihrer Brüder, die mich verprügeln wollten. Das Ganze hat geendet, wie es enden mußte: gegen zwei Uhr nachts zu Fuß quer durch Paris und Liebe auf dem Bett in meinem Zimmer. Als ich aufgewacht bin, war sie verschwunden, der klassische Fall. Aber sie war keine Diebin. Sie hatte keinen Centime in meinem Portemonnaie angerührt.

Wochen sind vergangen. Ich habe geglaubt, ich würde sie vergessen.

Wie immer hatte ich jede Menge Probleme. Nach zwei

303

Jahren Senegal war ich mit leeren Händen zurückgekommen. Ich war Freiwilliger im Friedensdienst gewesen. Aber man hatte mich beschuldigt, ich würde mich in die Politik einmischen, und meinen Vertrag gelöst. Freunde hatten mich mit nach Paris genommen, und da hatte ich gerade meine Arbeit verloren. Ich war auf der Suche nach einer neuen Stelle, ohne Erfolg. Ich kam bei den Arbeitgebern nicht durch die Gesichtskontrolle, wie man heute sagt. Sie wollten, daß ich meine Haare kämmte, meinen Bart abschnitt. Dabei hatte ich damals noch gar keine Rastalocken, das ist später gekommen. Sie fanden auch, daß mein Englisch amerikanisch klang und kein »Queen's English« war. Und mein Spanisch, das klang kubanisch und war nicht kastilianisch genug. Von Zeit zu Zeit spielte ich in einem Orchester Gitarre oder Saxophon. Sylvio, einer von der Muntu-Vereinigung, ließ mich nicht im Stich. Bei ihm konnte ich wohnen, und er half mir, daß ich nicht verhungerte. Das alles war ziemlich unbefriedigend. Manchmal dachte ich daran, nach Belgien zurückzukehren, wo ich vor dem Senegal gelebt hatte. Doch der Stolz hielt mich in Paris zurück. Eines Abends bin ich dann die sechs Stockwerke zu Violetta hinaufgestiegen, um mich nach Reynalda zu erkundigen. Violetta wohnte in einer Dachkammer in Denfert-Rochereau. Sie hatte auf ihrem Zwei-Flammen-Gaskocher Vivanots gekocht, und der Geruch nach Court-bouillon erfüllte die ganze Etage. Ihr Zimmer war voll von Guadeloupanern, die ihre Fischköpfe auslutschten und dabei Lieder von Manuéla Pioche hörten. Sie haben mich schief angesehen. Aber Violetta hat mir sofort verziehen. Sie hat meinen Teller gefüllt und mir dann alle Bosheiten ins Ohr geflüstert, die sie über Reynalda erfinden konnte. Titane? Das sei doch ein Name aus La Désirade. Wer weiß, ob sie nicht Lepra hätte. In jedem Fall habe sie schlechtes Blut, das sehe man ihr an. Flecken im

Gesicht. Hausmädchen sei sie gewesen in Paris. Dienstmagd. Minna. Inzwischen sei sie an der Schule für Sozialarbeit aufgenommen worden, wer weiß, wie, sie komme sich als was Besseres vor. Die Schule für Sozialarbeit? Das war alles, was ich wissen wollte.

Ich habe mich auf dem Gehweg des Boulevard B* postiert und so lange gelauert, bis ich sie herauskommen sah. Als sie dann auf mich zukam, hätte ich mich fast weggedreht, ich fragte mich, was ich an ihr gefunden hatte, so gewöhnlich erschien sie mir an diesem Tag. Und dann ist ihr Blick dem meinen begegnet. Und ich bin stehengeblieben wie angewurzelt.

Ein paar Monate später hat sie ihr Studium beendet, ihr Diplom eingerahmt und in Savigny-sur-Orge ihre erste Stelle bekommen. Wir haben uns zusammengetan, was mir gut paßte. Ich brauchte sie nämlich noch viel mehr als sie mich. Mein Kumpel Sylvio hatte einen Drachen geheiratet, und ich mußte aus seiner Wohnung ausziehen. Immer noch keine feste Arbeit. Jämmerliche Jobs. Ein Monat hier, ein Monat dort. Reynalda hat mir die Möglichkeit gegeben, im Warmen zu schlafen, und hat alles mit mir geteilt. Ihr Geld, ihr Bankkonto gehörten auch mir. Sie war es, die mir in diesem Zentrum für jugendliche Straftäter eine Stelle verschafft hat, im Rathaus rissen sich nämlich alle die Beine aus, um ihre Wünsche zu erfüllen. Wir haben nie geheiratet, was Anstoß erregte. Alle Antillanerinnen wollen gern einen Ring am Finger und ihr Foto im Pronuptia-Kleid in einem Album haben. Insgeheim verachteten uns deshalb die Leute in der Cité. Das war uns egal. Wozu brauchten wir den Herrn Bürgermeister oder gar den Herrn Pfarrer? Reynalda hatte, stärker als ich, eine Abneigung gegen alles Religiöse. Aber es hat doch eine Segnungszeremonie bei Muntu gegeben. Mein alter Freund Paulius

Polydor, der Mallam, ist extra aus Brüssel angereist. Ich hatte ihn während einer Tournee kennengelernt, die ihn in das senegalesische Dorf führte, in dem ich, die Füße im Sand, mit den Bauern Brunnen aushob. Er war schon ziemlich alt, aber reden konnte er noch wie eh und je. Er erzählte uns, wie er jede Nacht mit Jesus schwatzte – Jesus als schwarzer Neger, einen Python als Kette um seinen Hals geschlungen. Ich glaubte nicht an all diesen Quatsch. Aber ich bewunderte die Arbeit, die Muntu in unseren Gemeinschaften leistete. Reynalda hat mit ungewöhnlicher Bereitwilligkeit an dieser Zeremonie teilgenommen. Als die Zeit zum Singen kam, hat sie gesungen, besser als alle anderen, lauter als alle anderen. Sie ist auf beide Knie niedergefallen, als alle anderen auch die Knie gebeugt haben. Bei der Kommunion hat sie mit der Hand in die Schüssel gegriffen und vom heiligen Migan ohne Salz gegessen. Und trotzdem, als wir gerade gehen wollten, hat mich der Mallam in eine Ecke gezogen und mir geraten, auf der Hut zu sein. Reynaldas Auftreten hatte ihm, der mich liebte wie einen Sohn, ganz und gar nicht gefallen. Er meinte, sie sei zu allem fähig. Er hat sein Mißtrauen an die ganze Glaubensgemeinschaft weitergegeben. Das war um so ungerechter, als man ihr nie irgend etwas hat vorwerfen können. Sie hat die Leitung des Chors übernommen. Ich weiß nicht, ob du sie je hast singen hören. Du kannst dir nicht vorstellen, was für eine Stimme sie hat. Als wäre eine Nachtigall in ihrer Kehle versteckt und strecke plötzlich ihren Kopf hervor. Die Leute weinten, wenn sie ihr zuhörten. Sie hätte eine große Künstlerin werden, sich bewundern lassen können, denn – so seltsam das einem Typen wie mir, der keinerlei Ehrgeiz hat, vorkommen mag – das war ihr Traum. Aus der Anonymität herauszutreten. Ich nehme an, daß sie ein Bedürfnis nach einer solchen Rache hatte.

Sehr bald hat Reynalda mir das schönste Geschenk gemacht, das ich mir erträumte. Ein Kind. Ich sah zu, wie ihr Bauch runder wurde, und ich zitterte. Ich, der nie irgend etwas zustande brachte, hatte dieses Wunder bewirkt. Ich war zum Herrn über den Tau geworden. Ich hatte das Wasser gefunden. Ich hatte es in die Ebene geleitet. Garvey ist an einem 24. Januar um neun Uhr abends geboren worden. Reynalda lag schon seit dem Morgen des Tages davor in der Geburtsklinik und hatte viel Blut verloren. Eine Zeitlang hatte der Arzt an einen Kaiserschnitt gedacht. Das Kind war groß. Es lag ungünstig. Aber ich habe mir um sie, muß ich gestehen, wenig Sorgen gemacht, so mager und blaß sie auch war. Ich hatte nur Augen für ihn, zerknautscht, mit Haaren bedeckt wie ein Affenbaby, in seinem weißen Jäckchen. Ich liebe Angéla zärtlich. Ich bin es, der ihre Geburt gewollt hat. Aber trotzdem, es ist anders. Ich werde nie beschreiben können, wie ich meinen Jungen angebetet habe. In diesem Winter, dem Winter seiner Geburt, spürte ich die Kälte nicht. Ich ging nur mit einem Baumwollhemd nach draußen. Es war, als trüge ich ein großes Feuer in mir und als sprühten dessen Funken durch meinen Körper. Mein formloses, mein gescheitertes Leben bekam seinen Sinn. Wie auf Wolken schmiedete ich Pläne. Ich wollte, daß mein Sohn alles vollbrachte, was ich nicht hatte vollbringen können. Er würde gebildet sein. Er würde Ingenieur werden, um die Golden Gate über die Bucht von San Francisco zu spannen. Er würde Bücher schreiben, die wie die Bibel in alle Sprachen der Welt übersetzt würden. Er würde Johann Sebastian Bach oder Mozart sein, ein genialer Musiker. Jawohl! Man würde von ihm reden hören. Jeden Tag hatte ich es eilig, aus meinem Unterricht herauszukommen, um nach Hause zu gehen und mich zu vergewissern, daß sein Herz unter meiner Hand schlug, um ihn warm und schläfrig in meine Arme zu nehmen. Eines Abends, als ich ihn mit Liebkosungen und Küssen bedeckte, hat Reynalda neben mir auf dem Sofa angefangen zu weinen. Das war nichts Neues. Sie weigerte sich zu erklären, warum, aber ich ahnte, daß sie mir Vorwürfe machte, weil ich Garvey vergötterte und sie vernachlässigte, ihrer Meinung nach. Ich bereitete mich auf eines meiner üblichen Plädoyers mit anschließender Streichelsitzung vor. Aber an diesem Abend war es etwas anderes. Ohne mich anzusehen, hat sie mir enthüllt, was sie ihre Schandtat nannte. Sie hatte noch ein Kind – ein kleines Mädchen. Das Kind war in der Heimat zurückgeblieben, unter der Obhut einer guten Seele, wie es bei uns so viele gibt, einer Frau namens Ranélise, und sie wußte nichts mehr von ihr. Verblüfft fragte ich, wie alt dieses Kind sei. Schon fast zehn Jahre. Zehn Jahre! Ich stellte mir dich vor, mit zwei mit Rizinusöl eingefetteten Zöpfen, die dir auf den Schultern tanzten, flink wie eine Wildkatze und anmutig wie ein Maiglöckchenzweig, wie du deine »Mama« in die Kirche begleitetest und mit ihr »Ich glaube an Dich, mein Gott« sangst, und sofort habe ich angefangen, dich zu lieben. Reynalda habe ich keinerlei Vorwürfe gemacht. Im übrigen war ich auch sprachlos. Wenn ich behauptete, ich hätte in diesem Moment nicht daran gedacht, sie zu verlassen, würde ich lügen. Aber dann habe ich es geschafft, meinen Zorn zu beherrschen. Ich habe es als eine Strafe für all das Böse genommen, das ich anderen Frauen angetan hatte. Violetta zum Beispiel, die ich so niederträchtig mit ihrer eigenen Freundin betrogen hatte. Von da an war ich darauf aus, daß sie etwas wiedergutmachte beziehungsweise ich etwas wiedergutmachte, indem sie mit dieser Ranélise Kontakt aufnahm. Tag für Tag, morgens, mittags und abends, betete ich ihr die gleiche Leier vor. Du müßtest zu uns kommen. Dein Platz sei bei

uns in Savigny-sur-Orge. Zum ersten Mal, seit wir uns kannten, bot sie mir die Stirn und leistete mit aller Kraft Widerstand. Sie setzte mir alle möglichen Ausreden vor. Ich hörte
nicht darauf. Ich war überzeugt, daß Reynalda nur einen
Blick auf dich werfen müßte, um dich lieben zu lernen. Das
war nicht der Fall. Im Gegenteil.

Unsere Mythen sind zählebig. Wir glauben, die Bande
der Verwandtschaft sind die stärksten. Blut ist dicker als Wasser, sagen die Stimmen, die aus Afrika stammen, immer
wieder. All die gemarterten, mißhandelten, zerstückelten
Kinder, all die Föten, die in den Müll geworfen, zum Vermodern in die großen Wälder ausgesetzt werden, haben sie
nicht zum Schweigen gebracht, und hier stehen wir und
sprechen ihnen Dinge nach, die von der Wirklichkeit Lügen
gestraft werden. Die Reue packte mich, als ich sah, wie du
zu dem Gespenst dessen wurdest, was du gewesen warst,
kein Lächeln mehr, eingefallene Wangen, glanzlose Augen,
sogar deine Haare verloren ihre schöne Maisstrohfarbe. War
es dir nicht dort, wo du herkamst, besser gegangen? Warst
du nicht glücklicher gewesen mit dieser Ranélise? Jetzt
wohntest du mit einem Menschen unter einem Dach, dessen Herz dürrer war als eine ausgedörrte Savanne. In jedem
Augenblick wurde sie von deinem bloßen Anblick an Dinge
erinnert, die sie lieber vergessen hätte. Ich hätte dir mehr
geben wollen, als ich dir gab, aber ich konnte es nicht. Ich
hatte oft das Gefühl, die eine für die andere zu opfern. Nun
ja, man kann seine Kindheit nicht ändern. Man muß damit
leben.

Dein Leben fängt erst an, und du bildest dir ein, es sei
schon zu Ende. Vor dir liegt ein weiter Raum, der für das
Glück gemacht ist und den du füllen wirst, wenn du erst
einmal aufhörst, über deine Schulter zurückzublicken. Wenn

du in die Zukunft schaust. Du hast dir in den Kopf gesetzt, daß du etwas von mir willst. Aber in Wirklichkeit willst du dich nur an deiner Mutter rächen. Ich werde nicht mit dir schlafen. Das wäre zu einfach, entwürdigend für uns beide. Du wirst nie etwas anderes für mich sein als meine Tochter, die Erstgeborene. Die, von der ich nicht wußte, daß ich sie hatte, und die im Alter von zehn Jahren aufgetaucht ist, um ihre Rückstände an Zärtlichkeit einzufordern. Ich sage dir noch einmal, wenn ich einen Rat für dich habe, dann den, endlich vorwärtszugehen. Reynalda lebt es dir vor. Sie beweist dir, daß die Vergangenheit, auch die schmerzlichste, schließlich stirbt und daß die Leidenschaft sogar Pläne in Wirklichkeit verwandelt, die anderen höchst extravagant erscheinen. Nach *Die fremden Tage* hat sie mir mitgeteilt, sie würde einen Roman veröffentlichen, die Autobiographie, an der sie arbeitet, seit ich sie kenne, seit Savigny-sur-Orge, seit dem Boulevard B* und sogar noch vorher. Auf diese Weise wird sie sich ein für alle Mal von der Wahrheit befreien. Dabei weiß ich, da ich sie so gut kenne, daß diese Wahrheit eine Fiktion sein wird. Was können wir auch sonst erschaffen, wenn wir von uns selbst erzählen? Ich gebe zu, ich habe sie zwar ermutigt, ihre Doktorarbeit zu schreiben, die ihre Zukunftsperspektiven verbessern und uns aus Savigny-sur-Orge herausholen würde, aber ihren Ehrgeiz, Schriftstellerin zu werden, habe ich nie ernst genommen. Das kam mir vor, als ob sie sagte: »Auch ich will meinen Fuß auf den Mond setzen.« Eine Phantasie. Ein Hirngespinst. An ihren guten Tagen gab sie mir manchmal ein paar Seiten zu lesen. Ich widmete ihnen nicht viel Aufmerksamkeit. Für mich war das einer ernsthaften Arbeit gestohlene Zeit. Mach dir bloß keine Sorgen um mich. Ich bin nicht mittellos, und ich habe Angéla an meiner Seite, die Stütze meines Alters. Vorerst hält ihre Hand die meine fest, bis auch sie sie loslassen wird. Laß mich, wo ich bin. Dir bleibt, dein Amerika zu entdecken, denn das hast du noch nicht getan.

6

Durch die Fenster meines Arbeitszimmers hoch oben im vierten Stock der Universität kann ich den Charles River sehen, ein bleiches Band zwischen Ufern, die noch zögern aufzutauen. Dem Kalender nach ist der Frühling nicht mehr weit. Nichts jedoch läßt vermuten, daß er naht. Die ganze Stadt zittert noch vor Kälte, eingehüllt in schmutzige weiße Massen. Ich fühle mich wie jemand, der sich von einer schweren Krankheit erholt. Schwach. Erschöpft sogar. Und doch beruhigt, weil das Schlimmste vorbei ist. Wochenlang habe ich weder gesehen, wie der Schnee fiel, noch, wie die Sonne erfolglos versuchte, sich am Himmel ihren Platz zu schaffen. Ich habe das Aufziehen und das Gelächter des Windes nicht gehört, der wie ein Verrückter um die Bäume galoppierte. Ich war blind, stumm und taub. Dann, eines Morgens, sind meine Sinne wieder erwacht. Ich habe Formen und Farben wahrgenommen. Gelb, rot, schwarz streckten Tulpen ihre Köpfe aus den Beeten, und die Luft schmeckte nach frischer Milch. Bis mittags muß ich Studenten empfangen. Das ist die übliche Praxis. Ich muß mich auf sie konzentrieren, Gedanken austauschen, kommunizieren, und, Ironie des Schicksals, ich, die ich nicht weiß, wie ich mich verhalten soll, habe die Aufgabe, ihnen bei der Suche nach einer Lösung für ihre Probleme zu helfen. Nun arbeiten wir schon seit Wochen zusammen, Schwarze und Weiße, ich kann sie kaum auseinanderhalten. Alle gleich eingemummelt, gleich gestiefelt, gleichermaßen lächelnd, stehen sie vor mir. In den Seminaren hören sie mir mit ehrfürchtigem Schweigen zu und stellen mir respektvoll Fragen. Ich bin weit entfernt von den hitzigen Diskussionen in Roxbury.

Es ist keine Schande, sich einem Mann anzubieten. Die Soziologen behaupten sogar, in den meisten Fällen seien es die Frauen, die sich anbieten würden. Zurückgewiesen werden, das ist der Skandal. Vor allem wenn der betreffende Mann, nach eigenem Eingeständnis, den Frauen sehr zugetan ist. Es ist seltsam! Während meiner ganzen Kindheit habe ich geglaubt, Ludovic sei die Vollkommenheit selbst. Es war nicht wirklich sein Körper, den ich begehrte. Sondern sein Herz, seine Zuneigung. In Wirklichkeit war er nur ein Schürzenjäger wie die anderen. Es hat mir weh getan, das zu erfahren, und sofort hat mich die Frage gequält, was mir wohl fehlte. Was Reynalda und all diese Unbekannten besaßen. Ich habe so lange darüber nachgedacht, ohne eine Antwort zu finden, daß ich schließlich zu einer Art Fatalismus gelangt bin. Ich habe mich damit abgefunden, daß er nichts von mir gewollt hat, das ist alles. Er hat mir immer wieder gesagt, ich hätte mich vor lauter Zurückblicken über die Schulter in einen Zombie verwandelt. Ja! Das ist es, was ich jetzt bin, ein Zombie, und ich weiß nicht, wer mir eine Prise Salz auf die Zunge legen könnte. Er behauptete, mein ganzes Unglück komme daher, daß ich keinerlei Ziel im Leben hätte. Ich weiß nicht, wovon er redete. Ich habe immer geglaubt, das einzige Ziel im Leben sei das Glück. Das ganze Getöse, das manche machen, Literatur, Politik, Religion, gute Werke, dient nur dazu, diese Wahrheit zu verschleiern!

Was erzählt mir dieser Junge da? Schwarze Haare. Schwarze Augen. Schwarze Kleider. Das ist kein alteingesessener Amerikaner. Noch eine Immigranten-Geschichte! Er ist der Sohn von Iranern, Shah-Anhängern, die ihre Millionen im

Sonnenschein Kaliforniens in Sicherheit gebracht haben. Seine französischen Gouvernanten haben ihm ein perfektes Französisch beigebracht. Er hat es sogar unterrichtet, in Téfila, einer kleinen Stadt in Algerien, und voller Stolz auf seine Ortskenntnis hat er vor, seine Doktorarbeit über Rachid Boudjedra zu schreiben. *Die Verstoßung*. Warum nicht? Ich ermutige ihn. Der nächste, bitte.

Ludovic ärgerte sich, wenn ich von meiner Ungeheuerlichkeit sprach. Er, der Reynalda besser kannte als irgend jemand sonst, hatte sich entschieden, ihren Worten zu glauben. Es war klar: Der Schuldige war Gian Carlo Coppini. Er weigerte sich, jede andere Möglichkeit in Betracht zu ziehen, und behauptete, ich könne aus den Widersprüchen und Unsicherheiten der Erzählung von Ereignissen, die dreißig Jahre zurücklagen, keine Schlüsse ziehen. Er begriff nicht, daß diese Identität, ob real oder imaginär, mir schließlich zu gefallen begonnen hatte. In gewisser Weise macht meine Ungeheuerlichkeit mich einzigartig. Dank ihrer habe ich weder eine Nationalität noch ein Land noch eine Sprache. Ich kann mir diesen ganzen Ärger, der den Menschen so sehr zu schaffen macht, vom Leibe halten. Sie liefert auch eine Erklärung für das Umfeld meines Lebens. Ich verstehe und akzeptiere, daß um mich herum nie Platz gewesen ist für so etwas wie Glück. Mein Weg liegt anderswo. Der nächste Student, ein Afro-Amerikaner, ist entschlossen, über Amadou Hampaté Ba zu arbeiten. Er selbst war noch nicht in Afrika. Aber sein Vater hat ihm diese magische Welt ohne Schrift, ohne Manuskripte, ohne Bücher, ohne Bibliotheken beschrieben, und er hat die Absicht, das Geheimnis der Griot-Sänger, dieser Bändiger des Wortes, einzufangen. Auch ihn ermuntere ich. Was für eine Magie hat Afrika für uns, daß sie so vielen Bildern von Trostlosigkeit und Folter, ausgestrahlt über die Bildschirme der ganzen Welt, widersteht? Bald wird Anthea aus Ghana zurückkommen, den Kopf vollgestopft mit dem, was sie imaginiert haben wird. Ich höre sie jetzt schon. Sie wird mir in allen Einzelheiten die Geschichte von Efua erzählen. Sie wird mir einmal mehr die hundertmal geträumten Geschichten vom verlorenen Paradies erzählen. Von der Middle Passage, dieser schrecklichen Reise, die wir alle zurückgelegt haben, noch bevor wir auf der Welt waren. Von unserer Zerstreuung in alle vier Winde und von unseren Leiden. Im Austausch werde ich ihr nichts als meine privaten kleinen Nöte, den wahren Grund meiner Reise nach Europa und die Umstände meines neuerlichen Scheiterns anzubieten haben. Meine Depression. Den Beginn meiner Genesung. Beschämt werde ich also schweigen, so lange, bis auch ich gelernt haben werde, Leben zu erfinden.

Ohne Vorwarnung ist vor den Fenstern alles dunkel geworden. Es hat wieder angefangen zu schneien. Ein leichter Schnee, der in der Luft verweht und unter den Füßen der Passanten zerfällt.

Es ist, so hoffen wir, einer der letzten Schneefälle des Winters.

ANMERKUNGEN

Seite 19, Zeile 10, Colombo: Currygericht

Seite 30, Zeile 26, Maryamman: hinduistische Göttin

Seite 35, Zeile 22, Saintois: Einwohner der Saintes-Inseln, die überwiegend weiß sind

Chabin: hellhäutiger Mulatte mit blondem oder rötlichem Haar; diesem Typus wird ein schlechter Charakter nachgesagt

Seite 45, Zeile 30, Chadèque: große Pampelmusenart

Seite 55, Zeile 24, *mamzel-mari:* Mimose

Seite 64, Zeile 7, Harki: Algerier, der in der französischen Armee gedient hat

Seite 89, Zeile 7, *jangagé:* Geist im Pakt mit dem Teufel

Seite 97, Zeile 14, *kilibili:* Süßigkeit aus Maismehl und Zucker

Seite 109, Zeile 16, Domiens: Zuwanderer aus den D. O. M., den übersee-ischen Départements Frankreichs

Seite 135, Zeile 19, *bacalao:* Stockfisch

frijoles negros: Schwarze Bohnen

Seite 143, Zeile 28, *In the upper room:* Titel eines Gospelsongs

Seite 149, Zeile 7, Filao: hoher pinienartiger Baum

Seite 190, Zeile 2, *misik chouval bwa:* traditionelle Musikform mit Trommel und Flöten

Seite 195, Zeile 3, *maman d'lô:* sirenenähnliches Fabelwesen der Antillen

Seite 203, Zeile 26, *piéchans:* parasitäre Schlingpflanzen

Seite 213, Zeile 4, Câpre: Typus mit eher dunkler Haut und glatten Haaren

Seite 219, Zeile 4, *La bayé ba . . .:* kreolisches Sprichwort: *La bayé ba, sé la bèf ka janbé.* Das Rind bricht da aus, wo der Zaun niedrig ist.

Seite 284, Zeile 26, *lakou:* rund um einen Hof gebaute Gruppe von Miets-häusern

Seite 291, Zeile 3, 4, *bois bandé:* aphrodisiakisch wirkendes Holz

soukougnans: böse Geister in Gestalt eines Feuerballs

dorliss: Inkubus

volans: durch die Lüfte fliegende Hexen oder Zauberer

Seite 304, Zeile 23, 24, Vivanot: Fisch aus der Familie der Schnapper

Court-bouillon: Fischgericht mit Tomatensauce

INHALT